mtb

Zum Buch:

Jeden Tag zur Arbeit gehen, Kollegen treffen, den Abend mit Freundinnen verbringen – ein ganz normales Leben. Doch Claire fühlt sich fremd in dieser Normalität. Die letzten Monate bestand ihr Alltag daraus, ihre Stunden bei Ärzten oder an Schläuche angeschlossen in Krankenhäusern zu verbringen. Deshalb hat sie beschlossen, sich eine Auszeit zu nehmen und drei Wochen ans Meer zu fahren. Sie kann die Narben an ihrem Körper und auf ihrer Seele nicht auslöschen, aber sie will lernen, sie anzunehmen und jeden kleinen magischen Moment zu schätzen, den das Leben ihr schenkt.

»Cottage mit Meerblick zu lesen war, wie eine Schachtel der leckersten Pralinen zu essen. Ich habe mir jeden Augenblick auf der Zunge zergehen lassen.«

Christie Barlow

Zur Autorin:

Caroline Roberts lebt mit ihrem Mann in Northumberland im Norden Englands und ist der Überzeugung, dass jeder für seine Träume kämpfen sollte. Sie liebt es, emotionale Geschichten über Liebe, Verlust, Verrat und Familie zu schreiben, die zeigen, wie kompliziert, aber trotzdem wunderschön die Liebe sein kann. Die Sandstrände, Schlösser und grünen Hügel inspirieren sie zu ihren Geschichten.

Lieferbare Titel:

Rosen, Tee und Kandiszucker

Caroline Roberts

Cottage mit Meerblick

Roman

Aus dem Englischen von
Carolin Zaniewicz

mtb

MIRA® TASCHENBUCH
Band 26126

FSC
MIX
Papier
FSC® C014496

1. Auflage: August 2018
Deutsche Erstausgabe

Originaltitel: »My Summer of Magic Moments«
erschienen bei: HarperImpulse,
an imprint of HarperCollins *Publishers*, UK

Published by arrangement with
HarperCollins Publishers Ltd., London

Umschlaggestaltung: bürosüd, München
Umschlagabbildung: Stephen Dorey, Jon Boyes / Getty Images
Lektorat: Marianne Glaßer
Satz: GGP Media GmbH, Pößneck
Printed in Germany
Dieses Buch wurde auf FSC®-zertifiziertem Papier gedruckt.
ISBN 978-3-95649-801-5

www.mira-taschenbuch.de

1. Kapitel

Eine Tasse Tee und eine herrliche Aussicht

Ein dünner Vorhang aus rosa-grauem Morgenlicht schwebte über dem Meer. Die zarten Farben erinnerten an das perlmuttglänzende Innere einer Muschel. Claire Maxwell nahm ihre Teetasse in beide Hände. Wieder einmal war sie früh aufgewacht – es war erst sechs Uhr morgens. Nach dem Albtraum, den sie letztes Jahr durchlebt hatte, kam das immer noch regelmäßig vor. Beim Erwachen hatte sie eine Mischung aus Verwirrung und Erschöpfung gefühlt und beschlossen, dass sie ebenso gut aufstehen und sich eine erste Tasse Tee machen könnte. Wenigstens konnte sie hier draußen die beruhigende Aussicht auf das Meer genießen.

Was für eine hindernisreiche Reise es gestern gewesen war. Nicht gerade der beste Start in das, was ein entspannender Urlaub werden sollte. Nur zwei Straßen von »zu Hause« entfernt – Claire benutzte das Wort im weitesten Sinne –, in Newcastle upon Tyne, hatte ihr Wagen den Geist aufgegeben. Sie musste ihn in die Werkstatt schleppen lassen, nur um sich nach viel Gerede und Kopfschütteln von Männern in ölverschmierten Overalls sagen zu lassen, dass er nie und nimmer in einer Stunde repariert werden konnte, nicht einmal an einem Tag, und dass die Reparatur vermutlich ein kleines Vermögen kosten würde. Daraufhin hatte sie die U-Bahn zum Hauptbahnhof genommen, war dort in den Zug nach Alnmouth gestiegen und hatte dann eine weitere Unsumme – glatte 25 Pfund – für ein Taxi bezahlt, um zu ihrem romantischen Cottage am Meer zu gelangen. In der Nähe von Bamburgh sollte es liegen, befand sich in Wahrheit aber am Ende der Welt.

Das Cottage wirkte nur von außen idyllisch. Als Claire gestern Abend die weiß gestrichene Haustür aufgesperrt hatte, von der bereits die Farbe abblätterte, war sie in einen Flur mit beiger Raufasertapete und verräterischen feuchten Flecken gelangt. Beklommen hatte sie die Küche betreten. Sie war mit Schränken aus MDF-Platten eingerichtet, und der Herd sah aus, als stammte er aus vorsintflutlichen Zeiten. Claire hatte sich nicht getraut, ihn zu benutzen, und sich stattdessen für das Sandwich entschieden, das sie im Zug gekauft und nicht gegessen hatte. In ihrer Tasche hatte sie noch einen Apfel gefunden.

Sie hatte auf dem dunkelbraunen Samt-Sofa im Wohnzimmer gesessen und die Uhr auf dem Sims des echten Kamins angestarrt. Sie war stehen geblieben; höchstwahrscheinlich vor sehr vielen Jahren. Während Claire den Rest des Raumes betrachtet hatte, hatte sie sich gefragt, wo zum Teufel sie hier gelandet war. Es gab einen zum Sofa passenden braunen Sessel, dessen Polster schon ziemlich durchgesessen war, ein Set Holztischchen im Stil der Siebzigerjahre sowie verblasste Tapeten an den Wänden. Es hätte ein entspannender Urlaub werden sollen, eine Möglichkeit, sich zu erholen. Und sie hatte für volle drei Wochen gebucht. Zugegeben, der Preis war günstig, doch etwas ganz so Schlichtes hatte sie nicht erwartet.

Claire hatte versucht, sich aufzuheitern. Ja, das Häuschen war altmodisch und rief geradezu nach etwas liebevoller Fürsorge, aber vielleicht war sie einfach nur müde. Schließlich hatte sie einen nervenaufreibenden Tag hinter sich. Also hatte sie beschlossen, früh schlafen zu gehen, und sich im Schlafzimmer im oberen Stock unter der handgemachten Patchworkdecke auf dem Doppelbett verkrochen. Sie hatte sich gesagt, dass am nächsten Morgen alles besser sein würde.

Doch auch im Licht eines Junimorgens sah es hier nicht sonderlich vielversprechend aus! Das ganze Haus wirkte schäbig; die Fensterrahmen und -bänke waren völlig vermodert und morsch. Das Cottage schien förmlich zu zerfallen. Zu allem Überfluss fiel Claire bei der Suche nach einem Boiler und Heizkörpern, die sie gegen die morgendliche Kühle aufdrehen konnte, auf, dass es keine Zentralheizung gab. Eine Tasse Tee war die einzige Möglichkeit, sich etwas aufzuwärmen, und Claire beschloss, dass sie dafür genauso gut draußen sitzen und die frische Luft und den Meerblick genießen konnte. Vermutlich sollte sie dankbar sein, dass der Balkon, der an ihrem Zimmer im oberen Stockwerk angebaut war, überhaupt noch hielt.

Ganz genau, Claire Maxwell – genug genörgelt, du alte Jammerliese. Du bist hier, um dich auszuruhen und Kraft zu tanken. Ihre Gedanken klangen wie die Stimme einer strengen Schullehrerin, die sie wiederum an ihre Mutter erinnerte. Nein, sie hatte nicht fast einen ganzen Monat freibekommen, um hier herumzusitzen und zu jammern. Es war der Anfang eines neuen Lebens, und sie hatte keine Ahnung, wohin es sie führen würde. Bislang bestand es darin, an einem Freitagmorgen im Juni auf einem wackligen hölzernen Balkon zu sitzen und den Sonnenaufgang über der Nordsee zu beobachten. Es war ein Ort der Ruhe. Eine Möwe zog am Himmel entlang, und ein Pärchen Austernfischer tauchte seine roten Schnäbel in das seichte Wasser.

Irgendwo in der Nähe schlug eine Tür zu; das Krachen ließ den Balkon erzittern. Claire hielt ihre Tasse fest, um zu verhindern, dass der Tee überschwappte. Zwei Ferienhäuser standen hier Seite an Seite, mit Blick auf das Meer – die Abgeschiedenheit hatte ihren Reiz. Klar, dass jetzt in der Sommersaison das andere auch belegt war. Ein Mann war ins Freie getreten. Wahrscheinlich war er mit seiner Frau und einer Bande lärmender Kinder hierhergekommen. Vermutlich lagen sie um diese Zeit noch im Bett, schließlich war es ja erst sechs Uhr morgens, und machten sich bereit, um in einer Stunde Claires Ruhe zunichtezumachen.

Aufmerksam beobachtete sie den Mann. Von dem grasbewachsenen rechteckigen Stück Garten vor seinem Cottage aus lief er direkt in Richtung Strand. Er war hochgewachsen und mit seinen breiten Schultern und dem sandfarbenen Haar eigentlich ganz gut aussehend. Er trug lediglich ein weißes T-Shirt, rote Shorts und Flip-Flops. Claire schätzte ihn auf Mitte dreißig. Die Strecke zum Meer hinunter joggte er, blieb allerdings einige Meter vom Wasser entfernt stehen, um die Flip-Flops abzustreifen. Dann zog er mit einer schnellen Bewegung sein T-Shirt aus und präsentierte einen durchtrainierten, leicht gebräunten Oberkörper. Claire konnte es kaum fassen. Noch eine schnelle Bewegung, und auch die Shorts waren nicht mehr an ihrem Platz. Himmel, er trug keine Badehose. Die pfirsichfarbene Rundung seiner festen Pobacken und sein muskulöser Rücken bezauberten sie. Er bückte sich etwas, um seine Kleidung auf dem Boden abzulegen. Claire schluckte und beugte sich nach vorne. Ihr Herz raste.

Unbekleidet setzte ihr Nachbar seinen Lauf am Strand fort. Mit seiner athletischen Gestalt sah er fantastisch aus. Passierte das gerade wirklich? Oder hatte sie gestern Abend zu viele Gläser Wein getrunken? War das hier Wunschdenken, ein wahnhafter Traum? Dann wollte sie ganz bestimmt nicht aufwachen. Claire schloss ihre Hände fester um die Tasse – sie war echt, hellgrün bemalt, und auf dem Tee schwammen milchige Schlieren. Es musste Wirklichkeit sein.

Der Mann erreichte die Brandung, sprang direkt hinein und tauchte im schäumenden Wasser wieder auf. Claire beobachtete, wie er in das ruhigere, tiefere Wasser hinausschwamm. Er schien ein guter Schwimmer zu sein.

Oh, plötzlich fiel ihr auf, dass er wieder hierher zurückkommen und ihr in seiner ganzen Pracht gegenüberstehen würde. Sie sollte lieber unauffällig ins Haus zurückgehen und ihm etwas Privatsphäre gönnen.

Und sich einen Anblick wie diesen entgehen lassen? Verdammt noch mal. Nein! Man bekam nicht oft einen prächtigen Körper zu Gesicht, wenn überhaupt. Ihr Ex hatte bei Weitem keinen solchen Körperbau gehabt wie der Unbekannte. Aber was, wenn er sie sah? Wie sie hier saß und ihn begaffte? Es würde schon einen etwas seltsamen Eindruck machen. Aber immerhin war sie zuerst hier gewesen. Er sollte sich nicht so zur Schau stellen, wenn er nicht wollte, dass eine normale, warmblütige Frau ihn sich genauer ansah.

Claire beschloss, ihren Liegestuhl etwas nach hinten in den schattigen Teil des Balkons zu schieben – dort würde sie vermutlich unbemerkt bleiben –, setzte sich wieder hin und beobachtete lächelnd, wie der Kopf des Fremden immer wieder aus dem Wasser auftauchte. Nun, dann war es hier ja doch nicht so ruhig. Und was tat es schon, nach allem, was sie durchgemacht hatte, sich den Anblick eines starken, gesunden, attraktiven Mannes zu gönnen?

Krebs machte das mit einem Menschen – er rückte die Dinge in eine neue Perspektive und ließ einen erkennen, wie wertvoll das Leben sein konnte und dass man jeden Moment nutzen musste – insbesondere so kleine magische Momente, wie einen schönen Mann nackt zu sehen. *Warum nicht? Ja, warum nicht?*

Sie hielt immer noch die Tasse mit dem letzten Rest Tee in den Händen, saß in ihrem Stuhl und nahm alles in sich auf: die wogende See, die Brandung, den Salzgeruch in der Luft, den Schrei einer Seemöwe, die Wärme der goldenen Junisonne, die in einen neuen Tag hinein erstrahlte. Und sie beobachtete, wie »Adonis« wieder aus den Wellen auftauchte. Erst die Schultern, dann die Brust, die definierten Bauchmuskeln, sein Unterleib ... und ... ein Büschel brauner Haare. Und, ja, bestimmt war es kalt in der Nordsee, aber das, was Claire jetzt erblickte, war trotzdem ziemlich beeindruckend. *Wirklich nicht schlecht, Mr. Adonis.*

Also wirklich, benimm dich, Claire Maxwell – reiß dich zusammen und geh wieder rein. Aber wenn du dich jetzt rührst, wird er dich sehen, warf ihr Alter Ego frech ein, und diese Stimme klang definitiv nicht nach ihrer Mutter. Ihre Wangen fühlten sich heiß an, und ihr Herz schlug schneller. Was, wenn er sie sah? Dann würde eine Begegnung zwischen ihnen ziemlich merkwürdig verlaufen, wenn sie sich in den nächsten Tagen über den Weg liefen. Ihre Unterhaltung stellte sie sich ungefähr so vor:

»Hi, ich bin Claire, Ihre Nachbarin für die nächsten drei Wochen.«

»Ah ja, ich habe Sie gesehen, wie Sie meinen nackten Körper begafft haben ... gehört Voyeurismus zu Ihren Gewohnheiten?«

Claire sank in ihren Stuhl zurück. Wenn sie jetzt aufstand, würde er die Bewegung auf dem Balkon mit Sicherheit bemerken. Am besten blieb sie, wo sie war.

Der Mann am Strand schlenderte zu seinem Kleiderstapel – *wow, schau hin, nein, schau nicht hin,* Claire schluckte –, zog rasch seine Shorts, das T-Shirt und die Flip-Flops an, schüttelte energisch sein Haar aus und joggte dann zurück, scheinbar ohne ihre Anwesenheit wahrzunehmen.

Die junge Frau blieb nachdenklich lächelnd sitzen.

2. Kapitel

Ein Neuanfang und die Magie eines neuen Tages

Im gleichen Maße, wie das Cottage in seine Einzelteile zerfiel, haperte es auch mit dem Warmwassersystem. Claire war wieder nach drinnen gegangen, um sich für den Tag frisch zu machen, musste jedoch feststellen, dass sich aus dem Relikt eines Duschkopfs, der über einer avocadogrünen (eher kackgrünen, dachte sie) Badewanne angebracht war, erst siedend heißes, dann eisig kaltes Wasser über sie ergoss. Das Ganze erinnerte sie an eine Szene aus einem Horrorfilm. Sie versuchte, das richtige Timing zu finden, indem sie unter den laufenden Wasserstrahl und wieder zur Seite sprang. Es war ein Witz, sich auf diese Weise die Haare zu waschen. Die Hälfte des Schaums war noch nicht ausgespült, als sie schließlich aufgab und aus der Dusche trat. Wenigstens hatte sie nicht mehr so viele Haare, mit denen sie sich herumschlagen musste. Die Locken wuchsen gerade erst nach und bildeten momentan eine Kurzhaarfrisur, die ihr – wie ihre Schwester sagte – sehr gut stand und ihr einen knabenhaften Audrey-Hepburn-Look verlieh. Claire vermutete, dass ihre Schwester einfach nur nett sein wollte.

Während sie sich abtrocknete, tupfte sie mit dem Handtuch sanft die schwielige Narbe ab, die sich über ihre linke Brust zog. Es tat nicht mehr so weh, nur hin und wieder spürte sie darunter noch ein merkwürdiges Stechen. Sie sah nicht gerne hin. Es war ihr noch nicht vollständig gelungen, sich an die Veränderung an ihrem Körper zu gewöhnen.

Langsam ging sie ins Schlafzimmer. Die Ausstattung war hier geringfügig besser als im Badezimmer: ein Doppelbett aus Pinienholz mit blau-weißer Patchwork-Bettwäsche und cremefarbenem Überwurf, der vermutlich direkt aus Omas schönstem Häkeldecken-Bestand stammte, und ein weiß gestrichener Frisiertisch mit Spiegel – ein wenig überzeugender Versuch, den maritimen Einrichtungsstil nachzuahmen. Das Beste an dem Zimmer waren die Fenstertüren, die sich zum Balkon hin öffneten: Von dort aus konnte man über die weiten goldenen Sandstrände und den kleinen Bach blicken, der sich zwischen den zwei Cottages hindurchschlängelte und zur Küste hinabfloss.

Claire setzte sich, nur mit Slip und BH bekleidet, an den Frisiertisch vor den Spiegel. Mit einer Größe von einem Meter sechzig hatte man sie schon immer als zierlich bezeichnet, nach ihrer Krankheit war sie jedoch dünner, als ihr lieb war. Sie rieb sich das Gesicht mit Feuchtigkeitscreme ein, betonte die dunkelbraunen Augen mit etwas Wimperntusche – es war toll, wieder Wimpern zu haben – und trug eine dünne Schicht blassrosa Lipgloss auf. Sie hatte noch nie sonderlich viel Make-up getragen, und heute wollte sie die frische Luft und die Sonne auf ihrer Haut genießen. Aus ihrem Kleidungsvorrat wählte sie ein legeres hellrosa T-Shirt und Shorts aus Jeansstoff.

Der erste Tag ihres Urlaubs erwartete sie. Sie musste nicht zur Arbeit, hatte keine Krankenhaustermine. Die Welt, zusammen mit diesem verrückten heruntergekommenen Ferienhaus, lag ihr zu Füßen. Claire hatte den festen Vorsatz, das

Beste aus ihrer Auszeit zu machen. Sie beschloss, für den Anfang am Strand spazieren zu gehen und Bamburgh zu erkunden. Das Dorf dürfte nicht allzu weit weg sein.

Von ihrem kleinen Garten aus, einer mit struppigem Gras bewachsenen Fläche mit einem abgenutzten Holztisch und vier Stühlen, wandte sich Claire direkt zum Meer. Während sie die Küste entlangschlenderte, kamen Erinnerungen an Kindheitsurlaube in ihr auf, die sie vor vielen Jahren mit ihren Eltern und ihrer großen Schwester in dieser Gegend verbracht hatte. Das war der Grund, weshalb sie den Ort ausgesucht hatte – glückliche Erinnerungen: Salz und Sand und wohlige Schauder, kuschelig warme Handtücher und leckeres tropfendes Softeis mit Schoko-Waffel von Mr. Whippys Eiswagen, der auf dem Parkplatz direkt in den Dünen stand.

Claire spürte das vertraute Ziehen in der Brust. Ihr wunderbarer Vater war nicht mehr da. Ein Herzinfarkt hatte ihn vor fünf Jahren im Alter von nur zweiundsechzig Jahren seiner Familie entrissen. Sie vermisste ihn noch immer so sehr. Wie sich das Leben verändert hat, überlegte sie. Ihre eigene Krankheit hatte ihr Leben auf eine Art erschüttert, wie sie es sich nie hätte vorstellen können. Zwar standen ihre Schwester und ihre Mum ihr nahe; beide hatten sie während ihrer Behandlung sehr unterstützt und tatsächlich angeboten, mitzukommen und ihr während des Urlaubs Gesellschaft zu leisten. Aber Claire wollte einfach nur für sich sein und eine kleine Auszeit vom Alltag nehmen, also hatte sie die gut gemeinten Angebote höflich, aber bestimmt abgelehnt.

Sand rieselte in ihre Segeltuchschuhe, also streifte sie sie ab und genoss das Gefühl der warmen, weichen Körnchen unter ihren nackten Sohlen. Die Sonne war höher gestiegen und ließ goldene Farbreflexe auf den rauschenden Wellen erstrahlen.

Claire begegnete mehreren Hundebesitzern, deren Schützlinge voller Übermut umherflitzten, über Tennisbälle purzelten, ins Meer sprangen, verfilzt und zottelig wieder herauskamen und Wolken aus glitzernden Wassertröpfchen um sich herum versprühten. Claire hätte sich einen Hund gewünscht. Als sie noch ein Kind gewesen war, hatten sie Millie gehabt, einen anhänglichen Labrador. Sie war ein Teil der Familie gewesen. Aber Paul, Claires Ex-Mann, hatte keine große Lust gehabt, ein Haustier zu halten, sondern ein sauberes, ordentliches Haus vorgezogen. Verflixt – warum schlich er sich jetzt in ihre Gedanken ein? Weg damit, auf der Stelle, befahl sie sich. *Vergrabe den Schmerz, den er dir zugefügt hat, in einem großen Loch im Sand.*

Heute ging es nur um sie und darum, wie ihr Leben von nun an weitergehen würde. Vorwärts und aufwärts. Sie würde sich im Dorf umsehen, sich mit feinen kulinarischen Spezialitäten aus der Region eindecken, gemütlich zurückgehen, zum Mittagessen vielleicht einen Salat machen, etwas Gemüse für eine Suppe schneiden und später im Garten in der Sonne sitzen und sich ausruhen, ihr neuestes Buch lesen und es sich einfach gut gehen lassen. Claire hoffte, dass die Familie im Haus nebenan nicht genau dann lärmend herausstürmen würde. Und wenn schon, schalt sie sich, sie würde nicht die griesgrämige alte Nachbarin mimen. Kinder waren Kinder, und sie verbrachten schließlich ihren Urlaub am Strand – dann sollten sie auch spielen dürfen. Oh ja, das war eine andere Sache, auf die Paul nicht gerade scharf gewesen war: Kinder. Es war nie die »richtige Zeit«, oder vielleicht, dachte sie mit Sarkasmus, war sie einfach nie die richtige Person gewesen. *Dieser Mistkerl.*

Der Tag erstreckte sich endlos vor ihr, genau wie der Strand. Claire war nun schon eine ganze Weile gelaufen. Wie weit war das Dorf denn eigentlich von ihrem Cottage entfernt? Sie wusste, dass die über den Dünen aufragende Burg das Wahrzeichen von Bamburgh war, doch jetzt hatte sie schon die nächste, halbmondförmige Bucht erreicht und konnte sie noch immer nicht sehen. Sie musste noch Meilen entfernt sein.

Aber sie war doch hier, um sich zu entspannen, also ließ sich gegen einen ausgedehnten Spaziergang an einem milden Morgen im Juni nichts einwenden. Claire hatte keine Eile. Dem Alltagstrott zu entfliehen, der Arbeit, der zermürbenden Routine aus Chemo- und Strahlentherapie – es war eine wahre Freude. Sie hatte es geschafft – sie war eine Überlebende. Und sie wusste sehr wohl, dass es auch die gab, die nicht durchgekommen waren. Claire spürte einen Kloß im Hals, wenn sie an sie dachte: diese liebenswürdigen Frauen, neben denen sie während der stundenlangen Behandlungen in einer Reihe von Chemo-Stühlen gesessen hatte, als wären sie bei einer Art bizarrem Friseur, bei dem ihre Haare nicht gepflegt, sondern ihnen gestohlen wurden.

Claire würde keinen weiteren Tag mehr verschwenden, auch wenn sie noch nicht wusste, was sie wirklich wollte. Was sie jetzt brauchte, waren etwas Entspannung und Zeit für sich, so viel stand fest.

Ein Tag nach dem anderen, Claire, sagte sie sich. *Spüre die Sonne auf deiner Haut. Das Tageslicht, die frische Luft.* Sie würde die Wärme eines gemütlichen Bettes genießen, auch wenn es noch so klapprig war. Eine aromatische Tasse Tee schlürfen, ein kühles Glas Weißwein oder einen wärmenden Merlot, und dabei auf das Meer hinausschauen. Ha, oder, noch besser, auf einen gebräunten männlichen Oberkörper.

Die Erinnerung an den Anblick von heute Morgen kehrte zurück, und Claire musste lächeln.

Der Körper eines Mannes. Sie hatte lange keine Berührung mehr erlebt. Zwischen ihr und ihrem Mann war es schon vor dem Krebs nicht gut gelaufen. Doch erst als sie Entwarnung bekommen hatte, hatte sie erkannt, wie schlecht die Dinge wirklich standen. Getreten zu werden, wenn man schon am Boden lag … Aber nein, ich werde nicht weiter darüber nachdenken, ermahnte sie sich. Heute ging es vor allem um einen Neuanfang, neue Hoffnung und die Freude, am Leben zu sein. Sie würde stattdessen an den gut gebauten Schwimmer denken.

Vorsichtig kletterte Claire über einen Haufen Felsbrocken und spürte die glitschigen Algen unter ihren nackten Füßen. Die Steine, scheinbar glatt und schwarz, waren bei näherer Betrachtung mit dunkelblauen und rostroten Tupfern gesprenkelt. Sie erinnerte sich, wie sie damals mit ihrer Oma in den Tümpeln, die sich bei Ebbe zwischen den Felsen bildeten, mit ihrem Bambus-Fischernetz gestochert hatte, in der Hoffnung, eine Garnele oder einen winzigen silbernen Fisch zu erwischen – flinke, zappelige Tierchen, die nahezu unmöglich zu fangen waren. Claire und ihre große Schwester Sally hatten sich damit stundenlang beschäftigen können. Oma hatte ihnen von ihrer Decke in den Dünen aus zugesehen, ein Buch in der Hand. In der Kühlbox neben ihr wartete ein riesiger Vorrat an Leckereien auf die beiden Mädchen. Zusammengepfercht lebten sie damals zu viert – Oma, Mum, Sally und Claire – in einem Wohnwagen an der Küste. Zu fünft, sobald ihr Vater von der Arbeit zurückkam. Auf der Hafenmauer der Ortschaft Seahouses sitzend, aßen sie Fish and Chips aus Zeitungspapiertüten mit Unmengen Salz und Essig. Claire konnte es fast riechen – aber vielleicht war es auch nur das

Salz der Meeresluft. Ja, sie hatte hierherkommen müssen. *Glückliche Tage! Als das Leben noch so einfach war.*

Claire konzentrierte sich wieder auf den Rhythmus ihrer Schritte. Manchmal war der Sand zwischen ihren Zehen körnig und rau, dann wieder weich und nachgiebig unter den Füßen. Sie konnte noch andere Spuren erkennen: Abdrücke von Schuhen, Pfoten und von den winzigen Krallen der Vögel. Eine sanfte Brise wehte über das stachelige Dünengras. Claire seufzte, blieb für einen Moment stehen und atmete die frische Luft ein. Es fühlte sich gut an, zu atmen, spazieren zu gehen, zu sein.

Gemächlich bog sie in eine weitere Bucht ein und konnte endlich Bamburgh Castle in der Ferne aufragen sehen. Sie war zugegebenermaßen erleichtert. Obwohl sie den Spaziergang genoss, wurde sie langsam müde. Ihre Energie-Vorräte waren nach der Chemotherapie immer noch nicht vollständig aufgefüllt. Die Krankenschwester im Brustkrebszentrum hatte sie gewarnt, dass es bis zu einem Jahr dauern könnte, bis sie wieder ganz die Alte wäre, und bislang waren erst fünf Monate vergangen.

Die Burg dominierte den Horizont. Mächtig und beeindruckend thronte sie auf ihrem Fels-Sockel. Claire fragte sich, wann und zu welchem Zweck sie wohl erbaut worden war. Es war Ewigkeiten her, dass sie etwas über die Herrscher von Northumberland gelernt hatte. Sie musste unbedingt ihr Geschichtswissen auffrischen, mehr erfahren und an irgendeinem Tag die Burgführung mitmachen. Die Mauern hatten einen ungewöhnlichen lachsfarbenen Ton, mit dem sie sich von dem Cottage und den anderen Häusern in der Gegend mit ihrem honigfarbenen Anstrich und den feuersteingrauen Farbtönen deutlich abhoben.

Der Strandabschnitt unterhalb der Burg war belebter, da er näher am Dorf und am Parkplatz lag. Hier tummelten sich Familien, die für einen Tagesausflug hergekommen waren, Kinder, die Sandburgen bauten und in den Wellen planschten, ein paar Jungs, die einen Fußball hin- und herspielten. Claire sah ein Mädchen im Teenager-Alter, das mit einem Stock zwei Großbuchstaben in den Sand zeichnete, daneben eine »4«, zwei weitere Buchstaben hinzufügte und das Ganze mit einem großen Herz kunstvoll umrahmte. Claire lächelte.

Ah, die unbekümmerte Liebe und Hoffnung der Jugend, dachte sie bei sich. *Wenn nur das Leben und die Liebe so einfach wären.* Sie wusste nur zu gut, dass die Wellen früh genug angerollt kommen und alles fortspülen würden.

Ein Pfad bog vom Strand zu den Dünen ab. Claire beschloss, ihm zu folgen, in der Hoffnung, dass er ins Dorf führte. Sie brauchte für die nächsten Tage ein paar Vorräte. Da sie gestern mit dem Zug gekommen war, hatte sie nur einige Teebeutel, ein paar Äpfel und eine Packung Soft-Cakes von zu Hause mitgebracht. Langsam folgte sie dem sandigen, gewundenen Weg die Dünen hinauf, wobei stacheliges Strandgras in ihre nackten Fußsohlen stach. Sie setzte sich hin und klopfte sich den Sand von den Füßen, um die Segeltuchschuhe wieder anzuziehen, doch sie konnte immer noch die kratzigen Sandkörner zwischen den Zehen spüren, als sie weiterging – die Unannehmlichkeiten des Strandlebens. Der Weg endete und führte sie auf ein Kricket-Feld, das hinter der Burg lag. Hübsche Cottages aus Stein reihten sich entlang des Hügels aneinander und bildeten einen malerischen Dorfplatz.

Claires Budget war bis zum nächsten Wochengehalt etwas knapp, da sie einen großen Teil ihres Urlaubsgeldes unplanmäßig für den Zug und das Taxi aufgebraucht hatte; also beschloss sie, die Dorfläden aufzusuchen und Gemüse für einen großen Topf Suppe zu kaufen. Während sie den Hügel hinaufschlenderte, entdeckte sie auf halber Höhe ein kleines Feinkostgeschäft, das allem Anschein nach in das Vorderzimmer eines Cottages gequetscht worden war. Im Schaufenster waren verlockende selbstgemachte Brotlaibe ausgestellt. Vielleicht konnte sie sich auch noch ein leckeres frisch gebackenes Brot leisten. Erfreut betrat Claire den Laden; beim Anblick eines im Steinofen gebackenen Brotes mit Rosmarin und Meersalz und eines Vollkornbrotes mit Honig und Kürbiskernen in der Vitrine lief ihr das Wasser im Mund zusammen. *Entscheidungen über Entscheidungen.*

»Guten Tag, junge Dame. Wie kann ich Ihnen helfen?«

Eine kleine Frau mittleren Alters mit grau meliertem, ehemals rotbraunem Haar lächelte sie über den Tresen hinweg an.

Claire entschied sich für das Vollkornbrot, bat auch um etwas Butter und bezahlte mit einer Zehn-Pfund-Note.

Die Frau reichte ihr das Wechselgeld. »Machen Sie hier Urlaub?«

»Ja, ich bin gestern Abend angekommen.«

»Wohnen Sie im Dorf?«

»Na ja, ein Stück die Straße runter, in einem der Cottages unten am Strand. Farne View.«

»Oh, ich verstehe.« Die Frau verzog ihr Gesicht, als würde sie das Cottage mit seinen Mängeln kennen. Aber dann lächelte sie aufmunternd und fügte hinzu: »Ich hoffe, dass Sie hier eine schöne Zeit verbringen werden.«

»Danke. Können Sie mir vielleicht sagen, wo ich hier Gemüse kaufen kann? Ich möchte zu Ihrem herrlichen Brot eine Suppe kochen.«

Die Frau erklärte ihr, dass es im oberen Teil des Dorfes einen Gemüsehändler gab, der alles Erdenkliche auf Vorrat hatte. Sie sollte nach der Lücke in der roten Ziegelsteinmauer Ausschau halten.

Claire machte sich auf den Weg und kam an einem Metzgerladen vorbei. Der Duft von frisch gebackenen Fleischpasteten, verschiedenste Leckereien in der Schaufensterauslage sowie das Sortiment frischer Fleischwaren in der Kühltheke zogen sie an. Claire ging hinein, außerstande, dem hausgemachten Steak Pie zu widerstehen, den sie für ihr Mittagessen auserkoren hatte. Es würde immerhin eine Weile dauern, bis die Suppe fertig war. Die würde ihr als Abendessen dienen. Außerdem kaufte Claire ein paar Streifen Speck und ein halbes Dutzend Eier für die kommenden Tage und verließ mit einem Gruß den Laden. Eilig steuerte sie auf die lange Ziegelsteinmauer an der höher gelegenen Seite des Dorfplatzes zu und folgte ihr, bis sie die Lücke und ein Hinweisschild fand.

Wow. Das hier war etwas ganz anderes als der Supermarkt am Ende der Straße, an der ihre Doppelhaushälfte in Gosforth stand. Die Gemüsehandlung erinnerte sie mehr an einen umfriedeten Garten als an einen Laden, und doch reihten sich hier allerlei Nahrungsmittel aneinander: frische Kräuter, Obst, Gemüse. Claire füllte einen Korb mit Karotten, einer Steckrübe, Pastinaken, Lauch und Zwiebeln, einer Packung Suppenwürfel und einer Tüte Milch, bezahlte und packte alles in die Papiertüte, die die Verkäuferin ihr anbot.

Die Tragetasche war voll und, wie Claire leider zu spät bemerkte, ziemlich schwer. Sie würde sie den ganzen Weg zurück tragen müssen. Warum hatte sie nicht daran gedacht, ihren Rucksack aus dem Cottage mitzubringen? Sie hätte sich darüber im Klaren sein müssen, dass sie immer noch nicht ganz bei Kräften war. Ihre normale Leistungsfähigkeit war auch nach fünf Monaten noch nicht wiederhergestellt. Manchmal fragte sie sich, ob sie es jemals schaffen würde … Vielleicht brauchte sie einfach Zeit, um eine neue Art von Normalität zu finden.

3. Kapitel

Sandalen, Sonnencreme, Schlapphüte und sandige Sandwiches

Aus dem Rückweg vom Dorf wurde ein langsamer Spaziergang. Claire setzte sich unterwegs auf einen Felsen, um ihren Pie zu essen, der einfach köstlich schmeckte: eine knusprig gebackene Teig-Kruste, zartes Steak und saftige Bratensoße. *Glückseligkeit.* Sie schätzte, dass sie ungefähr den halben Weg zum Cottage hinter sich hatte. Etwa fünfzehn Minuten später stand sie wieder auf, streckte sich und nahm die schwere Tüte in die andere Hand, aber ihre Schultern schmerzten. Als sie schließlich an ihrem Cottage ankam, brannten sie wie verrückt. So viel zum Thema gemütlicher Spaziergang am Strand! Sie musste herausfinden, ob in der Nähe irgendein Bus fuhr, wenn sie das nächste Mal einen größeren Einkauf erledigen wollte. Nur wegen einer Suppe sollte sie sich nicht so abmühen.

Nach einer Tasse Tee, um ihre Lebensgeister wieder zu wecken, fing Claire an, das Gemüse zu schneiden. Das Messer war fast stumpf, aber das beste, das sie in einem Haufen unbrauchbarer Küchenutensilien gefunden hatte. Als sie endlich ausgetüftelt hatte, wie das Kochfeld auf dem antik anmutenden Gasherd funktionierte, gab sie die Zwiebel mit etwas Butter in einen Topf. Zum Glück hatte auf dem Kaminsims eine alte Streichholzschachtel gelegen. Vorsichtig hielt Claire ein

Streichholz an den Metallring, bis ein leises Zischen zu hören war und das Gas entflammte. Claire gab das Gemüse, eine Kanne Brühe und ein paar Gewürze zu der Zwiebel in den Topf. Im Garten hatte sie sogar etwas frischen Thymian entdeckt, der sich im Blumenbeet vor der Vordertür versteckte. Sie mischte alles gut durch, setzte den Deckel auf den Topf und drehte den Gasregler auf kleine Flamme. Damit war für das Abendessen gesorgt.

Was sollte sie mit der verbleibenden Zeit anfangen? Claire wünschte, sie hätte im Dorf eine Flasche Wein gekauft. Allerdings hätte sie dann noch mehr schleppen müssen. Aber sie konnte sich sehr gut vorstellen, sich mit einem Glas kühlen Pinot Grigio draußen auf den Balkon zu setzen – auch wenn das Geld knapp war, sie hätte die Flasche auf mehrere Tage aufteilen können. Nun ja, für heute würde sie sich mit einer weiteren Tasse Tee begnügen müssen.

Claire suchte ein Buch aus ihrem Gepäck heraus und ging nach oben auf den Balkon. Sie setzte sich auf den alten hölzernen Liegestuhl mit Blick auf den Strand und das Meer. Dieses Mal waren leider keine nackten Schwimmer in Sichtweite, nur Hundebesitzer und Familien. Zwei Kinder spielten an dem kleinen Bach, der sich zwischen den Cottages hindurchschlängelte. Sie versuchten vergeblich, mit großen Kieselsteinen einen Damm zu bauen, und planschten und spritzten dabei glücklich in dem kühlen Wasser herum. Claire fragte sich, ob es vielleicht die Kinder von Mr. Adonis nebenan waren. Ihnen zuzusehen, weckte Erinnerungen an Tage mit Sandalen, Sonnencreme, Schlapphüten, sandigen Sandwiches und Eiscreme. Kindheitstage, in denen man keine Ahnung hatte, wohin das Leben einen bringen würde, und nicht einmal einen Gedanken daran verschwenden musste.

Claire empfand tiefen Frieden. Genau das, was sie brauchte … Das Gefühl von Abgeschiedenheit, während draußen das Leben stattfand, direkt vor ihrer Haustür, vor ihrem Garten. Und wenn sie wollte, konnte sie sich daran beteiligen oder sich für eine Weile zurückziehen. Keine Deadlines, keine Anrufe von der Arbeit, keine Krankenhaustermine, nicht mal der Piepton, wenn eine SMS eintraf, jetzt, da sie ihr Handy ausgeschaltet hatte – der Empfang schien hier sowieso ziemlich schlecht zu sein. Es war ein Ort, an dem man die Aussicht genießen, die salzige Meeresluft einatmen und einfach nur sein konnte.

Nachdenklich trank sie ihren Tee aus, nahm das Buch in die Hand und begann zu lesen. Sie verlor sich in der romantischen Komödie – froh, für eine Weile in die Welt anderer Personen einzutauchen. Allmählich leerte sich der Strand, die Luft wurde kühler, und das Licht nahm die blasse, weißgoldene Färbung eines frühsommerlichen Abends an.

Ich sollte wohl besser nach der Suppe sehen, fiel es Claire plötzlich ein. Nicht dass sie anbrannte oder am Boden des Topfes kleben blieb. Sie sollte auf kleiner Flamme köcheln, aber wer konnte schon wissen, wozu dieser marode Herd in der Lage war. Gemächlich ging Claire in die Küche, hob vorsichtig den Deckel und spähte in den Topf. Die Suppe hätte eigentlich schon sämig und das Gemüse weich gekocht sein müssen, aber sie sah immer noch wässrig aus, und das in Würfel geschnittene Gemüse schien nach wie vor hart zu sein. Tatsächlich ging weder Hitze noch Dampf von dem Topf aus. Claire warf einen Blick auf den Metallring. Nichts, keine Flamme. Sie nahm den Topf vom Herd und versuchte, das Gas erneut anzuzünden – ohne Erfolg. Na großartig, dachte sie resignierend. Sie saß mitten im Nirgendwo fest, mit einem Topf rohem Gemüse zum Abendessen.

Ungeduldig fummelte sie an den Drehknöpfen des Herdes herum. Kein Zischen von austretendem Gas war zu hören. Sie überprüfte, ob Strom floss, indem sie den Lichtschalter in der Küche umlegte, falls das die Ursache für das Problem war. Eine alte Lichtleiste flackerte auf, daran schien es also nicht zu liegen. Aber was den Herd anging, so tat sich immer noch nichts. Claire stand eine Weile da und starrte ihn grübelnd an, während ihr Magen zu knurren begann.

Unwillig ging sie ihr Handy holen und stellte sich damit auf Zehenspitzen an das Fenster im oberen Schlafzimmer in der Hoffnung, dass wenigstens ein Signalbalken aufleuchten würde. Sie wählte die Nummer des betagten Cottage-Besitzers, Mr. Hedley, bei dem sie gebucht hatte. Endlich hörte sie das Rufzeichen. Es klingelte weiter, aber es ging keiner ran, nicht einmal die Mailbox. Verdammt.

Die Abgeschiedenheit brachte also nicht nur Vorteile. Wen sollte sie um Hilfe bitten?

Der Nachbar, fiel es Claire plötzlich ein. Ob er wohl da war? Sie warf einen Blick aus dem Vorderfenster und sah seinen schwarzen Geländewagen, der in der kiesbestreuten Einfahrt parkte. Es war einen Versuch wert – ihr blieben nicht viele Möglichkeiten.

Eilig schlüpfte Claire in ihre Segelschuhe und ging die Einfahrt hoch, um an der Tür des benachbarten Hauses zu klopfen. Dieses Cottage war größer als ihres und in einem wesentlich besseren Zustand: Die Fensterbänke waren in frischem Weiß gestrichen, während sie auf ihrer Seite von Braunfäule befallen waren und gemeinsam mit der abblätternden Farbe zu bröckeln begannen. Eine hübsche pinkfarbene Rose rankte an der Wand empor.

Claire klopfte und wartete. Nichts. Sie klopfte noch einmal, diesmal lauter, und schlug ein paar Mal gegen den Briefkasten; eine Klingel konnte sie nirgends entdecken. Verdammt, er musste unterwegs sein; vielleicht machte er einen Spaziergang, sein Auto stand ja da. Sie würde es später noch einmal versuchen und sich in der Zwischenzeit mit Brot und Butter zufriedengeben müssen.

Gerade als Claire im Begriff war, sich abzuwenden, hörte sie von drinnen das Knarzen einer Tür und das Geräusch von Schritten. Dann tauchte ein Schatten hinter dem Milchglasfenster auf.

Die Tür öffnete sich einen Spaltbreit. »Ja?«

Es war der Mann, den sie heute Morgen am Strand gesehen hatte.

»Oh … hi … ich bin Claire … von nebenan.« Alles, woran sie denken konnte, war sein nackter Körper in all seiner Pracht. Sie spürte, wie ihr die Farbe vom Hals aufwärts ins Gesicht schoss und ihre Wangen erröteten. »Ähm, also, der Herd.« Ein fester Po, muskulöse Oberschenkel. *Konzentrier dich, Claire. Reiß dich zusammen.* »Er scheint kaputt zu sein. Ich wollte nur fragen, ob Sie mir vielleicht helfen könnten?« Sie lächelte hoffnungsvoll.

Der Nachbar lächelte nicht zurück, sondern sah sie leicht genervt an, eine Augenbraue erhoben, als ob er nicht die geringste Lust hätte, ihr zu helfen. »Ah, ich verstehe.« Im Haus hinter ihm war es ganz still, so als wäre er alleine.

Es war nicht gerade so, als würde er zu ihrer Rettung eilen. Trotz seines guten Aussehens und der süßen sandfarbenen Locken schien er ein merkwürdiger Mensch zu sein. Kein »Freut mich, Sie kennenzulernen« oder »Natürlich, ich komme rüber und schau mir das mal an«. Man hätte meinen können, sie hätte ihn gerade darum gebeten, ihr Klo zu putzen oder etwas in der Art.

»Ich wäre Ihnen wirklich dankbar, wenn Sie einen Blick darauf werfen könnten. Ich habe sonst keine Möglichkeit, etwas zu kochen«, versuchte sie es noch einmal.

»Ah, okay … na gut. Geben Sie mir fünf Minuten.« Er hatte einen leicht schottischen Akzent. Abrupt wandte er sich ab, schloss die Tür und ließ sie draußen stehen.

Was sollte das denn?

Freut mich auch sehr, Sie kennenzulernen! dachte Claire und stapfte über die Einfahrt zurück zu ihrem Cottage. Sehr charmant!

Heißer Body, null Charme – typisch. Na ja, es war ja nicht so, als hätte sie die Absicht gehabt, mit ihrem Nachbarn oder irgendjemand anderem eine intime oder auch nur freundschaftliche Beziehung zu knüpfen. Vielleicht würde er später vorbeikommen oder auch nicht.

Claire hatte gerade Wasser aufgesetzt – in der Hoffnung, dass eine Tasse heißer Tee das quälende Hungergefühl vertreiben würde –, als sie draußen das Knirschen von Kies hörte und dann ein Klopfen an ihrer Tür. Sie öffnete erstaunt. Da war er. Hochgewachsen, immer noch ohne ein Lächeln. Mit kühlen grünen Augen fixierte er sie.

»Der Herd, haben Sie gesagt? Gas?«

»Ah, ja. Er geht überhaupt nicht an. So, als ob kein Gas durchkommt.«

Diesmal zog er beide Augenbrauen hoch. Der eine Mundwinkel zuckte ärgerlich.

Claire hob ihrerseits fragend die Augenbrauen. »Was ist?«

»Haben Sie schon die Gasflaschen überprüft?«

»Ähm …«

»Sie wissen schon, diese großen orangefarbenen Dinger unter Ihrem Küchenfenster. Wenn die leer sind, müssen Sie sie austauschen.« Sein Geduldsfaden schien äußerst dünn zu sein. Typisch, dass sie Mr. Griesgram als Nachbarn bekommen musste.

»Nein, davon weiß ich leider nichts.« Es war schließlich nicht so, als hätte der Vermieter irgendwelche Hinweise für Gäste hinterlassen. Wie zum Teufel sollte sie das ahnen?

»Und ich nehme an, Sie wissen auch nicht, wie man die auswechselt?«

Du hast es erfasst, Großer. »Nein.«

»Tja, na gut, dann zeige ich es Ihnen besser mal. Dann wissen Sie das nächste Mal, wie es geht.« *Und Sie müssen mir nicht noch einmal auf die Nerven gehen,* lautete eindeutig der nächste Satz, wenn auch unausgesprochen.

Zusammen gingen sie nach draußen, zu der Seite des Cottages, an der die Küche lag. Zwei große orangefarbene Metall-Kanister waren unter dem Fenster aufgestellt. Ah ja, dachte Claire.

Mühelos hob der Nachbar einen davon hoch. »Leer.«

Claire kam sich ziemlich dumm vor, weil sie nicht nachgesehen hatte und nichts über Gasflaschen wusste. In ihrer Wohnung wurde das Gas einfach durch die Rohre geleitet und fertig.

»Okay, also, Sie legen diesen Schalter hier um«, erklärte der seltsame Nachbar ungeduldig. »Und drehen dann hier oben das Ventil, bis es klickt, genau so.«

»Oh, okay.« Claire nickte und versuchte, sich alles zu merken.

Er schraubte den Regler von der Flasche ab, die an die Leitung angeschlossen gewesen war, schob den leeren Kanister beiseite und zerrte den anderen in Position. »Sie müssen jetzt in die andere Richtung drehen, um den Regler zu befestigen, das Ventil wieder zuschrauben und den Schalter auf ›an‹ stellen. Ganz einfach eigentlich.«

»Alles klar, tut mir leid, dass ich Sie damit belästigt habe.« Es war deutlich zu sehen, dass die Aktion ihm Umstände bereitet hatte.

»Und Sie sagen wohl besser Mr. Hedley Bescheid, dass er eine neue Gasflasche besorgen soll, damit Sie nächstes Mal nicht komplett ohne dastehen«, ergänzte der Nachbar noch unwillig.

»Okay, mach ich. Danke.«

Der andere nickte nur. »Gut, das wäre dann erledigt.« Er drehte sich um und ging, verschwand wieder in seinem gepflegt aussehenden Cottage und machte die Tür hinter sich zu. Kehrte zu seinem Leben zurück. Claire fragte sich einen Moment lang, was für ein Leben das wohl war. Es schien, als wäre er alleine hier. Dann verdrängte sie die Gedanken an ihn. Auch sie hatte ihr eigenes Leben, um das sie sich kümmern musste. Ihre eigenen Wunden zu lecken. Wenigstens musste sie sich keine Sorgen wegen Lärmbelästigung machen. Im Grunde passte der ungesellige Nachbar gut in ihren Plan, Ruhe und Abgeschiedenheit zu genießen.

4. Kapitel

Ein heißes Schaumbad

Draußen war es stockdunkel, als Claire plötzlich erwachte. Das klapprige Bett knarzte bei jeder Bewegung. Hier gab es keine Straßenlaternen, und nur das Geräusch der heranrollenden und sich wieder zurückziehenden Wellen am Strand war zu hören.

Gott, ihre linke Brust fühlte sich unangenehm zusammengepresst an. Sie musste sich im Schlaf auf den Bauch gedreht und sie dadurch etwas gequetscht haben. Die Narbe spannte manchmal immer noch, und dann war da dieser seltsame stechende Schmerz, der sich von ihrer Achselhöhle den Arm hinunterzog. Claire bewegte ihre Finger, um sie zu lockern.

Erschöpft lag sie da und dachte nach. Sie hatte es geschafft. Ihre Flucht zum Cottage am Meer war geglückt. Sie war für eine Weile entkommen. Bekam eine Chance, wieder Atem zu schöpfen.

Es fühlte sich an, als hätte sie sich in der Zeit nach der OP und der Chemotherapie in einer Art Schwebezustand befunden … Sie hatte sich an dieses neue Leben gewöhnt, das aus Terminen und Krankenhausbesuchen bestand – sie hatten ihren Tagen Struktur verliehen und waren zur Normalität geworden. Claire hatte sich mit den Krankenschwestern und den anderen Patienten angefreundet, und nun vermisste sie sie auf eine seltsame Weise. Auch wenn sie aus dem bestmöglichen Grund dem Krankenhaus den Rücken gekehrt und diesen unheimlichen Abschnitt ihrer Lebensreise hinter sich gelassen hatte. Sehr zu ihrer Überraschung hatte es sich merkwürdig angefühlt, in ihr altes Leben zurückzukehren, obwohl sie diesen Tag so sehr herbeigesehnt hatte. Nichts schien mehr so zu sein wie zuvor, als Claire in die Zeitungsredaktion zurückgekehrt war und ihre wunderbaren Freundinnen Andrea, Jo und die anderen Mädels im Büro wiedergesehen hatte. Als sie anfingen, darüber zu quatschen, welche Schuhe sie am Freitagabend zu welchem Kleid anziehen sollten, schienen sie Welten entfernt von dort, wo Claire gerade hergekommen war. Sie hätte vor Glück umherspringen sollen, aber innerlich war sie einfach nur ganz ruhig, viel nachdenklicher als jemals zuvor. Ja, es tat gut, wieder zur Arbeit zu gehen, aber es war, als hätte sich die Achse ihrer Welt verschoben und sie könnte sich darin nicht mehr zurechtfinden.

Claires Gedanken wanderten noch weiter zurück, zu der Reihe Kunstledersessel, der Station für Chemotherapie. Dort hatten sie gesessen, Zeitschriften gelesen und geplaudert – angeschlossen an Schläuche, die sie mit Infusionsbeuteln verbanden, wie in einem Science-Fiction-Film. Die einstündige Wartezeit war anfangs zermürbend gewesen, aber dann hatte man sich daran gewöhnt. Und schließlich hatte sie es geschafft … Aber andere nicht. Claire spürte, wie ihr Tränen in die Augen schossen. Rebecca, Leanne … Freundinnen, mit denen sie sich oft unterhalten hatte, auf die sie sich immer gefreut hatte, wenn sie zu ihrem wöchentlichen Termin antreten musste. Ein Nicken oder ein Winken in Richtung ihrer Familien, wenn sie an ihr vorbeigingen, ein Hallo und auf Wiedersehen. Sie hatten miteinander geredet und Pläne geschmiedet, sich ausgemalt, was sie tun würden, wenn sie endlich von dort wegkämen. Verdammter Mist, dachte Claire bedrückt – manche waren nie von dort weggekommen. Sie war es ihnen schuldig, das Beste aus dem Leben zu machen, das ihr zurückgegeben worden war.

Claire hatte das Gefühl, dass sich Dinge verändern würden, aber sie wusste noch nicht wirklich, wie. Alles, was sie wusste, war, dass sie den Rest dieses Lebens, diese neue Chance, nicht vergeuden durfte.

Offenbar fing sie an, langsam wieder Boden unter den Füßen zu gewinnen, auch wenn der momentan noch etwas wacklig schien. Sie musste sich an der Tatsache festhalten, dass sie Entwarnung bekommen hatte, zumindest für den Moment. Und »für den Moment« reichte für den Anfang.

Draußen war es immer noch dunkel – Claire konnte es durch den Spalt zwischen den Vorhängen erkennen. Es musste früher Morgen sein. Sie sollte versuchen, weiterzuschlafen, aber in ihrem Kopf kreisten die Gedanken. Sie beschloss, aufzustehen und sich eine Tasse Kamillentee zu machen.

Langsam ging Claire nach unten, setzte den Wasserkessel auf und wartete in der muffigen Küche darauf, dass das Wasser kochte. Nachdem sie den Teebeutel hineingegeben hatte, nahm sie ihre Tasse mit ins Wohnzimmer und stellte sich damit ans Fenster. Sie machte sich nicht die Mühe, das Licht anzuschalten. Es fühlte sich friedlich an, einfach nur dazustehen und auf das nächtliche Meer hinauszublicken. Die Wellen schimmerten silbern im Licht des Halbmonds. Die warme Tasse in ihren Händen beruhigte Claire.

Sie glaubte Licht aufflackern zu sehen, möglicherweise von dem Cottage nebenan. Vielleicht war sie nicht die Einzige, die zu dieser ungewöhnlichen nächtlichen Stunde wach war. Beim Teekochen hatte sie das Licht in der Küche eingeschaltet – hatte ihn das gestört? Immerhin war es drei Uhr morgens. Ups, dann würde sie am Morgen einen noch griesgrämigeren Nachbarn haben.

Gegen Morgen war Claire ins Bett zurückgekehrt, um noch etwas Schlaf zu finden, doch beim Aufwachen am nächsten Tag fühlte sie sich wie gerädert. Zeit für einen Tee auf dem Balkon, sagte sie sich.

In ihren Morgenmantel gehüllt, schlurfte sie nach unten in die Küche, um wieder den Kessel aufzusetzen. Selbst im Sommer war es hier kühl. Bislang hatte sie weder einen Heizkörper noch irgendeine Art elektrischer Heizung entdeckt, nur den Kamin im Wohnzimmer. Gott sei Dank hatte sie den Urlaub nicht im Winter gebucht.

Während sie den Tee ziehen ließ, entdeckte Claire einige zerfledderte Bücher im Küchenregal – Kochbücher, darunter auch eines über das Brotbacken. Sie nahm es heraus und überflog ein paar Seiten. Schon immer hatte sie gern Leuten beim Backen zugesehen und die Fehlschläge und die fabelhaften Kreationen der Bewerber aus der Kochsendung *The Great British Bake Off* begutachtet. Vielleicht sollte sie selbst einen Versuch wagen. Sie hatte schließlich jede Menge Zeit. Und dieses Brot aus dem Feinkostladen gestern war superlecker gewesen. Ob es wohl schwierig war, selbst ein Brot zu backen?

Entschlossen nahm Claire das Kochbuch mit nach oben auf den Balkon. Genüsslich trank sie eine Tasse Earl Grey in dem wackeligen, aber gemütlichen Liegestuhl. Dabei überlegte sie erneut, was sie mit ihrem Urlaub anstellen sollte. Wie konnte sie das Beste aus ihrer Zeit machen? In Gedanken begann sie eine Liste zu schreiben. Eigentlich sollte sie sich ja entspannen, aber Claire konnte es nicht lassen; sie war nun mal eine Frau der To-do-Listen. Eine Weile grübelte sie vor sich hin. Das Erste, das ihr vorschwebte, war ein heißes und stark schäumendes Bad.

Also, Nummer eins: Sich ein heißes Schaumbad gönnen.

Was kam als Nächstes? Hmm, ja, überlegte Claire, Nummer zwei: Ein kühles Glas Weißwein schlürfen und dabei die Sonne im Gesicht, das Rauschen des Meeres und die wunderbare Aussicht genießen. Perfekt. Sie musste nur noch die Flasche Wein kaufen gehen.

Nummer drei (langsam schien sie in Schwung zu kommen): Die Welt an sich vorbeiziehen lassen und dabei dem Lachen von Kindern lauschen – im Laufe des Tages würden mit Sicherheit Kinder an den Strand kommen. Kinderlachen war etwas, das einem stets ein Lächeln ins Gesicht zauberte. Falls Claire sich später in ihrem Urlaub nach Gesellschaft sehnen würde, wäre es wunderbar, ihre zwei kleinen Neffen für einen Tag hierher einzuladen. Die beiden brachten sie immer zum Lachen. Claire erinnerte sich noch an den Tag, als die beiden die Einlage für den gepolsterten BH gefunden hatten, als sie nach ihrer Brustamputation bei ihrer Schwester übernachtet hatte. Claire hatte im Schlafzimmer ihres Neffen Ollie geschlafen, und er und sein großer Bruder Jack hatten den mysteriösen Gegenstand am nächsten Morgen auf dem Nachttisch liegen sehen. Sie waren fasziniert gewesen und hatten beschlossen, ihn als Frisbee zu benutzen und durch das Zimmer zu werfen. Als Claire aus der Dusche kam, fand sie die Jungen mitten im Spiel vor. Ihrer Schwester Sally war es sehr peinlich gewesen, und sie hatte den Jungs eine ordentliche Standpauke gehalten, aber Claire fand es lustig – es waren ja nur Kinder, die spielten. Sie hatte gelacht, bis ihr alles wehtat.

Noch bei der Erinnerung daran musste sie lächeln, bevor sie in Gedanken ihre Liste fortsetzte. Nummer vier: Brot selber backen. Ja, Claire wollte es unbedingt versuchen. Sie würde also neben dem Wein noch ein paar Backzutaten einkaufen.

Nummer fünf: Den hübschen (wenn auch griesgrämigen) Typen von nebenan noch einmal nackt sehen. Claire würde frühmorgens wachsam sein müssen. Wenn er auch etwas ungesellig war, hinderte sie das nicht daran, einen Blick auf ihn erhaschen zu wollen. Heute Morgen war jedoch weit und breit keine Spur von dem gebräunten, nackten Po von Mr. Hübsch-aber-mürrisch zu entdecken. Schade. Vielleicht hatte ihn die Tatsache, dass sie nebenan wohnte, verschreckt. Verflixte leere Gasflasche, dachte Claire bedauernd. Wenn sie nicht an seine Tür geklopft hätte, hätte er vielleicht nie bemerkt, dass sie hier wohnte, und wäre weiterhin morgens schwimmen gegangen und hätte ihren Tag erhellt. Claire schwor sich, den seltsamen Fremden künftig in Ruhe zu lassen und geduldig abzuwarten, ob er wieder einmal am Strand erschien.

Nummer sechs: Tanzen im Regen. Claire war sich nicht sicher, woher die Idee stammte, aber es schien ihr wie etwas Nettes und Unbekümmertes. Wenn es das nächste Mal in Strömen regnete (und da sie hier in Northumberland war, würde das bestimmt bald der Fall sein), würde sie nach draußen an den Strand rennen und einen Freudentanz aufführen – einfach weil sie es konnte.

Nummer sieben (jetzt war die junge Frau richtig in Fahrt): Eine neue Freundschaft schließen. Vielleicht mit jemandem hier in Bamburgh. Die Dame aus dem Feinkostladen fiel ihr ein. Sie hatte freundlich und gesprächig gewirkt.

Claire überlegte weiter. Was machte das Leben sonst noch schön und gut? Nummer acht: Eine Tasse Tee, ein Gläschen Wein (das hatte sie ja schon). Cocktails. Vor den Krebs-Behandlungen hatte Claire eine Schwäche für den Mojito in Bellas Bar gehabt, den sie oft zusammen mit Andrea unten am Kai in Newcastle getrunken hatte. Aber danach stand ihr jetzt nicht mehr der Sinn. Nummer neun. Sex on the Beach – okay, wo kam das jetzt her? fragte sich Claire. Nicht der Cocktail, oh nein, die Sache an sich. Wow! Das wäre ziemlich cool und total sexy … oder aber sehr sandig und kratzig. Jedoch bestimmt einen Versuch wert. Allerdings könnte sich die Ausführung dieses Punkts als etwas schwierig erweisen, da sie alleine hergekommen war und eigentlich nicht die Absicht hatte, in nächster Zeit irgendetwas mit Männern anzufangen. Eines Tages vielleicht.

Weiter mit der Liste! ermahnte sie sich. Nummer neun war nichts, was in naher Zukunft bevorstand, also beschloss sie, diese zu streichen, und was Nummer zehn anging, wartete sie noch auf Bestätigung. Es hatte keinen Sinn, Wünsche zu verschwenden, ehe sie wusste, was sie wirklich wollte.

Claire fragte sich, ob es vielleicht eine Nach-dem-Krebs-Wunschfee gab. Wie die Zahnfee. Man verlor eine Brust und hatte dafür ein paar Wünsche frei. Über den Einfall musste sie selbst staunen.

Während sie weiter über ihre Liste nachdachte, kam ihr in den Sinn, dass sie eigentlich weniger egoistisch sein und jedem, den sie liebte oder kannte, viel Gesundheit, jede Menge Glück und ganz eigene magische Momente wünschen sollte. Damit hatte sich Nummer neun doch noch geklärt.

Energisch wandte Claire sich wieder ihrem Tee und dem

Kochbuch zu und blätterte die Brot-Rezepte durch. Sie sahen nicht allzu kompliziert aus, und die Zutaten würden nicht sehr teuer sein. Brotbacken war eine Sache, die sie definitiv heute tun konnte. Und jetzt – nach dem Motto »Was du heute kannst besorgen, das verschiebe nicht auf morgen« – würde sie ein gemütliches Bad nehmen.

Voller Vorfreude ging Claire ins Badezimmer, wo sie den Wasserhahn ganz aufdrehte. Wenigstens schien es heute genügend heißes Wasser zu geben. Sie goss etwas von dem Molton-Brown-Schaumbad, das sie noch vom letzten Weihnachten aufbewahrt hatte, ins Wasser. Während der Schaum höher stieg, zog sie ihren Bademantel aus, wobei sie versuchte, nicht auf ihre Narbe zu achten, und ließ sich bis zum Kinn ins Wasser sinken. Nach Ingwerlilie duftende Seifenblasen zerplatzten sanft um sie herum. Glückseligkeit. Eigentlich sollte sie sich auch ein kühles Gläschen Champagner zu Gemüte führen, damit sie gleichzeitig Bläschen *trinken* konnte – aber dafür reichte ihr Budget nicht aus. Trotzdem, vielleicht konnte sie später die Flasche Wein im Gemischtwarenladen besorgen. Sie würde ihre Wunschliste in Höchstgeschwindigkeit abarbeiten!

Mit nassen Händen griff Claire nach dem Backbuch, das sie ins Badezimmer mitgenommen hatte. Sie ließ noch etwas heißes Wasser ein und verlor sich dann in einer Welt aus Mehl Type 405, Focaccia mit Rosmarin und im Steinofen gebackenem Brot. Vierzig Minuten später stieg sie aus der Wanne, blass und schrumpelig, aber entspannt und zufrieden.

Eine halbe Stunde später machte sich Claire mit ihrem Rucksack und einer Regenjacke wieder auf den Weg den Strand entlang. Dunkle Wolken zogen sich am Horizont zusammen, eine graue Wand türmte sich in der Ferne über dem Meer auf, wo bereits der Regen niederprasselte. Es würde auf jeden Fall ein wechselhafter Tag werden. Claire würde zunächst zum Feinkostladen gehen – hoffentlich hatten sie die Art von Mehl und die Hefe, die sie brauchte. Sie sah sich schon vor sich, wie sie in einer Küche im Stil der Fünfzigerjahre energisch den Teig knetete wie die Fernsehköchin Mary Berry. Was sich Claire tatsächlich sehr gut vorstellen konnte, war, wie sie auf das Gesicht ihres Ex-Mannes einschlug. Boom. Gerade als sie gedacht hatte, ihr Leben könnte nach den ganzen Behandlungen wieder zur Normalität zurückkehren. Paul … Und diese Sexbombe. Claire war noch immer erschüttert. Wie hatte sie nichts bemerken können? »In guten wie in schlechten Tagen …« Er war mit ihr den Weg gegangen, weil sie ihm leidgetan hatte, nur um sie in dem Moment, der ihr Happy End hätte sein sollen, mit einer Wahrheit zu konfrontieren, die sie völlig verstörte.

Okay, genug mit dem Selbstmitleid, ermahnte sich Claire. Sie würde nicht diese Richtung einschlagen. *Verbanne diese negativen Bilder, jetzt sofort.* Sie war hergekommen, um Frieden und Ruhe zu finden, nicht, um in Rachegedanken zu schwelgen. Aber vielleicht wäre etwas Teig schlagen eine gute Therapie.

Am Strand war es heute ruhiger; das kühlere Wetter hielt die Menschen fern. Nur ein paar abgehärtete Urlauber in Anoraks und einige Hundebesitzer waren unterwegs, und eine unerschütterliche Familie hatte ein Lager mit Windschutz aufgeschlagen.

Nach einem fünfundvierzigminütigen Spaziergang erreichte Claire das Dorf. Im Feinkostladen wurde sie wieder von derselben Frau mit einem warmen Lächeln begrüßt. Heute trug sie eine fröhliche geblümte Schürze im Vintage-Stil.

»Hallo, junge Dame – na, wieder da?«

»Ja. Das Brot, das ich gestern gekauft habe, war köstlich. Jetzt bin ich inspiriert, es selber mit dem Brotbacken zu versuchen. Ich bräuchte Mehl und etwas Hefe, falls beides bei Ihnen erhältlich ist?«

»Oh, das ist ja fabelhaft. Wie aufregend. Ich liebe hausgemachtes Gebäck. Die Brote hier backe ich alle selbst.«

»Wow, das ist echt beeindruckend. Sie haben also auch das Honig-Vollkornbrot gemacht?«

»Nun ja, ja, vielen Dank. Also, Sie sagen, Sie haben noch nie selber Brot gebacken? Dann schlage ich vor, Sie probieren etwas Unkompliziertes für Anfänger aus.«

»Auf jeden Fall. Ich habe in einem alten Kochbuch ein Rezept für ein ganz klassisches Brot gefunden.«

»Das reicht für den Anfang, meine Liebe. Das Wichtigste zuerst – Sie werden feines Weizenmehl Type 405 brauchen. Möchten Sie ein Weißbrot oder lieber ein Vollkornbrot backen?«

»Ich würde mit einem einfachen Weißbrot anfangen.«

»Was die Hefe angeht, empfehle ich Ihnen Trockenhefe in Päckchen. Sie erfüllt ihren Zweck und lässt sich leicht verarbeiten. Öl – haben Sie etwas Öl, um den Teig geschmeidig zu machen? Olivenöl oder Sonnenblumenöl?«

»Sonnenblumenöl.«

»Und Salz?«

»Ich glaube, im Cottage müsste noch etwas da sein.« Claire hatte auf einem der Küchenregale ein Päckchen Salz entdeckt. Allerdings sah die Verpackung genauso aus wie die Schachteln, die ihre Oma immer zu Hause gehabt hatte, als Claire noch klein war. »Na ja, wahrscheinlich steht es da schon seit den Siebzigerjahren herum, also ja bitte, ich würde auch etwas Salz dazunehmen.«

»Gut.« Die Ladeninhaberin ging geschäftig die Regale im hinteren Teil des Ladens entlang und nahm die Waren heraus. »Wo, haben Sie gesagt, wohnen Sie?«

»Im Cottage von Mr. Hedley, den Strand runter. Es heißt Farne View.«

Die Frau drehte sich mit hochgezogenen Augenbrauen um. »Ah ja, ich kenne es.« Ihr Mund zuckte; dem Ferienhaus eilte wohl sein Ruf voraus. »Und Sie kommen dort gut zurecht?« Sie sah skeptisch aus.

»Ja, alles in Ordnung. Etwas schlicht, aber es geht schon.«

»Na dann. Ich heiße übrigens Lynda. Schön, Sie kennenzulernen.« Die Frau wischte sich mit der Schürze den Mehlstaub von den Händen und reichte Claire über den Tresen hinweg die Hand.

»Claire. Ich bin noch ein paar Wochen da, ich komme also bestimmt wieder.«

»Sehr schön. Ich würde mich freuen, dich wiederzusehen, Claire. Genieß deine Zeit hier. Und viel Erfolg mit dem Brot. Du musst unbedingt vorbeikommen und erzählen, wie das Backen geklappt hat.«

»Ja, gerne – das nächste Mal komme ich wahrscheinlich, um wieder eines deiner Brote zu kaufen!«

»Man kann nie wissen, vielleicht hast du das richtige Händchen. Du könntest ein Naturtalent sein.«

»Mal sehen.« Claire war sich nicht sicher. Obwohl sie anderen gern beim Backen zusah, war es nie wirklich ihr Ding gewesen. Ein paar halb aufgegangene Cupcakes waren bisher das Beste, was sie zustande gebracht hatte.

Sie nahm ihre Waren in Empfang, zahlte und ging in Richtung Ausgang, gerade als eine junge Mutter mit einem kleinen Kind den Laden betrat.

»Danke. Tschüss, Lynda«, sagte Claire zum Abschied

»Tschüss, meine Liebe.«

Es war schön, mit den Einheimischen zu plaudern, überlegte Claire im Weitergehen. Und Lynda schien wirklich aufrichtig und freundlich zu sein. Wenigstens war weit und breit kein Griesgram in Sicht.

Wie schwer konnte dieses Brotbacken schon sein, fragte sich Claire, als sie nach dem langen Marsch ins Cottage zurückgekehrt war und den Rucksack erleichtert abgelegt hatte.

Zuerst brauchte sie eine Küchenwaage. Würde sie hier überhaupt eine finden? Nach einer umfassenden Erkundung der Schubladen entdeckte Claire ein altertümliches Exemplar aus schwarz lackiertem Metall, das tatsächlich noch eine Schüssel für Einzelgewichte auf der einen und eine weitere flache Schüssel zum Ausbalancieren auf der anderen Seite hatte. Junge, die Waage war ganz schön schwer. Zum Glück waren die Mengenangaben im Kochbuch in britischen Maßeinheiten angegeben, denn die Gewichte lagen lediglich als Pfund und Unzen vor. Claire brauchte ein Pfund feines Mehl und, wie sie vermutete, ein Päckchen Trockenhefe, denn dem Rezept zufolge sollte es eine halbe Unze Frischhefe sein. Dazu etwas Öl – dafür würde sie Sonnenblumenöl verwenden. Im Buch hieß es pflanzliches Öl, aber das müsste schon passen. Claire füllte einen Glaskrug mit Wasser und wog die Menge ab, die sie brauchen würde.

Okay, dann mal los, sagte sie sich. Anscheinend kamen alle Zutaten auf einmal in die Schüssel. Ups, aber nicht das ganze Wasser. Schnell stellte Claire den Krug wieder ab. »Zu einem festen Teig kneten«, hieß es. Sie machte sich an die Arbeit und steckte bald bis zu den Handgelenken in einer weichen, pampigen Paste. Das fühlte sich sooo klebrig an. Die Konsistenz erinnerte sie an die Knetmasse, mit der sie als Kind gespielt hatte, aber nicht einmal die war so klebrig gewesen. Vielmehr glich der Teig der Masse, die man benutzte, um Löcher in der Wand zu füllen. Eigentlich könnte sie ihn für das Cottage gut gebrauchen und damit die maroden Wände verputzen, die angefangen hatten zu bröckeln.

»Drücken Sie mit dem Handballen in den Teig, und falten Sie ihn wieder zusammen.« Claire musste die Arbeitsfläche immer wieder neu einölen, da der Teig daran kleben blieb, aber nach und nach wurde er fester, elastischer. Zehn Minuten hatte der Knetvorgang dauern sollen. Das war ihr machbar vorgekommen, aber nach fünf Minuten taten ihr bereits die Hände weh, und der Teig schien nicht annähernd so nachgiebig und weich, wie er sein sollte. Weich? Knotig und spröde traf es wohl eher. Claire machte beharrlich weiter. Nach außen drücken und wieder einrollen. Wenigstens half ihr der Rhythmus des Knetens dabei, sich abzulenken.

Nach einer Weile schien der Teig endlich ein Ganzes zu sein und federte leicht unter ihrem Handballen. Elf Minuten, das sollte reichen. Als Nächstes musste sie ihn in eine eingeölte Schüssel legen. Claire deckte den Teig wie in der Anleitung beschrieben mit einem Geschirrtuch ab und ließ ihn stehen.

Sie fühlte sich weniger wie Mary Berry, sondern vielmehr wie einer der Teilnehmer aus dem Kochwettbewerb, der gleich bei der ersten Runde hinausgeflogen war. Oder noch eher wie einer, der es nur bis zum Austragungsort geschafft hatte. Dennoch, die Tat war vollbracht, sie musste den Brotteig jetzt nur noch gehen lassen. Dem Rezept zufolge sollte dies mindestens eineinhalb Stunden dauern. Zeit, sich ein schönes Glas von dem kühlen Pinot Grigio einzuschenken, den sie im Anschluss an ihren Besuch im Feinkostgeschäft im Gemischtwarenladen gekauft hatte, und sich damit nach draußen zu setzen. Die Wolken hatten sich nach einem kurzen, heftigen Schauer zerstreut, und die Sonne war – wunderbarerweise – wieder hervorgekommen. Claire fand ein verstaubtes Weinglas im Küchenschrank, spülte es ab und öffnete dann die Flasche. Der Wein duftete aromatisch und fruchtig. Sie goss sich ein halbes Glas ein.

Gemächlich ging Claire nach draußen in ihren überschaubaren, struppigen Garten und setzte sich auf einen der hölzernen Klappstühle an den kleinen, wackligen Tisch. Während sie auf die unruhigen Wellen hinausblickte, die im Sonnenlicht glitzerten, nahm sie langsam einen Schluck Wein. Sofort breitete sich der Geschmack von Äpfeln, Kräutern und Vanille in ihrem Mund aus. Wow, es war großartig, wieder richtig schmecken zu können. Die Chemotherapie hatte jedes ihrer Sinnesorgane beeinträchtigt und bewirkt, dass ihre Geschmacksknospen nichts mehr aufnahmen, aber langsam hatten sie sich erholt. Claire würde natürlich nicht zu viel Alkohol trinken, denn sie wollte ihren Körper, der bereits so viel durchgemacht hatte, nicht noch weiter strapazieren. Aber man musste sich auch mal was Gutes gönnen ….

Sie hatte ihr Handy mit nach draußen genommen, was in Anbetracht des schlechten Empfangs sehr optimistisch war. Aber tatsächlich erklang wenige Sekunden später der SMS-Klingelton.

Es war ihre Schwester, Sally. *Wie geht's dir, Clairebo? x* Ein Spitzname, den ihr die Familie aufgrund ihrer großen Vorliebe für Haribo-Gummibärchen verpasst hatte.

Gut, alles in Ordnung x, schrieb sie zurück. Kurz und bündig. Sie würde später einen Spaziergang zur Düne machen und von dort aus versuchen, ihre Schwester anzurufen, wo sie hoffentlich besseren Empfang hatte.

Sicher? kam es wieder von Sally. Wie immer war sie besorgt um ihre kleine Schwester.

Na klar. Bin dabei, mich zu entspannen. Genieße den Meerblick.

Noch nicht gelangweilt von dir selbst?

Nein, bin ich denn so eine schlechte Gesellschaft?

Ne, natürlich nicht. Wie ist das Cottage? Nett?

Ha. Claire grinste schief. Zum Glück konnte Sally nicht sehen, wie das Häuschen hinter ihr in sich zusammenzufallen schien. *Schrullig* war die ehrlichste Antwort, die sie geben konnte.

Bin am Überlegen, nächsten Samstag vorbeizukommen. Wär das okay für dich?

Zack, ihre Abgeschiedenheit war wohl dahin. Aber sie waren immer gut miteinander ausgekommen, auch wenn ihre Schwester manchmal etwas herrisch sein konnte. Das war bei älteren Schwestern wohl so üblich. Und Sally hatte sich stets um sie gekümmert und ihr während ihrer Krebsbehandlung eine Schulter zum Anlehnen geboten.

Ja, das wäre schön. Ich meld mich bei dir im Laufe der Woche. Sag dir dann Bescheid, wie du am besten herkommst.

Super.

Mark und den Kindern geht's gut? tippte Claire.

Ja, alles gut hier. Bis bald x

Bis nächste Woche! X

Sie würde also Besuch bekommen.

Eine Stunde war mittlerweile verstrichen. Claire ging gespannt nach drinnen, um einen Blick auf ihr Erzeugnis zu riskieren. Der Teig war mindestens um das Doppelte aufgegangen, irgendetwas hatte sie also richtig gemacht. Sie sollte jetzt wohl besser den Ofen einschalten. Gas Stufe sechs, hieß es im Rezept – dieser Gasofen war so ungewohnt. Ihr Herd zu Hause funktionierte elektrisch, und die Temperatur war in Celsius angegeben. Während Claire ratlos am Regler drehte, fiel ihr auf, dass es auch einen Zündknopf gab. Kurz entschlossen drückte sie ihn bei offener Ofentür, damit sie sehen konnte, was passierte. An der Ofenrückwand flackerte eine blaue Flamme auf. Alles schien in Ordnung zu sein.

Eine halbe Stunde später stand Claire wieder in der Küche und knetete noch einmal den Teig durch. Sie hatte geglaubt, dass sie ihn schon in den Ofen schieben könnte, aber als sie das Rezept noch einmal durchlas, stellte sie fest, dass sie ihn eine weitere Stunde gehen lassen musste, nachdem sie ihn zu einem ovalen Brotlaib geformt hatte. *Herrjemine! So viel Aufwand für nur ein Brot.* Hoffentlich war es das wert. In der Zeit, bis es fertig sein würde, hätte Claire ein paar Mal zum Feinkostladen und wieder zurück laufen und ein vermutlich viel leckereres Brot aus Lyndas hausgemachtem Angebot mitnehmen können.

Endlich war das Brot so weit, dass sie es mit etwas Mehl bestäubt in den Ofen schieben konnte. Es sollte in dreißig Minuten fertig sein. Claire warf einen Blick auf ihre Uhr. Vor vier Stunden hatte sie mit dem Backen angefangen. Ach du meine Güte, dachte sie erschöpft und ließ sich auf einen Stuhl fallen.

Eine halbe Stunde später öffnete sie vorsichtig die Ofentür … Die Stunde der Wahrheit war gekommen. Das Brot sah etwas blass aus. Claire nahm es heraus, aber es fühlte sich irgendwie nicht fertig an, wenn sie es berührte. Sollte es nicht weniger nachgeben und knuspriger sein? Claire vermutete, dass es wohl noch nicht ganz durch war, und schob es noch einmal in den Ofen. Es duftete allerdings herrlich. Nichts ging über den Duft von frisch gebackenem Brot. Vielleicht waren manche Dinge das Warten wert, ging es ihr durch den Kopf.

Nach weiteren zehn Minuten konnte sie das goldbraun gebackene und perfekt geformte Brot aus dem Ofen nehmen. Sie sollte es eigentlich abkühlen lassen, aber der Duft des frischen Gebäcks zog sie immer wieder zurück in die Küche. Claire konnte nicht länger warten. Nach kurzem Zögern schnitt sie eine Scheibe davon ab und bestrich sie mit Butter. *Mm, echt gut.* Es war lecker – etwas teigig vielleicht, aber für einen ersten Versuch gar nicht schlecht. Sie könnte es mit dem Rest der Suppe essen oder sich vielleicht ein Sandwich mit Speck machen.

Nach der anstrengenden Brotbackaktion verbrachte Claire den Nachmittag mit entspannender Lektüre auf dem Balkon. Während es langsam Abend wurde, saß sie in ihrem Liegestuhl und betrachtete den Sonnenuntergang über dem Meer, der den Himmel in intensiven Rot- und Pfirsichtönen erstrahlen ließ. Mit ihrem zweiten Glas Wein in der Hand lauschte sie ruhig dem Rhythmus der heranrollenden und sich wieder zurückziehenden Wellen. Zwei schwarz-weiße Seeschwalben flogen über den Strand und dann landeinwärts über die Dünen, um sich zum Schlaf niederzulassen.

Claire hatte sich einen Cardigan über ihr T-Shirt gezogen, aber es war ein milder Abend, ruhig und still. Sie genoss die Ruhe und den Frieden. Das Alleinsein war so entspannend. Ja, es würde sicherlich schön sein, ihre Schwester nächste Woche zu Besuch zu haben, aber für den Moment war Alleinsein genau das, was sie brauchte. Tatsächlich war es hier, trotz des heruntergekommenen Zustands, in dem sich das Cottage befand, so ziemlich perfekt.

Am nächsten Morgen wachte Claire wieder früh auf. Sie ging hinaus auf den Balkon, um den Tag zu begrüßen. Ihr Blick fiel auf den bekannten morgendlichen Kleiderstapel – dieses Mal lag er etwas weiter den Strand hoch. Ihr Herz machte einen kleinen Hüpfer. Mist, sie musste ihn verpasst haben, als er aus dem Haus gekommen war. Aber sie würde für den Anblick, der sich ihr bieten würde, wenn er zurückkam, schon mal auf dem Liegestuhl Position beziehen. Ihre Tasse Tee konnte warten.

Leider hatte er sich dieses Mal eine Stelle weiter weg vom Cottage ausgesucht. Vermutlich war er jetzt, da er wusste, dass jemand nebenan wohnte, vorsichtiger. Claire hielt eine Weile Ausschau, dann sah sie ihn, wie er gerade das Ufer erreichte und aus dem Wasser herauskam. Groß, gebräunt, Salzwasser perlte von ihm ab, und wieder war er splitterfasernackt. Was für ein Körper! Es kam Claire vor, als hätte sie ein verruchtes, von Schuldgefühlen begleitetes Geheimnis, wie sie da im Schatten ihres Balkons lauerte und den »Meerblick« bewunderte. Aber sie konnte einfach nicht widerstehen. Auch wenn er ein Griesgram war, sie musste ja nicht mit ihm reden, um seinen durchtrainierten Körper zu bestaunen.

Nach diesem morgendlichen Erlebnis hatte Claire einen ziemlich entspannten Tag. Zum Frühstück gab es ein paar getoastete Scheiben ihres selbstgemachten Brotes mit Butter und Erdbeermarmelade – köstlich. Sie verbrachte einige angenehme Stunden mit Lesen und machte dann gemächlich einen Spaziergang. Diesmal wanderte sie in die entgegengesetzte

Richtung von Bamburgh und genoss die Aussicht zwischen der Ortschaft Seahouses und den Farne-Inseln. Sie tauchte die Füße in die kühle Nordsee und ließ sich bis zu den Waden vom Schaum der heranrollenden Wellen umspülen.

An diesem Abend hörte Claire draußen, wie der Motor eines Autos gestartet wurde; der Kies knirschte, und dann waren im Cottage nebenan alle Lichter aus. Der Nachbar musste nach Hause gefahren sein. Es war Sonntag. Vielleicht war er ein Wochenendausflügler, überlegte sie. Jetzt war sie wirklich ganz allein in dieser kleinen Siedlung.

Es war sehr still und dunkel in dieser Nacht. Alles, was Claire hören konnte, waren ein Knacken im Dachgebälk, das Klappern eines Fensterrahmens und das Scheppern einer lockeren Regenrinne. Claire kuschelte sich unter ihre Bettdecke und fragte sich, ob der Unbekannte wohl der Besitzer des Hauses nebenan war, ob er nächstes Wochenende wiederkäme oder ob er ebenfalls nur Urlaub gemacht hatte und sie ihn nie wiedersehen würde.

5. Kapitel

Fish and Chips mit Unmengen Salz und Essig, Softeis und der Ausblick auf den Hafen

Claire begann, ihre Tage nach einem eigenen Rhythmus zu gestalten: Spazierengehen, Spazierengehen, Lesen. Es war wunderbar, keine Termine und Deadlines zu haben und es niemandem recht machen zu müssen. Wenn sie ausschlafen wollte, konnte sie das tun, auch wenn es irgendwie nie dazu kam – sie wachte immer noch sehr früh auf. Wenn sie sich am Nachmittag mit einem Buch zurück ins Bett verkriechen wollte, dann konnte sie das ebenfalls tun. Wenn sie um drei Uhr morgens ein Bad nehmen wollte, stand dem nichts entgegen – wozu sie sich tatsächlich vor Kurzem hatte hinreißen lassen. Sie konnte spazieren gehen, laufen, singen, zu den Liedern von ihrem iPod tanzen, backen, nackt herumlaufen (wonach ihr nicht wirklich der Sinn stand, aber theoretisch hatte sie die Möglichkeit). Sie konnte nichts tun und einfach alles – innerhalb eines vernünftigen Rahmens. Es schränkte sie allerdings etwas ein, dass sie kein Auto und nur wenig Geld hatte. Aber sie hatte einen goldenen Strand, den weiten Himmel über sich und jede Menge Zeit. Es lag ganz bei ihr, was sie damit anstellte.

So ging die erste Woche ihres Urlaubs vorüber. Am Mittwoch war Claire noch einmal ins Dorf gegangen, hatte sich im Feinkostladen ein bisschen mit Lynda unterhalten, Vollkornmehl für ihr nächstes Backabenteuer gekauft sowie leckeren Käse aus der Region und eine Leberpastete. Beim Metzger besorgte sie ein paar schmackhafte Würstchen, die hier Bamburgh Bangers hießen, und machte sich mit diesen, ihrem frisch gebackenen Brot und gebratenen Zwiebeln ein absolut geniales Sandwich – es schmeckte fantastisch!

Am Abend hielt Claire sich am liebsten auf ihrem grasbewachsenen Stück Garten auf. Sie beobachtete die letzten Strandbesucher, wie sie sich auf den Nachhauseweg machten, und die Meeresvögel, wie sie am Strand auf und ab spazierten, bis es Zeit war, sich einen Schlafplatz zu suchen. Sie sah zu, wie sich das Tageslicht, eine Mischung aus Pfirsich- und Goldtönen, langsam veränderte und der Himmel nach den kräftigen Acrylfarben des Tages sanfte wasserfarbenartige Töne annahm, während Claire mit ihrem Buch, einem Glas Pinot Grigio und einem um die Schultern geschlungenen Cardigan auf einem Liegestuhl saß und um sie herum die Dämmerung hereinbrach. Erst gegen halb elf wurde es richtig dunkel.

Es war eine gute erste Woche gewesen. Claire genoss ihre Auszeit wirklich sehr, und zum ersten Mal seit einer Ewigkeit begann sie, sich zu entspannen. Nur für sich zu sein, war ein angenehmes Erlebnis.

Am Samstagmorgen um Punkt zehn Uhr rollte der Wagen ihrer Schwester in die kiesbedeckte Einfahrt. Am Abend zuvor hatte ein beklommenes Gefühl Claire beschlichen. Sie waren immer gut miteinander ausgekommen, doch ihr war klar, dass Sally die Kontrolle über die nächsten Tage übernehmen würde – das war nun mal ihre Art. Mitte letzter Woche hatte sie angerufen. »Du hast schon ein Gästezimmer, oder?« Aus dem kurzen Besuch am Samstag war eine Übernachtung geworden und damit im Grunde ein ganzes Wochenende. Claire hatte es nicht gewagt, Sally zu erzählen, in was für einem Zustand sich das Cottage befand. Nun hoffte sie verzweifelt darauf, dass es sonnig bleiben würde, damit sie die meiste Zeit draußen verbringen konnten. Ein Pluspunkt war, dass ihre Schwester mit dem Auto kam, so waren sie beweglicher.

»Hi, Claire.«

Mit einem breiten Lächeln stieg Sally aus ihrem BMW, in der Hand einen Strauß leuchtender pfirsichfarbener und gelber Nelken. Sie war dreiunddreißig und damit drei Jahre älter als Claire, ein Stück größer, ihr Haar hatte ein kräftigeres Braun und fiel ihr gepflegt und schwungvoll auf die Schultern herab. Wie immer trug sie eine beigefarbene Chinohose, ihr Markenzeichen, dazu eine pinkfarbene gestreifte Bluse. Ihre große Schwester gehörte definitiv zur Sorte der schicken, attraktiven jungen Mütter, und Claire kam sich neben ihr immer ein wenig farblos und unelegant vor. Sally drückte sie fest, dann holte sie ihren Handkoffer aus dem Kofferraum und schritt, wie immer schnell und selbstbewusst, auf das Cottage zu.

»Du siehst gut aus, Schwesterherz«, sagte sie bestimmt.

»Ach, das sagst du nur so.«

»Nein, natürlich nicht. Es sind die Haare.«

»Du meinst, dass ich wieder welche habe?«

»Also, ja. Aber dieser Kurzhaarschnitt, er steht dir. Ich glaube, das letzte Mal habe ich gesagt, dass du damit aussiehst wie Audrey Hepburn. Oder sogar Anne Hathaway. Und das stimmt auch.«

»Danke.« Claires Stimme klang zaghaft. Es war lange her, dass sie sich auch nur annähernd attraktiv gefühlt hatte. Sie konnte sich noch gut an das schreckliche Gefühl erinnern, als ihr Haar vor sieben Monaten angefangen hatte, auszufallen. Oh ja, wenn man büschelweise Haare verlor, wurde einem bewusst, wie sinnlos es war, sich all die Jahre seit der Pubertät Gedanken darüber zu machen, ob das Haar nicht zu lockig, zu mattbraun oder zu dunkel war.

»Also, was steht auf dem Programm?«, erkundigte sich Sally forsch.

Claire hatte noch nicht wirklich weiter gedacht, als für sie beide Kaffee zu kochen und vielleicht einen Spaziergang am Strand zu machen. »Kaffee?« Sie lächelte unschlüssig. »Wir könnten uns in den Garten mit Meerblick setzen.« Claire wollte ihre Schwester schnell aus dem Haus bekommen, bevor sie Gelegenheit hatte, es genauer unter die Lupe zu nehmen. »Es ist leider nur Instantkaffee.« Sie wusste, dass Sally frisch gemahlenen Kaffee aus der Kaffeemaschine bevorzugte, was tatsächlich die schmackhaftere Wahl wäre, aber bei ihren Reisevorbereitungen in letzter Minute hatte Claire nur das Wichtigste eingepackt und auch nicht daran gedacht, welchen im Dorf zu besorgen.

Als die beiden Schwestern schließlich mit ihren Tassen in der Hand dasaßen, auf den Strand hinunterblickten und die Wellen in der Ferne beobachteten, begannen sie, in Erinnerungen zu schwelgen.

»Hey, weißt du noch, als wir mit Oma und Mum die Sommerferien hier verbracht haben?«, fing Sally an.

»Ja, ich glaube, es waren genau diese Ferien, die mich dazu inspiriert haben, wieder herzukommen.«

»Eingepfercht in diesen kleinen Wohnwagen«, fuhr Sally in Gedanken versunken fort. »Der kleine Schlafraum, den wir uns zu zweit geteilt haben. Wir haben fast Kopf an Kopf geschlafen.«

»Ja, und wenn du geschnarcht hast, dann direkt in mein Gesicht.«

»Ich habe nie geschnarcht.«

Claire hob die Augenbrauen. »Und Dad ist immer an den Wochenenden gekommen«, fuhr sie fort.

»Ja … Dad.« Beide verstummten, als die Erinnerung an ihren Vater wach wurde. Dieser hochgewachsene, charakterstarke Mann, dessen sattbraunes Haar über die Jahre weiß geworden war, der zu all ihren Korbballspielen gekommen und mit ihnen schwimmen gegangen war, der am Strand mit ihnen Schlagball gespielt, der ihnen Eis, neue Schuhe, Hochzeitskleider gekauft und ihnen seine Liebe und Unterstützung geschenkt hatte.

Claire spürte den vertrauten Kloß im Hals. »Der Gute.« Beide seufzten.

Als er starb, stand Claire kurz vor ihren Abschlussprüfungen in Journalistik, nachdem sie als Spätstudierende wieder an die Universität gegangen war. Ihr Vater hatte nicht mehr bei ihrer Abschlussfeier dabei sein können. Das war jetzt fünf Jahre her. Sie vermisste ihn immer noch so sehr. Seine kraftvollen Umarmungen und seine bodenständigen Ratschläge. In schwierigen Zeiten hörte sie immer noch seine Stimme in ihrem Kopf: »Komm schon, Claire, du schaffst das – zeig ihnen, aus welchem Holz du geschnitzt bist, Liebes.«

Auf gewisse Weise war sie froh, dass er ihren Kampf mit dem Krebs nicht hatte miterleben müssen. Allerdings hätten ihr seine Umarmungen sicher dabei geholfen, alles zu überstehen.

»Ja«, nahm Claire das Gespräch mit ihrer Schwester wieder auf. »Und er ist freitags nach der Arbeit zum Wohnwagen gekommen, immer noch in Anzug und Krawatte, die Taschen voller Süßigkeiten. Mum hat sich furchtbar darüber aufgeregt und gemeint, dass der viele Zucker nur unsere Zähne kaputt macht. Dann hat er uns alle zu diesem Stand am Hafen mitgenommen und uns zu Fish and Chips eingeladen.«

»Oh ja, diese Fish and Chips«, fuhr Sally begeistert fort. »Das waren einfach die besten. Wir haben sie auf der Hafenmauer frisch aus dem Zeitungspapier gegessen. Die Möwen hatten es immer auf die Reste abgesehen.«

»Und weißt du noch, wie eine auf Mums Kopf gekackt hat?« Claire grinste. Die Frisur ihrer Mutter war hinüber gewesen, worüber sich diese unglaublich aufgeregt hatte.

Sie lachten, während sie diese Erinnerungen an eine glückliche Kindheit miteinander teilten.

»Das war in Seahouses, oder? Es liegt direkt an dieser Straße«, bemerkte Claire.

»Wir könnten zum Mittagessen dort hinfahren«, schlug Sally vor. »Was hältst du davon?«

»Das ist wirklich eine tolle Idee.« Heißer, knuspriger Backteig, zarter weißer Fisch, Essig, Salz und dazu knackige Pommes. Mmmm.

Sally nahm einen Schluck Kaffee. »Jepp, dann haben wir einen Plan. Auf meine Rechnung.«

Zwei Stunden später saßen die beiden Schwestern auf der steinernen Hafenmauer, jede mit einer Plastikbox auf den Knien. Die nostalgischen Zeiten, in denen Fish and Chips noch in Zeitungspapier serviert wurden, waren vorbei. Die Fischstücke und die Pommes rochen jedoch immer noch köstlich und schmeckten verdammt lecker. Sally und Claire hatten jede

Menge Salz und Essig auf ihre Portionen bekommen. Wie konnte es sein, dass Salz und Essig aus dem Fischladen immer besser schmeckten als zu Hause? Die beiden stürzten sich auf das Essen, spießten mit den kleinen Holzgabeln Pommes auf und brachen mit den Fingern Stücke von knusprigem Teig und saftigem Kabeljau ab. Es war eine der besten Mahlzeiten, die Claire seit langer Zeit zu sich genommen hatte.

»Also, wie geht es dir wirklich, Schwesterherz?«, wollte die Ältere wissen. »Genießt du deinen Urlaub?«

»Ja, es war eine sehr schöne Woche. Und es geht mir gut«, antwortete Claire und ließ eine auf die Gabel gespießte Pommes in der Luft verharren.

»Schön, das zu hören. Du hast eine ziemlich harte Zeit hinter dir.«

»Ich schätze, ja.« Claire ließ ihre Beine von der Hafenmauer baumeln, so wie sie es als Kind getan hatte.

»Hör dich nur an, wie du alles herunterspielst. Du warst einfach unglaublich. Wenn man bedenkt, womit du fertigwerden musstest und wie du damit umgegangen bist. Diesen beschissenen Krebs überstanden hast. Die ganzen Behandlungen.«

»Na ja, ich hatte nicht wirklich eine Wahl, oder? Aber ich fühle mich jetzt so gut wie schon seit ewigen Zeiten nicht mehr. Ich werde auch langsam wieder fitter.«

»Das freut mich für dich … Hör zu, Claire, ich bin nicht besonders gut in solchen Sachen, und ich habe es nie ausgesprochen, aber was ich dir wirklich mal sagen wollte … ich bin stolz auf dich.«

Sally sprach sonst nie solche Dinge aus, die sie als sentimentalen Kram bezeichnet hätte. Sie war eher eine Frau, die »Reiß dich am Riemen und bring es hinter dich« sagte. Claire merkte, wie sie von Gefühlen überwältigt wurde. Die nächste Pommes blieb ihr im Hals stecken. Sie schluckte. Schniefte. Blickte zum Horizont, dann zu den Booten, die im Hafen auf und ab schaukelten.

»Ich frage mich, ob es hier irgendwelche sexy Fischer gibt?«, meinte Sally frotzelnd, um die Spannung zu lösen.

»Hmm, ein hübscher Rettungsbootsmann würde es auch tun. Stattlich und heldenhaft«, erwiderte Claire, die sich schnell wieder gefasst hatte.

»Ja, und er würde nicht den ganzen Tag nach Fisch stinken. Gut mitgedacht.«

Sie lachten und widmeten sich den letzten Pommes.

»Danke«, sagte Claire. *Für die Fish and Chips. Dafür, dass du eine großartige Schwester bist. Für alles.*

»Sehr gerne. Komm, lass uns zurückfahren. Wir könnten unterwegs ein, zwei Flaschen Wein mitnehmen.«

Gerade wollten sie nach rechts in die Einfahrt zum Cottage einbiegen, als von links ein schwarzer Jeep herangefahren kam und vor ihnen abbog. Claire erkannte das sandfarbene Haar ihres Nachbarn. Sie spürte ein merkwürdiges Flattern im Magen.

Um auf ihren Parkplatz vor dem Cottage zu gelangen, mussten sie um seinen Wagen herumfahren. Der Nachbar stieg im gleichen Moment wie die beiden Schwestern aus. Immer noch ohne ein Lächeln. Er hatte eine dunkle Jeans und ein blau kariertes Hemd an, das am Hals offen stand. Claire hatte ganz vergessen, wie groß und breitschultrig er war. Sie sah zu ihm hinüber und grüßte ihn mit einem kurzen »Hallo«, während Sally neugierig eine Augenbraue hob und mit den Lippen die Worte »Wer ist das?« formte.

»Nachbar«, gab Claire lautlos zurück. Ihre Schwester wäre weniger begeistert gewesen, wenn sie bereits mit ihm geredet hätte.

Mr. Griesgram brachte tatsächlich ein »Hallo« und ein kurzes Nicken zustande, aber Claire entging nicht die leichte Spur von Verärgerung in seinem Gesicht. Sie fühlte sich, als würden sie in seinen persönlichen Freiraum eindringen.

Sobald die Haustür hinter den beiden zuschlug, platzte Sally heraus: »Wer zum Teufel ist dieser Traumtyp nebenan? Du hast am Telefon gar keine scharfen Nachbarn erwähnt. Kein Wunder, dass du erst nicht wolltest, dass ich vorbeikomme. Wolltest ihn ganz für dich allein, was? Damit wären die Rettungsbootstypen wohl überflüssig.« Sie zwinkerte übertrieben. »Als verheiratete Frau lasse ich dir selbstverständlich den Vortritt. Er gehört ganz dir.«

»Ha, um ehrlich zu sein, ist er ein ziemlicher Miesepeter«, entgegnete Claire. »Ich habe ihn letztes Wochenende kennengelernt. Gutes Aussehen kann täuschen, so viel steht fest. Ich habe ihn gebeten, mir beim Austauschen der Gasflaschen zu helfen – man hätte meinen können, ich hätte ihn gefragt, ob er nicht die Toilette auslecken würde.«

Sally hatte einen seltsamen Gesichtsausdruck. »Hmm, ich stelle ihn mir gerade beim Lecken vor …«

»Genug! Hör auf damit, du verrückte Nudel«, sagte Claire lachend. Selbst mit einem gewissen Cocktail als Nummer acht auf ihrer Liste schien Sex so weit von ihrem realen Leben entfernt, dass es ihr unangenehm war, auch nur daran zu denken. Vielleicht war es besser, wenn sie ihren Körper zur sexfreien Zone erklärte und es dabei beließ. Damit hätte sie eine Sorge weniger.

Während Claire noch grübelte, ging Sally nach oben ins

Gästezimmer, um ihren Koffer abzustellen, den sie zuvor im Gang deponiert hatte. Claire wartete nervös, und tatsächlich hörte sie gleich darauf einen Schrei. Ihre Schwester rief die Treppe herunter:

»Hast du dieses Bett gesehen … und die Matratze? Was für eine Absteige ist das denn? Igitt!! Es würde mich nicht wundern, wenn es hier Wanzen oder Läuse oder so etwas gibt. Zum Glück habe ich daran gedacht, meinen Matratzenschoner und frische Bettwäsche mitzubringen –« Sally kam die Treppe heruntergerannt und tauchte an der Küchentür auf. »Wie zum Teufel kannst du hier schlafen, Clairebo? Es ist total heruntergekommen, findest du nicht? Ganz und gar nicht das, was ich erwartet hatte.«

»Es ist etwas schlicht, das stimmt.«

»Schlicht? Das ist ja noch schmeichelhaft. Es ist eine verdammte Bruchbude. Das darf ich Mum gar nicht erzählen – sie wäre in null Komma nichts hier, würde dich abtransportieren und ins nächstgelegene Vier-Sterne-Hotel stecken.«

»Sag ihr bloß nichts.« Claire warf ihrer Schwester einen scharfen Blick zu. »Mir gefällt es hier. Es ist schrullig.«

»Ha, das kannst du laut sagen.«

»Wie dem auch sei, lass uns rausgehen und uns die Beine vertreten, solange es trocken ist …«, schlug Claire vor, um ihre Schwester abzulenken. »Der Strand hier ist toll.« Ein Spaziergang würde Sally hoffentlich wieder beruhigen und sie beide eine Weile vom Cottage fernhalten. Und später, wenn sie gegessen und den Wein getrunken hatten, den Sally großzügig im Supermarkt in Seahouses gekauft hatte, ohne dafür einen Penny von Claire anzunehmen, würde sie schön schläfrig sein und beim Zubettgehen die Flecken auf der Matratze vergessen haben.

Als die beiden am Garten des Nachbarhauses vorbeigingen, war Claire sich sicher, im Cottage einen Hund bellen zu hören. Hmm, letztes Wochenende hatte sie weder einen Hund gesehen noch gehört. Doch sie schob den Gedanken beiseite, während sie mit ihrer Schwester am Ufer entlangschlenderte. Nach kurzer Zeit zogen sie die Schuhe aus und planschten mit den Füßen im seichten Wasser. Claire konnte nicht widerstehen, Sally nass zu spritzen – was sie in die Zeit zurückversetzte, als die Geschwister im Spaß miteinander gekämpft hatten. Am Ende lachten beide und waren von der Hüfte abwärts ziemlich durchnässt. Aber das machte nichts – die Sonne schien warm vom Himmel, und sie würden schnell wieder trocken werden.

»Es ist schön, dich wieder lächeln zu sehen.« Sally berührte Claire am Arm.

»Es ist schön, wieder zu lächeln. Siehst du, ich hab's dir gesagt – es geht mir gut. Und auch wenn das Haus ein bisschen heruntergekommen ist, scheint es mir irgendwie gutzutun.«

»Vielleicht tut es das«, gab Sally nach.

Am Ende des Tages, nachdem sie zu Abend gegessen und den Tisch abgeräumt hatten, saßen die beiden Schwestern auf dem Balkon, nahmen den Anblick des Abendhimmels in sich auf und genehmigten sich den Rest Rotwein. Claire hatte aus dem regionalen Käse und ihrem dritten Versuch mit selbst gebackenem Brot – Weißbrot mit einer Kruste aus Rosmarin und Meersalz –, kaltem Fleisch aus dem Feinkostladen, saftigen Tomaten und Oliven ein italienisch angehauchtes Abendessen gezaubert. Dazu gab es eine Flasche Chianti. Nach dem Essen ließen sie sich auf den Liegestühlen nieder und plauderten entspannt miteinander. Claires Bedenken, dass ihre Schwester ihre Ruhe stören würde, hatten sich zerstreut. Eigentlich war es sehr schön mit ihr. Langsam begannen sie, das enge schwesterliche Band wiederzuentdecken, das sie als Teenager miteinander verbunden hatte, später jedoch abhandengekommen war, als Ehemänner, Kinder und andere Dinge auf den Plan getreten waren. Claire hatte fast vergessen, wie gut sie beide sich verstanden, wenn sie allein waren.

Inzwischen waren sie bei der Hälfte der zweiten Flasche Rotwein angelangt – Sally hatte den größeren Teil davon getrunken – und saßen in Steppdecken gekuschelt, die sie aus ihren Schlafzimmern geholt hatten, auf dem Balkon. »Ich weiß, dass es verdammt wehgetan haben muss, Clairebo, aber ich glaube, es ist gar nicht so schlecht, dass dein dämlicher Ehemann sich aus dem Staub gemacht hat. Jedenfalls nicht auf lange Sicht.«

Okay, das war jetzt ziemlich unverblümt gewesen. Claire starrte ihre Schwester befremdet an. Sally war mit ihrem Mann Paul (seit acht Wochen ihrem Ex-Mann) von Anfang nicht wirklich warm geworden – da war immer eine gewisse Frostigkeit zwischen den beiden gewesen. Nicht, dass es jemals zu einem Streit gekommen oder irgendetwas Bestimmtes passiert wäre; vielmehr waren sie fast zu höflich zueinander gewesen, wenn es zu einem Treffen kam. Es herrschte eine Kühle, die sich auch mit der Zeit nicht verändert hatte.

»Du bist besser dran ohne ihn, weißt du«, fuhr Sally fort.

Die Worte schmerzten, auch wenn Claire wusste, dass es vermutlich die Wahrheit war. Die Wunde war noch ziemlich frisch. »Je weniger Worte wir über ihn verlieren, desto besser«, murmelte sie. Wie konnte man sechs Jahre Ehe einfach so vergessen? All die guten Zeiten ebenso wie die schlechten. Eine Weile sagte Claire nichts.

»Wahrscheinlich hast du recht«, räumte sie schließlich ein.

Sie konnte sich noch gut daran erinnern, wie alles abgelaufen war. Bei einer Nachuntersuchung hatte sie von ihrem Onkologen die gute Nachricht erhalten, dass es keine weiteren Anzeichen für den Krebs gab, und war unheimlich erleichtert gewesen. Eine Woche später, als sie wieder zu Hause bei Paul war und sich auf die Zukunft freute, auf ihre gemeinsame Zukunft, ließ er die Bombe platzen. Erzählte ihr, dass er sich mit einer anderen traf und dass es schon vor ihrer Diagnose begonnen hatte. Dass er es nicht übers Herz gebracht hatte, sie zu verlassen. Also hatten sie die ganze Zeit, vor und nach der OP, während der Chemotherapie, der Strahlentherapie und in den ersten Monaten der Genesung, eine Lüge gelebt. Seine liebevolle Unterstützung war lediglich eine Pflicht gewesen, ein Deckmantel für seine Schuld. Irgendwie hatte Claire die Kraft aufgebracht, einen Koffer nach ihm zu werfen und ihm zu sagen, er solle verschwinden. Und das tat er auch, blitzschnell, mit ein paar Reisetaschen und einem Ticket für ein neues Leben und eine neue Liebe.

Claire blieb still.

»Tut mir leid, ich hätte nichts sagen sollen, Claire … aber ich will nur, dass du glücklich bist. Du kannst wieder glücklich sein.«

»Das weiß ich. Ich möchte aber nichts überstürzen. Also in Sachen Männer. Zu ein bisschen Glück würde ich allerdings nicht Nein sagen.« Claire lachte ein bisschen zu laut. »Ist schon okay, Sal. Wahrscheinlich ist es am besten, wenn man die Dinge so sieht, wie sie sind. Und danke, dass du hergekommen bist, Schwesterherz. Es ist echt schön, dass du da bist.«

»Hey, ist doch klar. Es ist toll, dich zu sehen, und tatsächlich ist es sehr schön, mal eine Nacht nicht in diesem Irrenhaus namens Zuhause zu verbringen. Den Kopf etwas freizubekommen. Ich habe meine Familie schrecklich lieb, versteh mich nicht falsch, aber hin und wieder braucht man einfach eine Auszeit von all diesem ›Mami, ich muss mal Kacka, Mami, ich hab Hunger, Mami, ich hab Durst, Mami, wo ist meine Fußballausrüstung?‹.« Sie nahm einen Schluck Wein und fuhr fort: »Und das Beste? ›Sal, wenn du müde bist, kannst du mir dann wenigstens einen runterholen?‹« Der Rotwein lockte sie offensichtlich aus der Reserve.

Claire lachte. »Wie geht es ihm eigentlich damit?«

»Wem, Mark? Ihm geht's gut. Er hat selber Hände, weißt du.« Sally kicherte.

»Ich meine, damit, dass du nicht da bist.«

»Ach, er packt das schon. Er kann ganz gut mit den Jungs umgehen, und es wird ihm guttun, mehr Zeit mit ihnen zu verbringen. Und er wird mich hoffentlich mehr zu schätzen wissen, wenn ich wieder da bin. Heute Abend wollten sie ins Kino gehen, um sich den neuesten Disney-Film anzuschauen, und anschließend Pizza essen. Ich rufe sie morgen früh an. Jetzt ist es schon ein bisschen spät.«

»Du hast Glück, wenn es hier morgen überhaupt Empfang gibt.«

»Ah, verstehe.«

Claire hatte das nie gehabt – eine eigene Familie. Auch wenn das Familienleben viel Stress mit sich brachte, war Sally glücklich – ihre Kinder waren ihr Ein und Alles. Es stand ihr ins Gesicht geschrieben. Claires Ex-Mann hatte nie Kinder gewollt. Das schien anfangs in Ordnung zu sein, als sie jünger war und ihn vergötterte – sie waren ein gutes Paar. Er hatte sein Ingenieurbüro, sein arbeitsreiches Leben und ihre gemeinsamen Urlaube im Ausland. Kinder würden ihm da nur in die Quere kommen. Aber in einem kleinen, versteckten Winkel ihrer Gedanken hatte Claire sich immer gefragt, ob er nicht vielleicht seine Meinung ändern würde. Ein Teil von ihr hatte es stets gehofft.

»Hey, ist dir aufgefallen, dass es schon fast Mitternacht ist, Bo? Zeit, schlafen zu gehen, würd' ich sagen. Oje, muss ich jetzt wirklich in dieses Floh-Nest?«

»Entweder das oder ein klumpiges Sofa.«

»Meine Güte, was ich nicht alles für dich tue, Schwesterherz. Falls es mich morgen überall juckt, kannst du was erleben, das sag ich dir.« Sally grinste schwach, während sie mit den Schultern zuckte und sich ihrem Schicksal ergab. »Falls ich jemals eine Auszeit brauche, komme ich ganz sicher nicht hierher. Dann wird es ein Fünf-Sterne-Hotel auf den Malediven.«

»Sehr schön. Falls du dort Gesellschaft brauchst …« Claire grinste.

Eingewickelt in ihre Decken, zogen beide nach drinnen. In dem kleinen Badezimmer mit dem knarzenden Fußboden putzten sie sich zusammen die Zähne, danach machte sich Sally auf den Weg in ihr Schlafzimmer. »Dann wollen wir mal.«

»Gute Nacht, Sal. Und danke noch mal, dass du gekommen bist.«

»Es ist mir ein Vergnügen, Herzchen.« Eine kurze Pause folgte. »Abgesehen von dem versifften Bett.«

Claire hörte ein Quietschen, als ihre Schwester sich in das Bett hineinwagte. Sie vernahm das Klicken des Lichtschalters und sah, wie der Lichtschimmer im Gang verschwand. Erschöpft legte sie sich auf ihr eigenes Bett und kuschelte sich mit einem Seufzer und einem warmen Gefühl der Zuneigung für ihre Schwester in ihr Kissen. Dann fiel ihr jedoch ein altes Sprichwort ihrer Großmutter ein, und sie stützte sich auf ihren Ellenbogen und rief durch das Obergeschoss: »Lass dich nicht von den Bettwanzen beißen!«

»Miststück«, kam es daraufhin zurück. Doch sie wusste, dass Sally dabei auch grinste.

Seit Ewigkeiten hatte sie nicht mehr so gut geschlafen. Claire blinzelte und versuchte zu schätzen, wie spät es war. Schon nach zehn Uhr! Im Untergeschoss ging jemand durch die Zimmer, und Claire hörte das Geräusch von blubbernd aufkochendem Wasser. Ah, eine Tasse Tee wäre jetzt schön, dachte sie. Als sie versuchte, sich aufzusetzen, fühlte sie sich, als hätte ihr jemand die ganze Nacht auf den Kopf geschlagen. Hacke war sicherlich das Stichwort. Sie zuckte zusammen, als sie versuchte, ein Bein aus dem Bett zu heben. Du liebe Güte, sie hatte seit Jahren keinen Kater mehr gehabt. Während der Krebsbehandlung hatte sie komplett auf Alkohol verzichtet, ihr Körper musste ja schon mit genug Belastungen fertigwerden. Offenbar war ihre Alkohol-Toleranzgrenze erheblich gesunken – sie hatte kaum mehr als zwei Gläser getrunken. Gut, na ja, vielleicht waren es zwei große Gläser gewesen, überlegte sie. Ihr wurde klar, dass es etwas dumm von ihr gewesen war, aber sie hatte sich gut amüsiert und dabei wohl den Überblick verloren.

Irgendwie brachte Claire die Kraft auf, nach unten zu gehen, und traf in der Küche auf Sally, die gerade Teebeutel in zwei Tassen gab.

»Hey, du – ich wollte dir gerade eine nach oben bringen.« Ihre Schwester sah erstaunlich munter und fröhlich aus.

Claire ließ sich auf einen Küchenstuhl sinken, stützte die

Ellenbogen auf den Tisch und vergrub den Kopf in den Händen.

»Paracetamol, Herzchen?«

»Ja, bitte.«

»Kein Problem, ich habe immer welches in meiner Handtasche.«

Zum Glück war ihre Schwester so gut organisiert. »Ahh.« Claire hob leicht den Kopf, wobei sie versuchte, ruckartige Bewegungen zu vermeiden. Sie hatte den Eindruck, dass sich in ihrem Schädel alles überschlug.

Sally reichte ihr ein großes Glas Wasser und zwei Schmerztabletten. Claires Zunge fühlte sich pelzig an, und ihr Hals schien sich regelrecht zusammenzuziehen, als sie versuchte, die Tabletten hinunterzuschlucken. Sie nahm ein paar Schlucke Wasser. Jetzt wusste sie wieder, warum sie normalerweise nicht viel trank.

»Bist du schon lange wach?« Claire versuchte, sich zu sammeln und ein Gespräch in Gang zu bringen. Sie wollte die wenige Zeit mit ihrer Schwester nicht vergeuden.

»Seit ungefähr drei Uhr morgens, vor lauter Juckreiz.«

»Neiiiin!«

»Das war ein Witz, Clairebo! Drangekriegt. Nein, ich bin selbst erst seit etwa einer halben Stunde wach. Hab mir die Aussicht angeschaut. Ein ziemlich nettes Plätzchen, das du dir da ausgesucht hast. Ich kann mir das Cottage gut renoviert und nett herausgeputzt vorstellen, blau-weiß im maritimen Stil. Auf alt getrimmte Möbel und etwas Shabby Chic statt nur alt und heruntergekommen.« Sally reichte ihr die dampfende Tasse Tee.

»Hmm.« Ja, das konnte sich Claire auch gut vorstellen. Wie etwas aus dem Magazin *Homes and Gardens*, ganz im maritimen Stil gehalten. Ihre Schwester hatte schon immer ein Gefühl für Design gehabt – ihr eigenes Haus war wunderschön eingerichtet und dekoriert.

Claire fragte sich, was oder vielmehr wen ihre Schwester am Strand beobachtet hatte. Für die morgendliche Schwimmrunde des hübschen Mr. Griesgram war es hoffentlich schon zu spät gewesen. Das war ein kleines Juwel, das sie gerne für sich behalten würde.

»Der Typ von nebenan war mit seinem Hund joggen.«

Konnte ihre Schwester Gedanken lesen?

»Ah, richtig.« Claire versuchte cool zu klingen. »Was hat er denn für einen Hund?«

»Einen schwarzen Labrador.« Pause. »Er sieht ziemlich gut aus, oder?«

»Wer, der Hund?«

»Haha, sehr witzig. Dein Nachbar.«

»Hmm, er sieht nicht schlecht aus. Aber ich habe dir ja erzählt, dass er ein ziemlicher Griesgram ist.«

»Das stimmt wohl. Ich musste vorhin kurz raus, um etwas aus dem Auto zu holen, als er gerade zurückkam. Er war wirklich nicht sonderlich gesprächig. Anscheinend heißt er Ed. Das ist so ziemlich alles, was ich aus ihm herausgekriegt habe. Der Hund ist allerdings sehr süß und um einiges freundlicher.«

»Ich könnte mir auch vorstellen, irgendwann mal einen Hund zu haben.« Claire war froh, das Thema zu wechseln.

»Ich auch – einen Spaniel oder so. Obwohl es in unserem Haus meistens schon verrückt genug zugeht. Inmitten von alledem kann ich mir einen Hund nicht wirklich vorstellen. Vielleicht wenn die Jungs älter sind, dann könnten sie mit ihm Gassi gehen.«

Claire schlürfte ihren Tee und hoffte, dass die Schmerztabletten bald anfangen würden zu wirken. Allerdings tat es ihr schon gut, ihrer Schwester einfach nur zuzuhören. Claire nickte ab und zu und ließ gelegentlich ein »Aha« fallen, bis ihr Kopf allmählich wieder klarer wurde.

»Ich glaube, ich spring schnell unter die Dusche.«

Das warme Wasser und eine ordentliche Portion Duschgel belebten ihre Sinne wieder, und sie verließ gut gelaunt das Badezimmer.

Gemächlich waren die beiden Schwestern am Strand entlang nach Bamburgh spaziert. Im Innenhof der Copper-Kettle-Teestube saßen sie vor einer Kanne Earl Grey und zwei Stücken eines leckeren Zitronenkuchens.

»Also, was sind die Pläne für den Rest deines Urlaubs?« Sally lehnte sich zurück und sah Claire forschend an.

»Na ja, um ehrlich zu sein, habe ich nicht viel vor. Bisher war es einfach nur schön, Zeit zu haben, ein Buch zu lesen und den herrlichen Blick auf das Meer zu genießen.«

»Hm, das hört sich wirklich gut an. Aber ist es dir nicht ein bisschen *zu* ruhig? Ein bisschen zu einsam?«

»Eigentlich nicht. Das war ja das Ziel bei der Sache – etwas Freiraum zu haben, eine Auszeit. Ich komme schon klar, da bin ich mir sicher. Ich bin mir selbst gar keine so schlechte Gesellschaft. In nächster Zeit muss ich sowieso anfangen, mir Gedanken über ein neues Thema für meine Kolumne zu machen, also werde ich gut beschäftigt sein. Em ist zwei Wochen für mich eingesprungen, aber für nächste Woche muss ich unbedingt etwas an die Zeitung schicken. Es ist wichtig, dass ich am Ball bleibe, weil ich so lange krankgeschrieben war und jetzt beim *Herald* wieder Fuß fassen muss. Ich warte nur noch auf eine Inspiration.«

»Ich bin mir sicher, dir fällt was ein.« Sally nahm einen Schluck von ihrem Tee. »Deine Blog-Einträge über deine Krebs-Erkrankung waren einfach genial. Ehrlich und inspirierend. Du wurdest nicht umsonst zur Kolumnistin des Jahres im Nordosten Englands gewählt.«

»Danke.« Claire lächelte. »Aber um ehrlich zu sein, habe ich es mehr für mich selbst geschrieben. Der Blog ist nur zufälligerweise auch gut angekommen.«

»Nun, du bist eben sehr talentiert. Und wenigstens kam dabei auch etwas Gutes heraus. Ich bin mir sicher, dass du vielen Menschen, die etwas Ähnliches durchmachen, sehr geholfen hast. Und auch ihren Familien.«

»Ja, alles aufzuschreiben, hat definitiv sehr geholfen. Schreibtherapie, würde ich sagen.«

»Siehst du. Du bist eben durch und durch Journalistin.«

Es war schon später Nachmittag, als Sally ihre Reisetasche in den Kofferraum ihres Autos warf. Die beiden Schwestern hatten den Tag damit verbracht, lange und gemütlich am Strand spazieren zu gehen und dabei zu plaudern. Schließlich hatten sie noch im Garten ein Picknick gemacht, bestehend aus Brot, Käse und Obst.

»So, ich mache mich wohl besser auf den Weg«, verkündete Sally fröhlich. »Zurück in die Realität und so.«

Realität? Normalität? Claire wusste gar nicht mehr, was das eigentlich war. Ihr Leben hatte in letzter Zeit so viele unerwartete Wendungen genommen. Gedankenvoll verabschiedete sie sich von ihrer Schwester und winkte ihr nach, beobachtete, wie der Wagen auf die Hauptstraße einbog, und spürte, wie ihr ein bisschen schwer ums Herz wurde. Als sie in das Cottage zurückging, überkam sie ein dumpfes Gefühl der Einsamkeit. Ihre Schwester hatte recht. Ihr Cottage, ihr Zufluchtsort – okay, vielleicht eher ihre Bruchbude – kam ihr auf einmal etwas zu ruhig und abgelegen vor. Vielleicht lag es daran, dass die beiden Schwestern in den letzten zwei Tagen so eine schöne Zeit zusammen verbracht hatten und einander wieder nähergekommen waren.

Claire hatte geglaubt, dass sie niemanden brauchte. Sie hatte sich geirrt.

6. Kapitel

Lachen im Regen

Am nächsten Morgen hatte Claire keine Vorstellung, was sie tun sollte. Eine Weile lief sie ziellos im Cottage hin und her, bis sie beschloss, dass sie genauso gut noch etwas Brot backen konnte. Es würde sie beschäftigen, und sie hätte dann etwas Leckeres zum Mittagessen. Lynda aus dem Feinkostladen hatte ihr zur Inspiration eines ihrer Kochbücher geliehen, und Claire hatte es bei einer Tasse Tee auf dem Balkon durchgeblättert und sich für ein Sauerteigbrot mit Meersalz und Rosmarin entschieden.

Bald war sie in der Küche mit Abwiegen und Vermengen, dann mit Rühren und Kneten des Teiges beschäftigt. Während sie vor sich hin arbeitete, dachte sie daran, wie schön die Tage mit Sally gewesen waren. Magische Momente, die sie mit ihrer Schwester verbracht hatte. Claire lächelte in sich hinein und musste daran denken, wie albern sie auf dem Balkon ausgesehen haben mussten, zusammengekauert in ihren Nachthemden und Bettdecken wie Teenager. Das Geräusch der heranrollenden und sich zurückziehenden Wellen hatte im Dunkeln noch lauter geklungen, wenn man nichts sehen konnte bis auf den im Mondschein funkelnden Wellenkamm. Die beiden Schwestern hatten dagesessen und den vollmundigen Rotwein getrunken und geplaudert.

Während Claire ihren Handballen ein weiteres Mal in den

Teig drückte, blitzte in ihrem Kopf eine Idee auf. *Magische Momente.* Sie hatte nach einer Inspiration, einem Thema gesucht, über das sie in ihrer Kolumne schreiben konnte. In ihrem Job als Redakteurin würde es nicht vorangehen, wenn sie wochenlang nur am Strand herumsaß und nichts tat. Daher hatte sie ihren Laptop mitgenommen und darauf gewartet, dass sich in ihrem Kopf der richtige Artikel formte. Nach der Trennung von ihrem Mann war sie verletzt gewesen, hatte sich zerrissen gefühlt und Schwierigkeiten gehabt, überhaupt einen kreativen Gedanken in sich zu finden. Aber ja, magische Momente – alle brauchten sie. Was machte das Leben gut, besonders? Nicht, im Lotto zu gewinnen oder einen Haufen Geld geschenkt zu bekommen – es gab viele unglückliche Millionäre auf der Welt, und Geld war auch keine Garantie dafür, dass man gesund blieb. Aber die einfachen Dinge … Dinge, die jeder haben oder tun konnte: Zeit mit der Familie zu verbringen, Freunde, ein Lächeln von einem Fremden, einem schönen Mann beim Nacktbaden zuzusehen – halt, stopp. Claire versuchte, das Bild aus dem Kopf zu bekommen. Lachen, bis einem der Bauch wehtat, warmes, weiches Brot direkt aus dem Ofen, vorzugsweise mit einem großen Klecks schmelzender Butter.

Ihr wurde bewusst, dass sie den Teig jetzt wahrscheinlich schon genug geknetet hatte, also legte sie ihn auf einen Teller und stellte ihn mit einem feuchten Tuch bedeckt in den Schrank neben dem Heißwassertank, den einzigen wirklich warmen Ort im Haus. Sie begann, sauber zu machen, spülte das Frühstücksgeschirr und die Rührschüssel, wischte die mit Mehl bedeckte Tischplatte ab und räumte die Küche auf. Als der Teig auf das Doppelte seiner Größe aufgegangen war, formte sie ihn zu einem Brotlaib und schnitt die Oberfläche an drei Stellen ein, wie es im Rezept angegeben war. So sollte das Brot nochmals aufgehen und ganz durchgebacken werden, ohne aufzuplatzen.

Endlich stellte Claire die Form in den Ofen. Es dauerte nicht lange, bis der Duft von frisch gebackenem Brot das ganze Cottage erfüllte und Claire das Wasser im Mund zusammenlief. Sie warf einen Blick in den Ofen: Das Brot war goldbraun gebacken, gut aufgegangen und sah schön knusprig aus. Vorsichtig nahm sie es aus der Backröhre und stellte es zum Abkühlen auf die Arbeitsfläche.

Draußen löste sich die Wolkenwand soeben zu blumenkohlförmigen Quellwölkchen auf. Claire beschloss, einen Spaziergang zu machen. In der Wettervorhersage im Radio waren kräftige Schauer angekündigt worden, aber wenn sie es schaffte, zwischen zwei Regengüssen draußen eine Runde zu drehen, würde es ihr vielleicht helfen, den Kopf freizubekommen und das Gefühl der Leere zu vertreiben, das sie beschlichen hatte. Sally war jetzt bestimmt wieder zu Hause, zurück bei ihrem Nachwuchs, und wurde mit Kuscheleinheiten von ihren Jungs und einer Umarmung von ihrem Mann verwöhnt. Sie würde heute Abend mit ihnen zusammen einschlafen, einen Arm um sie gelegt. Claire gönnte es ihr natürlich, doch die kleine Wunde in ihrem Herzen hatte angefangen zu schmerzen.

In gemächlichem Tempo ging sie etwa eine Meile in die entgegengesetzte Richtung von Bamburgh bis zu den Felsen am Ende des Strandes, wo die Hafenstadt Seahouses begann. Dort machte sie kehrt, um zum Cottage zurückzukehren. Oh. In dieser Richtung sah der Himmel ganz anders aus. Die dunklen, schweren Wolken, die sich hinter ihr zusammengebraut hatten, waren ihr gar nicht aufgefallen. Sie sollte sich besser beeilen. Es würde definitiv regnen, und nach dem Anblick der blaugrauen Säule zu urteilen, die über dem Meer aufragte, würde das Unwetter nicht mehr lange auf sich warten lassen. Der Himmel wirkte bedrohlich schön, völlig anders als die Stadtlandschaften, die Claire von zu Hause gewöhnt war. So gewaltig. Es klang albern, aber so war es. Malerisch. Man konnte die Kraft der Elemente regelrecht spüren, die Veränderungen des Wetters mitverfolgen.

Claire marschierte schneller und lief mit großen Schritten über den feuchten, goldenen Sand, in dem sie deutliche Fußspuren hinterließ. Am Strand war es heute ruhiger. Die Wettervorhersage musste die Touristen abgeschreckt haben. Etwas weiter oben ging eine einsame Hundebesitzerin mit zwei Terriern spazieren, die um sie herumtollten. Und dann erblickte Claire noch eine andere, sich rasch fortbewegende Gestalt. Die Person, die ihr entgegenjoggte, kam ihr bekannt vor. Hochgewachsen, breite Schultern, lange, sportliche Beine. Mr. Griesgram-Traummann – diesmal bekleidet und beim Laufen. Es war ihm offensichtlich wichtig, in Form zu bleiben. Nun, er war auf jeden Fall in Form, im wahrsten Sinne des Wortes. Claire lachte in sich hinein. Sie spürte ein vages Gefühl von Erwartung in sich aufsteigen, obwohl sie sich nicht einmal sicher war, dass er sich zu einem Lächeln würde hinreißen lassen, geschweige denn zu einem Gruß. Würde er sie überhaupt wiedererkennen?

Während er näher kam, sah sie seine angespannten Beinmuskeln, den Schweiß auf seiner Stirn, sein Haar, das sich von der Feuchtigkeit kräuselte. Als er fast auf ihrer Höhe war, konnte sie seine angestrengten Atemzüge hören. Er war mit einem ziemlichen Tempo unterwegs. Claire wurde bewusst, dass sie ihn angestarrt hatte – ups. Im Vorbeilaufen winkte er ihr steif zu zum Zeichen, dass er sie erkannte. Claire winkte beiläufig zurück.

Langsamer als zuvor ging sie weiter. Große Regentropfen begannen, auf sie niederzuprasseln. Sie musste sich beeilen. Von hier aus konnte sie noch nicht einmal die Cottages sehen – es lag eine ganze Landzunge zwischen ihr und ihrem Strand. Die Tropfen wurden schwerer und begannen, durch ihr Top zu sickern.

Plötzlich hörte Claire durch das Prasseln des Regens Schritte hinter sich. »Lust, eine Runde zu laufen?« Es war die Stimme von Mr. Griesgram. »Ich glaube, wir kriegen gleich eine Dusche ab.«

Mein Gott, er hat gesprochen, dachte Claire und wandte sich um. *Und es könnte sogar die Andeutung eines Lächelns sein, das seine Lippen umspielt.*

»Okay.« Sie war völlig überrascht, sowohl von dem Wetterumschwung als auch von der plötzlichen Nähe ihres Nachbarn. Warum hatte sie zugestimmt? Sie hasste es, zu rennen. Aber jetzt goss es wie aus Kübeln. Schlag auf Schlag prasselten die Tropfen nieder und schlugen kleine Krater in den Sand.

»Allerdings kann ich nicht sehr schnell laufen.«

Sie trotteten in einem gleichmäßigen Rhythmus los, wobei Ed eindeutig die Geschwindigkeit drosselte, um sich Claire anzupassen.

»Ein typischer englischer Sommer«, scherzte sie.

»Ja. Aber lieber werde ich klatschnass, als nur im Garten herumzusitzen und ein Glas gekühlten Sauvignon zu trinken«, erwiderte er.

Sie warf ihm einen nachdenklichen Blick zu. Vielleicht war er die Art komischer Kauz, dem das hier tatsächlich Spaß machte. Aber ein Lächeln lag auf seinen Lippen, die wirklich ausgesprochen sinnlich waren. Er sah so viel netter aus, wenn er lächelte.

»Sie sollten das öfter tun.« Mist, die Wörter waren herausgekommen, bevor sie darüber nachgedacht hatte.

»Was?« Er starrte sie an.

Jetzt konnte sie es genauso gut aussprechen. »Lächeln. Es steht Ihnen.«

»Ah.« Einige Momente lang sagte er nichts.

Ups, das sollte ihr eine Lehre sein. Erst denken, dann reden. »Ähm ... gehen Sie oft joggen?«, fragte sie, um die Unterhaltung wieder in Gang zu bringen, auch wenn es anstrengend war, gleichzeitig zu reden und zu laufen. Noch dazu drosch der Regen jetzt förmlich auf sie ein: Kleine Rinnsale Wasser strömten an ihren Haaren herunter in ihre Augen und über ihre Wangen.

Es war nicht der beste Gesprächseinstieg, aber Laufen war immerhin ein besseres Thema als Schwimmen. Warum musste sie ausgerechnet jetzt daran denken? Die Vorstellung von seinem nackten Körper bewirkte, dass ihr ganz warm wurde. Vermutlich lief sie gerade rot an, auch wenn man es im Regen hoffentlich nicht sehen konnte.

Das Krachen eines Donners ließ die Luft um sie herum erzittern. Claire fühlte die Vibration in ihrem ganzen Körper. Wow! Ein Blitz zuckte draußen auf dem Meer über den Himmel. Eine weitere dichte Regenwand kam über die Wellen hinweg auf sie zu. Ein Sommergewitter. Claire war jetzt bis auf die Haut durchnässt. Sie blickte zu ihrem Nachbarn. Bei jedem Schritt flogen Tropfen von seinem feuchten, lockigen Haar, und sein Laufshirt klebte nass und eng an seinem muskulösen Oberkörper. Claire musste laut darüber lachen, wie nass sie waren. Und wie klein angesichts der Kraft der Elemente.

»Ihnen gefällt das, nicht wahr?« Er sah sie fragend an.

»Ja, irgendwie schon. Ich fühle mich so lebendig.«

Eine Falte erschien auf seiner Stirn. Sie bemerkte, dass er scharf Luft holte.

Dann lief er etwas schneller, sodass er einige Schritte vor ihr war.

Endlich kamen die Cottages in Sichtweite. Völlig erschöpft holte Claire ihren Nachbarn an ihrer Gartenpforte ein. »Alles in Ordnung?«

»Ja … alles okay, wenn auch nass.« Er brachte ein schiefes, etwas hintergründiges Lächeln zustande.

»Möchten Sie reinkommen?« Oha, sie hatte eigentlich nicht vorgehabt, ihn hereinzubitten. Die Worte waren ihr einfach so herausgerutscht. Wieder einmal. Na ja, wenn schon, denn schon. »Sie könnten sich mit einer Tasse Kaffee aufwärmen. Ich habe trockene Handtücher.«

Er stand da und sah aus, als würde er überlegen. Mit jedem Augenblick wurden sie nasser und nasser.

»Heute noch wäre schön«, forderte Claire ihn auf.

»Ah, ja, okay. Danke.«

Sie schloss die Tür auf. Ein kalter Luftzug schlug ihr aus dem Cottage entgegen.

»Gott, es ist eiskalt hier drinnen«, sagte er. »Der alte Hedley hat sich wohl nie die Mühe gemacht, eine Zentralheizung einbauen zu lassen.«

»Offensichtlich nicht.«

Fröstelnd gingen sie nach drinnen und hinterließen dabei eine Wasserspur bis zum Wohnzimmer.

»Aha. Ich könnte das Feuer für Sie anzünden.« Der Nachbar hatte den Kaminrost entdeckt. Claire hatte ihn bisher noch nicht benutzt.

»Oh, okay. Super.«

»Haben Sie Zeitungspapier und ein paar Streichhölzer?«

Neben dem Kamin lagen ein Stapel Holzscheite und etwas anderes Brennmaterial. Claire ging kurz in die Küche, um eine zwei Tage alte Zeitung zu holen. Dabei brachte sie auch die Streichhölzer mit, die sie benutzt hatte, um den Herd anzuzünden.

»Sie müssen sich hier ja zu Tode frieren.« Der Nachbar beugte sich über den kalten Kamin.

»Ha, ich bin nur froh, dass Sommer ist. Um ehrlich zu sein, ich wüsste nicht, wo ich anfangen sollte, wenn ich alleine ein Feuer anzünden müsste.«

»Nun ja.« Er blickte zu ihr auf, nahm die Zeitung und lächelte Claire an. »Sehen Sie zu, und lernen Sie.«

Er fing an, das Papier zusammenzurollen und es auf den Rost zu legen. Claire sah gerne zu, wie er arbeitete – auf seine Aufgabe konzentriert, breite Schultern, starke Armmuskeln. Ihr wurde bewusst, dass sie ihn erneut anstarrte, aber er hatte sie ja aufgefordert, zuzusehen! Sie genoss es, ihn bei der sehr männlichen Tätigkeit des Feuermachens zu beobachten.

Aber schon bald begann die Kälte bis zu ihren Knochen vorzudringen. Claire überließ ihren Nachbarn dem Feuermachen und ging nach oben, um zwei große Handtücher aus dem Regal zu nehmen. Das eine davon schlang sie fest um sich.

Allmählich ging es ihr etwas besser. Als sie ins Wohnzimmer zurückkehrte, hielt sie dem Gast das andere hin.

»Danke.« Er legte es sich um die Schultern.

»Ich habe noch etwas Suppe übrig. Haben Sie Hunger? Es dauert nur ein paar Minuten, sie aufzuwärmen, und heute Morgen habe ich frisches Brot gebacken. Das ist das Mindeste, das ich tun kann, damit … uns wieder warm wird.« Und was wäre das Höchste, das sie tun könnte? Aus heiterem Himmel fing sie an, sich ein paar andere, unanständige Dinge vorzustellen, die sie tun könnten, Gedanken, in denen die Bettdecken und warme, nackte Haut eine Rolle spielten. Meine Güte, wo kamen die jetzt her? Ihre Gedanken waren schon lange nicht mehr in diese Richtung abgedriftet, ihr Körper sogar noch länger nicht.

Ed wandte sich vom Kamin ab, wo die Flammen begannen, am Papier und an dem Stapel Holz zu lecken, und sah Claire an.

»Also das konnte ich heute Morgen von gegenüber riechen. Selbstgemachtes Brot.«

Das Feuer fing an, um das Brennholz und das Papier herum zu knistern, und langsam wich die Kälte aus dem Zimmer. Claire ging mit den Streichhölzern in die Küche und zündete das Gaskochfeld an, um die Suppe warm zu machen. Sie schnitt ein paar Scheiben von dem weichen, knusprigen Brot ab und bestrich sie dick mit Butter. Fünf Minuten später brachte sie alles auf einem Tablett zurück ins Wohnzimmer.

»Die Holzscheite sind schön trocken«, bemerkte Ed mit einem Blick auf den Kamin.

Das Feuer loderte nun golden und glutrot und begann, die Luft im Zimmer zu erhitzen. Claire reichte ihrem Gast eine Tasse Gemüsesuppe und das Brot und setzte sich dann im

Schneidersitz neben ihn, doch ihre Jeans war durchnässt und klebte klamm an ihren Beinen. Verdammt, sie hätte sich umziehen sollen, als sie nach oben gegangen war, denn jetzt wollte sie nicht mehr weg von diesem wunderbaren Feuer und der warmen Suppe.

Claire stellte ihre Tasse ab, stand auf und zögerte einen Moment. Ach, was soll's, dachte sie sich. Sie musste sie einfach ausziehen. Umständlich wickelte sie sich das Handtuch um die Taille und öffnete dann Knopf und Reißverschluss ihrer Hose.

»Ich hoffe, es macht Ihnen nichts aus, aber diese Jeans ist immer noch klatschnass.«

»Kein Problem.« Er nahm einen Schluck Suppe, während seine Augen amüsiert funkelten.

Claire streifte die Jeans ab. Ah, das war schon viel besser. Jetzt konnte ihr richtig warm werden. Das Handtuch reichte ihr immerhin bis zu den Knien.

»Besser?« Der Besucher lächelte. Dabei wirkte er überraschend entspannt. Es war, als würde endlich der echte Ed zum Vorschein kommen.

»Besser.« Claire nahm ihre Tasse wieder in die Hand und nippte daran. Langsam begann sie, sich von innen und von außen aufzuwärmen.

Hier saß sie nun also in ihrem Cottage neben einem knisternden Kaminfeuer mit einem unbestreitbar attraktiven Mann, der in ein Handtuch, ein Lauf-Shirt und Shorts gekleidet war, während sie lediglich einen Slip, ihren BH, ein langärmliges T-Shirt und ein Handtuch am Körper hatte. Seltsamerweise fühlte es sich okay an.

Langsam tauchte Ed ein großes Stück Brot in seine Tasse. »Das schmeckt wirklich gut.«

»Danke.«

»Dann wissen Sie jetzt also, wie man Feuer macht?«

»Ja. Man lernt jeden Tag etwas Neues.«

»Allerdings.« Er nahm einen weiteren Schluck. »Sie werden diese Fähigkeit hier brauchen. Dieses Haus ist ein Wrack. Um ehrlich zu sein, weiß ich nicht, wie Sie es darin so lange ausgehalten haben. Ich hätte Ihnen am Anfang maximal fünf Tage zugetraut.«

»Ach wirklich? Ich bin zäher, als ich aussehe.« Claire lachte.

»Ja, das merke ich.«

Lag da eine Andeutung von Bewunderung in seiner Stimme? Na so was! Was war mit Mr. Griesgram passiert? Hatte sich über das Wochenende etwa seine ganze Persönlichkeit gewandelt? Oder hatte der Regen seine schlechte Laune fortgespült?

Während er sich vorbeugte, um ein weiteres Holzscheit ins Feuer zu legen, streifte sein Fuß den ihren. Die Berührung sandte elektrische Impulse durch ihren Körper. Erschrocken dachte sie daran, dass sie keine Hosen anhatte. Sie sollte sich wohl lieber so schnell wie möglich trockene Kleidung anziehen. Claire wusste nicht, was über sie gekommen war; normalerweise würde sie nicht einfach so ihre Hosen vor einem Mann ausziehen, den sie kaum kannte. Gleichzeitig hatte sie nicht nach oben gehen und damit die Stimmung zerstören wollen.

Als Ed sich wieder hinsetzte, berührte sein Fuß immer noch ihren.

»Es ist sehr gemütlich hier«, sagte er sachlich.

»Ah-ha«, stimmte Claire ihm zu. Plötzlich fühlte sie Spannung. Erwartung?

Ein paar Sekunden lang hielt er ihren Blick fest, dann lächelte er. Gott, er hatte ein wunderschönes Lächeln – hübsche weiße Zähne, weiche Lippen, die Andeutung eines männlichen Dreitagebartes über seiner Lippe und am Kinn. Warum in aller Welt hatte er dieses Lächeln bisher versteckt? Vielleicht hatte er viel Stress bei der Arbeit und war hierhergekommen, um dem zu entfliehen. Offensichtlich hatte er eine Weile gebraucht, um runterzukommen, wenn man bedachte, wie kühl er bei ihren letzten Begegnungen gewesen war.

»Was machen Sie beruflich?« Claire brach das Schweigen.

»Ich bin Architekt. Ich habe ein Büro in Edinburgh.«

»Ah, interessant. Sie entwerfen also Gebäude und Ähnliches.«

»Ja, alles Mögliche, aber meinen Lebensunterhalt verdiene ich hauptsächlich mit kleineren Aufträgen wie Hauserweiterungen und Neubauten. Ich übernehme oft ausgefallene Projekte. Und Sie?«

»Ich bin Journalistin. Ich arbeite für die Lokalzeitung in Newcastle. Eine ziemlich kleine Zeitung, aber ich liebe es, meistens jedenfalls. Man trifft viele verschiedene Menschen.«

»Klingt interessant.«

»Manchmal ist es das. Aber manchmal sucht man verzweifelt nach neuen Geschichten und führt mit Leuten Interviews über ihre Hunde oder die letzte Erhöhung der Parkgebühren. Es ist nicht nur Glamour und Paparazzi, vor allem nicht in North Tyneside.«

»Sie sind also im Urlaub hier?«

»Ja …«, sie stockte. »Ich – ich habe mir für einige Zeit freigenommen …« Sie wollte nicht von den Gründen für ihren Urlaub anfangen. Und er war so rücksichtsvoll, sie nicht weiter zu drängen. »Es ist ein toller Ort – der Strand und alles«, fügte sie hinzu, damit er nicht dachte, sie sei eine Verrückte, der es gefiel, in einer Bruchbude zu wohnen.

»Ja«, antwortete er und verstummte. Er wirkte nachdenklich.

Es fühlte sich seltsam an, dass sie in Handtücher gewickelt nur wenige Zentimeter voneinander entfernt saßen. Das Feuer knisterte, glänzte golden und verbreitete Hitze um sich herum. Ed drehte sich zu Claire herum. Er sah ihr direkt in die Augen, ernst und aufmerksam. Sie erwiderte seinen Blick. Ihr fiel auf, dass seine Augen grün waren, mit kleinen gelben Farbtupfern um die Pupille herum, doch dann schlug sie die Augen nieder. Da lag etwas zu Intensives in seinem Blick.

Als Claire wieder aufsah, war sein Gesicht näher an ihrem. Die Atmosphäre im Zimmer hatte sich vollkommen verändert. Auf einmal schien es so, als wäre das der perfekte Moment für sie beide. Keine Zeit zum Nachdenken – Claire näherte sich ihm und berührte mit den Lippen seinen Mund. Erst zärtlich, dann hungrig. Eds Lippen schmeckten salzig vom Brot und vom Schweiß nach dem Laufen.

Sie küssten sich entschlossener, leidenschaftlich. Claire richtete sich auf die Knie auf. Sie wollte seine Nähe spüren und drückte ihre Brust an seine. Diese Berührung, diese Sinnlichkeit fühlte sich so intensiv an. Sie war so lange allein gewesen in ihrer Welt aus Angst, Krankheit und Betrug. Geschah das gerade wirklich? Dinge wie diese passierten ihr, Claire Maxwell, eigentlich nicht – es war wie eine Szene aus einem Film. Denk nicht so viel darüber nach … Lass es geschehen, Claire, flüsterte ihr eine Stimme in ihrem Kopf aufmunternd zu.

Eds Lippen lagen noch immer auf ihren, mit den Händen strich er ihr durchs Haar und zupfte zärtlich daran. Dann schloss er seine starken Arme um sie und zog sie an sich. Ihr Handtuch rutschte hinunter, doch sie trug noch immer ihr feuchtes Top und den Slip. Ihre innere Anspannung begann sich zu lösen. Sie fühlte sich sicher in seinen Armen. Es gab nichts außer diesem Kuss. Unerwartet und doch so natürlich. So notwendig. Zwei Menschen, die in einen Sturm geraten waren und sich aneinander festhielten.

Claire spürte, wie die Wärme direkt hinunter zu ihren Oberschenkeln strömte. Wow, so hatte sie sich schon lange nicht mehr gefühlt. Ed schien es ähnlich zu ergehen – sie spürte, wie er hart wurde und leicht gegen ihre Hüfte stieß.

Oh Gott, sie konnte doch nicht einfach … oder? Sie war mit ihrem Mann sechs Jahre zusammen gewesen und hatte davor nur ein paar feste Freunde gehabt. Noch nie einen One-Night-Stand. Und sie kannte diesen Mann doch gar nicht. Sie wusste, dass er durchtrainiert war und einen göttlichen Körper hatte. Sie hatte seine strammen Oberschenkel gesehen, seinen muskulösen Oberkörper und so vieles mehr. War das nicht Grund genug? Verdammt, ja, worauf wartest du noch? schrie etwas in ihr. Er küsste jetzt ihren Hals. Ohhh, das fühlte sich so gut an.

Aber plötzlich musste sie an Dr. Jekyll und Mr. Hyde denken. Seine griesgrämige Seite hatte sie ja erlebt. Und jetzt all diese Leidenschaft. Er könnte ein Axt-Mörder oder etwas in der Art sein. Wer hatte all das Brennholz gehackt? Er konnte seine Ex ermordet haben und hierher geflohen sein, um sich vor der Polizei zu verstecken.

Zum Teufel, sie hatte viel zu viele Thriller geschaut. Vielleicht war er einfach nur ein heißblütiger, leidenschaftlicher Mann, der manchmal etwas zurückhaltend war … bis man ihn besser kennenlernte, und dann wurde er locker. *Ach, verdammt noch mal. Los jetzt.* Das hier hatte lang genug auf sich warten lassen.

Claire schob Eds T-Shirt nach oben; sein Handtuch war schon lange heruntergefallen. Du liebe Zeit, was für ein Brustkorb. Herrlich. Aus der Nähe genauso schön. Sie strich mit der Hand darüber. Definierte Muskeln und ein paar sexy blonde Härchen. Nun streifte er seine Shorts ab, so dass er nur noch Boxershorts trug – sportlich, schwarz, eng. Claire traute sich kaum, einen Blick auf die sich abzeichnenden Umrisse zu werfen, wagte es dann aber doch. Wow. *David Beckham, nimm dich in Acht.*

Sie küssten sich weiter. Mit der Zunge erkundete er neugierig ihren Mund.

Mit beiden Händen zog er ihr das Top über den Kopf. Oh Gott, nun trug sie nur noch BH und Slip.

Ernüchternd holte die Realität sie wieder ein. Oh nein, ihre Narbe – jeden Moment würde er den Verschluss ihres BHs aufmachen. Was würde er denken? Wenn sie ihn vorwarnte, würde es mit Sicherheit den Moment zerstören, aber wenn sie es nicht tat und er sie sah, würde es die Leidenschaft sofort zunichtemachen. Und sie könnte es nicht ertragen, sein Gesicht dabei zu sehen, den Schrecken, der sich darauf abzeichnen würde. Mist. Mist. Mist. Vielleicht konnte sie ihn bitten, den BH nicht zu öffnen. Sie zuckte zurück.

Ed sah sie an. Dann schlug er die Hände über dem Kopf zusammen und fing an, sich heftig die Stirn zu reiben. »Mist, Mist … du, es tut mir leid. Ich kann das nicht.« *Seine* Stimme.

Auf einmal war er auf den Beinen, nahm hastig sein Shirt und seine Shorts und rannte zur Tür. Er hatte wohl kaum ihre Gedanken lesen und wissen können, was sich unter ihrem BH verbarg. Sie sah ihm zu, wie er den Flur hinunterstürzte, und hörte, wie er die Tür zuschlug. Als könnte er gar nicht schnell genug wegkommen.

Claire war die Lust innerhalb von Sekunden vergangen; sie blieb verwirrt und frustriert zurück.

Was zum Teufel war hier los?

Nach dem Regenschauer und dem Beinahe-Liebesspiel erschien ihr die ganze Szenerie auf einmal ziemlich unwirklich. Also, sie hatte in ihrem Wohnzimmer einen schönen Mann bis auf die Boxershorts ausgezogen und mit ihm an einem lodernden Kaminfeuer gesessen … und dann hatte er Reißaus genommen.

Gütiger Gott, als wäre ihr Leben nicht schon kompliziert genug. Okay, möglicherweise hatte er ihre Unsicherheit bemerkt, ihre Angst, ihre versehrte Brust zu zeigen, ihre Narbe. Vielleicht hatte er telepathische Fähigkeiten. Oder sie wirkte allmählich richtig durchgeknallt, ohne dass sie es merkte.

Aber da schien noch mehr zu sein als das … da war auch etwas in ihm. Etwas, das er hinter seiner griesgrämigen Miene verbarg. Sie war sich sicher, dass es nur eine Maske war; denn sie hatte heute eine andere Seite an ihm entdeckt, einen flüchtigen Einblick in den Menschen gewonnen, der er einmal gewesen war oder wieder sein könnte. Vielleicht war sie nicht die Einzige, die mit Stürmen, Geheimnissen, Narben zu kämpfen hatte.

Mit einer Tasse Tee setzte Claire sich an den Kamin. Sie hielt das Feuer am Brennen, indem sie zwischendurch immer wieder Holzscheite darauflegte; es spendete ihr angenehme Wärme. Der Regen fiel in Strömen vom Himmel und schlug gegen die Fenster. Drinnen zu bleiben war die einzige Option. Sie würde es sich gemütlich machen und sich in die Geborgenheit ihrer aktuellen Lektüre flüchten – eine romantische Geschichte mit einer Prise Humor. Das Beste wäre es,

Beziehungen überhaupt auf ein Buch und ihre Gedanken zu beschränken.

Claire hatte ihrer Schwester, ihrer Mum und Andrea, einer Kollegin vom *Herald*, bereits eine SMS geschrieben, da sie sich nach etwas Kontakt mit der Außenwelt sehnte. Sally hatte ihr geantwortet: *Mit den Jungs zurück in Bedlam. Mark ist viel schlimmer als die Kinder!* Claire konnte sie sich alle in ihrer ziegelsteinroten Doppelhaushälfte in Gosforth vorstellen; ein liebenswürdiges Chaos. Sally hatte erwähnt, dass sie viel vorhatten und es leider nicht schaffen würden, einen Strandurlaub mit der ganzen Familie in ihrem Zeitplan unterzubringen, aber Claire wollte sie selbst bald besuchen. Sie erinnerte sich daran, wie großartig sie ihre zwei Neffen gefunden hatte, als sie im Krankenhaus lag und die beiden sie mit neugierigen Fragen bombardierten: »Tante Claire, wozu ist dieser komische Hut?« – Es war die Kältehaube, die den Haarausfall verhindern sollte. Und: »Wie groß ist die Nadel, die sie in deinen Arm stecken werden? Ist sie sehr groß?« Claire hatte es nichts ausgemacht. Alle anderen fragten sich dasselbe, waren aber zu höflich mit ihrem langweiligen »Wie geht es dir?« und »So weit alles in Ordnung?«. Claire hatte oft den Impuls verspürt, etwas zu sagen wie: »Oh ja, es ist einfach wunderbar, wenn Nadeln in deinem Körper stecken, Stücke von dir herausgeschnitten werden und deine Haare ausfallen. Einfach fantastisch.« Aber die anderen versuchten ja nur, nett zu sein. Die Jungs waren da eine willkommene Abwechslung gewesen; sie brachten Direktheit, Schokolade und Lachen.

Abends lag Claire im Licht der Nachttischlampe in ihrem Schlafzimmer und dachte nach.

Was hätte Ed gesehen, wenn sie diesen nächsten Schritt

gegangen wären? Wäre es wirklich so schlimm gewesen? Sie hatte sich ihre Narbe seit Monaten nicht mehr angesehen. Nach dem ersten Schock im Krankenhaus hatte sie nicht wirklich das Bedürfnis danach verspürt. Sie hatte damit gelebt, sich damit abgefunden, sich jeden Tag angezogen und die Narbe bedeckt, aber bis heute hatte sie nicht oft an sie gedacht. Bis jemand anderes sie beinahe gesehen hätte, und das machte ihr Angst. Wie hätte er reagiert? Vielleicht war es ein Glück, dass er in diesem Moment weggerannt war. Wäre ihm die Kinnlade heruntergefallen, sobald er ihr den BH ausgezogen hätte? Hätte er versucht, sich zusammenzureißen, dann aber aufgegeben und wäre anschließend unter höflichen Ausflüchten gegangen?

Was hätte er eigentlich gesehen?

Claire atmete langsam und tief ein. Das schwache Licht der Nachttischlampe reichte gerade aus, während das Tageslicht noch blassgrau durch das Fenster schien: lange Juni-Schatten, späte Abende. Claire stand auf und stellte sich vor den Ganzkörperspiegel.

Sie zog sich das Sweatshirt über den Kopf. Ihr bequemer, verwaschener BH hätte ironischerweise schon ausgereicht, um ihn abzutörnen, dachte sie. Die Form ihrer Brüste war mit dem BH so weit in Ordnung – Claire hatte sich bald nach ihrer ersten OP ein Implantat ausgesucht, mit dem sie wieder ihre ursprünglichen 75C erreichte. Ihr Dekolleté sah damit einigermaßen normal aus.

Claire legte eine Hand auf ihre linke Brust und tastete sie durch das Material das BHs hindurch ab. Sie konnte den Rand der Narbe spüren. Sie schloss für eine Sekunde die Augen und griff dann nach hinten zu ihrem BH-Verschluss. Hielt die Luft an. Öffnete ihn. Ließ das grauweiße Stück Stoff auf den

Boden gleiten und starrte sich an. Sie hatte nicht mit den Tränen gerechnet, die ihr in die Augen schossen und ihr den Blick verschleierten. Hastig wischte sie sie weg und konzentrierte sich. Sie musste sehen, was er beinahe gesehen hätte.

Claire wurde es eng in der Kehle, sie unterdrückte ein Schluchzen. Die Narbe hatte noch immer die Macht, sie zu verletzen, aber nicht mehr so stark wie zuvor.

Sie waren nicht in der Lage gewesen, die Brustwarze zu retten. Sie zu erhalten, führe oft zu noch mehr Problemen, hatte man ihr gesagt. So war da nun etwas mit der Form einer Brust und einer auffallend rot-lilafarbenen Narbe, die sich quer darüberzog, gekreuzt von kleinen Vertiefungen. Ein bisschen wie Markierungen auf einem Lineal. Claire strich mit dem Zeigefinger darüber; fühlte jede einzelne empfindliche Einkerbung. Es tat nicht mehr weh, sie zu berühren. Vielmehr war ihre Brust seit der OP weniger sensibel. Es fühlte sich nur unangenehm an, wenn Claire sie vergaß, sich auf den Bauch legte und dabei die Brust zusammendrückte. Die Stelle, an der die Brustwarze hätte sein sollen, sah seltsam aus. Konnte irgendjemand Claire jetzt noch attraktiv finden? Sie musste an all die dummen Komplexe denken, die sie als Teenager gehabt hatte: Waren ihre Brüste groß genug? Hingen sie nicht ein wenig nach unten? Und, oh mein Gott – ein einzelnes Haar an der Brustwarze, das kleinste, blondeste Härchen, das man sich vorstellen konnte. Was zum Teufel hatte sie damals nur gedacht? Als hätte sie irgendwelche ernsten Sorgen gehabt. Jetzt erschien es absolut lächerlich. Zu gern hätte sie ihrem damaligen Teenager-Ich die Leviten gelesen.

Claire fühlte sich niedergeschmettert, verwirrt. Aber sie war hier. Andere hatten es nicht geschafft. War es egoistisch, so zu denken? Sie sah die Gesichter ihrer Freunde auf der

Chemotherapie-Station vor sich, die nicht durchgekommen waren. Dabei spürte sie einen Kloß im Hals. Das war ihre Kampfnarbe. Und sie war am Leben und konnte sie sehen. Daran musste sie festhalten. Sie war eine Überlebende und konnte ihr Leben nicht damit verschwenden, sich über eine fehlende Brustwarze oder ein Stück vernarbte Haut den Kopf zu zerbrechen.

Das war sie nun. Das war Claire Maxwell. Sie musste es akzeptieren. Und sie war dazu in der Lage. Angst hatte sie davor, wie jemand anders, etwa ein Mann, ein Liebhaber, damit umgehen würde. Claire spürte ein so tiefes Verlangen, in die Arme genommen zu werden, wieder geliebt zu werden. Nicht nur von ihrer Mum, ihrer Schwester, ihren Freundinnen – auch wenn sie eine große Unterstützung waren –, sondern von einem Mann. Sie sehnte sich danach, sich in einer Berührung zu verlieren und wunderbaren, befriedigenden, lauten Sex zu haben. Es war schon so lange her. Ed heute so nah bei sich zu haben, hatte ihre Welt durcheinandergebracht.

Sie waren so nah, so nah dran gewesen, Sex zu haben – fast schon nackt waren sie gewesen, verdammt noch mal. Und er war weggelaufen. Ihre Schultern bebten, als sie sich vorstellte, wie sie beide ausgesehen haben mussten. Sie fing plötzlich an, über die bizarre Situation zu kichern. Wie man es drehte und wendete, das Leben war ein einziges verdammtes Irrenhaus. Aber dann liefen Claire plötzlich die Tränen über die Wangen. Wegen ihrer Narbe, ihrer Ängste, der Freunde, die sie verloren hatte, der Mitpatienten, die sie gekannt hatte, wegen all derer, die sich diesem Albtraum in diesem Moment stellen mussten, und derjenigen, die der Krebs ihren Familien entrissen hatte.

Claire hüllte sich in ihren gemütlichen Bademantel, ging zum Schlafzimmerfenster und sah hinaus zum Halbmond.

Die Dämmerung setzte allmählich ein. Das Meer schimmerte silbern.

Ein Lichtstrahl fiel in ihren Garten. In einem der oberen Zimmer nebenan hatte jemand das Licht eingeschaltet. Es kam ihr vor, als könnte sie Musik hören, etwas Klassisches, Gefühlvolles. Was tat er gerade? Woran dachte er? Sah er auch auf das Meer hinaus?

Die Welt war so groß wie der mondhelle Himmel und gleichzeitig so klein wie ein einzelnes Sandkorn. Sie konnte einem wehtun und war gleichzeitig wunderschön. Man konnte sich darin verlieren.

Zwei Lichter, einsam nebeneinander.

7. Kapitel

Der Duft von frisch gebackenem Brot

Nach den demütigenden Ereignissen des Vortages wünschte sich Claire einfach nur einen ruhigen, ganz normalen Dienstag. Sie werkelte im Cottage herum, da das Wetter noch immer unbeständig war, schaffte es aber, zwischen den Regenschauern einen kurzen Spaziergang einzuschieben, bei dem sie das Ufer zusammen mit einigen Möwen für sich hatte. Mutig tauchte sie die Zehenspitzen ins Wasser – glücklich, die Welt einfach nur an sich vorbeiziehen zu lassen.

Am Mittwoch verbrachte sie etwas Zeit in ihrem Garten mit Meerblick. Die Sonne hatte beschlossen, sich wieder blicken zu lassen und zu beweisen, dass es doch noch Sommer war. Ich muss wirklich mit meinem Artikel für den nächsten *Herald* weitermachen, dachte Claire. Sie war Kulturredakteurin und hatte eine breite Leserschaft. Die Geschichten über ihren Kampf mit dem Krebs hatten andere inspiriert, aber sie wollte nicht mehr bei diesem Thema verweilen. Ihre Artikel brauchten eine neue Blickrichtung – etwas, das die Menschen aufheitern würde.

Claire saß da und überlegte eine Weile, dann strömten die Gedanken geradezu. Ihr wurde bewusst, dass sie über die einfachen Dinge im Leben schreiben wollte, die glücklich machten. Das Gespräch, das sie mit ihrer Schwester geführt hatte, war ihr in Erinnerung geblieben. Sie öffnete ein Word-Dokument auf ihrem Laptop und begann, ihren ersten Artikel über »magische Momente« zu schreiben.

Sie hielt kurz inne, überlegte, welche Momente auf ihre Liste sollten, und fing an zu tippen:

1. Blick auf das Meer und Sonnenschein im Gesicht.
2. Zeit mit der Familie verbringen. (Sie musste daran denken, wie schön das Wochenende mit ihrer Schwester gewesen war.)
3. Sich mit Freunden zu Tee und Kuchen verabreden. (Ja, sie würde das mit Andrea und den Mädels aus dem Büro organisieren, sobald sie zurück war.)
4. Das Geräusch von Kinderlachen. (Ihre Neffen besuchen; so bald wie möglich.)
5. Ein heißes Schaumbad. (Ein weiteres heute Abend!)
6. Sich in einem guten Buch verlieren. (Heute Nachmittag!)
7. Eine Umarmung. (In ihren dunkelsten Momenten während ihrer Krebsbehandlung, wenn Worte nicht mehr ausreichten, hatte eine Umarmung alles ausgedrückt und ihr Sicherheit und Trost gegeben. Umarmungen konnten aber auch voller Glück sein. Ach, sie musste jemanden finden … sie würde auf jeden Fall von ihrer Mum umarmt werden, wenn sie zurück nach Hause kam … aber zählte das? Woran sie wirklich dachte, waren starke Männerarme, die sich um sie legten. Nein, weg mit diesem Gedanken – damit bewegte sie sich auf Ed-Territorium, und wo hatte das hingeführt?) *Hmm, was noch?*
8. Ein kühles Glas Wein an einem Sommertag. (Bereit einzuschenken, wenn es Ihnen beliebt, Madam.)
9. Der Duft von frisch gebackenem Brot und gleich darauf der Geschmack, wenn es frisch aus dem Ofen kommt.
10. Etwas tun, das jemand anderem hilft.

Claire nahm sich vor, sich Gedanken darüber zu machen, wie man anderen helfen konnte. Dabei fühlte man sich immer besser. Irgendwie verbundener. Sie könnte sich für eine Wohltätigkeitsorganisation einsetzen, die sich um Krebspatienten kümmerte, oder zu Hause der älteren Dame nebenan anbieten, ihr die Einkäufe zu erledigen. Oder ihr ein schönes Brot backen – warum nicht? Sie konnte ja mit dem Backen weitermachen.

Claire beschloss, ihre Sehnsüchte nach Sex am Strand und ihre Beobachtungen nackter Schwimmer – vorerst – von der Liste zu streichen. Sie könnten in ihren Texten zu allerlei seltsamen Anspielungen führen und bei der familienorientierten Zeitung für Wirbel sorgen.

Claire schrieb eine kurze Einleitung dazu, woher sie die Inspiration für den Artikel genommen hatte, und erwähnte ihren Urlaub, um ein paar Hintergrundinformationen zu liefern. Am Ende der Kolumne würde sie ihre Leser bitten, von ihren eigenen magischen Momenten zu berichten. Es würde wunderbar sein, zu sehen, was andere Menschen glücklich machte. Ob es Dinge gab, die alle gemeinsam hatten, oder ob sie ganz besondere, lustige oder ungewöhnliche Momente nennen würden.

Claire war sich sicher, dass ihre Idee eine tolle Kolumne ergeben würde. Und es wäre schön, etwas Positives zu erzählen – eine willkommene Abwechslung nach all den Berichten über traurige und beängstigende Dinge. Sie hoffte nur, dass ihr Chef, David, das genauso sehen würde, wenn er ihren Vorschlag durchgelesen hatte. Er war der festen Meinung, dass man mit schlechten Nachrichten mehr Zeitungen verkaufte – wie oft sah man schon eine fröhliche Schlagzeile?

Entschlossen beendete Claire den Artikel, las ihn noch einmal durch und besserte hier und da ein paar Fehler aus. Bald war eine Stunde vergangen. Sie würde ihn später noch einmal durchlesen. Es war immer besser, einen neu geschriebenen Text eine Zeit lang ruhen zu lassen und später mit ausgeruhtem Kopf wieder daranzugehen. Man hatte immer irgendeinen dummen Rechtschreibfehler oder einen ungeschickt formulierten Satz übersehen.

Am nächsten Morgen beschloss Claire, ins Dorf zu gehen. Die frische Luft und die Bewegung würden ihr guttun. Den flauschigen weißen Wolken am Himmel nach zu urteilen, hatte sich das Wetter beruhigt, obwohl es für Juni immer noch ziemlich kalt war. Sie hatte gestern Abend noch einmal Lyndas Kochbuch durchgeblättert und beschlossen, ein paar Fladenbrote zu backen. Dazu könnte sie etwas frisches Hähnchen und Salat kaufen.

Der Spaziergang am Strand, begleitet vom Rauschen des Meeres, entspannte sie. Claire schlenderte am Ufer entlang, ihre Turnschuhe in der Hand, und spürte den weichen Sand zwischen ihren nackten Zehen. In der zweiten Bucht kam ihr ein älterer Mann mit silbergrauem Haar entgegen. Sie hatte ihn schon mehrmals gesehen, seit sie hier war. Er ging mit einem altmodischen hölzernen Gehstock, aber sehr zügig. Offenbar war er auf diesem Strandabschnitt öfter unterwegs.

»Guten Morgen, junge Dame.«

»Guten Morgen.« Claire lächelte zurück.

»Wir haben uns schon ein paar Mal gesehen, nicht? Machen Sie hier Urlaub?« Er blieb stehen.

»Ja, in dem Cottage drüben in der nächsten Bucht, Farne View.«

»Ah ja. Gefällt es Ihnen hier?«

»Oh ja. Es ist wunderbar.«

»Großartig, nicht wahr? Sie werden auf der ganzen Welt keinen schöneren Strand finden als diesen, das können Sie mir glauben. Ich heiße übrigens Peter.« Er streckte ihr eine leicht faltige Hand hin.

Claire schüttelte sie fest. »Schön, Sie kennenzulernen, Peter. Ich bin Claire.«

»Nun denn, genießen Sie Ihren Spaziergang, Claire. Vielleicht laufen wir uns wieder einmal über den Weg.«

»Vielleicht, allerdings fahre ich am Ende der Woche nach Hause. Zurück in die Realität.«

»Nun ja, ich bin eben der Glückspilz, der hier wohnt. Sie müssen aber irgendwann wieder herkommen.«

»Ja, das wäre toll.« Würde sie jemals zurückkommen? Oder würde das Leben sie wieder komplett in Besitz nehmen? Sie würde mit der Arbeit und mit ihrem Leben viel zu tun haben. Würde sie Bamburgh und ihr schrulliges Cottage in einen versteckten Winkel ihres Gedächtnisses verdrängen und nie wiedersehen?

»Hat mich gefreut, Sie kennenzulernen, junge Dame. Also, dann mach ich mich mal wieder auf den Weg.« Und munter zog er weiter und hinterließ dabei seine Spuren im Sand.

Auch Claire machte sich wieder auf den Weg. Es war schön zu spüren, dass sie so viel Energie hatte wie früher. Sie konnte schon viel schneller gehen als am Anfang ihres Urlaubs, und sie musste keine Pause machen und sich nicht auf einen Felsen setzen, um zu verschnaufen. Obwohl es immer noch angenehm war, kurz innezuhalten und die fantastische Aussicht auf sich wirken zu lassen. Den azurblauen Himmel mit vereinzelten weißen Quellwölkchen und kreisenden Möwen, das sich ständig wandelnde metallgraue Meer, das sich am Ufer in weißen Schaum auflöste und in kristallene Tropfen zersprühte. Claire sah einem Vater und seinem kleinen Sohn dabei zu, wie sie eine große Sandburg bauten, die Köpfe gesenkt, konzentriert auf ihre Aufgabe. Strandleben.

Als sie schließlich Lyndas Feinkostladen erreichte, fühlte sie sich völlig entspannt. Bereit, das nicht ganz angenehme Erlebnis mit Ed hinter sich zu lassen, und fest entschlossen, die letzte Woche ihres Urlaubs zu genießen.

»Hallo, Claire. Wie geht es dir denn so in deinem Cottage am Strand?« Lynda lächelte sie vom Tresen aus an.

»In Ordnung, nein, alles bestens. Ich fühle mich viel entspannter, als ich es war, als ich hergekommen bin. Stärker.«

»Das ist wunderbar. Ich hoffe, es ist okay, wenn ich frage, aber warst du krank, Liebes?«

»Ja. Ja, das war ich. Es ist schon einige Monate her. Ich habe gerade eine Brustkrebsbehandlung hinter mir.« Es machte Claire nichts aus, sich Lynda anzuvertrauen, die eine warmherzige, aufrichtig freundliche Person zu sein schien.

»Ich verstehe. Tut mir leid, wenn ich neugierig wirke, aber meine Cousine hat das auch durchgemacht – erst letztes Jahr. Etwas an dir hat mich an sie erinnert. Du hast jetzt also Entwarnung bekommen?«

»Ja, zum Glück.«

»Das sind gute Nachrichten.«

»Und deine Cousine?«

»Für sie gab es auch gute Nachrichten. Dem Himmel sei Dank. Sie hat zwei Töchter im Teenager-Alter. Es war eine schwere Zeit für sie. Für dich sicherlich auch. Diese Behandlungen gehen einem echt an die Substanz, nicht wahr?«

»Ja, das stimmt, Lynda ... Aber wie gesagt, ich fühle mich jetzt schon sehr viel besser.«

»Das ist das Wichtigste.« Lynda lächelte. »Also, womit kann ich dir heute helfen, oder wolltest du nur ein bisschen plaudern?«

Claire blickte sich in dem Laden um und überlegte. Zuerst wählte sie ein paar Vorräte für den Kühlschrank, dann bat sie um Weizenmehl, Hefe, Sesamsamen, getrockneten Thymian und Majoran für ihre nächste Brot-Kreation.

»Mmm, das klingt interessant. Was für ein Brot wirst du denn heute backen?«

»Maneesh.«

Lynda sah sie fragend an. »Was für ein Brot soll das sein?«

»Ich habe es in dem Kochbuch gefunden, das du mir geliehen hast. Ein Fladenbrot aus dem Mittleren Osten.«

»Sehr ausgefallen – klingt aber lecker. Wann wird es fertig sein? Um wie viel Uhr soll ich vorbeikommen?« Lynda grinste schelmisch.

»Tatsächlich könntest du sehr gern zu Besuch kommen.« Etwas Gesellschaft wäre wirklich schön, sagte sich Claire. »Falls du auf dem Heimweg ein paar freie Minuten findest, schau doch auf einen Kaffee vorbei, wenn du Lust hast.«

»Hmm, gute Idee ... Und ich darf von deinem leckeren Gebäck kosten?«

»Natürlich.«

Claire fühlte sich wohl in Lyndas Gesellschaft, auch wenn diese gut zwanzig Jahre älter sein musste als sie.

»Abgemacht, liebe Claire. Das wäre reizend. Dann schaue ich nach Ladenschluss auf ein Tässchen rein. Ich komme sowieso am Ende deiner Straße vorbei, weil ich am Rand von Seahouses wohne. Das Cottage vom alten Hedley, stimmt's?«

»Ja, genau.«

Während Lynda die Waren abwog, sah Claire aus dem Fenster und bemerkte ein ihr bekanntes schwarzes Auto, das auf der anderen Straßenseite parkte. Wer das wohl war?! Ihr Magen krampfte sich zusammen. Mist. Na ja, dann würde sie einfach noch eine Weile hier verbringen, es waren ja keine anderen Kunden da.

»War viel los in letzter Zeit?«, fragte sie Lynda beiläufig.

»Nicht allzu schlimm. Die Pfingstwoche war ziemlich hektisch, weil Schulferien waren, aber jetzt, da die Kinder wieder in der Schule sind, hat es sich etwas beruhigt.«

»Wie lange arbeitest du schon hier im Feinkostladen?«

»Ach, ungefähr zehn Jahre. Es war schon immer mein Traum. Davor war ich Rezeptionistin bei einem Bestatter, ob du es glaubst oder nicht. Es war ganz in Ordnung dort, ich mochte den Job und habe einige nette Leute kennengelernt. Die Verwandten, meine ich.«

Claire lächelte, als sie sich ausmalte, wie Lynda mit den Verstorbenen ein Schwätzchen hielt. Sie konnte sich gut vorstellen, dass sie mit ihrem angenehmen und freundlichen Auftreten an der Rezeption bei einem Bestatter am richtigen Platz gewesen war – sie konnte bestimmt gut mit trauernden Menschen umgehen.

»Ich wollte einfach mein eigenes Unternehmen leiten«, fuhr Lynda fort, »und es sollte ein Feinkostladen sein. All das tolle Essen und die Möglichkeit, mein eigenes Brot zu backen. Ich habe jahrelang zu Hause gebacken und alle möglichen Rezepte ausprobiert. Das Brotbacken hat mir immer am meisten Spaß gemacht. Als ich gesehen habe, dass dieses Gebäude zur Vermietung stand, war der Entschluss gefasst – ich wusste, dass es mein perfekter Laden war. Das Feinkostgeschäft im

Cottage an der Ecke. Und Bamburgh ist so ein schöner Ort und wird von vielen Touristen besucht, dank derer man einen kleinen Laden wie diesen am Laufen halten kann. Es ist perfekt für mich. Ich habe nie zurückgeblickt.«

»Das ist wirklich toll. Es muss wunderbar sein, seinen Traum zu verwirklichen. Der Laden ist großartig.«

»Vielen Dank.«

Claire blickte wieder verstohlen aus dem Fenster. Das Auto stand noch immer gegenüber, aber von Ed keine Spur. Eine Familie betrat das Geschäft, um Eis zu kaufen, und ließ beim Anblick der zahlreichen Sorten verzückte »Ohs« und »Ahs« hören. Es wurde voll im Laden, und Lynda war damit beschäftigt, die Leute zu bedienen und Eis zu portionieren. Claire beschloss, dass es Zeit war, zu gehen und das Brathähnchen für das Abendessen zu kaufen. Das war das Letzte, was sie erledigen musste, dann konnte sie am Strand zurückgehen.

»Tschüss, Lynda. Und denk daran, nachher vorbeizukommen, wenn du Zeit hast. Du bist jederzeit willkommen.«

»Mach ich. Dann bis später.«

Claire ging den Gehweg hoch, vorbei an einer Reihe aus Stein gebauter Cottages, und wollte gerade die Metzgerei betreten, als sie plötzlich mit jemandem zusammenstieß, der aus dem Geschäft kam. Ed.

Ihre Wangen liefen vor Scham rot an. *Danke, Schicksal.*

»Ah … tut mir leid«, begann Ed im gleichen Moment, als sie sagte: »Ups, Entschuldigung.«

Er sah so verlegen aus, wie Claire sich fühlte.

Sie traten gleichzeitig zwei Schritte von der Tür zurück, dann einen nach vorne, in einer Art Ich-will-hier-weg-Tanz.

Dann blieb er stehen und sah sie direkt an. »Hör zu … das mit neulich tut mir wirklich sehr leid.«

»Ah«, war das Einzige, was sie herausbrachte. Das Gespräch war eine Qual.

»Ich meine … Es hätte nicht …«

»Passieren dürfen?«, platzte Claire heraus. Sie konnte ihm genauso gut aus der Patsche helfen.

»Na ja … vielleicht … ja. Nein.« Er machte eine Pause und blickte für einen Moment zu Boden.

Erde, verschling mich jetzt, als Ganzes.

»Nicht so … ich … ich meine, ich hätte dich zu nichts drängen sollen.«

Was sie betraf, so konnte nicht die Rede davon sein, dass sie sich gedrängt gefühlt hätte. Aber offenbar war er auf der Suche nach einer Ausrede. »Ist schon okay. Ich verstehe. Es hätte nicht passieren dürfen. Sollen wir einfach versuchen, es zu vergessen?«

Er sah erleichtert aus.

Konnte sie jemals seinen Anblick vergessen? Ihn am prasselnden Kaminfeuer in seinen engen Boxershorts und mit der Erektion unter dem straffen schwarzen Stoff? *Ah, hör auf, um Gottes willen.* Er stand doch direkt vor ihr auf dem Bürgersteig. Schamröte stieg ihr vom Hals ins Gesicht.

»Also, nun denn«, sagte sie mit einem Räuspern.

»Nun denn«, wiederholte er.

Sie musste weg – das hier war so peinlich. »Okay, also dann, ich mach mich wohl besser auf den Weg.« *Schön lockerflockig bleiben.* Ihr wurde bewusst, dass sie wie ein aufgekratztes Schulmädchen klang.

»Ja, okay. Tut mir aufrichtig leid. Nichts für ungut, hoffe ich.«

Claire schluckte. Warum hatte er »aufrichtig« sagen müssen?

»Nein, natürlich nicht.« Ihre Stimme klang schrill.

»Gut.«

Gott sei Dank war sie nur noch eine Woche hier. Dann hatte sich die Sache erledigt. Dann würde sie nicht mehr Tür an Tür mit dem hübschen, aber griesgrämigen Ed wohnen müssen. Kein Risiko mehr, irgendwo in ihn hineinzulaufen. Keine peinlichen Szenen mehr wie die gerade eben.

Ed ging langsam die Straße hinunter, zurück zu seinem Jeep. Okay, jetzt brauchte sie wirklich eine Sahnetorte oder irgendetwas in der Art. Sie würde noch Schokostückchen für ein Brioche kaufen. Dann mal zurück zu Lyndas Feinkostgeschäft, sagte sich Claire. Sie stand noch eine Weile da und konnte nicht anders, als Ed dabei zuzusehen, wie er in seinen Wagen stieg und davonfuhr.

Dann ging sie zurück zum Laden.

»Schon wieder da?«, sagte Lynda lächelnd. »Bleibt lieber für sich, der Gute.« Offenbar hatte sie Claires Blicke bemerkt. »Aber sieht gut aus, das muss man ihm lassen. Dein Nachbar unten beim Cottage, oder?«

Natürlich kannte in einem Dorf wie diesem jeder jeden.

»Hmm. Aber wir haben nicht viel miteinander zu tun.«

Claire hatte nicht vor, jemals die Wahrheit zu erzählen.

Ed vergessen zu wollen, war leichter gedacht als getan. Aus unerfindlichen Gründen musste Claire trotz seiner griesgrämigen Art und der Tatsache, dass er sie im entscheidenden Moment halb nackt hatte stehen lassen, immer noch an ihn denken. Das Brotbacken half ihr dabei nur teilweise.

Der Ofen musste auf Stufe acht vorgeheizt werden, eine

Stufe höher als im Rezept angegeben. Claire wusste jetzt, wie sie ihn einstellen musste. Der Temperaturregler funktionierte nicht genau, aber schließlich hatte sie den Dreh herausbekommen.

Sie gab das Mehl in eine große Rührschüssel, fügte Salz und Zucker auf der einen und die Hefe auf der anderen Seite dazu, schließlich noch Olivenöl und etwas Wasser. Dann fing sie an, mit einer Hand alles durchzukneten, wie es das Rezept forderte, was nicht ganz leicht und eine ziemlich klebrige Angelegenheit war. Aber nach und nach entstand aus der Masse ein Teig. Als er weich und elastisch war, konnte Claire ihn zu einer glatten Kugel formen. Schließlich musste sie ihn eine Stunde lang gehen lassen, bis er auf das Zweifache gewachsen war, also beschloss sie, nach draußen in den Garten mit Meerblick zu gehen, um ein Glas Pinot Grigio zu trinken und in ihrem Buch zu lesen.

Die Stunde verging schnell, und Claire kehrte in die Küche zurück, um den nächsten Schritt im Rezept zu befolgen. Sie sollte »den Teig übereinanderschlagen«, hieß es, »bis die gesamte Luft herausgedrückt wird« – wie zum Teufel sollte man wissen, wann das der Fall war? Danach schnitt sie den Teig in drei Teile und rollte diese jeweils zu einem großen flachen Kreis aus. Die Backbleche waren bereits mit Backpapier ausgelegt und standen bereit, und die Mischung zum Bestreichen der Brote hatte Claire ebenfalls schon vorbereitet – eine wunderbare Kombination aus Sesamsamen, Kräutern und Olivenöl, die sie jetzt auf jedem der runden Teigstücke verteilte.

Der Ofen schien heiß genug zu sein, also schob sie die Bleche hinein. Sie sah nach der Uhrzeit. Das Brot brauchte fünfzehn Minuten, nicht länger.

Zehn Minuten später breitete sich schon ein köstlicher Duft in dem Cottage aus. Claire konnte es kaum erwarten, die Ofentür aufzumachen und zu sehen, wie die Brote aussahen, aber sie hielt ihre Neugier im Zaum, damit sie nicht durch einen kalten Luftzug zusammenfielen. Natürlich hatte der alte Ofen kein Sichtfenster, also konnte sie nur vermuten, ob die Brote bereits die richtige Farbe hatten.

Dann war die Zeit um. Claire zog sich Ofenhandschuhe an, um die Brote aus dem Ofen zu holen. Mit Entzücken stellte sie fest, dass sie schön goldgelb gebacken und an den Rändern leicht gebräunt waren. *Perfekt.* Sie hoffte, dass sie so gut schmecken würden, wie sie aussahen. Claire hatte vorhin bei Lynda fürs Abendessen noch etwas Hummus zum Dippen sowie einige mit Knoblauch gefüllte Oliven gekauft. (Ein Vorteil, wenn man allein war: Man musste sich wegen des Knoblauch-Atems keine Sorgen machen!) Vorsichtig legte sie die Fladenbrote zum Auskühlen auf einen Grillrost.

Eine Weile später klopfte es an der Tür. Zum Glück war Claire gerade vom Garten ins Haus zurückgekehrt, sonst hätte sie es nicht gehört. Einen verrückten Moment lang dachte sie, es könnte Ed sein, der gekommen war, um sich zu erklären … oder um dort weiterzumachen, wo sie aufgehört hatten. Sie schluckte. Aber dann fiel ihr ein, dass sie ja Lynda eingeladen hatte, und sie sah auf die Uhr. Es war Viertel nach fünf. Das könnte passen. Bestimmt war es Lynda. Claire fühlte einen leichten Stich in der Brust.

Auf der Türschwelle stand lächelnd ihre neue Freundin mit einer Schachtel lecker aussehender Kekse und einem Päckchen in der Hand.

»Hallo, Liebes«, sagte sie freudig und streckte Claire das

Päckchen entgegen. »Blauschimmelkäse – der, den du magst. Er hat fast das Mindesthaltbarkeitsdatum erreicht. Bevor ich ihn am Ende noch wegwerfen muss, sollst lieber du ihn bekommen.«

»Ach, danke, Lynda. Aber du hättest wirklich nichts mitbringen müssen. Diese Kekse sehen allerdings wunderbar aus.« Claire las den Aufdruck auf der Verpackung – Mürbeteiggebäck mit Erdbeeren und Sahne. Lecker.

»Es duftet herrlich hier drinnen. Was hast du gebacken? Hast du es mit diesem Brot probiert? Manic oder wie es hieß?«

»Maneesh.«

»Wusst ich's doch, irgendetwas in der Art.«

»Es sieht ganz gut aus. Ich hoffe, dass es auch so schmeckt.«

»Ich bin sicher, das tut es.«

Gemeinsam gingen sie durch den Flur in die Küche. Lynda musterte die Einrichtung in dem Cottage. »Es ist ein wenig altmodisch hier, findest du nicht?« Sie war offensichtlich bemüht, höflich zu sein.

Claire lachte. »Das kann man wohl sagen. Heruntergekommen trifft es aber auch ganz gut. Keine Sorge, ich habe mich schon daran gewöhnt.«

»Nun ja, das Brot sieht jedenfalls herrlich aus.«

»Danke. Ich habe endlich herausgefunden, wie der Ofen funktioniert. Es war ein Albtraum, aber ich habe seine Tricks durchschaut und weiß jetzt, wie ich die Temperatur einstellen muss.«

»Sehr schön.«

»Weißt du vielleicht irgendetwas über das Cottage, Lynda? Über seine Vorgeschichte?« Claire war neugierig. »Hat Mr. Hedley selbst hier gelebt?«

»Nein, nein. Er wohnt auf einer Farm etwa drei Meilen von hier. Farne View hat er von einer Tante geerbt. Es hat jahrelang leer gestanden.«

Das erklärte einiges.

»Evelyn war wirklich eine reizende alte Dame. Sie muss mindestens vierzig Jahre lang hier gelebt haben. Ihr Mann war lange vor ihr gestorben, und sie hatte Schwierigkeiten, allein das Haus in Schuss zu halten. Aber sie hat getan, was sie konnte. Fast jeden Tag ist sie ins Dorf gegangen und hat mit ihren Einkäufen den Bus zurück genommen, sogar als sie schon über achtzig war. Bis alles irgendwann zu viel wurde.«

Claire konnte sich gut vorstellen, wie die alte Dame im Haus umhergestreift war. All die Kochbücher und Küchenutensilien waren immer noch an ihrem alten Platz. Wahrscheinlich war es sogar noch Evelyns Salztopf, der dort im Regal stand. Es ergab alles Sinn. Der altmodische Quilt und die Häkeldecke im Schlafzimmer. Ohne Zweifel hatte es zu ihren Lebzeiten genauso ausgesehen.

Das alte Haus vermisste sie bestimmt.

»Am Ende war sie zu gebrechlich, um allein für sich zu sorgen, und Hedley hat ihr nie sonderlich viel geholfen«, fuhr Lynda fort. »Sie musste in ein Pflegeheim. Eigene Kinder hatte sie nicht, also hat das Haus leer gestanden. Als sie gestorben ist, hat sie ihm das Cottage in ihrem Testament vermacht. Er hat sich allerdings nie wirklich darum gekümmert.«

»Oh, ich verstehe.«

»Dann hat er beschlossen, ein Ferienhaus daraus zu machen. Im Dorf mussten wir alle darüber schmunzeln. Ja, es ist ein hübsches Plätzchen, aber das Cottage selbst?«

»Ha, und dann bin ich hier gelandet!«

»Um ehrlich zu sein, war ich überrascht, als ich gehört habe, dass du hier bist. Wir im Dorf haben keine Ahnung, warum er es nicht verkauft hat. Vor allem wenn er sich anscheinend nicht die Mühe machen möchte, einen Finger dafür zu krümmen. Wir glauben, er wartet darauf, dass ein Bauunternehmer oder Immobilien-Mogul daherkommt und ihm das Haus für eine Million abkauft. Nur weil es einen hübschen Meerblick hat. Da kann er lange warten.«

Claire lächelte unsicher. Seltsamerweise war sie irgendwie froh, dass Mr. Hedley das Cottage nicht verkauft hatte. Froh, dass sie Gelegenheit gehabt hatte, hier zu wohnen. Das alte Cottage und seine Fehler waren ihr ans Herz gewachsen. Während die beiden Frauen in den Garten hinausgingen, dachte Claire insgeheim, dass dieser Anblick tatsächlich eine Million Pfund wert war – vielleicht sogar mehr, wenn ein gewisser nackter Mann auftauchte.

»Also, was kann ich dir anbieten, Lynda? Eine Tasse Tee? Kaffee? Oder sollen wir etwas von meinem frisch gebackenen Maneesh mit einer Schüssel Oliven und einem Glas Wein dazu probieren? Wir könnten draußen sitzen, wenn du möchtest.« Die Sonne ließ das Meer golden schimmern.

»Eindeutig das Dritte. Aber für mich bitte nur ein kleines Gläschen, ich muss ja noch nach Hause fahren.«

»In Ordnung. Ich gehe schnell rein und hole alles. Mach es dir derweil bequem.«

Etwas später saßen sie gemütlich auf den Holzstühlen im hinteren Teil des Gartens. Vor ihnen auf dem Tisch lagen einige Scheiben Fladenbrot, daneben standen eine kleine Schüssel mit Oliven und der Hummus. In der späten Nachmittagssonne fühlte man sich fast wie am Mittelmeer.

»Mmm, dieses Brot ist auf jeden Fall genauso lecker, wie es aussieht«, schwärmte Lynda, während sie genussvoll einen Bissen nahm. »Du bist also doch ein Naturtalent. Ich sollte vielleicht anfangen, dieses Manic-Zeug für den Laden zu backen. Es ist ein großartiges Sommerbrot. Ich wette, es würde bei den Urlaubern sehr gut ankommen.«

»Ja, bestimmt.«

»Wow. Was für einen Anblick man von hier hat.«

»Wohl wahr. Wenn ich will, kann ich in wenigen Sekunden unten am Strand sein und einen Spaziergang machen, oder ich kann einfach hier sitzen und die Welt an mir vorbeiziehen lassen. Es ist herrlich.«

»Ja, ich erkenne durchaus den Reiz. Mir war nicht bewusst, dass es so ein schönes Fleckchen ist – von der Straße aus sieht man es nicht so gut.«

»Es hat seine Vorteile.« Claire lächelte.

»Solange das Wetter schön ist, nehme ich an. An einem regnerischen Tag ist es vielleicht weniger lustig hier.«

Claire musste wieder an Ed denken. Der letzte verregnete Tag hatte eindeutig viel Spiel und Spaß mit sich gebracht. »Nein«, war alles, was sie dazu sagte.

Die beiden Frauen plauderten über das Feinkostgeschäft, über Claires Pläne für ihre letzte Urlaubswoche, und sie erwähnte auch ihren Job als Journalistin. Bei dieser Gelegenheit berichtete sie Lynda von ihrer Idee für ihre neueste Kolumne.

»Übrigens, Lynda, was ist dein magischer Moment? Also was macht dich richtig glücklich – egal, ob es etwas Großes oder etwas Kleines ist?«

»Oh, lass mich überlegen … Nun, also, ich freue mich, wenn jemand zurück in meinen Laden kommt, um mir zu sagen, dass etwas, das er gekauft hat, wirklich wunderbar geschmeckt hat. Vor allem wenn es etwas ist, das ich selbst gemacht habe, wie meine Brote. Das ist etwas Besonderes. Man fühlt sich richtig stolz.«

Claire nickte.

»Oh, und natürlich, wenn meine Tochter nach Hause kommt oder wir uns zu Tee und Kuchen treffen. Wir können stundenlang quatschen. Sie macht sich gut, unsere Evie. Unten in Gateshead ist sie Lehrerin. Sie wohnt jetzt dort, deshalb sehe ich sie nur noch alle paar Wochen. Es ist wunderbar, wenn man seine Kinder erwachsen und glücklich sieht. Aber es ist auch schön, sie für eine Weile wieder zu Hause zu haben. Man gibt ihnen Flügel, aber man hofft, dass sie auch manchmal zurückgeflogen kommen.« Sie lächelte liebevoll.

Claire fragte sich, ob sie wohl jemals diese Erfahrung machen würde: ein Kind zu haben, zuzusehen, wie es größer würde, und ihm zu helfen, seinen Weg in der Welt zu finden. Sie spürte einen kleinen Stich im Herzen. Nach alledem, was ihr Körper durchgemacht hatte, wäre das ein kleines Wunder. Auch deshalb, weil sie keinen Mann an ihrer Seite hatte.

»Das ist schön, Lynda. Klingt, als hättest du eine tolle Beziehung zu deiner Tochter«, meinte sie ein wenig melancholisch.

»Ja, wir verstehen uns gut. Ich habe großes Glück.«

Sie plauderten noch ein wenig. Claire erzählte Lynda von ihrer Familie in Newcastle, und Lynda erwähnte ihren Mann, Steve, der auf einer Farm ein Stück landeinwärts von Seahouses arbeitete.

Eine Stunde war schnell vergangen, und die Besucherin erhob sich.

»Also dann, liebe Claire. Ich mache mich wohl besser auf den Weg. Mein Steve wartet bestimmt schon auf mich und fragt sich, wo sein Abendessen bleibt. Danke für den Wein, und dein Brot war einfach köstlich. Es war schön, mit dir zu plaudern.«

»Gerne. Ich fand es auch sehr nett.«

»Also genieß deine letzte Woche hier, und komm noch einmal im Laden vorbei, bevor du aufbrichst.«

Claire begleitete Lynda zurück durch das Cottage zur Vordertür, wo sie sich mit einer warmen Umarmung von ihr verabschiedete.

»Mach's gut, meine Liebe.«

»Du auch.«

Nachdem Lynda gegangen war, fühlte sich das Haus ziemlich leer an.

Später, in der Nacht, stellte Claire fest, dass sie nicht mehr wütend auf Ed war. Sie musste an sein Lächeln denken, wie schön es gewesen war, als es sich auf seinem Gesicht verbreitet hatte. Die kleinen Fältchen um die Augen, die Art, wie die grau-grünen Augen aufgeleuchtet hatten. Claire sah seinen Mund vor sich. Ed hatte schöne weiße Zähne, nur einer stand etwas schief – einer der oberen Schneidezähne –, und sogar das war irgendwie süß. Ed hatte auch wohlgeformte Lippen. Und sein Kuss – der war verdammt heiß gewesen. Claire seufzte. Ihr Kopf war voller Gedanken an ihn, und ihr Körper sehnte sich nach seiner Berührung. Es war quälend.

8. Kapitel

Magisch … Meer, Sand, Türme, Ritter und Burgen

Am nächsten Morgen stand Claire erneut in der Küche, gab Butter in einen Teig und knetete das Gemisch vorsichtig mit dem Handballen durch, so wie es im Rezept für Schokoladen-Brioche beschrieben war. Etwas Süßes und Tröstendes – genau das, was sie jetzt brauchte. In weniger als einer Woche würde sie nach Hause fahren. *Nach Hause.* Der Begriff klang hohl. Jedenfalls zurück in ihr altes Leben oder zumindest Teile davon. Natürlich freute sie sich, Freunde und Familie wiederzusehen, aber es würde nicht so leicht sein, in das eheliche Haus zurückzukehren, die Doppelhaushälfte aus roten Ziegeln, in die sie vor sechs Jahren voller Begeisterung eingezogen waren. Das Haus mit dem »Zu verkaufen«-Schild im Fenster. Das Haus, das zu verlassen sie nicht mehr erwarten konnte.

Nachdem sie eine Reihe Brioche-Brötchen in den Ofen geschoben hatte, setzte sich Claire in ihren Garten mit Meerblick. Sie schaute über das ruhige, glitzernde Wasser in den sommerlich blauen Himmel, von dem heute eine warme Sonne herunterschien und ihre nackten Arme angenehm wärmte. Hier konnte man wirklich alle Jahreszeiten an nur einem Tag erleben. Auch wenn ihr Aufenthalt voller Höhen und Tiefen gewesen war, so liebte sie doch dieses eigentümliche Cottage und den fantastischen Ausblick, die Stürme und den Sonnenschein. Hier konnte man zusehen, wie die Welt an einem vorbeizog, oder man konnte wie ein Kind im Wasser planschen und die Füße in die rauschenden Wellen tauchen.

Hier zu sitzen, die Wärme der Sonne auf der Haut und eine angenehme, nach Salz riechende Brise im Gesicht zu spüren, das glitzernde, wogende Meer zu betrachten und der Brandung zu lauschen, war einfach magisch. Claire dachte daran, wie schön das letzte Wochenende mit Sally gewesen war, wie sie sich wieder nähergekommen waren, ihre Verbindung wiederentdeckt hatten. Bei einem kühlen Glas Wein mit jemandem zu lachen und zu plaudern, sei es die Schwester, eine Freundin oder ein Liebhaber ... auch das war magisch.

Ein Liebhaber ... auf diesem Gebiet lief es nicht gerade gut. Aber die Berührung eines Mannes konnte etwas ganz Besonderes sein, wenn alles so war, wie es sein sollte. Claire seufzte und dachte daran, wie es sich vor all den Jahren mit Paul angefühlt hatte, ganz am Anfang. Und jetzt mit Ed. Der Tag im Regen, nun ja, zumindest zu Beginn. Sie konnte noch immer die Hitze seines Kusses spüren. Die Wärme seiner starken Arme, die er um sie geschlungen hatte. Es war wundervoll gewesen, solange es angedauert hatte. Und es hatte den Wunsch nach mehr in ihr geweckt, was angesichts der Umstände ein Problem für sie war. Am besten verdrängte sie diese Gedanken.

Aber gut, vielleicht würde sie eines Tages einen Liebhaber finden, der nicht einfach so davonlaufen würde – oder sie heiraten und sechs Jahre später mit einer anderen Frau durchbrennen würde, gerade als sie den Krebs besiegt hatte. Sie konnte noch immer an die Magie der Liebe glauben, oder? Das Leben würde wieder gut werden, oder nicht? Sie musste einfach wieder richtig auf die Beine kommen.

Claire warf einen Blick auf die Uhr – die fünfzehn Minuten waren wie im Flug vergangen. Sie lief in die Küche und nahm gerade rechtzeitig die Brioches aus dem Ofen. Sie waren goldgelb gebacken, und die Bitterschokolade begann an den Seiten herauszusickern. Claire stellte das Blech zum Abkühlen beiseite, konnte aber nicht widerstehen, sich sofort eines der Brötchen zu nehmen und auf einen Teller zu legen. Dann setzte sie den Kessel auf, um sich eine frische Tasse Tee zu machen.

Claire setzte sich wieder nach draußen auf den klapprigen Stuhl, stellte die Tasse auf den kleinen Tisch neben sich, tauchte das noch warme Brioche hinein und nahm einen Bissen von dem buttrigen, schokoladigen Gebäck. Köstlich! Auf einmal fühlte sie sich wirklich lebendig, jeder ihrer Sinne erwachte zum Leben. Sie konnte riechen, schmecken, fühlen, hören, sehen … Sie konnte atmen und laufen, gehen und schwimmen – wenn sie wollte. Sie hatte überlebt, und sie war fest entschlossen, das Leben nie wieder als selbstverständlich anzusehen.

Sie beschloss, ihren Artikel über magische Momente, den sie gestern geschrieben hatte, noch einmal durchzugehen und ihn so bald wie möglich an die Redaktion zu schicken. Den ersten Teil hatte sie bereits gestern per E-Mail an ihren Chef gesandt, und es ermutigte sie, dass er sie in seiner Antwort darum bat, ihm den fertigen Beitrag zu schicken, damit er einen Blick darauf werfen und über eine Veröffentlichung nachdenken konnte. In den letzten zwei Wochen hatte sich ihre Kollegin Em um die Kolumne gekümmert, aber nächste Woche würde sie selbst zurückkommen (so wie der gute alte Arnold Schwarzenegger), und zwar mit einem Knall. Sie hatte nicht vor, ihre Kolumne oder ihren Job zu verlieren. Claire schrieb leidenschaftlich gerne und brauchte das Geld im Moment wirklich dringend. Wenn das Haus erst einmal verkauft und die Hypothek beglichen war, würde der Rest des Geldes für die Kaution der neuen Wohnung draufgehen, und von da an würde sie sämtliche Rechnungen selbst begleichen müssen. Das war ein beängstigender Gedanke, aber sie würde es schon irgendwie schaffen. Sie fühlte sich bereit. Und eine »eigene Wohnung« klang wirklich gut. Claire leckte sich die Schokolade von den Fingern und ging nach drinnen, um ihren Laptop zu holen.

Claire war fest entschlossen, die letzten zwei Tage ihres Urlaubs nicht zu verschwenden. Sicher, sie war mit dem Ziel hergekommen, sich Ruhe und Erholung zu gönnen, und das hatte sie auch zur Genüge getan. Aber sie wollte diese wunderbare Gegend noch ein bisschen mehr erkunden, die traditionellen, für Northumberland typischen Dörfer mit den aus Steinen gebauten Cottages sowie die majestätische Burg, die über den Dünen aufragte. Dies wäre doch die beste Art, den Morgen zu beginnen – ein Besuch der Burganlage. Claire hatte gesehen, dass sie der Öffentlichkeit zugänglich war. Es wäre toll, die Burg sowohl von innen als auch von außen zu besichtigen.

Sie sprang kurz unter die Dusche – leider eine kalte, das warme Wasser ging schon wieder nicht –, zog sich eine hellrosa Chinohose und ein T-Shirt an und packte einen Kapuzenpulli, eine Wasserflasche, einen Apfel und ein Buch in ihren Rucksack.

Gut gelaunt ging Claire zum Strand hinunter. Der Sand war heute feucht und fest – es herrschte noch Ebbe. Sie schlenderte ein Stück am Wasser entlang, dann bog sie in den Pfad durch die Dünen ein, der sich zur Anhöhe mit der Burg emporschlängelte. Es schien der einzige Weg nach oben zu sein.

Sie wurde von einem Eingangsturm mit hufeisenförmigem Torbogen empfangen, dessen schweres Holztor jedoch verschlossen war. Claire las auf dem Hinweisschild, dass die Burg erst um zehn Uhr geöffnet wurde. Es waren noch zwanzig Minuten bis dahin, also ging sie wieder ein Stück nach unten und fand in den Dünen einen Platz, von dem aus sie die Wellen beobachten, die Welt an sich vorbeiziehen lassen und ihr Buch lesen konnte. Es war ein azurblauer Tag mit nur vereinzelten Quellwölkchen am Horizont. Claire zog ihre Schuhe aus, setzte sich auf ihren Kapuzenpulli und machte es sich bequem.

Die Zeit verging schnell, und nach einer halben Stunde machte sie sich wieder auf den Weg zurück. Ein Trupp Touristen hatte sich vor dem Torhaus versammelt. Claire stellte sich in der Schlange an, bezahlte den Eintritt und nahm sich noch einen Reiseführer, um mehr über die historischen Hintergründe dieses fantastischen Ortes zu erfahren.

Als sie den kühlen Schatten des Torbogens durchschritt, fühlte es sich an, als wäre sie in die Vergangenheit zurückgereist. Innerhalb der hohen Steinmauern war alles viel größer, als sie es sich vorgestellt hatte. Straßen, Grasflächen und eine Anzahl beeindruckender Gebäude aus Stein, die alle noch intakt waren, breiteten sich vor ihr aus. Es war definitiv keine Burgruine. Claire strebte dem höchsten Turm zu, ließ sich jedoch vom Weg abbringen, um eine vielversprechende Treppe zu erklimmen und einen Blick über den Schutzwall auf die Dünen und die golden schimmernde Bucht zu erhaschen. Die Aussicht raubte ihr fast den Atem: im Norden die Insel Lindisfarne, auch Holy Island genannt, und die sich sanft wiegende Nordsee. Unten, im Süden, konnte sie gerade ihr Cottage ausmachen und noch weiter entfernt entlang des Küstenstreifens die Hafenstadt Seahouses, wo sie mit Sally Fish and Chips gegessen hatte.

Laut Reiseführer war der große steinerne Turm im Zentrum der Burg, der Bergfried, der älteste noch erhaltene Teil der Anlage, erbaut um das Jahr 1164. Es handelte sich um ein massives rechteckiges Bauwerk mit einem ungewöhnlichen flaschenförmigen Tor, das es Reitern anscheinend ermöglicht hatte, auf ihren Pferden hindurchzugaloppieren. Vor ihrem geistigen Auge stellte sich Claire einen Ritter mit Sporen und glänzender Rüstung vor. Im Inneren des Turms waren neben zahlreichen Kriegsgeräten beeindruckende, wenn auch sperrige Metallrüstungen ausgestellt. Es war Claire ein Rätsel, wie Soldaten darin hatten laufen, geschweige denn kämpfen können.

Die gesamte Burg bezauberte sie. Die »Halle des Königs« war ein märchenhafter, ausladender Raum mit Holzvertäfelung, in dem Zeremonien und große Feste stattgefunden hatten. Das ausgestellte beeindruckende Porzellangeschirr ließ auf eine Menge königlicher Feste schließen, die hier stattgefunden hatten. Über 1200 Jahre lang war die Burg im Besitz von Königen gewesen, die hier residiert hatten, bis sie im 17. Jahrhundert an private Eigentümer verkauft worden war – gegenwärtig war sie im Besitz der Familie Armstrong. Teile der Burg wurden mittlerweile als Privatwohnungen vermietet, las Claire. Man stelle sich vor – diese Burg als Zuhause! Kein Vergleich mit ihrer Doppelhaushälfte in Gosforth.

Claire verbrachte mehr als zwei Stunden damit, die Anlage zu besichtigen, und verlor sich in der Vergangenheit – voller Ehrfurcht angesichts der eindrucksvollen Festung und ihrer historischen Bewohner. Irgendwann fiel ihr auf, wie hungrig sie war, und sie war froh, als sie einen Wegweiser zur Teestube im Uhrenturm erspähte.

An einem Tisch neben hohen Bleiglasfenstern, mit einer Tasse Earl Grey und einem leckeren, saftigen Stück Biskuitgebäck vor sich, vertiefte sie sich nochmals in den Reiseführer. Die Burg war nicht auf den sandigen Dünen, sondern auf einem Stück vulkanischen Eruptivgesteins errichtet worden. Angelsachsen, Wikinger, Wilhelm der Eroberer und viele andere waren an diesen Ort gekommen. Es musste hier so viele Schlachten gegeben haben, so viel Blutvergießen, Jahrhunderte voller Liebe und Verlust innerhalb dieser Mauern.

Nach drei glücklichen und interessanten Stunden verließ Claire das Gelände der Burg mit einem letzten Blick auf das prächtige Küstenpanorama. Sie versuchte, all die Informationen in ihrem Gedächtnis zu bewahren, und machte sich wieder auf den Weg zu den Dünen, um sich an ihrem sonnigen, geschützten Platz noch einmal mit ihrem Buch niederzulassen.

Völlig entspannt nickte sie ein und wurde vom Schrei einer Möwe geweckt und davon, dass ihre Haut aufgrund der warmen Sonnenstrahlen an den Wangen anfing zu spannen. Sie hatte Durst. Rasch nahm sie einen Schluck aus der Wasserflasche, die sich in ihrer Tasche aufgewärmt hatte, und beschloss, einen Abstecher ins Dorf zu machen und bei Lynda vorbeizugehen.

Durchs Fenster erkannte sie, dass das Feinkostgeschäft voller Leute war. Eine Familie war damit beschäftigt, sich zwischen den zahlreichen Eissorten zu entscheiden, und ein Pärchen wartete darauf, bedient zu werden. Claire winkte Lynda fröhlich durch die Glasscheibe zu, und Lynda lächelte zurück, während sie eine Waffel mit Milcheis über den Tresen reichte. Claire beschloss, morgen, an ihrem letzten Urlaubstag, noch einmal im Feinkostladen vorbeizuschauen und ihre Freundin zu besuchen.

Claire hatte noch keinen der örtlichen Pubs besucht, da sie sich nicht so recht getraut hatte, allein in eine der Kneipen zu gehen, aber plötzlich hatte sie Lust auf ein kühles Getränk. *Also, warum eigentlich nicht?*

Im Dorf gab es zwei Hotels, und beide hatten eine Bar – eine lag am Anfang der Hauptstraße, die andere an deren Ende, in der Nähe der Burg. In der Mitte, gleich hinter dem Feinkostgeschäft, befand sich ein traditionell aussehender Pub mit dem passenden Namen »Castle Inn«. Claire öffnete die schwere Holztür und trat ein. Die Wände waren bis zur halben Höhe mit Holz vertäfelt und mit alten Gemälden und Fotografien der Umgebung behängt. Mit dem echten Kamin und dem einladenden Barbereich, ebenfalls aus Holz, machte die Kneipe einen sehr gemütlichen Eindruck.

»Was darf's denn sein?«, fragte der Barkeeper, ein freundlicher Mann mittleren Alters.

»Hmm.« Claire hätte gern etwas Neues ausprobiert, vielleicht etwas aus der Gegend. »Haben Sie vielleicht irgendwelche Drinks aus der Region? Irgendetwas, das Sie empfehlen würden?«

»Also, wir hätten Alnwick-Rum oder einen Gin aus Northumberland, den Hepple. Falls Sie Biertrinkerin sind, könnte ich Ihnen eine Menge Sorten Real Ale anbieten.«

Claire konnte es sich irgendwie nicht vorstellen, mit einem Bier dazusitzen. »Der Gin klingt gut … mit etwas Tonic bitte.« Ein kühler Longdrink war genau das, was sie brauchte.

»Mit Eis und einem Stück Limone?«

»Ja, bitte.«

Claire sah dem Barkeeper dabei zu, wie er den Gin einschenkte, Eiswürfel und eine Scheibe Limone hinzufügte und dann das sprudelnde Tonic darübergoss. Prickelnd, kühl, in einem hohen Glas serviert – perfekt.

Sie nahm den Drink mit zu einem Ecktisch neben dem Kamin, der jetzt im Sommer nicht angezündet war, und nahm langsam einen Schluck. Magisch. Es schmeckte nach Kräutern, beinahe parfümiert und wirklich sehr erfrischend. Claire machte es sich mit ihrem Reiseführer bequem und tauchte noch einmal in die Geschichte von Bamburgh Castle ein.

»Hey, habe ich dich hier nicht schon einmal gesehen?« Eine Stimmte ließ sie hochschrecken.

Ein Mann um die fünfundzwanzig mit dunklem, welligem Haar stand direkt neben ihrem Tisch.

»Äh, ich glaube nicht. Ich bin zum ersten Mal hier.«

»Ach so. Dann vielleicht vom Strand. Surfst du?«

»Nein.«

»Aber ich könnte schwören, dass ich dich am Strand gesehen habe.«

»Kann sein. Ich gehe fast jeden Tag dort spazieren.«

»Das ist es. Ein hübsches Gesicht wie deines vergisst man nicht so einfach.«

Claire fühlte, wie sie errötete. Der Mann war braungebrannt, recht gut aussehend und ein paar Jahre jünger als sie. Aber auch wenn die Annäherung ihr schmeichelte, wollte sie nur in Ruhe ihren Reiseführer lesen. Genau das war der Grund, warum sie nicht allein in Pubs ging. Demonstrativ hob sie ihr Buch.

»Ich verleihe Surfbretter. Du hast vielleicht meinen Van gesehen«, fuhr der andere fort.

Ah ja, jetzt, da er es erwähnte, meinte Claire, das Fahrzeug auf dem Parkplatz zum Strand gesehen zu haben. Sie nickte.

»Dann machst du hier Urlaub, oder?« Er war hartnäckig, das musste sie ihm lassen.

»Ja, und der ist beinahe zu Ende.« Keine Chance, mich näher kennenzulernen, lautete die Botschaft. Das Buch lag immer noch aufgeschlagen vor ihr.

»Alles klar. Kommst du von weit her?«

Claire unterdrückte ein Seufzen. »Newcastle, die Gegend um Gosforth.«

»Ist viel los dort.«

»Mmh.«

»Hab's eine Zeitlang ausprobiert – das Stadtleben –, aber hier bin ich viel glücklicher. Es gibt viel Platz, frische Luft und Wellen zum Reiten.« Er imitierte eine Surfbewegung.

Claire musste lächeln. Er wollte sie wahrscheinlich nicht entführen, sondern sich nur etwas unterhalten. Sie sollte wirklich etwas lockerer werden.

»Okay, also, dann lass ich dich in Ruhe. Gute Reise zurück in die Großstadt.«

»Danke. War nett, dich kennenzulernen.«

»Gleichfalls.«

Er zwinkerte ihr freundlich zu und ging wieder an die Bar, um sich mit seinen Kumpeln zu unterhalten.

Claire las noch eine Weile im Reiseführer und trank ihren Gin Tonic aus. Allmählich hatte sie das Gefühl, dass es an der Zeit war, zu ihrem Cottage zurückzukehren. Es war bereits vier Uhr nachmittags. Bei einem kurzen Abstecher auf die

Damentoilette sah sie, dass ihr Gesicht etwas gerötet war – ohne Zweifel ein leichter Sonnenbrand von ihrem Nickerchen in den Dünen. Na ja, wenigstens würde sie mit etwas Farbe im Gesicht und einer Menge schöner Erinnerungen an Bamburgh nach Hause kommen.

9. Kapitel

Auf dem Rücken liegen und die vorüberziehenden Wolken beobachten

Es war der letzte Tag ihres Urlaubs. Claire war mit einem seltsam flauen Gefühl im Magen aufgewacht. Sie hatte gleich das Bett verlassen und sich für eine Weile auf ihren Balkon gesetzt. Mit einer beruhigenden Tasse Earl Grey in der Hand sah sie der Sonne dabei zu, wie sie über dem Meer aufstieg. Nichts zu sehen von frühmorgendlichen Schwimmern, also würde sie wohl keinen letzten Blick auf Ed erhaschen können, nicht einmal aus der Ferne. Aber na ja.

Nach einem Frühstück, bestehend aus starkem Kaffee und Toast mit Butter und Marmelade, spazierte Claire wieder am Strand entlang. Sie wollte im Feinkostladen vorbeischauen, um etwas von der vor Ort hergestellten Pastete und etwas Käse zum Mittagessen zu kaufen und sich von Lynda zu verabschieden. Diesmal ging sie zügiger und betrat schon nach kurzer Zeit das Geschäft.

»Hi, Lynda. Ich wollte noch etwas von deiner wunderbaren Pastete und diesem Blauschimmelkäse kaufen, den ich das letzte Mal hatte. Ich brauche auch ein Geschenk für meine Neffen, Süßigkeiten oder so etwas. Hast du irgendeine Idee?«

»Nun, die Lindisfarne-Karamellbonbons sind immer sehr beliebt.«

»Klingt toll.« Claire schaute sich die verschiedenen Sorten an und entschied sich für eine Packung klassischer Bonbons, eine weitere mit Schokogeschmack sowie für eine Tüte mit schokolierten Toffees aus der Region.

»Wann musst du denn wieder abreisen, meine liebe Claire?«

»Morgen.« Claire zog eine Grimasse. »Heute ist mein letzter Tag.«

»Oje, wo sind bloß diese drei Wochen hin?«

»Ja, die Zeit ist viel zu schnell vergangen. Aber ich freue mich auch ein bisschen darauf, heimzukommen.« Claire vermisste ihre Familie, ihre Freunde und irgendwie auch die Arbeit. Sie konnte es kaum erwarten, am Wochenende ihre Neffen wiederzusehen.

»Pass gut auf dich auf, meine Liebe. Und du weißt, wo du mich findest, wenn du wieder hierher zurückkommst. Du bist immer herzlich eingeladen, vorbeizuschauen, egal, ob du etwas kaufst oder nicht.« Lynda lächelte warmherzig.

»Danke«, sagte Claire gerührt.

Nun trat Lynda hinter der Theke hervor und umarmte Claire, deren Augen dabei ein wenig feucht wurden.

»Wir bleiben in Kontakt, meine Liebe, und komm bald wieder«, bat die ältere Frau sie mit einem Lächeln im Gesicht.

»Das werde ich«, erwiderte Claire und hatte fest vor, dieses Versprechen zu halten.

Das ungute Gefühl in ihrer Magengegend meldete sich wieder, als sie am Strand zurücklief. Für ihr Picknick fand sie eine geschützte Stelle in den Dünen, auf halbem Weg zum Cottage; dort holte sie den köstlichen Käse, die Pastete und einige saftige Tomaten zusammen mit einem Mohnbrötchen aus ihrer Tasche. Eine ganze Weile betrachtete sie den Himmel – es war erstaunlich, wie entspannend es sein konnte, auf dem Rücken in einer Sanddüne zu liegen und die vorbeiziehenden Wolken mit ihren sich ständig verändernden Formen zu beobachten. Innerhalb von fünf Minuten entdeckte sie unter den kleinen Quellwolken eine Haifischflosse und einen Teddybären.

Später am Nachmittag lief Claire im Badeanzug über den Sand und wagte sich in die Nordsee – etwas, das sie einfach tun musste, bevor sie abreiste. Das Wasser war verdammt kalt, sodass sie es nur fünf Minuten lang darin aushielt, ein bisschen kraulte und dann zitternd zum Cottage zurückrannte. Sie wünschte, sie hätte sich am Strand ein großes Handtuch bereitgelegt. Ihr war so kalt geworden, dass sie ein Bad nehmen musste, um sich wieder aufzuwärmen. Was Ed an seinen morgendlichen Schwimmrunden fand, war ihr ein Rätsel – er musste eine Art Masochist sein.

Claire hatte nichts mehr von ihm gesehen, seit sie vor ein paar Tagen vor der Metzgerei mit ihm zusammengestoßen war. Sein Auto hatte an jenem Abend noch in der Einfahrt gestanden, aber am nächsten Morgen war es weg gewesen. Niemand hatte an diesem Nachmittag im Garten herumgewerkelt, und am Abend hatte kein Licht gebrannt. Vielleicht war er zurück nach Edinburgh gefahren und versteckte sich nun voller Scham darüber, dass er vor dem Sex weggelaufen war. Wahrscheinlich war es besser so. Sein Anblick hätte sie nur gequält.

Nachdem sie sich aufgewärmt hatte, zog sich Claire wieder an, um noch einmal kurz am Strand spazieren zu gehen und eine Stelle zu suchen, wo sie Handyempfang hatte. Sie wollte ihre Mutter anrufen und ihr sagen, dass sie morgen zurückkommen würde. Mit dem Handy setzte sie sich auf einen grasbewachsenen Sandhügel mit einem guten Ausblick über die Bucht und wählte die Nummer. Ihre Mutter nahm gleich ab; sie schien froh, von ihr zu hören, und sagte, dass sie sich auf das Wiedersehen freue, wodurch sich Claire in Bezug auf ihre Heimreise gleich besser fühlte. Sie hatte dort ihre Familie. Nachdem sie drei Wochen allein verbracht hatte, was ja auch der Zweck ihres Urlaubs gewesen war, spürte sie ein starkes Gefühl der Einsamkeit, und ihr wurde klar, wie allein sich ihre Mutter manchmal fühlen musste seit dem Verlust ihres Mannes. Wie sehr sie alle Dad vermissten. Claire wünschte sich, jetzt mit ihm reden zu können. Seine großen, starken Arme um sich zu spüren.

Geduldig hörte sie sich die Geschichten ihrer Mutter über das Leben in dem Vorort von Newcastle an und musste über den neuesten Tratsch lächeln: Dass Mrs. Jones' (siebte) Tochter ihren Abschluss in Chemie mit Auszeichnung gemacht hatte, wie wunderbar, und dass der kleine Joe von nebenan von seinem Fahrrad gefallen war und sich zwei Vorderzähne ausgeschlagen hatte – der arme kleine Kerl – und dass der Zahnarzt sie wieder hatte einsetzen können und sie hoffentlich halten würden. Seine Mutter hatte die Geistesgegenwart besessen, sie in Milch zu legen, hatte Joe den Becher mit Milch und Zähnen in die Hand gedrückt und war direkt mit ihm in die Klinik gefahren. Claire mochte es, ihrer Mutter beim Plaudern zuzuhören und Geschichten aus dem Leben anderer Leute zu erfahren. Zu lange hatten sie und ihre Krankheit im Mittelpunkt gestanden.

»Gut, Mum, ich muss dann mal wieder. Es war schön, mit dir zu reden. Pass auf dich auf, wir sehen uns morgen.«

»Ich kann es kaum erwarten, Liebes. Warum hole ich dich nicht einfach vom Bahnhof ab? Es macht mir keine Umstände, und du könntest mir dann alles über deinen Urlaub erzählen.«

»Ja, sehr gerne.« *Zumindest die zensierte Version.* »Danke!«

Während sie an diesem Abend draußen saß und beobachtete, wie die Farben des Sonnenuntergangs über dem stillen Meer verblassten, dachte Claire an all die Dinge, die sie während ihres Urlaubs getan hatte: Sie war mit den Füßen und später mit dem ganzen Körper in die kalte Nordsee eingetaucht, hatte auf der Hafenmauer in Seahouses Fish and Chips und Eiscreme gegessen, hatte Familien beim Flanieren beobachtet und die Welt und ihren Trubel an sich vorbeiziehen lassen. Sie hatte Lynda kennengelernt und den Feinkostladen entdeckt, ebenso wie eine fantastische Burg, hatte herrliche Schaumbäder genommen und in einem kühlen Bett ganz für sich allein geschlafen. Sie hatte die Stille genossen, die Schreie der Möwen, das Rauschen der Wellen, das Lachen und Schreien der Kinder und das Bellen der Hunde.

Im Cottage nebenan blieb es auch an diesem Abend still. Vielleicht war das besser so; vielleicht sollte es so sein. Manche Dinge ließ man besser auf sich beruhen.

Und dann, nach einer überraschend friedlichen und erholsamen Nacht, war es Freitagmorgen: Zeit, nach Hause zu fahren oder zurück oder was auch immer davon zutreffen mochte. Claire packte ihre Sachen, putzte das Cottage einmal ordentlich durch und machte sich bereit, den Bus um Viertel nach elf zu nehmen, der vor der Einfahrt zum Cottage vorbeifuhr. Sie hatte herausgefunden, dass die Zeiten des Busses sich nach den Abfahrtszeiten der Züge am Bahnhof richteten; so musste sie sich kein Taxi nehmen – ihr Budget war knapp genug.

Da stand sie nun also am Straßenrand, mit seltsam gemischten Gefühlen, und blickte über die Schulter noch einmal zu den beiden Cottages. Sich hierher zurückzuziehen, hatte ihr definitiv gutgetan. Es war ein herrlicher Ort. Der weite Strand, der goldene Sand, der sich ständig verändernde Himmel und das ebenso wechselhafte Meer, die faszinierende Burg und das malerische Dorf an der Bucht. Claire hatte in Lynda eine liebenswerte neue Freundin gefunden. Sie hatte backen gelernt. Sie hatte die Verbindung zu ihrer Schwester wiederentdeckt. Und sie hatte sich in das schrullige kleine Cottage hinter sich verliebt, obwohl es so heruntergekommen war. Bamburgh hatte ein Stück ihres Herzens gestohlen.

Die Sache mit Ed hatte sie allerdings ziemlich verwirrt. Falls es nur ein One-Night-Stand gewesen war, der nicht geklappt hatte, dann konnte sie als erwachsene Frau damit umgehen. Aber als sein Auto weg gewesen war, als ihr klar geworden war, dass sie ihn möglicherweise nie wiedersehen würde, hatte das an ihr genagt. Wieso?

Sie hatte genug mitgemacht – sie brauchte kein Drama und keine Männer mit Anwandlungen à la Dr. Jekyll und Mr. Hyde, die vor ihren Narben davonliefen – okay, es war nicht so weit gekommen, dass er sie gesehen hätte, aber vielleicht hatte er etwas geahnt. So oder so, sie hatte die Bekanntschaft mit einem unergründlichen Mann namens Ed gemacht, der den Körper eines Adonis hatte … sie würde niemals vergessen, wie er sich an jenem ersten Morgen zum Schwimmen ausgezogen hatte. Dieser Anblick war auf ewig in ihr Gedächtnis eingebrannt. Sie würde die Erinnerung daran zur späteren Betrachtung in einem besonderen Teil ihres Bewusstseins verschließen. Aber nun war es Zeit, zu gehen. Das alles hinter sich zu lassen.

Der Bus kam angefahren, und Claire winkte ihn heran, nahm ihren Rucksack und den kleinen Koffer und stieg ein. Sie setzte sich im hinteren Teil des Busses auf einen leeren Platz am Fenster und schaute zu, wie die beiden Cottages allmählich in der Ferne verschwanden.

10. Kapitel

Eine Stunde Pause vom Trubel der Stadt, zurückgezogen in einem Café, mit einem guten Buch und einem riesigen Stück Kuchen

»Hallo, Liebes!« Ihre Mutter zog sie unter den roten Ziegelbögen des Bahnhofs von Newcastle upon Tyne in eine Umarmung, und eine Parfümwolke hüllte sie ein. Jane war schick angezogen, mit einer beigen Chinohose und einer weißen Bluse, das Haar wie üblich zu einem grau-blonden Bob frisiert. Nun trat sie einen Schritt zurück und musterte ihre Tochter mit einem typisch mütterlichen Blick von Kopf bis Fuß: eine eingehende Untersuchung von Gesundheitszustand und seelischer Verfassung in nur zwei Sekunden. Das Ergebnis war in der Regel relativ zutreffend. »Du siehst gut aus, Claire. Die Seeluft und deine Auszeit haben dir offenbar gutgetan.«

»Ja, ich glaube schon.«

»Deine Schwester meinte, das Cottage wäre nicht gerade das komfortabelste gewesen.« Sie hob die säuberlich gezupften Augenbrauen.

Die Untertreibung des Jahres. Claire lächelte. »Es war in Ordnung. Ich hatte einen tollen Ausblick.« Sie beschloss, bei den positiven Seiten zu bleiben.

»Na dann. Ich habe eine Lasagne vorbereitet, die man nur noch in den Ofen schieben müsste, falls du dich entschließt, für ein paar Stunden mit zu mir zu kommen. Wir könnten ein bisschen plaudern und früh zu Abend essen.«

»Ja, das wäre schön. Danke, Mum.«

Das war nun also der Stand der Dinge – ihre Mutter nahm sie wieder unter ihre Fittiche und brachte sie zu ihrer ziemlich vornehmen Doppelhaushälfte in Jesmond, um einen Nachmittag mit Tee und Klatsch mit ihr zu verbringen und ihr ein warmes, leckeres Abendessen zu servieren. Jane war eine gute Köchin, und es war schön, sich für eine Weile umsorgen zu lassen.

Es war acht Uhr abends, als ihre Mutter sie vor ihrem eigenen Haus in Gosforth absetzte. Das »Zu verkaufen«-Schild in dem kleinen Vorgarten wirkte wenig einladend. Claire war zurück in einem Haus, das nicht länger ihr Zuhause war.

»Soll ich mit reinkommen?« Ihre Mutter schien die Anspannung zu spüren.

»Nein, Mum, schon okay. Ich bin ziemlich müde und werde einfach meine Sachen abstellen, wahrscheinlich noch eine Ladung Wäsche waschen und dann früh ins Bett gehen. Danke noch mal für das tolle Abendessen.«

»Du weißt, bei mir bist du immer willkommen. Wir sehen uns hoffentlich bald wieder.«

»Ja, das werden wir. Und danke fürs Abholen vom Bahnhof.«

»Ach, Sally hat irgendwas von einem Mittagessen am Sonntag erwähnt, falls du interessiert bist. Ein kleines Wiedersehen, bevor du am Montag wieder zur Arbeit musst.«

»Hmm, das klingt gut.« Sallys Sonntagsbraten waren legendär. »Versucht ihr mich etwa zu mästen?«

»Natürlich.« Ihre Mutter lächelte. »Also, bis bald.« Sie ließ ihren Audi kurz aufheulen und fuhr los. Beim Davonfahren winkte sie aus dem Fenster.

Claire fand ihren Haustürschlüssel, ging den mit schwarz-weißen Betonplatten ausgelegten Weg zur Tür, schloss auf und trat über die Schwelle. Das Haus fühlte sich kalt und unheimlich leer an. Zu still. Der Kontrast zu früheren Zeiten wurde ihr schmerzlich bewusst. Vor einem Jahr hätte Paul vor dem Fernseher gesessen oder hätte gerade versucht, sich irgendetwas Einfaches zu kochen, wenn sie spät nach Hause kam. Mit seinen Fähigkeiten als Koch war er über ein ziemlich fad schmeckendes Chili con Carne, eine Tiefkühlpizza oder einen abgepackten Salat nie hinausgekommen. Aber immerhin hatte er versucht, etwas im Haushalt zu tun, und mit dem Staubsauger war er tatsächlich recht geschickt gewesen.

Sie dachte an die Zeit ihres Einzugs zurück. Die ersten Jahre ihrer Ehe waren eine schöne, aufregende Zeit gewesen. All diese neuen Dinge übereinander zu erfahren, von Pauls liebster Kaffeemarke, Nescafé – nichts Extravagantes –, bis hin zu der Art, wie sich seine Finger anfühlten, wenn er die Innenseiten ihrer Schenkel streichelte. Das Haus wirkte nun umso stiller, da es einmal Schauplatz einer harmonischen Ehe gewesen war. Sie waren glücklich gewesen. Aber so vieles hatte sich verändert. Sie hatten sich verändert. Obwohl die Tapeten, die Teppiche und die Vorhänge, die sie einst gemeinsam ausgesucht hatten, dieselben geblieben waren, war ihr altes Leben Stück für Stück weggebrochen.

Am Samstagmorgen, während Claire mit einer Tasse Tee in der Küche saß und sich daran zu gewöhnen versuchte, dass sie wieder zu Hause war, klingelte ihr Handy.

»Hi, Andrea.« Sie hatte den Namen auf dem Display gelesen. Ihre Verbündete beim *Herald*.

»Hey, bist du wieder zurück?«

»Ja, seit gestern.«

»Ausgezeichnet. Hast du Lust auf Kaffee und Kuchen im Café 9 heute Nachmittag? Wir müssen uns dringend mal wieder sehen.«

»Klingt verführerisch. Um wie viel Uhr möchtest du?«

»So gegen zwei? Danny ist heute beim Fußballspielen – das wird mindestens ein paar Stunden dauern. Zeit genug, um eine Weltrevolution zu planen. Ich bin so gespannt, wie dein Urlaub war.«

»Okay, klingt toll.« Sehr viel besser, als alleine Umzugskartons zu packen.

»Dann treffen wir uns dort.«

»Ja, okay. Danke. Wir sehen uns später.«

Es war nur ein kurzer Spaziergang von Claires Haus bis zu dem Café, einem ihrer Lieblingsorte. Sie machten dort die beste Schokoladencremetorte, die man sich vorstellen konnte. Sie wurde entweder warm oder kalt serviert, mit Sahne oder Eis – fantastisch zu jeder Jahreszeit. Hier hatte sie sich mit Andrea damals oft zwischen zwei Chemotherapie-Sitzungen getroffen, wenn es ihr gerade besser ging und sie mehr Appetit und mehr Kraft verspürte. Dann hatte sie sich nach einem Plausch und einem Stück Kuchen gesehnt, und es war eine Erleichterung gewesen, etwas Normales zu tun. Sich über normale Frauensachen zu unterhalten. Claire hatte vorgehabt, ihre Freundin am Abend anzurufen, aber sie persönlich zu treffen, war sogar noch besser.

Der Ecktisch beim Fenster – da saß Andrea, mit braunem Haar, das ihr leicht chaotisch, aber modern über die Stirn hing, und mit knallrotem Lippenstift, ihrem Markenzeichen. Vor ihr standen bereits zwei Cappuccinos, ihr übliches Getränk.

Mit einem Lächeln stand sie auf und küsste Claire auf die Wange.

»Hey du. Toll siehst du aus. Lust auf ein Stück Kuchen?«

»Auf jeden Fall.«

»Schokoladencremetorte«, fügten sie beide gleichzeitig hinzu.

»Ich geh sie holen, besetz du den Tisch«, sagte Claire.

In dem Café war ziemlich viel los. Es war Samstagnachmittag, eine beliebte Zeit für Schüler aus der Gegend sowie junge Mütter mit Kinderwagen und freundlich aussehende ältere Pärchen, die es sich mit Tee und Scones an den hinteren Tischen gemütlich gemacht hatten. Claire schlängelte sich zwischen all den Leuten zur Theke durch.

»Hey, Claire. Hab dich schon eine ganze Weile nicht mehr gesehen. Alles gut bei dir?« Die Café-Besitzerin lächelte ihr von der mit köstlichen Kuchen und Gebäckstücken beladenen Theke zu. Viele Menschen aus Claires Alltag wussten von ihrer Krankheit – der kahle Kopf und die Kopftücher, die sie während des letzten Jahres getragen hatte, hatten Bände gesprochen, sofern die Leute es nicht ohnehin aus ihrer Kolumne und ihrem Online-Blog wussten.

»Ja, mir geht's gut, Helen. Ich habe gerade einen sehr schönen Urlaub verbracht.«

»Schön, das freut mich für dich. Ich muss sagen, du siehst gut aus. Also, was kann ich euch beiden anbieten? Lass mich raten … Schokoladencremetorte?«

»Ganz genau, die schmeckt einfach göttlich. Du machst den besten Kuchen. Zwei Stück bitte.«

»Ich bringe sie euch gleich rüber.«

»Danke.«

Claire kehrte wieder zu Andrea an ihren Fensterplatz zurück. Ein toller Ort, um Leute zu beobachten, aber auch, um sich zu unterhalten. Sie hatten sich früher einen Spaß daraus gemacht, Fußgänger zu beobachten und ihnen manchmal auch Noten zu geben (als Andrea jung, frei und Single war, hatten sie Männer nach ihrem Aussehen und besonders nach ihrem Po bewertet). Dies war der perfekte Platz für heimliche Blicke.

Claire nahm einen Schluck von ihrem heißen Cappuccino. »Aah, pures Glück … Also, was gibt's Neues bei der Arbeit?«

»So weit alles in Ordnung. Aber ich hab dich vermisst, Mädel. Dieser verdammte Drachen Julia ist im Büro herumgeschlichen und hat mir ständig ihre ›Hilfe‹ angeboten. Sie will dir deine Kolumne wegschnappen und sie ihrem neuesten Schützling, Lisa, zuschustern. Die wollte sich dann auch noch deinen Schreibtisch unter den Nagel reißen und hatte schon ihren dürren Hintern auf deinem Stuhl platziert. Aber ich hab sie schnell wieder von dort vertrieben, keine Sorge. Stell dir vor, jeden Tag mit den beiden zusammenarbeiten zu müssen!«

»Na ja, jetzt bin ich ja zurück. Sie haben Lisa meine Kolumne doch nicht angeboten, oder?«

»Nein, keine Sorge – David ist nicht so dumm. Er hat deine Kolumne zwei Wochen lang Emma überlassen, damit sie ihre Artikel über Gesundheit und Fitness einstellen konnte. Das hat gut funktioniert.«

»Gut zu hören. Ich freue mich drauf, wieder ins Büro zu kommen.«

»Dein Text über magische Momente hat mir gefallen. David hat mich drüberschauen lassen. Es ist eine tolle Idee. Ich wünschte, mir wäre so was eingefallen. Am Montag wird er veröffentlicht.«

»Wow, wirklich? Das ist toll – ich war mir nicht sicher, ob er ihn annimmt. Also, ich hoffe, dass der Artikel gut ankommt. Während ich weg war, ist mir bewusst geworden, wie wichtig diese kleinen Dinge sind. Und jeder hat etwas dazu zu sagen.«

»Das ist wahr. Wo wir gerade davon sprechen – wie war es denn im Urlaub? Übrigens siehst du wirklich toll aus. Du bist schön braun geworden.«

»Das war wohl eher ein Wind- als ein Sonnenbrand! Aber ja, letzte Woche gab es ein paar schöne Tage, an denen ich etwas sonnenbaden konnte. Es war wunderbar … genau das, was ich gebraucht habe.«

»Oh ja, die Sonne, die See und Se…«

»Letzteres leider nicht …« Claire lachte etwas zu laut.

»Wirklich nicht?« Andrea blickte sie neugierig an. »Was ist mit dem Typen, von dem du in deiner SMS geschrieben hast?«

»Ich habe nichts dergleichen erwähnt. Du erfindest irgendwas, das gar nicht passiert ist.«

Andrea hob skeptisch die Augenbrauen. »Du wirst rot.«

Ach, Mist. Claire war noch nie eine gute Lügnerin gewesen. Obwohl es nicht zu Sex gekommen war, war doch einiges andere passiert. Sie spürte, wie ihr die Hitze den Nacken hinaufkroch. Sie würde etwas sagen müssen, oder Andrea würde nicht aufhören, sie weiter auszuhorchen, das stand fest. »Knapp dran vorbei, das ist alles. Vielmehr glücklich davongekommen.«

»Ich wusste es. Du könntest nicht lügen, wenn dein Leben davon abhinge, Claire Maxwell.«

»Na ja, es gibt schlechtere Eigenschaften.« Auch wenn es das Leben manchmal etwas unangenehm machte.

»Ich wette, er war heiß.«

»Nicht übel.«

»Ein Surfer-Typ? So eine Art australisches Waschbrett?«

»Jetzt übertreib es doch nicht. Psst!« Claire konnte die Hitze auf ihren Wangen fühlen. »Egal. Aber jetzt genug von mir. Wie laufen die Dinge zwischen dir und Danny?« Zeit, die Unterhaltung in andere Bahnen zu lenken. Dan und Andrea lebten nun seit einem Jahr zusammen.

»Ja ... alles gut bei uns. Wir kommen super miteinander aus, geben uns gegenseitig genug Raum, um unser Leben zu leben, du weißt schon, noch wir selbst zu bleiben, und das gefällt mir. Aber wenn wir es miteinander tun, wow. Dieser Mann hat im Bett echt was drauf.«

Ein paar Studenten blickten vom Tisch neben ihnen auf. Andrea lachte nur und grinste sie frech an. Ein süßer Junge mit dunklen Locken zwinkerte zurück.

»Bitte erspar mir die Details.« Während Claire dazu neigte, Dinge eher für sich zu behalten, genoss es Andrea, jede Kleinigkeit mit anderen zu teilen. Manchmal wollte Claire es gar nicht so genau wissen – die Bilder, die sich ihr aufdrängten, waren einfach viel zu privat. Aber sie lächelte ihrer Freundin zu. Wenigstens eine, die geliebt wurde und glücklich war.

Nach eineinhalb angenehm verbrachten Stunden kündigte Andrea an, dass sie noch einige Einkäufe erledigen musste und ihrer Mutter versprochen hatte, sie zu besuchen.

»Wir sehen uns am Montag bei der Arbeit.«

»Ja! Es wird wahrscheinlich ein bisschen komisch, aber ich freue mich darauf.«

»Gut. Ich möchte nicht, dass du einen auf Robinson Crusoe

machst und beschließt, wie eine Einsiedlerin in einer Höhle an der Küste von Northumberland zu leben.«

»Eher nicht, Andrea. Es war nur ein Urlaub am Meer.«

Während sie das sagte, wurde ihr klar, dass sie es bereits vermisste: die wunderbare Aussicht, den seltsamen Charme des verfallenen Cottages. Aber sie hatte auch ihre Arbeit und ihre Freunde vermisst.

In ihrem Haus war es still. Claire machte sich ein einfaches Abendessen: Rührei und gebratene Tomaten – nach all dem Kuchen stand ihr der Sinn nach etwas Leichtem und Gesundem. Sie schaltete den Fernseher ein, damit er ihr Gesellschaft leistete, während sie überlegte, was sie als Nächstes einpacken könnte. Vielleicht ihre Büchersammlung. Oder sie könnte ihre Journalismus-Unterlagen sortieren, die Lehrbücher von der Uni, die vielen Zeitungen und Zeitungsausschnitte, die sie all die Jahre aufgehoben hatte. Einige davon enthielten ihre eigenen Artikel, auf die sie stolz war und die oft vom Mut, von den Begabungen und der Güte anderer Menschen handelten. Sie liebte es, über solche Dinge zu schreiben – interessante Leute zu treffen und deren Geschichte jemandem zu erzählen, der sonst nie von ihnen gehört hätte. Im Herzen war sie eine Gute-Laune-Reporterin, auch wenn die Dinge, über die sie schrieb, oftmals herzzerreißend waren.

Auf ihrem Handy ging eine SMS von ihrer Schwester ein: *Kommst du morgen zum Mittagessen? Roastbeef um 14 Uhr, wenn du Lust hast.*

Danke, das klingt toll

Willkommen zu Hause!

Zu Hause. Der Begriff klang so leer.

Danke, Schwesterherz. Bis morgen x.

»Passen, Tante Claire! Passen!«

Sie spielte den Ball durch den Garten zurück zu Jack, ihrem Neffen, der zu einem Sprint entlang des Blumenbeetes ansetzte. Sein jüngerer Bruder machte sich im imaginären Tor bereit, das sich vom Apfelbaum zu seiner Linken bis hin zu seinem Pullover erstreckte, der etwa drei Meter weiter auf dem Boden lag. Claire beneidete die beiden um die unerschöpfliche Energie der Jugend. Die ganze Welt war ihr Spielplatz. Im Moment waren sie noch so unschuldig, aber die Lektionen, die sie auf ihrem Weg sicher lernen mussten, warteten schon auf sie.

»Toller Pass!«, sagte Jack, eindeutig aus Höflichkeit. In dünnen Turnschuhen Fußball zu spielen, war auf jeden Fall keine einfache Angelegenheit. Claire würde sich am Ende noch einen Zeh brechen, so hart, wie der Ball war.

Ollie wartete ungeduldig auf den Schuss, die Knie gebeugt und den Körper angespannt. Jack donnerte den Ball in Richtung Apfelbaum, warf dabei fast seinen Bruder um und zerdrückte einen Rittersporn. Sally würde darüber nicht erfreut sein.

»Er schießt und trifft!« Jack rannte durch den Garten und drehte sich dabei triumphierend um die eigene Achse. Sein Bruder Ollie ließ die Schultern hängen, während er ins Blumenbeet stieg, um den Ball herauszuholen.

»Hey, Bande«, rief Mark in den Garten. »Kommt rein, und wascht euch die Hände, es gibt Mittagessen.«

Claire fühlte sich, als wäre sie wieder sechs Jahre alt und würde von ihrem Vater hereingerufen werden. Trotzdem machte sie sich auf den Weg nach drinnen. »Das war eine Anordnung für die Jungs, Claire, nicht für dich.« Marks Stimme war weicher geworden, und er lächelte ihr zu.

»Na ja, gut zu wissen, dass das Essen fertig ist. Und außerdem sollte ich meine Hände vermutlich auch waschen. Ich bin echt kaputt vor lauter Fußballspielen.«

»Danke, dass du sie beschäftigt hast.«

»Kein Problem, es macht viel Spaß mit ihnen.«

»Danke, Tante Claire«, riefen die Jungs, während sie an ihr vorbei ins Haus stürmten.

Roastbeef, große Mengen an knusprigem Yorkshire-Pudding, ein Berg gebratenes Gemüse und Unmengen gehaltvoller Soße – Sallys Sonntagsbraten waren fantastisch.

Was gab es Schöneres als ein Mittagessen am Sonntag mit der ganzen Familie? Es war, als wäre man in eine warme, kuschelige Decke eingewickelt. Claire lauschte dem Stimmengewirr. Die Jungs plauderten über ihre neuesten Xbox-Spiele, das Ergebnis des gestrigen Newcastle-Spiels – über das Mark nur stöhnen konnte –, und ihre Mutter fragte Jack über seine Fußballmannschaft aus, mit der er an den Wochenenden regelmäßig zu Spielen fuhr. Ollie würde am kommenden Wochenende mit den Pfadfindern zum Camping gehen und erzählte, wie sehr er sich darauf freute – sie würden ohne Streichhölzer Feuer machen dürfen. So wie es sich anhörte, konnte ihnen der Abenteurer Bear Grylls nicht das Wasser reichen. Es gab allgemeine »Mmmmhs« und Bemerkungen, wie wunderbar das Essen sei.

Als sie aufgegessen hatte, war Claire pappsatt. Nach einer kurzen Erholungspause bei einer Tasse Tee bot sie an, sich um den Abwasch zu kümmern. Bald darauf stand sie in der Küche, zusammen mit Mark, der die Arbeitsflächen abwischte. Sie räumten gemeinsam den Geschirrspüler ein, danach begann

Mark, die besonders verschmutzten Pfannen im Spülbecken zu schrubben. Claire schnappte sich das Geschirrhandtuch.

»Also, wie war dein Urlaub?«

»Gut, danke. Der Strand und das Dorf haben mir sehr gefallen. Es war wirklich schön.«

»Ja, ich war in meiner Kindheit oft in der Gegend. Wir hatten ein Cottage weiter landeinwärts, in der Nähe von Wooler. Meine Eltern sind gerne wandern und radfahren gegangen. Und ich habe mir immer gewünscht, dass wir stattdessen nach Disneyland oder so fahren würden. Aber ich erinnere mich noch, dass es am Meer sehr schön war.«

»Ja.« Claire hatte den weiten Strand … die Dünen … ihr kleines Cottage am Meer vor Augen.

Und sie fragte sich, ob *er* wohl gerade dort war. Es war Sonntag, Wochenende. Fuhr er vielleicht jede Woche dorthin?

»Morgen zurück zur Arbeit?« Mark riss sie aus ihrer Träumerei.

»Oh … ja. Ich freue mich drauf. Ich habe die Pause gebraucht, aber jetzt, mit frisch aufgeladenen Batterien, bin ich bereit, zurückzukehren.«

»Arbeitest du gerade an etwas Besonderem?«

»Na ja, der Krebs-Blog hat sein natürliches Ende gefunden. Ein glückliches, Gott sei Dank. Aber während ich weg war, ist mir eine Inspiration gekommen … Tatsächlich hat mich etwas, das Sally gesagt hat, zum Nachdenken gebracht. In der neuen Kolumne wird es um magische Momente gehen. Du weißt schon, diese Momente der Zufriedenheit im Leben – wenn dich die einfachsten Dinge glücklich machen.«

»Klingt gut. Interessant.«

»Was wäre deiner? Dein magischer Moment?« Claire nahm ein Backblech, um es abzutrocknen.

Mark legte ein paar Messer und Gabeln auf das Abtropfgitter und überlegte kurz.

»Hmm. Meine Familie ... die Jungs, die albernen Dinge, die sie manchmal tun und sagen, die einen einfach zum Grinsen bringen. Wie neulich beim Abendessen. Ollie ist von seinem Stuhl aufgesprungen, losgerannt und hat dann einen lauten Pups fahren lassen. Dann ist er plötzlich stehen geblieben, hat sich zu uns umgedreht und gesagt: ›Entschuldigung, das war mein Po, der sich für das Essen bedankt hat.‹ Wir haben versucht, uns zusammenreißen, um nicht loszulachen. Es hat aber nichts geholfen – wir haben uns kaputtgelacht.«

Claire grinste. Das wäre vielleicht eine lustige Geschichte für ihren Blog. Dinge, die Kinder tun und sagen. Es wäre toll, die besonderen Momente vieler verschiedener Menschen in ihrer Kolumne zu erwähnen. Sie würde Sally und ihre Mutter nach den ihren fragen.

»Und auch Dinge wie ein eiskaltes Bier aus dem Kühlschrank an einem heißen Tag«, fuhr Mark fort. »Zeit mit Sal zu verbringen, nur wir beide, so wie früher.«

»Du Romantiker! Gut, dass du das Bier zuerst erwähnt hast.« Claire grinste ironisch.

»Sag's bitte nicht weiter. War nur ein Freud'scher Versprecher.« Er grinste zurück.

Der erste Magische-Momente-Artikel würde morgen erscheinen, in der Montagsausgabe des *Herald*. Claire war aufgeregt, in ihrem Magen grummelte es leicht. Nächste Woche würde sie hoffentlich von den magischen Momenten ihrer Leser hören, falls der Artikel sie ansprechen würde. Die Idee könnte sich vielleicht zu etwas Besonderem entwickeln. Claire hoffte so sehr, dass der Text ihren Stammlesern gefallen würde. Und ihrem Chef. Ansonsten würde die Kolumne sehr bald eingestellt werden, und sie müsste sich etwas Neues ausdenken, und zwar schnell.

Claire war eine ganze Weile im Urlaub gewesen, auch wenn sie das wirklich gebraucht hatte; hinzu kam, dass sie wegen ihrer Behandlungen letztes Jahr oft ausgefallen war. Sie hatte das Gefühl, sich wieder beweisen zu müssen. Würden ihre Geschichten den Leuten noch gefallen? Ihre Art zu schreiben? Wenn sie morgen zurückkam, würde sie sich wieder in das Team einfügen und sich ganz auf ihre Arbeit konzentrieren. Ihr Chef, David, war bisher mehr als geduldig und verständnisvoll gewesen, aber ihr war nur allzu klar, dass andere ambitionierte Journalisten bereitstanden und darauf warteten, auf ihrem Sessel Platz zu nehmen. Claire merkte, wie sie nervös wurde.

11. Kapitel

»Magie ist Glauben in uns selbst. Wenn wir das tun, dann können wir alles passieren.«
JOHANN WOLFGANG VON GOETHE

»Claire, wir müssen reden. Ich habe versucht, dich zu erreichen.«

Das Telefon hatte in dem Moment angefangen zu klingeln, als sie das Haus betrat. Sie erkannte die Stimme am anderen Ende sofort. Paul. Für den Bruchteil einer Sekunde hatte sie gehofft, es wäre Ed, der sie aufgespürt hatte, aber da war kein schottischer Akzent, und natürlich hatte er weder ihre Telefonnummer noch ihre Adresse. Wie dumm von ihr.

»Oh … okay.« Sie nahm an, dass sie gewisse Dinge besprechen mussten. Die praktischen Dinge ausdiskutieren, wenn man sich scheiden ließ und ein Zuhause, ein gemeinsames Leben auseinanderriss; es Stück für Stück auseinanderlegte. Das Lego-Modell der Ehe – die Paul an dem Tag zerstört hatte, an dem er ihr verkündet hatte, dass er sich mit einer anderen Frau traf, dass er nur bei Claire geblieben war, um sie während der Krebsbehandlung zu unterstützen, aber dass er nun ausziehen würde. Ja, es lagen noch viele dieser Lego-Teile hier herum, die darauf warteten, zurück in die Kiste gepackt zu werden; darauf, dass sie darüber stolperte. Oder vielleicht darauf, dass etwas Neues aus ihnen gebaut wurde.

»Wir haben Kaufinteressenten gefunden.« Pauls Tonfall war sachlich.

»Oh.« So schnell.

»Sie haben das Haus besichtigt, während du weg warst.«

»Ich verstehe ...« Die Immobilienmaklerin hatte Ersatzschlüssel. Claire war nicht sicher, wie sie sich fühlte. Sie hatte ein mulmiges Gefühl im Magen. Ja, sie wusste, dass das Haus zum Verkauf stand. Und sicherlich war nicht alles darin rosig gewesen; ihre Krankheit, der Schock, dass Paul sie betrog; aber es war auch nicht alles schlecht gewesen. Sie hatten glückliche Zeiten erlebt, ihre ersten Jahre zusammen, und es war ihr gemeinsames Zuhause gewesen, ihr Zuhause. Und wo sollte sie jetzt hin?

»Sie würden gern noch einmal vorbeikommen, um sich einen zweiten Eindruck zu verschaffen. Sie wollten wissen, ob es heute Abend gehen würde – unter der Woche haben sie keine Zeit. Wäre das okay für dich? Soll ich der Immobilienmaklerin sagen, dass sie kommen können?«

Claire fühlte sich etwas benommen.

»Claire?«

»Ja. Das ist okay. Ich werde da sein.«

»Claire? Geht es dir gut?«

Paul hatte nicht mehr das Recht, sie das zu fragen. So zu tun, als würde ihm etwas an ihr liegen.

»Ja, mir geht's gut«, sagte sie mit fester Stimme.

Ein Pärchen in den Dreißigern war dabei, sich in ihrem Haus umzusehen. Es fühlte sich komisch an, seine Besonderheiten und die Vorzüge der Lage und die Einkaufsmöglichkeiten in der Umgebung aufzuzählen, die beiden jungen Leute in die Spülmaschine spähen zu lassen, den Heizkesselschrank für sie zu öffnen, sie durch das Hauptschlafzimmer zu führen. Claire hatte das Gefühl, als würde sie ihnen auch ihr Herz öffnen, und als sie sie höflich zur Tür brachte, war es eine Erleichterung. Ihr war klar gewesen, dass es dazu kommen würde – sie konnte es sich nicht leisten, Paul auszuzahlen. Außerdem würde sie sich hier nicht mehr wohlfühlen – zu viele Zimmer, zu viele Erinnerungen. Wenn das Haus verkauft war, würde auch sie weiterziehen – sowohl physisch als auch emotional. Sie hätte keine Wahl, und mit der Hälfte des Geldes wäre sie in der Lage, für eine eigene, kleinere Bleibe eine Anzahlung zu leisten. Sie konnte sich vorstellen, dass alles gut klappen würde. Paul würde nicht zurückkommen, und das wollte sie auch gar nicht.

Nachdem die beiden Interessenten gegangen waren, machte Claire sich eine Tasse starken Tee, setzte sich auf das Sofa und blickte nach draußen auf den kleinen eingezäunten Garten mit den ordentlich geschnittenen Sträuchern. Sie wünschte, sie wäre wieder auf dem Balkon in Bamburgh und würde hinaus auf die wilde Nordsee blicken. Ihre Gedanken wanderten zurück zu Ed und seinem Kuss und zu diesem verrückten, stürmischen Nachmittag, an dem sie so knapp davor gewesen waren, Liebe zu machen. Na ja, okay, Sex zu haben. Es war dumm, das Wort Liebe ins Spiel zu bringen. Aber verdammt noch mal. Auch wenn es nur dieses eine Mal gewesen wäre, nur ein One-Night-Stand, wäre es toll gewesen, seinen Körper zu erkunden und herauszufinden, wie es sich anfühlte, in seinen Armen zu liegen. Wenn sie nur keine Panik bekommen hätte. Wenn sie nur zwei normale Brüste ohne Narben hätte, die er hätte ansehen und anfassen können, wenn sie weitergemacht hätten, sich hätten hineinziehen lassen in jene besondere Sphäre, wo die Liebe sie umfing. Also gut, dann eben die Lust. Ja, das wäre schön gewesen. Nur für eine Nacht, Mr. Ed … Mist, sie kannte ja noch nicht einmal seinen Nachnamen. Aber egal. Das alles war schließlich nur eine Fantasie im Sinne von »Nur für eine Nacht«.

Claire trank ihren Tee aus und beschloss, ein paar weitere Kisten zu packen. Sie konnte genauso gut schon damit anfangen, für den Fall, dass sich das Paar für das Haus entscheiden und ihnen ein Angebot machen würde. Entschlossen stand sie auf und machte sich auf einen Streifzug durch die Zimmer. Sie konzentrierte sich darauf, die Dinge zusammenzusuchen, die sie in nächster Zeit am meisten benötigen würde: alte DVDs, CDs, Ersatzbettwäsche, Handtücher. Es brauchte nicht allzu viel für eine Person. Pauls Sachen legte sie auf einen getrennten Stapel, allerdings hatte er offenbar das meiste bereits mitgenommen. Alles, was alt und abgetragen aussah oder schon länger nicht mehr benutzt worden war, warf sie in den Müll oder auf einen Stapel mit Dingen, die sie spenden würde. Es fühlte sich an wie eine Art Therapie.

12. Kapitel

Freundschaft

Es war ein komisches Gefühl gewesen, in das dreistöckige, aus Ziegeln errichtete Bürogebäude der Zeitungsredaktion in Newcastle upon Tyne zurückzukehren, das zwei Blocks entfernt von der Haupteinkaufsmeile, der Northumberland Street, in einer Nebenstraße lag. Vermutlich eine verspätete Wirkung ihrer langen Abwesenheit durch die Krankheit letztes Jahr. Schon seit längerer Zeit war nichts mehr normal gewesen. Jetzt sehnte sich Claire nach Normalität – sie wollte einfach ihr Leben zurück, so wie es gewesen war, auch wenn sie wusste, dass es nie wieder genauso sein würde wie vorher. Aber so war das Leben – eine Reise. Manchmal ein großer Sprung nach vorne, manchmal ein langsames Vorwärtskriechen oder ein paar Schritte zurück. An diesem Morgen war sie bereit für den Sprung.

Trotzdem war sie ein wenig nervös, als sie die Treppen hinaufstieg, die sie schon hundertmal zuvor genommen hatte. Würde sie immer noch gute Arbeit leisten? Würde ihre neue Magische-Momente-Idee gut ankommen, oder würde ihr Chef sie als uninteressant oder langweilig beiseiteschieben? Wie würde die Leserreaktion auf die Kolumne ausfallen?

Claire wurde mit vielen Hallos und lächelnden Gesichtern begrüßt, als sie durch das Büro zu ihrem Schreibtisch ging. Sie winkte Jo und Emma zu, die nicht nur Arbeitskolleginnen, sondern auch Freundinnen waren, und fühlte sich durch ihre freudigen Mienen gestärkt. Von Andrea, die ihren Platz auf der anderen Seite des Büros hatte, war noch keine Spur zu sehen. Auf ihrem Schreibtisch entdeckte Claire eine wunderschöne große, rosafarbene Blume, die an ein Gänseblümchen erinnerte – eine Gerbera, wie sie zu wissen glaubte –, eine einzelne fröhliche Blüte in einem knallig pinkfarbenen Topf, der verdächtig wie Andreas Stiftehalter aussah. Daran lehnte ein Umschlag mit der Aufschrift »Willkommen zurück«, und daneben stand ein Cupcake mit ebenfalls rosa Topping und winzigen Streublümchen aus Zuckerguss darauf. Wie hübsch.

Claire machte sich daran, den Umschlag zu öffnen, als über der Trennwand zum nächsten Schreibtisch ein Kopf auftauchte – dunkelbraunes, eigenwillig abstehendes Haar und freundliche blaue Augen, die sie anstrahlten. Andrea lächelte, während Claire las: »Willkommen zurück, liebe Claire! Wir haben dich vermisst! Xx«. Andrea und viele ihrer Arbeitskollegen hatten unterschrieben.

»Ach, danke, Andrea. Was für ein toller Willkommensgruß. Aber du weißt schon, dass ich nur drei Wochen weg war?«

»Ich weiß, ich weiß. Aber ich habe dich vermisst … und die ganzen Leute hier auch.« Überall im Großraumbüro wurde in ihre Richtung genickt und gelächelt.

Claire formte die Lippen zu einem »Danke« und reckte die Daumen hoch.

Während der Woche fand sich Claire wieder glücklich in ihre Arbeit ein. Es war schön, unter Freunden und Kollegen zu sein, Recherchen anzustellen, über das Telefon oder im persönlichen Kontakt Interviews zu führen. Sie hatte nicht nur Spaß daran, verschiedene Leute zu treffen und deren Geschichten zu erzählen, sondern auch am Schreiben an sich, am Überarbeiten, am Ansporn und manchmal auch an der Panik, die eine Deadline auslöste, und an der Begeisterung, einen selbst verfassten Artikel gedruckt und online vor sich zu sehen. Das Beste war, dass sie für ihre Magische-Momente-Kolumne gute Resonanz bekommen hatte – zum Glück. Sie hatte bereits viele, überwiegend positive E-Mails erhalten, und man hatte auf der Facebook-Seite der Zeitung einen Link zur Online-Version ihres Artikels gesetzt, unter dem bislang schon zwanzig Kommentare standen. *»Toller Artikel! Hat mich echt aufgemuntert und dazu gebracht, darüber nachzudenken, was im Leben wirklich wichtig ist.« »Die besten Dinge im Leben kosten nichts. Ein Lachen, ein Lächeln, eine Umarmung, ein Freund. Danke, Claire, dass du uns alle daran erinnerst.«* Und ein weiterer: *»Mein magischer Ort ist der Lieblings-Picknickplatz meiner Familie – wir nennen ihn den Ziegel-Hof, aber es ist der schönste Ort der Welt – gleich neben einem plätschernden Bach. Das eiskalte Wasser an den Zehen, der Duft von wildem Knoblauch in der Luft, vermischt mit dem Rauch des Holzes und dem Lachen von Menschen – dort lassen wir die Seele baumeln und unserer Fantasie freien Lauf.«* Es gab noch einige mehr, über die sie lächeln musste – und einen negativen Kommentar: *»So ein langweiliger Beitrag! Mein magischer Moment wäre es, im Lotto zu gewinnen und alles für eine Riesenparty, Urlaub, eine Yacht und eine Villa auszugeben.«* Claire fragte sich, ob derjenige, der das geschrieben hatte, ihren Krebs-Blog gelesen hatte. Nichts von den Dingen, die er aufzählte, würde ihm eine Hilfe sein, wenn er Krebs bekäme, außer er würde sich von dem Geld einen Aufenthalt auf einer Privatstation eines Krankenhauses mit Hotelkomfort und ausgefallener Speisekarte leisten.

Claire schimpfte sich für ihren Sarkasmus. Aber dann musste sie darüber schmunzeln – es war vielleicht harsch, aber wahr.

In den kommenden Wochen zog sie der Rhythmus ihrer Arbeitstage in eine neue Normalität hinein. Das war es nun. Ihr Leben alleine, nach dem Krebs. Der morgendliche Trubel, wenn sie mit dem Bus in die Innenstadt fuhr (es lohnte sich nie, das Auto zu nehmen, die Parkplätze kosteten ein kleines Vermögen). Die Zeit, die sie nach der Arbeit oder am Wochenende mit Freunden oder der Familie verbrachte, Gespräche bei Tee, Kuchen oder einem Glas Wein – all diese Dinge fühlten sich herrlich an. Und langsam gewöhnte sie sich an die Stille im Haus, wenn nur sie da war. Irgendwie war es einfacher und sogar angenehm gewesen, als sie im Cottage am Meer allein gewohnt hatte, aber hier, in einem Haus für zwei, war es etwas anderes. Na ja, schon bald würde es vorbei sein.

An einem Wochenende kam es Claire plötzlich in den Sinn, ein Brot zu backen, und ihr fiel ein, dass sie noch immer Lyndas altes Backbuch hatte. Sie würde es zurückschicken müssen – nachdem sie ihre Lieblingsrezepte abgeschrieben hatte. Oder vielleicht, vielleicht könnte sie für einen Tag einen kurzen Abstecher zurück nach Bamburgh machen. Das wäre wunderbar. Es war nicht so weit entfernt – ungefähr eine Stunde mit dem Auto –, aber sie hatte das Gefühl, erst wieder in Newcastle Fuß fassen zu müssen. Es war noch alles etwas zu frisch, die Erinnerungen an den Urlaub wühlten sie immer noch auf merkwürdige Weise auf. Sie schien ihr Cottage ein bisschen zu sehr zu vermissen, und zu früh dorthin zurückzukehren, würde es nicht leichter machen.

Kaffeepause. Claire bereitete in der Küche des Büros das heiße Getränk für ihre Kollegen zu. Der Wasserkocher blubberte, während sie Nescafé-Granulat auf die Tassen verteilte. Eine insgesamt ziemlich schäbige Tassensammlung, fiel ihr auf – einige davon sahen aus, als würden sie schon seit den Siebzigerjahren hier stehen. Abgesehen von Andreas Tasse, die leuchtend pink war und auf der »Journalistin – arbeitet für Cupcakes« stand. Auf Claires Tasse hieß es »Immer mit der Ruhe, ich bin Journalist« in Weiß auf einfarbig rotem Hintergrund. Paul hatte sie ihr vor ein paar Jahren zu Weihnachten geschenkt. Claire hatte sie nie sonderlich gemocht. Vielleicht würde sie sich bei Cath Kidstone eine schöne neue Tasse kaufen.

»Kaffee, einen Löffel Zucker, einen Schuss Milch.« Andrea tauchte hinter ihr in der kleinen Küche auf.

»Das weiß ich doch – ich mache schon seit Jahren Kaffee für dich.«

»Ich weiß. Ich wollte mich nur für fünf Minuten davonstehlen und mir eine Pause von Drachen-Julias Deadline gönnen. Zeit für meine kreative Regeneration. Wenn ich mir diesen Artikel noch ein Mal durchlese, dann, ich schwöre es, platzt mir der Kopf.« Sie grinste. »Wie dem auch sei, ich habe einen Plan. Du musst mal wieder ausgehen.«

»Ach ja?«

»Ja, unbedingt. Jetzt, da du wieder da bist, fit und gesund, wird es Zeit, dass wir zusammen die Stadt unsicher machen wie in guten alten Zeiten. Du, ich und die Mädels. Was sagst du dazu?«

»Ach, ich weiß nicht ... ich war schon so lange nicht mehr weg. Ich würde mir uralt vorkommen.«

»Das nehm ich dir nicht ab. Ich vermisse meine beste Freundin. Und du brauchst dringend einen Mädelsabend. Eine Stärkung für die Seele.«

»Aber ich kann diesen Marathon aus sieben, acht Cocktails am Stück nicht mehr durchziehen. Mein Körper hat schon genug durchgemacht.«

»Das ist doch in Ordnung. Du könntest ein paar schöne Gläschen Wein trinken, und wenn wir uns über die Mojitos hermachen, probierst du ein paar von diesen leckeren alkoholfreien Cocktails, die sie haben. Problem gelöst. Es geht mir ja nicht darum, dass wir von Club zu Club ziehen, sogar ich fühle mich dafür schon ein bisschen zu alt. Nur ein paar richtig gute Cocktailbars und ein bisschen tanzen in Bellas Bar. Das wird super. Ich finde auch einen Stuhl und eine Kniedecke für dich, wenn du möchtest.«

Claire schlug spaßhaft mit dem Küchentuch nach ihrer Freundin. Die Idee begann, ziemlich verlockend zu klingen. Und es war nicht die Kniedecke, die sie überzeugt hatte.

»Wir könnten sogar Gary vom Sportteil einladen ...«

»Also, jetzt gehst du aber zu weit.«

Andrea glaubte zu wissen, dass Gary vom Sport auf Claire stand, und war fest entschlossen, die beiden zu verkuppeln. Er schien ein ziemlich netter Kerl zu sein, das musste man ihm lassen, aber er war niemand, mit dem sich Claire vorstellen konnte, etwas anzufangen. Eine Beziehung unter Kollegen? Keine gute Idee.

»Wenn du ihn einlädst, bin ich raus. Du hast gesagt, Mädelsabend.«

»Dann heißt das, du bist dabei. Sehr gut.«

»Okay. Ja. Führ mich aus.« Claire lachte. Sie spürte wirklich, dass sie wieder lebendig wurde.

»Du wirst so viel Spaß haben!«

Claire war sich nicht sicher, ob das ein Versprechen oder eine Drohung war, aber sie lächelte, als sie Andrea ihre Tasse reichte.

13. Kapitel

Cocktails, High Heels und Tanzen auf den Tischen

Zeit, Sekt zu trinken und auf den Tischen zu tanzen.

Na ja, noch war nicht wirklich Sekt im Spiel. Aber die gekühlte Flasche Rosé, die sich die fünf teilten, während sie vor der Pitcher & Piano Bar unten am Kai saßen, trank sich ziemlich gut. Die bunten Lichter der Millenium Bridge, die Newcastle und Gateshead auf der anderen Seite des Tyne miteinander verband, wechselten ständig die Farben und sahen wunderschön aus. Das beeindruckende Gebäude der Baltic Gallery und das schneckenhausförmige silberne Dach des Konzerthauses The Sage Gateshead waren auf der anderen Seite des Flusses zu erkennen, außerdem hatten sie einen Blick auf die imposante Tyne Bridge mit der kleineren Swing Bridge dahinter. Die Biegung des Flusses. Die sich auf dem Wasser abzeichnende, leicht wogende Spiegelung des Abendhimmels und der leuchtend gelben Straßenlichter. Was konnte es gerade Schöneres geben?

Andrea hatte recht gehabt. Es war höchste Zeit, dass Claire mal wieder aus dem Haus ging und sich den Wind durchs Haar wehen ließ, zumindest durch das, welches bislang nachgewachsen war. Dies war eine angenehme Art, damit anzufangen – an einem schwülwarmen Abend draußen zu sitzen (eine Wetterlage, mit der man im Nordosten Englands nur selten rechnen konnte) und sich mit Freundinnen zu unterhalten. Neben ihren Kolleginnen Andrea, Jo und Emma war auch Lou mitgekommen, mit der Claire seit der Oberstufe durch dick und dünn gegangen war. Allesamt waren sie gute Freundinnen, schon vor ihrer Krankheit, und hatten sie neben ihrer Familie während der Krebsbehandlung tatkräftig unterstützt. Auch jetzt waren sie noch für sie da. Die beste Therapie.

»Erzähl mir mehr von deinem Cottage am Meer«, forderte Emma sie auf.

»Ja, es war, als hättest du dich davongestohlen, um eine Weile als Einsiedlerin zu leben«, fügte Lou hinzu.

»Ha, gelinde gesagt war es eine Bruchbude. Wir reden hier nicht von einer glamourösen Residenz, nicht einmal von Shabby Chic.«

Alle lachten.

»Aber wisst ihr was? Es hat mir dort wirklich sehr gut gefallen. Allein mit dieser Aussicht aufzuwachen …« Mist, warum hatte sie davon angefangen. Jetzt sah sie Ed vor sich, der die Hüllen fallen ließ. Sie hatte keine Lust, über ihn zu reden, also fuhr sie fort: »Zu beobachten, wie die Sonne über dem Meer aufgeht. Und dann der Strand. Frühmorgens war es noch ganz leer, da waren nur ich und das Meer da. Tagsüber hat sich der Strand dann nach und nach mit Hundebesitzern und Familien gefüllt. Man konnte nach Herzenslust Leute beobachten.«

»Aber ich wette, es war nicht so toll wie die Aussicht im Café 9.« Andrea dachte an ihre gemeinsamen Männerpo-Bewertungs-Sessions.

Ha, wenn sie wüsste!

»Hundebesitzer, interessant. Gab es auch irgendwelche gut aussehenden Rettungsschwimmer oder so?«, fragte Emma dazwischen.

»Nein, tut mir leid, da muss ich dich enttäuschen. Es war nicht die Art von Strand. Nur weite Flächen mit menschenleerem Sand.«

»Und was war mit dem Typen von nebenan?«, platzte Andrea heraus.

Claire schnitt eine Grimasse. Sie hätte wissen sollen, dass das kommen würde. Sie hatte sich bemüht, ihn nicht zu erwähnen, weil sie wusste, dass die Mädels sich wie die Geier auf diese Information stürzen würden.

»Ah, das klingt schon spannender.«

»Erzähl uns alles.«

Mist. »Ich fürchte, da gibt es nicht viel zu erzählen, Ladys.«

»Ach komm schon, du musst uns doch etwas mehr bieten«, drängte Lou sie.

»Okay … ja, er sah ganz gut aus.«

»Und?«

»Wie alt ist er? Haarfarbe? Körperbau?«

»Spielen wir hier ›Wer bin ich?‹, oder was?«

»Wir brauchen Details, Claire.«

»Um die dreißig. Dunkelblond. Breite Schultern, gewissermaßen Schwimmer-Oberkörper, würde ich sagen.«

»Also durchtrainiert.«

»Ja, ich schätze schon«, gab sie zu. »Und es ist *nichts* passiert.«

»Ein Jammer. Nicht einmal ein Kuss?«

Claire spürte, wie ihr warm wurde. Verdammt – die verräterische Röte schoss ihr wahrscheinlich gerade in die Wangen.

»Ha – ich wusste es«, rief Andrea. »Ich wusste, dass da ein heimlicher Kuss im Spiel ist. Ist doch schön für dich. Aber du musst aufhören, ein Geheimnis aus diesen Dingen zu machen … wir brauchen alle Informationen, Miss Maxwell. Wir sind deine Freundinnen und haben das Recht, diese Dinge zu erfahren.«

Alle lachten.

»Okay, genug von meinem sehr bescheidenen Liebesleben. Was gibt es bei euch Neues?«

»Ich bin verheiratet mit Kindern«, sagte Jo. »Da tut sich nicht viel in Sachen Liebesleben.« Sie lachte.

»Ach, verdirb es uns nicht, wir möchten gern glauben, dass es bei dir immer noch leidenschaftlich und liebevoll zugeht.«

Jo war die Einzige in der Gruppe, die bereits eine Familie gegründet hatte. »Die meiste Zeit bin ich viel zu müde. Ich muss zugeben, es tut so gut, mal eine Nacht freizuhaben. Nicht, dass ich sie nicht schrecklich lieb habe, natürlich.«

»Bei mir gibt's Neuigkeiten«, warf Lou schüchtern ein.

»Hey, das hast du ja noch gar nicht erzählt. Ein neuer Mann in Sicht?« Claires Interesse war geweckt.

»Ja.« Ein Grinsen breitete sich auf Lous hübschem Gesicht aus. »Seit letztem Monat. Wir haben uns im Fitnessstudio kennengelernt, ob ihr es glaubt oder nicht – am Wasserspender. Er hat unglaublich tolle blaue Augen.«

»Die hatte auch Hannibal Lecter«, witzelte Andrea.

»Sei still, du. Er ist echt nett. Er arbeitet für ein Ingenieurbüro.«

»Also«, fragte Jo, »hattet ihr schon ein Date?«

»Ja. Drei, um genau zu sein. Es läuft wirklich gut.«

»Du Geheimniskrämerin.« Claire lächelte.

»Ich wollte erst einmal sehen, wie es sich entwickelt, bevor ich es jemandem erzähle.«

»Klingt, als würde es wirklich gut laufen. Um nicht zu sagen, großartig«, sagte Jo freudestrahlend.

»Freut mich für dich«, meinte Andrea ebenfalls gut gelaunt.

Sie wussten alle, dass Lou in der Vergangenheit ihren Teil an Männerproblemen gehabt hatte. Sie musste ihre Hochzeit absagen, als ihr Verlobter nur ein paar Monate vor dem Hochzeitstermin aufbrach, um allein eine Weltreise zu machen, und sich so den Weg in die Freiheit erkämpfte. Es war schön zu hören, dass sie wieder glücklich war.

»Und, meine reizenden Damen«, fuhr Andrea begeistert fort, »es wird euch freuen zu hören, dass das Leben mit Danny immer noch fan-tas-tisch ist. Fußballer-Oberschenkel sind echt zu empfehlen.«

»Ich schätze, dass er auch mit dem Ball ein gutes Tempo draufhat«, warf Claire mit todernster Miene ein.

Andrea verschluckte sich fast an ihrem Wein, und alle fünf brachen in Gekicher aus.

»Ich glaube, es ist an der Zeit, dass wir zu unserer nächsten Location aufbrechen, Ladys«, sagte Andrea, als sie sich erholt hatte. »Jemand bereit für einen Boogie? Wer hat Lust, in Bellas Bar das Tanzbein zu schwingen?«

Einmütig spazierten sie am Kai entlang, die Arme eingehakt und leicht wackelig auf ihren Stilettos. Schuld daran waren natürlich die Schuhe, keinesfalls der Alkohol ... In der Bar angekommen, bestellten sie eine Runde Cocktails (einen alkoholfreien für Claire) und kamen dann mit einer Gruppe süßer Jungs ins Gespräch, die auf Geschäftsreise waren und sich eine Partynacht gönnten. Und dann tanzten sie. Und tanzten. Irgendwann kletterte Andrea auf den Tisch. Ein Barmann war allerdings schnell zur Stelle, um sie wieder herunterzuziehen, vermutlich um zu verhindern, dass ihre Gesundheit und ihre Sicherheit in Gefahr gerieten.

Um halb zwei Uhr morgens saßen sie mit einem letzten Absacker am Tisch und plauderten noch ein wenig. Claire war inzwischen auf Mineralwasser umgestiegen.

»Also, was steht bei euch als Nächstes an? Was sind eure Pläne, Projekte und Träume für die nächsten Monate?«, fragte Andrea in die Runde.

»Mehr als vier Stunden am Stück durchschlafen«, sagte Jo zaghaft und lächelte schief.

»Mal schauen, wie es mit meinem Wasserspender-Mann weitergeht.« Lou war verhalten optimistisch. »Und ich würde bei der Arbeit gern befördert werden. Ich vertrete gerade unsere Abteilungsleiterin, die derzeit krankgeschrieben ist. Und ich habe vor Kurzem erfahren, dass sie womöglich nicht mehr zurückkommt. Es macht mir wirklich Spaß, und ich glaube, ich leiste ganz gute Arbeit. Es wäre toll, wenn ich die Stelle bekommen würde.«

»Das wäre genial, Lou. Viel Glück dabei. Und halt uns auf dem Laufenden – über Mann und Job!« Claire umarmte Lou, die neben ihr saß.

»Und wie steht's mit dir, Claire?«

»Ich wünsche mir auch, dass es bei der Arbeit gut läuft. Die Magische-Momente-Kolumne scheint in Fahrt zu kommen. Und ich werde mir bald eine eigene Wohnung suchen. Aber ich habe das Gefühl, dass ich gerne auch etwas anderes machen würde, etwas Neues. Auch wenn es nur ein anderes Hobby ist.« Sie hielt inne und sammelte ihre Gedanken. »Der Krebs und die Behandlung haben meine ganze Zeit und Kraft aufgebraucht. Es klingt verrückt, aber dadurch war ich ständig beschäftigt. Irgendwie hat es mein Leben erfüllt – die regelmäßige Chemo, die Krankenhäuser. Vielleicht kann ich irgendetwas machen, das an diese Zeit anknüpft. Ich habe das

Gefühl, dass ich gerne etwas zurückgeben möchte, einen Weg finden möchte, anderen zu helfen. All denjenigen, die jetzt damit zu kämpfen haben. Irgendeine Wohltätigkeitsveranstaltung vielleicht.« Claires Gedanken nahmen Gestalt an, während sie redete.

»Wie ein Lauf fürs Leben zum Beispiel«, schlug Emma vor.

»Das ist es! Das ist perfekt. So könnte ich für die Krebsforschung Geld sammeln und dabei auch noch fitter werden.«

»Ich mache mit«, sagte Lou. »Ich gehe sowieso gern ins Fitnessstudio. Und ich würde es gerne mal richtig mit Laufen versuchen.«

»Ich bin auch dabei«, fügte Andrea hinzu, sehr zu Claires Überraschung. Andrea hasste körperliche Anstrengung – abgesehen von der, die im Schlafzimmer stattfand.

»Spricht da nicht nur der Alkohol aus dir?«, fragte Claire mit hochgezogenen Augenbrauen.

»Also jetzt schau mich bitte nicht so an. Ich möchte wirklich gerne mitmachen. Nach all dem, was du durchgemacht hast. Und diese ganzen anderen Menschen. Es wird mir nicht schaden, ein bisschen zu laufen.« Es klang, als sei es eine leichte Übung.

»Also wärst du morgen früh bei einem Trainingslauf dabei?«

Jetzt war es Andrea, die die Augenbrauen hob. »Können wir das nicht auf Sonntag verschieben?«, bettelte sie. Zweifellos dachte sie an den bevorstehenden Kater.

»Okay, meinetwegen. Gut, dann treffen wir uns am Sonntag um zehn Uhr morgens bei mir und starten zu unserem ersten Lauf.«

»Alles klar. Wir werden da sein«, willigte Andrea ein und fügte hinzu: »Gott, du bist garantiert eine Sklaventreiberin, Claire. Ich sehe das jetzt schon.«

»Das passt doch«, meinte Lou.

»Und wir werden dich bei der Veranstaltung unterstützen«, sagten Emma und Jo mit einem Lächeln. Jo bemerkte noch: »Tatsächlich gebe ich dir jetzt gleich zehn Pfund, um deine Spendenaktion zu starten.«

»Das musst du doch nicht.«

»Aber ich würde gern. Und dann gibt es für euch alle kein Zurück mehr. Wir müssen uns alle gleich morgen anmelden … das gilt auch für dich, Andrea. Zehn Pfund sind es wert, dich rennen zu sehen.«

Alle lachten außer Andrea, die eine Grimasse in Richtung ihrer Arbeitskollegin schnitt.

»Wie nennen wir uns eigentlich? Wir brauchen einen Namen für unser Team.«

»Hmm, ja, das stimmt wohl.«

Genau in dem Moment blickte Claire zu der Leuchtschrift direkt über der Bar auf. »Bellas Babes klingt doch ganz gut.«

»Ja, Bellas Babes passt wunderbar!«

Sie stießen mit ihren Gläsern an. Es war eine Nacht mit Cocktails, Sekt und Tanzen auf den Tischen gewesen, und die frisch gegründeten Bellas Babes waren startklar für ihren ersten Spendenlauf.

14. Kapitel

»Verpass keinen einzigen strahlenden Moment.«
UNBEKANNT

»Oh mein Gott, ich sterbe«, japste Andrea.

Sie hatten einen knappen Kilometer ihres ersten gemeinsamen Lauftrainings hinter sich gebracht. Andrea war stehen geblieben und stützte sich an einer Ziegelsteinmauer am Fußweg ab, um zu verschnaufen. Es tat tatsächlich gut, etwas durchzuatmen. Claire war ebenfalls außer Atem und froh, eine Pause einzulegen, und obwohl Lou sich nicht beklagt hatte, sah auch sie etwas blass aus. Es war härter, als jede von ihnen gedacht hatte.

»Wie kann es sein, dass ich kilometerweit gehen kann, aber wenn ich laufe, fühlen sich meine Lungen an, als würden sie zusammengedrückt, und meine Beine werden zu Blei?«, fragte Claire.

»Keine Ahnung.« Andrea zog eine Grimasse.

»Sollen wir etwas gehen, um in Bewegung zu bleiben?«, schlug Lou vor, wie immer die Stimme der Vernunft.

»Das ist wahrscheinlich eine gute Idee«, stimmte ihr Claire zu.

Andrea sah aus, als würde sie sich am liebsten auf die Straße sinken lassen, ganz egal, ob dort ein Hund hingepinkelt oder jemand seinen Kaugummi ausgespuckt hätte. »Okay«, brachte sie tapfer hervor und löste sich von der Mauer.

Sie gingen weiter in Richtung der offenen Gemeindewiese, auf der – ob man es glaubte oder nicht – mitten in der Stadt Rinder grasten.

»Passt auf die Kühe auf«, rief Andrea, »oder wir müssen wieder rennen, und ich glaube wirklich nicht, dass ich dazu in der Lage wäre. Ich würde von den Hufen zertrampelt werden und müsste kapitulieren. Das würde der Spendenaktion auch nicht helfen, oder?«

»Keine Sorge«, sagte Lou grinsend. »Sie sind an Jogger und Spaziergänger gewohnt. Ehrlich gesagt, glaube ich nicht, dass sie sich von uns aus der Ruhe bringen lassen.«

»Schon komisch, dass sie hier sind, nicht wahr?«, bemerkte Andrea.

»Da sind wahrscheinlich irgendwelche uralten Landrechte im Spiel. Das Recht, mitten in Newcastle Rinder weiden zu lassen«, grübelte Lou.

»Also gut, auf geht's, Mädels.« Claire versuchte, Bellas Babes anzuspornen. »Es ist nicht mal ein ganzer Kilometer bis nach Hause. Wir gehen zügig und laufen dann das letzte Stück.«

»Aaaagh, ich wusste, du wirst zur Sklaventreiberin, Claire Maxwell.«

»Ohne Fleiß kein Preis! Denk nur an all die zusätzliche Ausdauer für deine Sexakrobatik mit Danny, wenn du erst einmal fit bist!«

»Ha, und bis dahin werde ich nicht mal in der Lage sein, zu gehen, geschweige denn die Missionarsstellung einzunehmen.«

Sie lachten und schafften es dann tatsächlich, einen schnellen Spaziergang bis zum Ende des Town Moor hinzulegen. Sie einigten sich darauf, wieder zu joggen, sobald sie die

Pflasterstraßen von Gosforth erreichen würden. Es würde ihr Image aufpolieren, wenn es so aussah, als wären sie die ganze Zeit ohne Probleme durchgelaufen; zumindest hofften sie das. Obwohl Claires und Andreas erschöpftes Aussehen und ihre zittrigen Beine – Lou dagegen wirkte immer noch frisch –, als sie in Claires Straße einbogen, sie wahrscheinlich verrieten!

15. Kapitel

Ein Kätzchen zum Kuscheln

Ding-Dong. Wieder einmal steckte Claire bis zu den Handgelenken im Teig, nachdem sie beschlossen hatte, sich erneut am Brotbacken zu versuchen. Heute wollte sie zwei Ciabattabrote backen, von denen sie eines Sally geben würde, als Dank dafür, dass sie sie in letzter Zeit so oft zu sich eingeladen hatte. Blöde Türklingel.

Hastig wusch sich Claire die Hände und eilte den Gang entlang, um die Tür zu öffnen. Es war Paul. Es war ein wenig merkwürdig, ihn auf der Türschwelle stehen zu sehen, immerhin gehörte das Haus noch zur Hälfte ihm. Aber Claire musste zugeben, dass es höflicher von ihm war, zu klingeln, als einfach so hereinzuplatzen. Das hätte sie auf jeden Fall geärgert.

»Hi.« Er wirkte etwas verlegen.

»Hi. Komm rein … Alles okay?«

»Ja, alles gut. Wie geht es dir so?«

»Gut, danke.«

Es war ein kleiner Tanz aus höflichen Floskeln, der den Kummer und den Schmerz, den sie in den letzten Monaten durchlebt hatten, überspielen sollte. Sie taten besser daran, die Wahrheit über das, was zwischen ihnen vorgefallen war, beiseitezuschieben, aber sie würden sie immer kennen.

Paul stand immer noch draußen. »Komm schon rein.«

Er folgte ihr in die Küche. Sie war sich nicht sicher, weshalb er gekommen war, und lächelte unbestimmt. Er schien etwas zugenommen zu haben – als er zurücklächelte, sahen seine Wangen rundlicher aus. Ja, er hatte auf jeden Fall einen kleinen Bauch. Es schien sich mit seiner neuen Partnerin gemütlich zu leben. Claire spürte noch immer den brennenden Schmerz, aber seltsamerweise keinen Neid. Ihr fiel lediglich auf, dass sein Haaransatz an den Schläfen ein kleines Stück zurückgewichen war.

»Möchtest du einen Tee?«

»Ah, danke, aber nein, ich kann nicht lange bleiben. Ich wollte nur mal fragen, ob du die Nachricht bekommen hast?«

»Nachricht? Über …?«

»Das Haus.«

»Nein, ich war vorhin einkaufen.«

»Ich habe versucht, dich auf dem Handy und zu Hause zu erreichen. Hab jeweils eine Nachricht hinterlassen.«

»Oh, tut mir leid. Ich musste mein Handy aufladen, also hab ich es hiergelassen. Und habe seitdem keinen Blick mehr darauf geworfen.«

»Verstehe. Nun ja, die Immobilienmaklerin hat angerufen. Wir haben ein Angebot bekommen.«

»Oh … okay.« Claire hatte gewusst, dass das kommen würde, aber es fühlte sich trotzdem merkwürdig an. Sie würde dieses Haus also wirklich bald verlassen.

»Das Pärchen neulich. Es ist ein Angebot, allerdings tausend weniger als unser Verkaufspreis. Ich wollte sehen, was du denkst. Aber wie auch immer, als ich dich nicht erreicht habe, habe ich versucht, noch fünf Riesen herauszuhandeln. Ich hoffe, das ist okay. Ich wollte nicht, dass sie uns abspringen.«

»Das klingt doch gut. Und wenn wir noch ein bisschen mehr rausholen können, umso besser.«

»Jetzt warte ich nur noch auf ihren Rückruf. Ich dachte, ich schaue vorbei und nehme bei der Gelegenheit noch ein paar von meinen Sachen mit. Für den Fall, dass die Dinge bald vorangehen.«

»In Ordnung, nur zu. Ich habe einiges von deinem Zeug schon eingepackt. Deine Musiksammlung und deine Lieblings-DVDs.«

»Okay. Danke.« Er schien erleichtert, dass sie so vernünftig war.

»Nimm mit, was du brauchst. Ich schätze, wir werden irgendwann noch über die größeren Sachen und die Möbel reden müssen. Denk darüber nach, ob es irgendetwas Bestimmtes gibt, das du gerne hättest. Meine Wohnung wird vermutlich etwas kleiner sein ... wenn ich umziehe.«

Claire bemühte sich, höflich zu bleiben – verbittert und für immer wütend auf ihn zu sein, würde sie nicht weiterbringen. Sie gab ihm die Kiste mit den DVDs und ging zurück in die Küche, um ihm etwas Freiraum zu geben, während er oben noch einige weitere Sachen zusammensuchte. Bald würde das Haus zum Leben von jemand anderem gehören. Gedankenvoll starrte sie aus dem Küchenfenster in den Garten, und ein Gefühl von Verlust überkam sie.

Ein Haus aufzuteilen, eine Ehe, ein Leben – nein, zwei Leben – auseinanderzunehmen, war zwangsläufig schmerzhaft. Auch wenn man im Herzen wusste, dass es vorbei war.

Am schwierigsten waren die Nächte. Die Tage schienen sich von allein zu füllen. Es gab nicht so viel Zeit zum Nachdenken. Aber in den dunklen Stunden, alleine in einem Doppelbett, wanderten Claires Gedanken nicht zurück zu Paul, sondern zu den zwei Cottages am Meer und zu Ed. Sie konnte nichts dagegen tun. Oft fragte sie sich, was er wohl gerade machte. Dachte er jemals an sie? Oder war sie nur die nervige Nachbarin für ein paar Wochen, mit der er fast eine Dummheit begangen hätte? Die traurige Wahrheit war wohl eher, dass er gar keinen Gedanken an sie verschwendete.

Lass es gut sein, Claire. Verdräng ihn aus deinem Kopf, ermahnte sie sich. *Führe dein Leben weiter, verkauf das Haus, such dir eine eigene Wohnung, besorge dir eine Katze.* Oh ja, ein Kätzchen wäre toll, ein Tier, mit dem sie auf der Couch kuscheln konnte, wenn sie abends fernsah. Eine kleine weibliche Katze. Sie wollte mit der männlichen Spezies nichts mehr zu tun haben. Ha, vielleicht würde sie als verrückte Katzenfrau enden, aber wenigstens wäre sie glücklich.

Und dann müsste niemand jemals wieder ihre vernarbte Brust sehen. Nur sie selbst, aber das zählte nicht, da sie sie ja bereits gesehen hatte. Problem gelöst.

Doch Nacht für Nacht wälzte Claire sich im Bett hin und her, während ihr diese Gedanken im Kopf herumspukten. Und auch fünf Wochen nachdem sie ihr Cottage am Meer verlassen hatte, fühlte sich das Problem keineswegs gelöst an. Es fühlte sich eher an, als wäre da ein kleiner, mooriger Teich in ihrem Herzen. Es war an der Zeit, hineinzuspringen.

16. Kapitel

Eine wundervolle Aussicht und das Gefühl, nach Hause zu kommen

Mit einem belustigten Lächeln im Gesicht legte Claire auf. Das Wochenende vom 20. August war noch verfügbar. Überraschenderweise war das Wochenende darauf mit dem Feiertag schon ausgebucht. Die armen Teufel – sicherlich hatte eine nichts ahnende Familie versucht, ein Ferienhaus in Bamburgh zu buchen, und als einzige freie Unterkunft das vernachlässigte Farne-View-Cottage gefunden. Claire hatte sich für ein langes Wochenende von Freitag bis Montag entschieden. Sie hatte bereits viele ihrer Urlaubstage aufgebraucht, also konnte sie sich fürs Erste nicht mehr Zeit freinehmen. Der Scheck war bereits per Post unterwegs; der alte Hedley wollte mit Kreditkarten »nichts zu tun haben«. Auch hatte er mit Warmwasser aus der Leitung, Zentralheizung, sauberen Matratzen und vielen anderen Wohnbequemlichkeiten offenbar nichts am Hut. Vielleicht sollte sie diese arme Familie vorwarnen. Trotzdem würde Claire zu diesem heruntergekommenen Cottage zurückfahren, und ihr Herz schlug dabei – verrückterweise – vor Freude höher.

Bis dahin waren es allerdings noch ein paar Wochen. Zeit, sich um den Verkauf des Hauses zu kümmern, sich in die Arbeit zu stürzen und ihrer Magische-Momente-Kolumne neben all den anderen Artikeln, die sie schreiben musste, so viel

Aufmerksamkeit wie möglich zu widmen. Ihre Idee schien einen Nerv getroffen zu haben: Der erste Beitrag bekam jede Menge Klicks auf der Zeitungs-Webseite. Claires E-Mail-Postfach platzte aus allen Nähten, und auf ihrer Facebook-Seite ging es drunter und drüber, nachdem sie ein Video zu den Hintergründen für ihr Feature gepostet hatte. Es war schwierig, bei all den Beiträgen mitzukommen – doch sie versuchte, jeden einzelnen Kommentar zu lesen. Einige stachen für sie besonders hervor: *»Angeln gehen an einem schottischen Loch mit klarem, ruhigem Wasser, umgeben von duftenden Kiefern und neugierigen Tieren, während mein wunderbarer Mann Kuchen und Sekt aus seiner Angeltasche zieht, um mit mir meinen Geburtstag zu feiern«* – wie schön. Und ein anderer, den ein kleines Mädchen mithilfe seiner Eltern gepostet hatte: *»Das Lächeln meiner Mama wärmt mich mehr als jede Heizung«*, schrieb Lucy, neun Jahre alt.

In den letzten Tagen hatte Claire über zweihundert Antworten bekommen, eine Mischung aus tollen Kommentaren und neuen magischen Momenten; einige, die lustig waren, einige, die zu Tränen rührten. Es war einfach wundervoll. Ihr beruflicher Twitter-Account war regelrecht explodiert, mit Unmengen Likes, Retweets und Kommentaren und einem genialen neuen Hashtag #*MagicMoments*, der von einem ihrer Follower erstellt worden war, was sie sehr stolz machte.

Claire war sogar vom Lokalradio für ein Interview eingeladen worden. Ihr war nicht klar gewesen, wie nervenaufreibend das werden würde. Als das rote Licht für »live« anging, hatte sie kurz Panik bekommen und gedacht, ihre Stimme würde versagen. Sie war es gewohnt, Interviews zu führen, nicht diejenige zu sein, die interviewt wurde. Glücklicherweise hatte ihre Professionalität ihr darüber hinweggeholfen –

immerhin war es eine tolle Werbemöglichkeit und die Gelegenheit, mit ihrer Kolumne noch mehr Leute zu erreichen. Und außerdem war es wirklich eine große Ehre, eingeladen worden zu sein. Der Radiomoderator hatte ihr bald die Nervosität genommen, und sie hatten sich über die Inspiration für ihre Idee, ein bisschen über ihre Vergangenheit, den Krebs und den Weg in die Zukunft unterhalten. Claire wollte ihren Zuhörern nahebringen, dass es nicht um Geld oder die großen Dinge ging, von denen viele dachten, dass sie sie glücklich machen konnten, sondern um die alltäglichen Kleinigkeiten, die jeder haben und genießen und in denen jeder ein wenig Magie finden konnte.

Der lawinenartige Erfolg bedeutete auch, dass ihr Chefredakteur, Dave, ihr erlaubt hatte, die Kolumne noch für mindestens ein paar Wochen weiterzuführen, was ihr auch Drachen-Julia vom Hals halten würde. Tatsächlich war Julia eines Tages an Claires Schreibtisch gekommen, um ihr einen eigenen magischen Moment zu schildern, nämlich als sie letztes Jahr erfahren hatten, dass sie die Auszeichnung als Zeitung des Jahres im Nordosten Englands gewonnen hatten und sie für die Preisverleihung ein neues Kleid als Spesen würde abrechnen können. Dave hatte keine Ahnung gehabt, dass sie versuchen würde, Vivienne Westwood nachzueifern.

Obwohl der ganze Trubel auf der Arbeit toll war, wusste Claire auch, dass sie bald eine neue Wohnung finden und bezahlen musste, genau wie ihre Rechnungen. Sie würde sich nach einer zusätzlichen freiberuflichen Tätigkeit umsehen müssen, um ihr Gehalt aufzupolieren. Das North-West-Lifestyle-Magazin war in der Vergangenheit an ihrer Mitarbeit interessiert gewesen; sie könnte also etwas zusammenstellen, vielleicht über Hotels oder Restaurants in der Gegend – es würde Spaß machen, darüber zu recherchieren –, und sich dann bei ihnen melden. Mit alldem war sie mehr als ausgelastet.

Und in nur zwei Wochen würde sie zu ihrem Cottage am Meer zurückkehren. Claire hoffte, dass sie es noch genauso besonders finden würde und nicht nur durch eine rosarote Brille gesehen hatte. Sie wollte auf gar keinen Fall zu der Erkenntnis gelangen, dass es letzten Endes doch nicht so magisch war.

Claire konnte Bamburgh Castle vor sich aufragen sehen, mit seinen rosafarbenen Steinmauern eindrucksvoll wie eh und je. Sie spürte einen kleinen Anflug von Aufregung und bemerkte, dass ihre Hände auf dem Lenkrad zitterten. Zunächst kam sie an den beigefarbenen Cottages vorbei, der Metzgerei, Lyndas Feinkostladen – Claire winkte ihr in Gedanken zu –, dem Dorfplatz mit seinen hohen Bäumen, einigen Touristen, die auf dem Bürgersteig flanierten und sich vielleicht Gedanken darüber machten, ob sie ihren Tee lieber im Pub, im Hotel oder in der Copper-Kettle-Teestube trinken sollten. Da war das Kricket-Feld mit seiner atemberaubenden Lage direkt unter den hoch aufragenden Burgmauern, und dann war sie schon auf der Küstenstraße und fuhr etwa eine weitere Meile an den flachen Dünen entlang.

Würde er dort sein? Claire konnte nicht anders, als an Ed zu denken, jetzt, da sie so nah war. Es würde keinen Unterschied machen, sagte sie sich selbst. Sie war wegen der Gegend zurückgekommen, der Seeluft, dieser herrlichen Aussicht. Aber in einem versteckten Winkel ihres Bewusstseins glomm ein Fünkchen Hoffnung. Sie musste wirklich eine masochistische Ader haben! Was hatte er ihr gebracht außer falschen Hoffnungen und Fehlstarts? schalt sie sich.

Würde er sie im Grunde nicht für eine Art Stalkerin halten, wenn sie wieder auftauchte? Aber die Aussicht auf einen kurzen peinlichen Moment würde sie nicht davon abhalten, an den Ort zurückzukehren, den sie liebte, so viel stand fest. Wenn er da war, würde sie ihm einfach aus dem Weg gehen. Sich bedeckt halten.

Und hier war sie, die Zufahrtsstraße zu den beiden Cottages. Es war seltsam, in ihrem eigenen Auto anzukommen – sie fühlte sich weniger isoliert. Claire bog ein und ließ ihren Blick unwillkürlich über den Parkplatz vor dem größeren Cottage schweifen. Kein schwarzer Jeep. Kein Ed. Nun ja, es hatte nie eine Garantie gegeben, dass er hier sein würde. Also konnte sie einfach eine schöne Mann-freie Auszeit in ihrem schrulligen Zufluchtsort am Meer genießen. Das war in Ordnung und, um ehrlich zu sein, viel weniger kompliziert.

Claire entlud das Auto und trug ihren Koffer und eine Kiste mit Proviant ins Haus. Das hier war so viel angenehmer, als mit dem Zug anzureisen. Dieses Mal hatte sie Wein mitgenommen – Rosé und Weißwein –, Kaffee, Tee und, da sie ihr neues Hobby, das Backen, auch zu Hause weiterbetrieb, frisch gebackene Brötchen und eine Quiche Lorraine sowie Speck, Cheddarkäse, Obst, eine große Packung Kartoffelchips und Mineralwasser. Sie war gut versorgt, aber trotzdem wollte sie einen Abstecher zum Feinkostgeschäft machen, um ein paar regionale Leckereien zu besorgen und sich mit Lynda über die neuesten Neuigkeiten auszutauschen.

Misstrauisch überprüfte Claire den Boiler in der Küche und stellte sicher, dass der Wassererhitzer an war – hoffentlich würde er dieses Wochenende seine Aufgabe zuverlässig erfüllen. Dann bezog sie ihr Bett mit frischer Bettwäsche von zu Hause. Es fühlte sich schön heimelig an. So weit, so gut – sie nahm ihre aktuelle Lektüre sowie ein Glas Rosé mit in den Garten und setzte sich auf einen Stuhl. Der Himmel war türkisblau mit nur wenigen kleinen Quellwolken, und auch die Sonne spielte heute mit und schien ihr warm ins Gesicht, obwohl es bereits später Nachmittag war. Glückseligkeit.

Gerade hatte Claire die Augen geschlossen und ihr Buch auf dem Schoß abgelegt, als das Knirschen von Kies in der Einfahrt sie aufschrecken ließ.

Konnte es sein? Aber vielleicht war er nicht der Einzige, der manchmal hier wohnte. Er könnte das Haus an Freunde vermietet haben. Es hatte keinen Sinn, wegen nichts aufgeregt zu werden. Eigentlich sollte sie überhaupt nicht aufgeregt sein. Das letzte Mal war eine kleine Katastrophe gewesen.

Claire öffnete ein Auge und blickte zum Haus nebenan, aber es war niemand zu sehen. Wer auch immer es gewesen war, war lautlos hineingegangen.

Oh, na ja. Sie war fest entschlossen, entspannt zu bleiben und ihre freie Zeit zu genießen. Sie rief sich in Erinnerung, dass sie sich bedeckt halten wollte. Aber sie konnte jederzeit frühmorgens aufstehen und nachsehen, ob da nicht ein kleiner Kleiderhaufen am Strand lag, oder, noch besser, ihm zuvorkommen und bei seiner Entkleidungsnummer zusehen. Es würde sich lohnen, dafür den Wecker zu stellen! Claire grinste in sich hinein. Hmm. Sie würde ihm verzeihen, dass er sie verschmäht hatte, wenn sie nur noch einen flüchtigen Blick auf seinen nackten Körper erhaschen durfte. Wenn sie zusehen konnte, wie er mit seinen festen pfirsichfarbenen Pobacken in Richtung Meer lief. Sie schloss die Augen und lehnte sich im Stuhl zurück, spürte die Wärme der Sonne auf ihrem Gesicht und gestattete sich, noch etwas länger bei dieser Vorstellung zu verweilen.

»Hey ... hi.« Ein leichter schottischer Akzent. Ihr Herz schien einen Moment stillzustehen. Träumte sie etwa? Sie öffnete ein Auge. Er war es! Irgendwo wachte also doch eine gute Fee über sie.

»Oh ... hi.« Plötzlich war sie wieder sechzehn und total aufgeregt, vor allem, da ihr noch all diese Gedanken im Kopf herumgeisterten.

»Du bist wieder da«, stellte er fest.

Na ja, das war offensichtlich. Aber immerhin schien er sich zu freuen, sie zu sehen, und war sogar herübergekommen, um sie zu begrüßen.

»Jepp, ich bin's.« Was für eine blöde Antwort. Aber ihre Stimme schien sich verselbstständigt zu haben und ohne ihr Gehirn zu funktionieren.

»Okay, toll, sehr schön ... Freut mich, dich zu sehen.«

»Mich auch.« Sie brachte ein Lächeln zustande. Es musste ein ziemlich albernes sein, ihrem rasenden Herz nach zu urteilen. Komm schon, Claire, du bist dreißig Jahre alt, keine dreizehn, schalt sie sich.

»Okay, also dann, man sieht sich.« Er drehte sich um und ging zu seinem Cottage zurück.

»Ja, bis dann.«

Claire konnte nichts gegen das Lächeln tun, das sich auf ihrem Gesicht ausbreitete.

Ungefähr eine Stunde später stand sie in der Küche und bereitete sich ein Abendessen zu, bestehend aus einem Stück Quiche und einem Salat, als es an der Tür des Cottages klopfte. Vielleicht war es Mr. Hedley, der nach dem Rechten sehen wollte. Auch wenn er sich während ihres letzten Aufenthaltes kein einziges Mal hatte blicken lassen. Sie eilte zum Eingangsbereich. Die Tür war aus massivem Holz, ohne Verglasung, also konnte man nicht sehen, wer davor stand. Ohne nachzudenken, öffnete Claire sie.

»Hey.« Der große, dunkelblonde, gut aussehende Ed.

»Hi.« Claire wurde bewusst, wie verschüchtert sie klang.

Er hielt ihr ein Buch hin.

»Was ist das?«

»Nur eine Kleinigkeit, die ich für dich besorgt habe.«

Sie war neugierig und warf einen Blick auf den Bucheinband. Oh, der neueste Band aus der Backbibel-Reihe von Paul Hollywood.

»Ich weiß noch, dass du gerne Brot backst.« Er klang fast verlegen.

»Na ja, schon … Das ist wirklich nett, sehr aufmerksam von dir.« Sie blickte ihm in die umwerfenden grünen Augen. »Danke.« Aber dann kam ihr ein Gedanke. »Woher wusstest du, dass du mich wiedersehen würdest?« Sie hatte das Cottage schließlich nur aus einer Laune heraus zum zweiten Mal gebucht.

»Na ja, das wusste ich eigentlich nicht. Ich habe es einfach so gekauft, als ich es in meiner örtlichen Buchhandlung gesehen habe. Und wer weiß, ich hätte es vielleicht selber benutzt, wenn du nicht aufgetaucht wärst. Vielleicht hätte ich mich in ein Back-Genie verwandelt und wäre in einer Kochsendung wie dem *British Bake Off* gelandet … vorausgesetzt, dass Paul Hollywood mich dabei betreuen würde.« Er lächelte. »Nein, es ist definitiv für dich.«

Claire nahm das Buch entgegen. Ein Friedensangebot? Ein Zeichen der Freundschaft? »Danke«, sagte sie noch einmal und blätterte ein paar Seiten durch. Bilder von leckerem, frisch gebackenem Brot und von Pains au chocolat, aus denen geschmolzene Schokolade herausquoll, sprangen ihr ins Auge. Himmlisch.

»Natürlich müsste ich ein paar der Resultate selbst probieren.« Wieder lächelte er. Gott, er hatte ein Lächeln, das sie zum Schmelzen brachte. Aber was zum Teufel war mit Mr. Griesgram passiert?

»Selbstverständlich.« Claire grinste zurück. Flirteten sie etwa miteinander?

Es war, als hätte sich während ihrer Abwesenheit seine Persönlichkeit komplett gewandelt. Na ja, Claire würde es genießen, solange es anhielt. Erhoffte sie sich zu viel, wenn sie sich wünschte, dass er sie vielleicht vermisst hatte, dass er auch an sie gedacht hatte?

»Bleibst du diesmal lange?«

»Nein«, antwortete Claire. »Nur ein verlängertes Wochenende, ich muss am Dienstag zurück zur Arbeit. Ich habe die meisten meiner Urlaubstage schon aufgebraucht. Und du?«

»Nur das Wochenende. Die Welt der schottischen Architektur wartet auf mich. Ich arbeite an einigen Entwürfen für eine neue Universitätsbibliothek und mehrere neue Wohnungen an der Küste von Portobello. Es ist momentan ziemlich viel los.«

Sie standen noch immer auf der Türschwelle. Claire sollte eigentlich dem Gebot der Höflichkeit folgen und ihn hereinbitten – doch etwas hielt sie zurück. So wie die Dinge beim letzten Mal gelaufen waren, würde es vielleicht nur Verwirrung stiften. Sie sollte einfach wieder nach drinnen gehen und sich ihrem Abendessen und dem Glas Wein widmen. Und der Stimme der Vernunft folgen.

»Ähm … hättest du eventuell Lust, morgen vielleicht zum Abendessen zu mir zu kommen?« Er wirkte etwas unbeholfen. »Ich meine … ich würde verstehen, wenn du nicht willst, nach dem letzten Mal und so …«

»Ah …« Da war es schon.

»Ist schon okay. Ich hätte nicht fragen sollen. Hör zu, vergiss es ein…«

»Ja.« Was sagte sie da? So viel zum Thema »erst denken, dann reden«. *Denk an das Desaster vom letzten Mal, Claire.*

»Ja?« Er sah überrascht aus.

»Ja, Abendessen klingt gut. Danke für die Einladung, Ed.« *Was machst du da, Mädchen?*

Er atmete lange und langsam aus. »Na dann, super. Okay, gut, wie wäre es mit halb acht?«

»Ja. Ich freue mich darauf.« Ausnahmsweise war sie mal diejenige, die gelassen wirkte. »Und danke noch mal für das Buch.«

Claire trat von der Türschwelle zurück und schloss langsam die Haustür. Erst jetzt ließ sie zu, dass das strahlende Lächeln, das sie die ganze Zeit zurückgehalten hatte, sich auf ihrem Gesicht ausbreitete. *Ha-ha, also* das, *Claire Maxwell, klingt sehr nach einem Date!* War er enttäuscht, dass nichts passiert war? Wollte er die Dinge geraderücken – zu Ende bringen, was sie an dem Tag im Regen angefangen hatten? Oder war alles rein freundschaftlich? Leicht verwirrt runzelte sie die Stirn. Na ja, nur Freundschaft wäre auch in Ordnung – oder?

17. Kapitel

Im Mondschein barfuß auf dem Sand tanzen

Als Claire nach einem kurzen Abstecher zu Lyndas Feinkostgeschäft mit einer selbstgemachten Oliven-Ciabatta, inspiriert von Eds Kochbuch, auf dessen Türschwelle stand, spürte sie ein leichtes Ziehen der Erwartung im Magen. Konnte sie immer noch damit rechnen, dass der Mr. Griesgram in Ed nicht zum Vorschein kam? Würde es nur ein Abend unter Freunden werden, oder könnte sich daraus vielleicht mehr entwickeln?

Claire hatte ihn heute Nachmittag von ihrem Versteck auf dem Balkon aus heimlich bei seinen Vorbereitungen beobachtet. In seinem Garten mit Meerblick hatte er einen Tisch und zwei Stühle aufgestellt, einen Grill aufgebaut und eine große Sturmlaterne nach draußen gebracht, um sie später anzuzünden. Das Setting gefiel ihr, und sie lächelte bei ihrer Tasse Tee in sich hinein. Dann lief er geschäftig ins Haus und wieder zurück, um Besteck, Servietten und Gläser zu holen. Es sah aus, als würde er sich wirklich Mühe geben. *Hmm, interessant.* Danach verschwand er für etwa eine Stunde mit dem Auto, möglicherweise um Lebensmittel zu kaufen. Claire hatte sich gefragt, ob er ein guter Koch war oder eher etwas zusammenstellen würde.

Und hier stand er nun und öffnete ihr die Tür. Er trug ein hellblaues Baumwollhemd, die Ärmel bis zu den Ellenbogen hochgekrempelt, dunkle Jeans, die sich eng an seine langen, muskulösen Beine schmiegten, und hatte ein umwerfendes Lächeln im Gesicht. Sein blondes Haar war zerzaust, und ein leichter Bartschatten zeichnete sich an seinem Kinn ab. Sexy! Oder sollte sie nicht an so etwas denken? Nur Freunde?

Claire hoffte, dass sie okay aussah. Sie hatte sich bei ihrem Make-up etwas mehr Mühe gegeben und eine helle Foundation, etwas Rouge, ein wenig Lipgloss und einen Hauch von blassgoldenem Lidschatten aufgetragen. Sie hoffte, dass es nicht zu viel war. Und sie hatte innerhalb der letzten Stunde drei verschiedene Outfits anprobiert und sich schließlich für ein Kleid mit Spaghettiträgern und Blumenmuster entschieden, das bis knapp unter die Knie ging. Claire hoffte, dass es hübsch und sommerlich, aber nicht overdressed aussah. Sie hatte einen Cardigan mitgenommen – für später. Seinen Vorbereitungen nach zu urteilen, würden sie draußen sitzen, und sie könnte das Kleidungsstück später noch gut gebrauchen.

»Komm rein. Willkommen in meiner bescheidenen Hütte.«

»Nicht halb so bescheiden wie meine nebenan«, scherzte sie.

»Nein, vermutlich nicht.« Ed gab ihr einen flüchtigen Kuss auf die Wange.

Er roch herrlich frisch nach Meer und Zitrone, sodass sie am liebsten das Gesicht in seinem Nacken vergraben und den Duft in sich aufgesaugt hätte. *Nur eine winzige Sekunde, hmm.*

Claire zog den Kopf wieder weg.

»Du siehst toll aus.« Er klang etwas nervös.

»Danke«, antwortete sie und stieß innerlich die Faust in die Luft. Puh, das Outfit stimmte also. Plötzlich war sie um Worte verlegen, fühlte sich ganz schüchtern und fragte sich, was sie hier eigentlich machte. So viel zum Thema »sich bedeckt halten«.

Sie folgte Ed in ein geräumiges Wohnzimmer. Der Raum hatte Fenstertüren, die auf den Garten hinausgingen, mit Blick auf den Strand und das Meer. Die Möbel waren aus weißgrauem Holz, die Vorhänge, Teppiche und Kissen in verschiedenen Blau-, Grau- und Cremetönen gehalten, die Meer und Himmel andeuten sollten – perfekt, um sich auf den Strand einzustimmen. Verschiedene kleine Deko-Gegenstände wie Schiffe oder Muscheln standen im Zimmer verteilt – alle sehr geschmackvoll, aber nicht gerade eine Wahl, die man von einem alleinstehenden Mann erwarten würde. Allerdings, rief sich Claire in Erinnerung, war das hier ja das Zweithaus seiner Familie, vielleicht war also seine Mutter oder eine Schwester beim Einrichten beteiligt gewesen. Oder vielleicht war sogar ein Innenarchitekt beauftragt worden, der das Werk vollbracht hatte. Ed könnte es sich wahrscheinlich leisten, bestimmt hatte er durch seinen Beruf die richtigen Kontakte – verdienten Architekten nicht sehr gut?

»Gut, also, hättest du gern ein Glas Wein? Weiß, rot?«

»Weißwein wäre wunderbar, danke.« Sie setzte sich auf eins der blau-beige gestreiften Sofas und ließ sich in die gemütlichen Kissen sinken. Eine Labradorhündin sprang aufgeregt herbei, wedelte stürmisch mit dem Schwanz und setzte sich vor Claire auf den Boden, um sich ein paar Streicheleinheiten zu sichern.

»Hi, Mädchen. Na, was hast du vor?«

Die Hündin rollte sich auf den Rücken, um am Bauch gekrault zu werden.

»Sie mag dich.« Ed lächelte. »Sie heißt Bess. Ich hoffe, es ist okay, wenn sie hier ist. Ansonsten kann ich sie wegsperren, wenn es dir lieber ist.«

»Nein, ist schon in Ordnung. Nicht wahr, Bess? Du möchtest einfach nur ein bisschen Liebe, nicht wahr, Mädchen?« Claire kannte das Gefühl.

»Also, ich hoffe, du magst Meeresfrüchte.«

»Klingt gut.« Claire probierte immer so ziemlich alles – beim Essen war sie noch nie wählerisch gewesen. Außer als die Chemotherapie ihr den Appetit geraubt hatte. Aber der war in letzter Zeit wieder zurückgekehrt.

»Und danke für das Brot. Es passt bestimmt perfekt zu den Langusten, die ich heute besorgt habe.«

»Mmm, Langusten habe ich noch nie probiert.«

Ed verließ wieder den Raum, wohl um den Wein zu holen, und Claire hörte den Korken knallen. Kurz darauf kehrte er wieder zurück; seine Stimme kam näher. »Im Grunde sind sie wie große Garnelen.«

»Klingt lecker.«

»Würdest du gerne draußen sitzen?«

Claire lächelte. Schließlich hatte sie all seine Vorbereitungen verfolgt. »Ja, das wäre schön.«

Ed ließ die Fenstertüren aufschwingen. Claire trat hinter ihm ins Freie, und Bess folgte ihnen. Die Sonne stand tief am Himmel und ließ das Meer golden und silbern erstrahlen. Ein paar letzte Touristen bauten ihre Windschutzplanen ab, rollten Handtücher zusammen, und ein Hundebesitzer schlenderte am Wasser entlang. Bald würde der Strand jedoch leer sein. Claire liebte diese Zeit des Tages, wenn alle nach Hause gingen und es sich anfühlte, als gäbe es auf der ganzen weiten Welt nur noch ihre zwei kleinen Cottages.

Es war ein wenig kühl in der leichten Meeresbrise. Claire war froh, dass sie ihren Cardigan mitgenommen hatte, und schlüpfte hinein, bevor sie sich hinsetzte.

»Tut mir leid, ist es zu kalt hier draußen?«, fragte Ed besorgt.

»Nein, ist schon in Ordnung. Es ist wirklich herrlich hier.« Die Aussicht war wunderschön – sie wollte nicht darauf verzichten.

Er zündete den kleinen Terrassenofen neben dem Tisch an, und es dauerte nicht lange, bis die Wärme von den Kohlen bis zu Claires Beinen und Füßen ausstrahlte. Bess setzte sich glücklich neben sie.

»Also.« Ed lehnte sich in dem anderen Stuhl zurück und streckte seine langen Beine aus. »Wie ist es dir in der Zwischenzeit ergangen? Wieder zurück bei der Arbeit?«

Claire konnte sich nicht mehr genau erinnern, wie viel sie ihm erzählt hatte – über den Krebs. Aber er wusste, dass sie sich eine Auszeit genommen hatte. »Ja, so weit alles gut. Es war schön, zurück ins Büro zu kommen. Zum Glück hatte ich viele neue Ideen und viel Energie, und meine Zeitungskolumne läuft ziemlich gut.«

»Also hat dir der Urlaub hier gutgetan.«

»Ja, ich denke schon.«

»Ich habe deine Kolumne im *Herald* und ein paar andere Artikel von dir gefunden.«

Oha. Er hatte nach ihr gesucht. Also hatte nicht nur sie an ihn gedacht. Allerdings war sie mit ihrer Suche nicht sehr weit gekommen: »Ed aus Edinburgh + Architekt« hatte auf Google keine Treffer erzielt.

»Ja, ich habe einige der Einträge auf deinem Krebs-Blog gelesen. Du hast ganz schön viel aushalten müssen, nicht wahr?«

Also wusste er es. »Na ja, es waren nicht gerade die rosigsten Zeiten … Aber ich hab's überlebt.« Claire hielt kurz inne.

Ihr Mund wurde trocken, als sie an all die Unglücklichen denken musste, die nie ihre zweite Chance bekommen hatten. Wie willkürlich das alles war, wie verdammt grausam. Sie starrte hinaus auf das Meer. Manchmal machte es ihr wirklich zu schaffen – die Emotionen überwältigten sie schlichtweg.

»Claire, es tut mir so leid. Alles okay?«

»Oh … ja. Mir geht's gut. Es ist nur … einige meiner Freunde von der Station … sie haben es nicht geschafft.« Claire verstummte, als ihr die Emotionen die Kehle zuschnürten und ihr Magen sich verkrampfte.

Ed sah sie mitfühlend an und blickte dann in Richtung Meer, um ihr Gelegenheit zu geben, sich wieder zu fassen. Eine Weile sagten sie nichts.

»Das ist hart.« Ed fasste sich als Erster. »Ich wette, deine Kolumne hilft vielen Menschen. Nicht nur denjenigen, die das Gleiche durchmachen, sondern auch Familienangehörigen und Freunden. Mir hat sie jedenfalls geholfen, das Ganze viel besser zu verstehen.«

»Das hoffe ich. Das war die Idee bei der Sache. Und ich schätze, mir hat es in gewisser Weise auch gutgetan. Alles aufzuschreiben, hat mir irgendwie geholfen, meine eigenen Gefühle besser zu verarbeiten. Auch wenn ich die verrückten und lustigen Dinge aufgeschrieben habe. Ich weiß noch, wie meine Mum mit mir vor meiner ersten Chemotherapie-Sitzung im Wartezimmer gesessen und sich all diese Broschüren durchgelesen hat. ›Oh, sieh mal, Claire‹, hat sie gesagt. ›Wenigstens ist die Fußpflege hier umsonst.‹ Meine Mum schafft es immer, die positiven Seiten zu sehen. Sie hat mich zum Lächeln gebracht. Und all die netten Leute im Macmillan-Krebs-Betreuungszentrum bieten alle möglichen Dinge an, um einen in jeder Hinsicht zu unterstützen. Von Kursen, wie man ein

Kopftuch bindet, bis hin zu kostenlosen Massagen. Auch auf einer Krebs-Station lachen die Menschen noch, weißt du.« Lachen und weinen und leben und lieben, grübelte sie.

Er nickte, während er sie aufmerksam ansah.

»Wie dem auch sei.« Claire wollte die Stimmung wieder etwas auflockern. »Das ist jetzt alles vorbei, und ich bin hier. Ein neues Kapitel in meinem Leben fängt an. Und ich gehöre zu den Glücklichen.«

»Gut.« Ed nickte, hob sein Glas und stieß mit ihr an. »Cheers, Claire … auf eine sehr gute Gesundheit für dich.«

»Gleichfalls – auf Gesundheit und Glück.« Sie lächelten einander an.

Ed stieß einen leisen Seufzer aus. Er blickte auf das Meer hinaus, als würde das Glück irgendwo weit in der Ferne liegen. Dann wandte er sich wieder zu Claire und stieß noch einmal mit ihr an. Sie wusste nicht recht, warum, aber irgendwie schien diese Geste bedeutungsvoll; es gab ihr das Gefühl, als wäre es der Anfang von etwas Neuem.

Entspannt unterhielten sich die beiden weiter. Ed erzählte noch mehr von seiner Arbeit. Er hatte Entwürfe für das neue Bibliotheksgebäude der Universität erstellt, das wohl ein ziemlich moderner Bau werden sollte. Wie erdachte man ein ganzes Gebäude? Claire bewunderte, dass er dazu in der Lage war. Aber als ihre Fragen persönlicher wurden und sie sich über sein Zuhause und sein Leben erkundigen wollte, wich er ihr aus.

»Ach, da gibt es nicht viel zu erzählen. Ich führe ein ziemlich beschauliches Leben. Zu Hause. Arbeit. Das war's auch schon.«

Claire ließ nicht locker. »Also wohnst du alleine?« Ihr war bewusst, dass sie neugierig war, aber sie musste einfach herausfinden, ob es nicht noch jemand anderen auf der Bildfläche gab. Wenn da noch jemand war, dann würde das hier nirgendwohin führen. Nach der ganzen Sache mit Paul konnte sie das niemandem antun. Sie musste Gewissheit haben. Es brachte nichts, für ihn Interesse zu entwickeln, wenn er vergeben war. Dann wäre das hier einfach nur ein höfliches nachbarschaftliches Abendessen, und sie würde ihn danach in Ruhe lassen.

»Ja.« Seine einsilbige Antwort und sein versteinerter Gesichtsausdruck sagten ihr, dass sie nicht weiter nachhaken sollte. Ed stand auf. »Gut, dann kümmere ich mich mal ums Essen, sonst kommen wir nie dazu.« Er schenkte ihr nach. »Es dauert nicht lange – also bitte nicht weggehen.« Er lächelte und hob ironisch die Augenbrauen, als wäre ihm sein eigener überhasteter Abgang vom letzten Mal nur allzu gut in Erinnerung.

»Das werde ich nicht.« Claire nippte an ihrem Glas und lehnte sich in ihrem Stuhl zurück.

»Okay … gut.«

Claire blickte hinaus auf das abendliche Meerespanorama. Die kräftigen Farben des Sommertages hatten einen wunderschönen matten Ton angenommen – ein sanftes Blau, das zum Horizont hin in blasses Gold mit einem Hauch Pfirsich überging und sich schimmernd auf den Wellen spiegelte.

Zehn Minuten später kam Ed zurück. Er legte ein kleines Holzscheit im Terrassenofen nach und überprüfte dann den Grill, bei dessen Aufbau sie ihn heute beobachtet hatte.

»Vorspeise kommt gleich«, verkündete er, während er schon wieder auf dem Rückweg ins Haus war. »Es ist nichts allzu Kompliziertes.«

Claire sah zwei schwarz-weißen Austernfischern dabei zu, wie sie am Ufer entlangspazierten und ihre leuchtend roten Schnäbel in den Sand tauchten. Die Wellen brachen sich am

Ufer und gingen lautlos in zartem weißem Schaum auf: Das Meer war ruhig an diesem Abend. Claire wärmte sich die Zehen am Terrassenofen und kraulte Bess am Rücken, die direkt davor lag und die Wärme genoss. Claire fühlte den Frieden dieses Ortes. Wie wunderbar es war, einfach nur zu sein.

Bald kam Ed mit zwei Tellern zurück. »Ziegenkäse – ich hoffe, du magst ihn. Er ist aus dem Feinkostgeschäft hier im Dorf.«

Claire musste lächeln. Also war er heute bei Lynda gewesen. Ob ihre Freundin in die heutige Abendeinladung eingeweiht war? In Anbetracht dessen, wie wichtig Ed seine Privatsphäre war, wohl eher nicht.

»Er sieht toll aus. Danke.«

Ed stellte den Teller vor ihr ab und setzte sich dann auf den Stuhl gegenüber. Der Käse war goldbraun gebraten und auf einem Bett aus gemischten Salatblättern mit Dressing angerichtet. Claire probierte von dem Salat – Balsamico-Dressing, dem Geschmack nach zu urteilen. Herrlich. Der Käse war leicht angeschmolzen und quoll regelrecht heraus, als sie hineinschnitt. Lecker.

»Das schmeckt echt super.«

»Schön.« Er sah erleichtert aus. »Ziemlich schlicht, ich weiß, aber meine kulinarischen Fähigkeiten sind leider begrenzt.«

Okay, also war er tatsächlich eher Essens-Zusammensteller als Küchenchef, aber damit konnte sie leben. Und mit köstlichen Zutaten wie diesen war das Resultat dennoch großartig.

»Es ist so schön hier, nicht wahr?«, bemerkte Claire. »Vor allem an einem Tag wie diesem. Die Aussicht …« Das Meer und der Himmel und der goldene Sand, so viele Blau-, Grau- und Goldtöne – sie konnte sich daran einfach nicht sattsehen.

»Ja, dieser Ort hat wirklich etwas ganz Besonderes. Versteh mich nicht falsch, ich mag Edinburgh wirklich gern, aber hier ist es so anders – dieses Gefühl von Weite und Natur. Irgendwie magisch. Es zieht einen immer wieder hierher zurück.«

»Ja, ich weiß.«

»Und jeden Tag verändert es sich ein bisschen: das Meer, der Sand, die Sonne, der stürmische Himmel. Sogar wenn der Regen nur so niederprasselt …« Er verstummte, als er merkte, wohin seine Worte ihn geführt hatten … zu jenem Tag im Regen. Sie wechselten einen vielsagenden Blick, sagten jedoch nichts.

»Du hast echt Glück, ein eigenes Haus zu haben, zu dem du immer zurückkommen kannst, wenn du hier bist«, sagte Claire, um das Gespräch wieder in Gang zu bringen. »Und noch dazu eines, in dem es eine Heizung und warmes Wasser gibt!«, witzelte sie.

Er nickte. »Ja, es ist als Zweitwohnung gut zu gebrauchen. Meine Eltern haben eine gute Wahl getroffen. Ich erinnere mich, wie ich als Kind in diesem Bach gespielt und Dämme gebaut habe. In den Felsenbecken habe ich nach Krabben und Garnelen gefischt.«

»Kommen deine Eltern noch hierher?«

Er antwortete nicht sofort. Oh Mist, hoffentlich war sie nicht in ein Fettnäpfchen getreten. Dafür hatte sie ein gewisses Talent.

»Meine Mutter ist vor ein paar Jahren gestorben. Eierstockkrebs.« Er blickte hinaus über die Bucht.

Gut gemacht, Claire – verdammt. »Oh, das tut mir wirklich sehr leid.«

»Ist schon okay. Mein Vater kommt gelegentlich vorbei, manchmal mit meinem Bruder und dessen Familie. Aber ich glaube, ohne meine Mutter ist es für ihn nicht mehr das Gleiche.« Er stieß einen langen, langsamen Atemzug aus und blickte auf seine Schuhe.

Claire wusste nicht, was sie als Nächstes sagen sollte. Ed rettete sie, indem er aufstand.

»Na, dann kümmere ich mich mal um die Hauptspeise. Dauert nur einen Augenblick.«

Also hatten sie beide in ihrem Leben mit Schmerz und Leid zu kämpfen gehabt. Doch Claire wollte das Beste aus dem heutigen Abend machen. Sie hatte den Eindruck, dass es Ed ähnlich ging. Das Leben konnte einen beugen und brechen, aber auch emporheben. Wie das Treibgut auf dem Meer war man ein Spielball der Wellen und wurde schonungslos hin und her geschleudert, aber irgendwie schaffte man es dann doch ans Ufer. Und gerade gab es keinen Ort, an dem Claire lieber gewesen wäre als an diesem hier.

Ed kam mit einem Gefäß voller Meeresfrüchte zurück, die ein bisschen wie Mini-Hummer aussahen, und machte sich daran, sie auf den Holzkohlegrill zu legen, während Claire an ihrem Wein nippte. Das Leben lief in diesem Moment ziemlich gut. Es duftete herrlich, vor allem, als er eine Pfanne mit Knoblauchbutter auf dem Grill erhitzte und die Meeresfrüchte abschließend darin schwenkte. Danach verteilte er sie auf zwei weiße Schüsseln und servierte sie mit einer Scheibe Zitrone und einigen dünnen Scheiben des Olivenbrots, das Claire gebacken hatte.

»Langusten, gnädige Dame«, verkündete er.

Sie schmeckten fantastisch – etwas schwierig zu essen, aber absolut köstlich. Zum Glück hatte Ed an Servietten gedacht.

»Wow, die sind wirklich sehr lecker, vielen Dank. Sind sie aus der Region?«

»Ja, ich habe sie heute Nachmittag besorgt, drüben bei dem Fischhändler in Seahouses.«

Claire schälte fleißig weiter, steckte sich die saftigen, vor Knoblauchbutter triefenden Langusten in den Mund und tupfte dann die restliche Soße mit dem Brot auf. Als ihre Schüssel leer war, lehnte sie sich satt und zufrieden in ihrem Gartenstuhl zurück. Ed entspannte sich ebenfalls und streckte die Beine aus. Seine Jeans schmiegten sich an seine Oberschenkelmuskeln. Claires Gedanken wanderten zurück zu dem Moment, als sie ihn zum ersten Mal gesehen hatte … diese Beine … und noch mehr … die Schwimmrunde am Morgen. Sie spürte, wie ihr die Schamesröte heiß den Hals hinaufkroch.

Beiläufig unterhielten sie sich weiter, und Claire erfuhr noch etwas mehr über Eds Bruder und seine Familie, die ebenfalls gleich außerhalb von Edinburgh wohnten. Er wirkte weniger verschlossen als zuvor. Und Claire erzählte von ihrer Schwester Sally, ihren zwei Jungs und von ihren Erinnerungen an die Ferien, die sie als Kind hier verbracht hatte. Die Sonne senkte sich langsam, das Hellblau des Himmels wich einem orangefarbenen Glühen, bevor es dem Tiefblau der Abenddämmerung Platz machte, die einige frühe Sterne versprach. Ed zündete die Sturmlaterne und ein paar Teelichter an, die auf dem kleinen Holztisch verteilt waren, an dem sie saßen. Claire seufzte. Zum ersten Mal seit langer Zeit fühlte sie sich vollkommen zufrieden.

»Dessert, gnädige Dame?«

»Meine Güte, es kommt noch mehr?« Vielleicht würde sie noch ein bisschen Platz finden. »Was hast du denn geplant?«

»Meringues vom örtlichen Hofladen, mit Himbeeren und Sahne.«

Lecker. »Okay, überzeugt.« Claire grinste. Sie hatte schon ewig nicht mehr so viel gegessen. Ihr Appetit war definitiv wieder zurück – und als sie Eds hochgewachsenen, braungebrannten Körper betrachtete, als er aufstand, um wieder ins Haus zu gehen, auf mehr als nur eine Weise. Oh Gott, woran dachte sie da nur? Vor allem nach dem Desaster vom letzten Mal. Wahrscheinlich war es der Wein, der ihre Gedanken in diese Richtung abschweifen ließ, obwohl sie nur zwei Gläser getrunken hatte. Trotzdem sollte sie es wohl besser etwas langsamer angehen lassen.

Die Meringues waren einfach umwerfend. Claire war sich sicher, dass Ed ihre Lippen ansah, als sie mit der Zunge darüberfuhr und die Zuckerkrümel ableckte. Sie tat es noch einmal, um zu sehen, wie er reagierte.

Sein Blick war intensiv, und die Pupillen seiner grünen Augen weiteten sich.

Claire wurde etwas nervös. Oder war es das Gefühl von Erwartung? Vielleicht sollte sie besser mit diesen Spielchen aufhören – und sich erst darüber klar werden, was sie eigentlich wollte.

»Das war unglaublich, vielen Dank – alle Gänge. Wirklich toll.«

»Es war mir ein Vergnügen – gern geschehen.« Er schenkte ihr ein breites, entwaffnendes Lächeln.

Hm, da klebte noch ein winziges Stückchen Meringue an seiner Unterlippe, stellte Claire fest. Sie könnte es einfach ablecken. Und dann diese Lippen küssen, die nach Sahne und Zucker schmecken würden. Ach du liebe Güte, sie konnte sich noch gut an seinen Kuss erinnern. Sie spürte ein Kribbeln, als sie nur daran dachte.

»Alles okay?«

Oh Gott, hatte sie ihn angestarrt? Der Wein ließ sie ihre Vorsicht in den Wind schlagen, dabei hatte sie doch nur zwei Gläser getrunken.

Und jetzt sah er sie wieder an … ein bisschen zu eindringlich. Würden sie sich auf altes Terrain begeben? Würde es diesmal klappen? Und wenn sich die Dinge dahin entwickeln würden, dann würde sie es ihm dieses Mal erzählen müssen. Das von ihren Narben. Wenn sie ihren BH ausziehen würde, wäre buchstäblich alles enthüllt. Gütiger Gott, was würde er dann denken?

Nun lehnte sich Ed nach vorne, berührte sanft und überraschend Claires Nase mit der seinen und neigte dann den Kopf, sodass sich ihre Lippen neckend streiften. Es ließ sie am ganzen Körper erzittern. Ihre Alarmglocken läuteten, gleichzeitig stieß sie innerlich einen Freudenschrei aus. Würde es gleich wirklich geschehen? Oh ja … Der Kuss vertiefte sich. Dann dachte sie nicht mehr nach und ließ zu, dass ihre Lippen in andere Gefilde entführt wurden. In ihr entstand Verlangen, und mit der Hand tastete sie sich zu den weichen Locken in seinem Nacken vor.

Als sie voneinander abließen, erkannte Claire die Musik aus dem kleinen Lautsprecher, den Ed zuvor nach draußen gebracht hatte. Es war »The Scientist« von Coldplay.

»Ah, ich mag dieses Lied so gern.«

Und auf einmal war das Einzige, was sie jetzt tun wollte, tanzen. Sie stand auf und wiegte sich zur Musik hin und her, während er sie sanft lächelnd beobachtete.

»Würden Sie mir ein Tänzchen schenken?«, fragte sie ihn, als wären sie in einem Tanzlokal aus den Fünfzigerjahren. Es wäre herrlich, in seine Arme genommen zu werden und sich zum Rhythmus eines ihrer Lieblingslieder zu wiegen. Bislang war es ein perfekter Abend gewesen.

Ed sah etwas erstaunt aus. Dann lächelte er. »Ja, warum nicht? Aber ich muss dich warnen, ich bin kein sonderlich guter Tänzer.« Er stellte sich neben sie, nahm ziemlich förmlich ihre Hand und platzierte seine andere Hand auf ihrem Rücken. Dabei wirkte er etwas steif.

»Warte kurz … am Strand. Ich will den Sand unter meinen Füßen spüren.« Claire war bereits aus ihren Sandalen geschlüpft und beförderte sie unter den Tisch. Ed hatte Flip-Flops an, die er einfach abstreifte.

»Okay, also dann.« Er hielt weiter ihre Hand und führte sie durch seine Gartenpforte und ein paar Meter weiter bis an den Strand. »Besser?«

Es war dunkler hier draußen, aber hell genug, um sein ganz leicht spöttisches Lächeln zu erkennen, das zu verstehen gab, dass er nur mitmachte, um ihr eine Freude zu machen.

»Besser.«

Sie spürte, wie er seine Arme um sie schloss, und sie tanzten langsam zum Rest des Songs, dann zum nächsten, »Somewhere Only We Know« von der Band Keane, mit dem Sand unter ihren Füßen, den Sternen über ihnen und dem leisen Rauschen der Wellen am Ufer. Eds Arme lagen um ihre Hüfte, und ihr Kopf ruhte an seiner Schulter. Es war kühler hier, mit der Brise, die vom Meer her wehte, und er zog sie noch näher an sich. Es fühlte sich an, als wäre sie nach Hause gekommen.

Als die Musik zwischen zwei Titeln aufhörte, blieben sie stehen und sahen einander im Halbdunkeln an. Er neigte den Kopf, und sie streckte sich zu ihm hin. Es folgte ein zärtlicher, leidenschaftlicher Kuss, der jeden Nerv in ihrem Körper vibrieren ließ. Oh, was für eine Nacht. Und sie hatte das Gefühl, dass das noch lange nicht alles war.

Als die beiden sich langsam aus dem Kuss lösten, wurde sich Claire wieder der Realität bewusst. Würde er auch bestimmt keinen Rückzieher machen?

Okay, okay, also musste sie es ihm sagen.

»Ed …« Claire zog den Kopf zurück und spürte, wie ihre Hände anfingen zu zittern, als sie sie von seinem Nacken löste. Ach herrje, sie hatte das noch nie jemandem sagen müssen. »Ed, ähm … bevor das hier weitergeht. Also wenn es dorthin führt, wo ich glaube –« Sie lachte nervös. »Nun ja, es gibt da etwas, das ich dir sagen muss.«

»Okay.« Er sah sie aufmerksam an. »Schieß los.«

»Nun ja …« Gott, das war so seltsam. Sie war eindeutig dabei, den Moment zu zerstören. Aber sie wusste, dass sie sich besser fühlen würde, wenn es gesagt war. Wie er reagieren würde, war die andere Frage. »Also, du weißt ja, dass ich krank war.«

»Ja.«

»Brustkrebs.«

»Ja … Oh Gott, es geht dir doch jetzt wieder gut, oder?« Angst schwang in seiner Stimme mit, und seine Augen waren immer noch auf sie gerichtet. »Er ist doch nicht zurückgekommen, oder?«

»Nein, nein. Zum Glück nicht. Es ist nur … er hat Narben hinterlassen. Schlimme Narben.« Da, sie hatte es ausgesprochen. Sie stotterte weiter. »Die linke Brust. Sie sieht nicht mehr normal aus.« Sie spürte einen Kloß im Hals. Es war nicht wie in den romantischen Filmen, in denen beide Körper perfekt waren, sie gemeinsam ins Bett taumelten und dann glücklich bis ans Ende ihrer Tage lebten. Aber es war getan, sie hatte es ihm erzählt.

»Oh, ich verstehe.« Stille.

Claire wusste nicht, wie sie seine Reaktion einschätzen sollte. Es sah aus, als würde er nachdenken, die Information verarbeiten. »Ich wollte nicht, dass es ein Schock wird. Wenn du deine Meinung ändern willst …«

»Hey, so oberflächlich bin ich nicht.«

»Nein, aber … Na ja, es ist nicht gerade ein schöner Anblick.«

»Okay.«

»Tut mir leid, dass ich die Romantik kaputt gemacht habe.« Ihre Stimme wurde leise. »Ich habe mir nur Sorgen deswegen gemacht.«

Und plötzlich legte er seine Arme wieder um sie, stark, beschützend – und, wagte sie zu hoffen, liebevoll? »Hey«, sagte er leise und drückte sie sanft an sich. Langsam und beruhigend streichelte er ihren Rücken, und sie entspannte sich allmählich. Ein paar Augenblicke später löste er die Umarmung. »Und ich dachte schon, diesmal wärst du diejenige, die sich aus dem Staub macht.« Ed lächelte belustigt und verständnisvoll.

»Nein, nicht, wenn du das nicht willst.«

»Ich will es nicht.« Und wieder nahm er sie in die Arme, wieder näherten sich seine Lippen den ihren. »Lass uns da weitermachen, wo wir aufgehört haben, in Ordnung?« Und seine Lippen pressten sich auf ihre, noch bevor sie antworten konnte.

In ihrer Erleichterung gab Claire sich seinem Kuss hin. Er war intensiv und verhieß noch so viel mehr. Sie standen immer noch am Strand und hörten das Rauschen der Wellen, um sie herum war es Nacht. Das Licht der Sturmlaterne flackerte vom Garten zu ihnen hinunter. Es war wunderschön hier, friedlich – aber es wurde langsam etwas kühl.

»Sollen wir das nach drinnen verlegen?«, murmelte Ed zwischen Küssen.

»Ja«, antwortete Claire, obwohl er sie auch gleich hier und jetzt hätte nehmen können, wenn er darauf bestanden hätte. Damit hätte sie Nummer neun auf ihrer To-do-Liste der magischen Momente abgehakt. Aber ja, angesichts dessen, dass sie vermutlich gleich die Hüllen würde fallen lassen, wäre ein Schlafzimmer durchaus sicherer und etwas privater. Oje … sie würde ihre verdammten Brüste entblößen müssen.

»Okay.« Er nahm ihre Hand und führte Claire, ohne loszulassen, zurück durch das stachlige Gras des Gartens ins Wohnzimmer, durch den Flur und die schmale Treppe hinauf. Oben am Treppenabsatz blieb er stehen und sah ihr beruhigend in die Augen. Er geleitete sie in ein gemütliches Schlafzimmer, das vom Schein einer Nachttischlampe erhellt wurde. Cremefarben gestrichene Holzmöbel im Shabby Chic. Frische weiße Bettwäsche. Ein breites Doppelbett. Es war ein reizendes Zimmer. Doch Claire spürte, wie sie nervös wurde. Sie hatte seit Ewigkeiten keinen Sex mehr gehabt. Es wäre das erste Mal seit Pauls Betrug, seit dem Krebs, seit den Narben. Würde sie überhaupt gut sein? Würde sie ihn enttäuschen?

Ed schien ihre Angst zu spüren; er nahm sie noch einmal in den Arm und streichelte ihr Haar. Dann zog er seinen Kopf etwas zurück, um sie anzusehen, während er ihr mit dem Finger über die Wangenknochen fuhr, bevor er sie wieder auf die Lippen küsste, sehr, sehr sanft dieses Mal.

Okay, Claire, jetzt oder nie. Dann mal los. Ihre Gedanken drifteten einen Moment lang ab, und sie empfand Angst, aber dann konnte sie nur noch an seine Lippen auf ihren denken und erwiderte seinen Kuss mit einer Sehnsucht, die sie seit

Langem nicht mehr gespürt hatte. Sein Körper war so nah an ihrem, so nah … sie konnte sein Aftershave riechen, seine Haut. Mit einer Hand streichelte er ihren Rücken, mit der anderen presste er sie an sich, wobei seine Erektion hart und sexy gegen ihre Hüfte drückte.

Claire löste sich aus dem Kuss, um Luft zu holen, und Ed begann, ihren Hals zu liebkosen, was ihr wohlige Schauer den Rücken hinunterjagte. »Oh ja, das ist gut.« Sie war sich nicht sicher, ob sie es laut ausgesprochen oder nur gedacht hatte. Ihre Lippen waren nah an seinem Ohr, sie küsste sein Ohrläppchen. Dann trat sie einen Schritt zurück, nahm einen tiefen Atemzug und zog sich das Sommerkleid mit einer einzigen Bewegung über den Kopf. Jetzt stand sie nur noch in Slip und BH vor ihm; diesmal trug sie zusammenpassende Dessous aus Spitze. Es ging doch nichts darüber, vorbereitet zu sein. Aber würde sie jemals wirklich vorbereitet sein? Ed sah sie an – Claire konnte das Verlangen in seinen Augen erkennen. Sie ging wieder auf ihn zu, küsste seine Lippen, seine Nasenspitze, dann die kleine Narbe auf seiner Stirn direkt über der rechten Augenbraue. Für einen Moment schien er sich zu verkrampfen, aber er entspannte sich wieder, als sie mit den Händen an seinem Shirt hinabglitt und nacheinander die Knöpfe öffnete, wobei sie kontrollierter schien, als sie sich fühlte. Mit den Fingerspitzen berührte sie die Haut unter dem jetzt losen Stoff und fuhr über Eds definierte Bauchmuskeln – mein Gott, seine Brust war einfach herrlich, gebräunt und fest. Ihre Finger wanderten weiter und fanden den Streifen aus dunklem Haar, der nach unten zu seinem Gürtel führte, zu seinem Hosenbund. Ed zitterte leicht unter ihrer Berührung, ein sinnlicher Schauer durchfuhr ihn.

Claire sah ihn direkt an. Er lächelte, aber sie bemerkte eine

Spur Nervosität in seinen Augen. Vielleicht hatte auch er »es« schon länger nicht mehr getan. Dieser Gedanke war irgendwie beruhigend.

Bedächtig löste sie die Schnalle seines Gürtels, öffnete den Knopf seiner Jeans und zog den Reißverschluss herunter. Sie konnte die Hitze bereits spüren und strich mit der Hand sanft über seine Härte. Seine Erregung gab ihr das Gefühl, begehrt zu werden. Bewirkte, dass sie sich gut fühlte.

Er zog seine Jeans herunter.

Herrje, na dann. Wir ziehen das wirklich durch. Und sie hatte nicht die Absicht, wegzulaufen.

Sie standen da und starrten sich gegenseitig an, beide mit fast nichts mehr am Leib. Claire wollte ihren BH selbst ausziehen. Sie holte langsam und tief Luft. »Oh Gott.« Die Worte rutschten ihr so heraus. Ihre Hände fanden den Verschluss hinter ihrem Rücken.

»Schon okay. Es ist alles gut«, redete Ed ihr beruhigend zu, ohne den Blick von ihr zu wenden.

Tränen vernebelten ihr die Sicht. Sie hatte nicht rührselig werden wollen. Verdammt.

Er machte einen Schritt auf sie zu und strich mit dem Daumen sanft eine Träne unter ihren Wimpern weg. Dann küsste er sie sehr zärtlich auf die Wange.

Ed trat ein Stück zurück, gab ihr Raum. Er nickte. Claire nickte zurück. Dann ließ sie den BH von ihrem Körper gleiten. Ed lächelte immer noch, während er beide Brüste und die freigelegte Narbe betrachtete. Mit einer Hand berührte er sanft die gesunde Brust und fuhr mit der Fingerspitze über die Brustwarze, die unter seiner Berührung hart wurde. Dann legte er seine Hand auf die verletzte linke Brust. »Ist das okay? Tut es weh?«

»Nein, es tut nicht weh.« Vielmehr hatte sie dort jegliches Gefühl verloren – durch das Entfernen der Brustwarze und die lange, sich quer über die Brust ziehende Naht waren einige der Nervenenden abgetötet worden.

Sanft strich Ed mit dem Finger über die Narbe und küsste die Haut darüber. »Es ist in Ordnung, Claire. Du bist, wer du bist. Du bist eine Überlebende.«

Ja, das war sie. Sie war, wer sie jetzt war: eine Frau, die den Krebs überlebt hatte und als Beweis die Narben an sich trug.

»Und«, behutsam hob er ihr Kinn und sah ihr in die Augen, »du bist wunderschön.« Er küsste sie auf die Lippen, dann fand seine Zunge die ihre.

Im nächsten Moment presste er sie so fest an sich, dass sie seine Härte spürte, die heiße Impulse durch ihren ganzen Körper jagte. Ein enormes Gefühl der Erleichterung durchströmte sie. Er hatte sie gesehen und fand sie immer noch schön, begehrte sie immer noch. Das verriet ihr sein Körper.

Ein leises Kichern der Erleichterung entwich ihr, und sie schlüpfte aus dem Slip. Ed stand da und starrte sie mit einem Lächeln an. »Okay, also dann, wenn wir es so angehen –«, und er zog seine Shorts herunter und warf sie spaßhaft durchs Zimmer. Dann hob er Claire hoch und trug sie zum Bett. Ihr leises Lachen verebbte, als sich seine Hände ans Werk machten. Erst zärtlich und neckend, dann massierten sie in langen, festen Bewegungen ihren ganzen Körper. Als Nächstes wanderten sie nach unten, um die Innenseiten ihrer Schenkel zu streicheln, bis sie zu zittern begann. Seine Finger glitten über ihre geheimsten Stellen, teilten und streichelten sie, erst zärtlich, dann fester, bis sie ihm mit ihren Hüften in dem von ihm vorgegebenen Rhythmus entgegenkam. Er brachte sie so unglaublich nah an den Höhepunkt.

Aber Claire wollte auch ihm Vergnügen bereiten. Sie drehte sich auf die Seite und drückte Ed auf das Bett, erfreute sich an seinen definierten Bauchmuskeln. Mit der Hand fuhr sie an der Linie dunklen Haars von seinem Bauchnabel hinunter, erreichte seinen harten Schaft, legte eine Hand darum und begann, sie langsam und erregend auf und ab zu bewegen. Ed lag reglos auf den Kissen, die Arme angewinkelt neben dem Kopf und die Augen geschlossen, und verlor sich in ihrer Berührung. Ihr gefiel, wie er da lag, das Lächeln, das sich langsam auf seinen Lippen ausbreitete, und das angespannte Zittern seines Körpers unter ihren Fingerspitzen, während ihre Bewegung erst schneller und fester und dann wieder langsamer wurde, als er aufstöhnte.

»Wow.« Ed hob eine Hand und öffnete lächelnd die Augen. »Langsam, oder es ist vorbei, bevor es überhaupt angefangen hat.«

Claire lächelte zurück und kniete sich über ihn, ließ ihre nackten Brüste seinen Oberkörper streifen, und gab ihm einen Kuss. Sie war sich bewusst, wie nah sie sich waren. Nur eine Bewegung, und er wäre in ihr.

Aber er setzte sich auf, rollte sie auf den Rücken, liebkoste langsam die Innenseiten ihrer Schenkel und fand die perfekte Stelle, bis Claires Lippen ein leises Stöhnen entfuhr. Er sah sie mit Verlangen in den Augen an. »Bist du bereit?«

Und wie sie bereit war. Sie nickte nur, denn sie befürchtete, dass sie kein verständliches Wort herausbrächte, wenn sie den Mund öffnete. Ed beugte sich über sie, um ein Kondom aus der Nachttischschublade zu holen. Gott, sie wollte ihn in sich spüren. Auch wenn es nur für eine Nacht war. Sie wollte sich wieder ganz, wieder geliebt fühlen. Bis jetzt hatte er alles richtig gemacht.

Claire beobachtete, wie er sich das Kondom überstreifte; sie wusste nicht einmal, ob sie überhaupt noch schwanger werden konnte. Es bestand die Möglichkeit, dass die Chemotherapie ihre Eierstöcke beschädigt hatte. Sie hoffte, dass es nicht so war ... da war noch immer der Traum von einer eigenen Familie. Aber darüber würde sie sich jetzt keine Sorgen machen.

Sie spürte, wie er hart gegen sie drückte, nahm einen langsamen, tiefen Atemzug, und dann nahm sie wahr, wie er sie endlich ganz ausfüllte, fühlte ihn fest und stark in sich. Er legte die Hände auf ihre Brüste, sowohl auf die vernarbte als auch die gesunde, während er hinein- und wieder herausglitt. Es war ein fantastisches Gefühl – erst sinnlich, lang und langsam, dann schneller, härter. Sie umfasste seinen Po, drückte ihn noch fester an sich. Wollte ihn so sehr. Hörte sich aufstöhnen.

»Claire, oh, Claire.« Seine Worte drangen in einem heißen Atemzug an ihr Ohr.

Sie war so ... verdammt ... nah dran. Schlang ihre Oberschenkel um ihn. Oh Gott, ja-ja-ja-und-JA. Goldene Wellen der Lust pulsierten in ihr und um ihn herum. Sein tiefes Stöhnen über ihr war eine Freude.

Dann sanken sie erschöpft zusammen. In ihrem Kopf ein Durcheinander glücklicher Gedanken. Ein glückseliges Davondriften.

Meine Güte, dachte Claire bei sich, das war unglaublich. Solchen Sex hatte sie schon seit langer, langer Zeit nicht mehr gehabt. Hatte sie überhaupt jemals Sex wie diesen gehabt? »Aaaahh«, seufzte sie.

Ed kuschelte sich von hinten an sie, sein Gesicht in ihrem Haar, seine Brust an ihrem Rücken, die Beine zärtlich mit den ihren verschränkt.

»Danke«, flüsterte sie.

»Es war mir ein Vergnügen.« Er hielt kurz inne. »Das war es wirklich.« Und sie konnte das Lächeln in seiner Stimme hören.

Niemand sonst hätte ihr so ein Gefühl geben können – so entspannt, so begehrt zu sein.

Ed, du bist wirklich ein ganz besonderer Mann.

Claire döste weg, mit dem Rücken an ihn geschmiegt, seinen Arm beschützend um sich spürend.

18. Kapitel

Das schönste Geschenk der Welt:
Geliebt zu werden

Als sie aufwachte, lag sein Arm immer noch um sie herum. Es war also Wirklichkeit und nicht nur irgendein wunderbarer Wunschtraum. Ein träges morgendliches Lächeln breitete sich auf Claires Gesicht aus. Sie lag da, fühlte die warme Haut des bewunderten Mannes neben ihr und betrachtete die dunkelblonden Härchen auf seinem Unterarm. Langsam drehte sie sich um, um ihn anzusehen – sein zerzaustes blondes Haar, die geschlossenen Augen mit den dunklen Wimpern, die kleinen Lachfältchen drumherum.

Er öffnete die Augen.

»Guten Morgen«, sagte sie etwas verlegen; sie fühlte sich dabei ertappt, wie sie ihn angestarrt hatte.

Auf seinem Gesicht breitete sich allmählich ein Lächeln aus, als ob auch er sich gerade an die letzte Nacht erinnerte. »Hey.« Seine Stimme war warm und sanft.

Sie wusste nicht, was sie sagen sollte, denn sie wollte den Moment der Nähe nicht zerstören. Konnte es womöglich noch andauern? Es war einfach so magisch gewesen – eine ganze Nacht voller magischer Momente. Da war vieles, das sie in ihre Kolumne einbauen konnte, allerdings wäre der Text dann nicht mehr jugendfrei. Sie schmunzelte bei dem Gedanken. Und vielleicht, vielleicht – sie wagte es kaum zu hoffen –

würde es noch viele weitere magische Momente für sie beide geben.

Claire legte Ed eine Hand auf die Wange; die morgendlichen Bartstoppeln fühlten sich auf ihrer Haut kratzig an. Sanft strich sie ihm das leicht gewellte Haar aus der Stirn. Sie wollte ihn küssen, hatte jedoch Angst, dass ihr Atem muffig war und von den gestrigen Langusten nach Knoblauch roch. Vielleicht könnte sie schnell ins Badezimmer huschen und sich etwas frisch machen. Sie lächelte ihn an und wollte gerade aus dem Bett kriechen, als ihr einfiel, dass sie splitterfasernackt war. Traute sie sich wirklich, so aus dem Bett zu springen? Ihr war klar, dass er gestern alles gesehen hatte, was es zu sehen gab, doch jetzt bei Tageslicht ... Unbeholfen saß sie da, die Bettdecke um die Brüste geschlungen.

»Willst du, dass ich die Augen zumache?«, sagte er noch immer lächelnd. Ihm schien klar zu sein, dass sie Hemmungen hatte.

Claire nickte verlegen.

»Schade. Du kannst mein Shirt anziehen. Es liegt da auf dem Stuhl neben dir.«

»Danke.« Sie sprang aus dem Bett, aber sie hätte gewettet, dass er sowieso die Augen öffnen und einen Blick auf ihren Po riskieren würde. Hastig warf sie sich das Shirt über und drehte sich um. Wie erwartet, beobachtete er sie – mit einem frechen Grinsen im Gesicht, die Arme hinter dem Kopf auf dem Kissen verschränkt. Claire spazierte aus dem Schlafzimmer und versuchte dabei, cool zu wirken. Sie fand das Badezimmer gegenüber, ließ sich am Waschbecken Wasser über die Hände laufen, verteilte mit dem Zeigefinger etwas Zahnpasta auf ihren Zähnen und ging auf die Toilette. Nun ging es ihr schon besser. Als sie kurz in den Spiegel sah, blickte ihr Spiegelbild ihr selbstzufrieden entgegen – und warum auch nicht?

Der Tag gehört uns, dachte Claire, während sie langsam ins Schlafzimmer zurückkehrte. Sie könnte wieder zwischen die Laken schlüpfen, und wenn er den ganzen Tag damit verbringen wollte, sie bis zum Umfallen zu vögeln, dann nur zu. Sie hatte nichts dagegen einzuwenden. Wo kamen diese unanständigen Gedanken nur auf einmal her? Sie war definitiv schon zu lange abstinent gewesen.

Claire glitt wieder unter die Decke, immer noch in seinem Shirt, und kuschelte sich an ihn. Er legte den Arm wieder um sie, und sie gab ihm etwas zaghaft einen Guten-Morgen-Kuss. Im Vergleich zu der Leidenschaft von letzter Nacht war es ein schüchterner Kuss, aber er war warm und zärtlich. Dann legte sie den Kopf auf seine Brust, die sich gleichmäßig hob und senkte, und nahm den angenehmen Geruch seiner Haut in sich auf, der sich mit dem noch anhaltenden Duft seines Aftershaves von letzter Nacht vermischte.

»Hast du heute schon viel vor?« Eine Suggestivfrage, wie ihr durchaus bewusst war.

»Ich habe leider noch etwas Arbeit zu erledigen.«

Ah, dann war es das vielleicht gewesen; er kam schon mit Ausreden an. Obwohl sie immer so selbstsicher geglaubt hatte, dass ein One-Night-Stand für sie in Ordnung wäre, war sie enttäuscht.

»Vielleicht später?«, fuhr er fort. »Ich brauche nur ein paar Stunden, um ein paar Entwürfe für einen Kunden fertig zu machen. Danach habe ich Zeit. Wir könnten ausgehen und die Freuden der Dorfkneipen austesten oder so?«

Ein Date. Er bat sie um ein Date. Dann war es also doch kein One-Night-Stand. Claires Herz schlug schneller.

»Ja, das klingt gut. Das wäre toll.«

»Ich mach uns erst mal Frühstück. Wären Croissants und Kaffee okay?«

»Sehr gern.«

Und schon stieg er aus dem Bett und stand hoch aufgerichtet mit dem Rücken zu ihr da. Nackte Pobacken, lange Beine und muskulöse Oberschenkel – herrlich. Eine Nahaufnahme des ersten sexy Bildes von ihm, das sich ihr am Strand geboten hatte. Verdammt, warum blieb er nicht im Bett, und sie hatten noch mehr heißen Sex? Hatte ihn ihre verklemmte Aktion mit dem Shirt abgeschreckt? Zu dumm. Aber na ja, immerhin würde sie ihn später wiedersehen. Claire sah ihm zu, wie er sich den dunkelgrauen Morgenmantel überzog, der an der Schlafzimmertür gehangen hatte, und aus dem Zimmer ging.

Nach einem gemeinsamen Frühstück aus Orangensaft, starkem Kaffee und warmen, bröseligen Croissants mit Butter und Marmelade, das sie in seinem Wohnzimmer mit Blick auf den Garten einnahmen, hatte Claire das Gefühl, dass sie zu ihrem eigenen Cottage zurückgehen sollte. Ed wirkte an diesem Morgen ein wenig abgelenkt, und sie nahm an, dass er sich in seine Arbeit stürzen wollte. Sie könnte sich eine schöne, entspannte Dusche gönnen und die Haare waschen – heute Abend wollte sie auf jeden Fall gut aussehen. Hoffentlich würden sie es schaffen, an die letzte Nacht anzuknüpfen.

Zügig kehrte Claire zu ihrem Cottage zurück und ging gleich ins Badezimmer, wo sie ihre Kleidung fallen ließ und in die kackgrüne Badewanne stieg. Unter dem altmodischen Duschkopf, der an einer Stange über der Wanne angebracht war, massierte sie sich Shampoo in die Haare ein. Plötzlich wurde sie von einem Strahl eiskalten Wassers getroffen.

Verdammter Mist! Ah, ah, ah, schnell raus! Typisch, dass das eine Mal, dass die Dusche einen ordentlichen Wasserdruck erzeugte, das Wasser eisig kalt sein musste.

Claire floh vor dem eisigen Wasserstrahl und schlang ein Handtuch um sich, während ihr der Schaum des noch nicht ausgewaschenen Shampoos das Gesicht herunterlief. Sie versuchte, es sich aus den Augen zu wischen, wobei sie nur noch mehr Schaum hineinrieb. Ihre Augen brannten, und sie konnte kaum noch etwas sehen. Sie warf sich einen Bademantel über und wickelte sich ein Handtuch wie einen Turban um den Kopf. Es gab nur eine Lösung. Es würde Ed sicher nichts ausmachen, sie vor einer Unterkühlung und einer vogelnestartigen Frisur zu bewahren.

Vor Kälte zitternd, klopfte Claire an der Tür des benachbarten Cottages und klingelte sicherheitshalber noch. Während ihr mit jeder Sekunde kälter wurde, wurde ihr klar, dass es keine gute Idee gewesen war, barfuß nach draußen zu gehen. Der Kies stach in ihre empfindlichen Fußsohlen. Und obwohl es August war, wehte eine kühle Brise – es war ziemlich zugig unter ihrem Bademantel, auch an Stellen, die sie lieber warm halten wollte.

Es kam ihr wie eine Ewigkeit vor, bis Ed schließlich an die Tür kam. Fragend sah er sie durch die Glasscheibe an. »Was in aller Welt – ?«

»Das verdammte Warmwasser hat den Geist aufgegeben.« Claire sprang in den warmen Flur hinein. »Natürlich gerade beim Duschen. Kann ich deine Dusche benutzen? Biiitte?« Sie merkte, wie sie zitterte und ihre Zähne anfingen zu klappern.

»Natürlich. Geh nach oben, bevor du dir noch den Tod holst. Das Cottage des Grauens hat also wieder zugeschlagen.«

An diesem Punkt wäre es ihr lieber gewesen, wenn er seine Arme um sie gelegt hätte, um sie aufzuwärmen, aber er tat es nicht.

»Ja, ich bin sicher, der alte Mistkerl hat diese Todesfalle absichtlich eingerichtet, um nichts ahnende Gäste zu foltern, damit sie nie wieder zurückkommen, sondern ihn in Ruhe lassen. Bislang habe ich ja durchgehalten, aber …«

»Ich wette, du bist der einzige Gast, der das Cottage ein zweites Mal gebucht hat.« Ed grinste. Er bemerkte, dass sie zitterte. »Oh, geh schon. Sieh zu, dass du unter der Dusche wieder auftaust. Die Treppe nach oben und dann rechts.«

»Ich weiß.« Schließlich war sie erst heute Morgen in seinem Badezimmer gewesen. Sie warf ihm mit ihren von der Seife geröteten Augen einen – wie sie hoffte – sinnlichen Blick zu.

»Natürlich …«

Unter dem heißen, kräftigen Wasserstrahl taute Claire rasch wieder auf Sie bediente sich an Eds Duschgel und Shampoo, die frisch und männlich rochen. Halb hoffte sie, dass er seinen Kopf zur Tür hereinstecken würde, um einen sexy Blick auf sie zu erhaschen, oder sich sogar die Kleider vom Leib reißen und sich zu ihr gesellen würde. Nur zu gern würde sie diesen prächtigen Oberkörper einseifen … und noch mehr. Aber er tauchte nicht auf. Offensichtlich hatte er viel zu tun und blieb unten. Hoffentlich bemühte er sich, sein Projekt, was auch immer es war, schnell fertig zu machen, damit er heute Abend Zeit für sie hatte.

Claire begann, sich langsam und sinnlich einzuseifen, und dachte dabei daran, wie sich seine Berührungen angefühlt hatten. Sie konnte Runde zwei kaum erwarten. Nur noch ein paar Stunden bis dahin. Aber allein daran zu denken, war schon ziemlich sexy. Und eine anständige Massagedusche war einfach eine Freude – heiße, sprudelnde Glückseligkeit.

Als Claire schließlich aus der Dusche stieg, konnte sie nicht widerstehen, eines von Eds großen, weichen Handtüchern zu benutzen, die am verchromten Handtuchheizkörper hingen und schön warm waren. Aah, nun fühlte sie sich viel besser. Sie trocknete ihr Haar mit dem Handtuch und fand einen Kamm, um es etwas in Ordnung zu bringen, da sie in der Eile ihre eigene Bürste im Cottage vergessen hatte. Nur mit dem Handtuch um sich trat sie leise hinaus auf den Gang. Es war ganz still im Haus. Sie erspähte die Tür zum Schlafzimmer, in dem sie sich erst letzte Nacht geliebt hatten. Konnte das der Anfang von etwas Wunderbarem sein? Es fühlte sich jedenfalls so an. Angezogen von der offen stehenden Tür, trat Claire näher und warf einen Blick auf das Bett, das immer noch etwas zerwühlt war. Sie konnte Eds Aftershave riechen und war fast versucht, eines der Kissen in die Hand zu nehmen, um daran zu schnuppern. Gott, es hatte sie ganz schön erwischt. Sie lächelte.

Dann erblickte sie einen Bilderrahmen, der auf dem Nachttisch auf der anderen Seite des Bettes stand. Letzte Nacht war er noch nicht dort gewesen. Sie hatte auf der Seite geschlafen – er wäre ihr aufgefallen, vor allem, als sie heute Morgen aufgestanden war, da war sie sich sicher. Sie trat näher heran und erstarrte. Auf dem Foto war eine attraktive dunkelhaarige Frau mit einem kleinen Kind zu sehen, und dahinter, die Arme um beide gelegt, stand Ed. Die Augen des Kindes hatten exakt den gleichen Grünton wie seine.

Oh mein Gott, was sah sie da gerade? Sie wirkten so glücklich, so vertraut. Es *musste* sein Sohn sein. Und die Art, wie er die Arme um die Frau gelegt hatte – sie schien mehr zu sein als eine Schwester oder eine Freundin. War sie seine Ehefrau, Partnerin, Geliebte?

Also war alles letzte Nacht eine Lüge gewesen, ein Betrug? Was für eine Art Mann war er? Oh nein, sie hätte ihrem ersten Eindruck trauen sollen – seine griesgrämige Art, seine Gleichgültigkeit. Dann wiederum diese Kühle heute Morgen. Hatte er gleichzeitig eine Familie zu Hause? Hatte er Claire mit Essen und Wein in sein Bett gelockt, weil er Lust auf einen Seitensprung hatte? Und sie war voll auf ihn reingefallen. Er musste sie die ganze Zeit nur benutzt haben. Ihr wurde übel.

Claire hatte sich von verheirateten Männern und solchen, die vergeben waren, immer ferngehalten. Das war so gar nicht ihr Ding.

Entschlossen wickelte sie das Handtuch enger um sich, ging aus dem Schlafzimmer und ließ die Erinnerungen daran, die nun durch den Betrug beschmutzt waren, hinter sich. Im Badezimmer nahm sie den Bademantel und das feuchte Handtuch, das auf dem Boden lag, und rannte die Treppe hinunter.

Was war sie nur für eine Idiotin gewesen. Sie hatte sich ihm ohne Weiteres hingegeben – hatte ihm geglaubt, als er ihr gesagt hatte, sie sei schön. Wahrscheinlich hatte er ihre Narbe für ein kurzes Sexabenteuer einfach in Kauf genommen. Wie konnte sie mit so einem Körper jemals wieder schön sein? Sie hatte es so gerne glauben wollen. Ihm glauben wollen. Noch ein Mann, noch ein Lügner. Sie war für ihn ein leichter Fang gewesen.

Claire erreichte die Haustür und stürmte hinaus, ohne sich die Mühe zu machen, sie zu schließen. Mist, der Kies stach ihr in die nackten Füße. Verdammt. Nie wieder. Keine Männer mehr, keine sogenannte Romantik mehr. Sie würde sich nie wieder betrügen und zum Narren halten lassen.

Claire lief in ihr Cottage und schlug die Tür hinter sich zu. Draußen hörte sie Ed über den Vorplatz hinweg rufen: »Claire … Warte … was zum …?« Sie rannte hoch in ihr Zimmer, nahm den Koffer und stopfte wahllos Kleider und Schuhe hinein. Dann zog sie sich einen Slip, Jeans, ein T-Shirt und Turnschuhe an. Es hatte keinen Sinn, jetzt noch zu bleiben, nicht mit diesem Schwein von einem Mann als Nachbarn. Sie wollte ihn nie wieder sehen. Und mit ihm reden würde sie auch nicht. Er konnte selbst eins und eins zusammenzählen und begreifen, dass sie sein Spiel nicht mehr mitspielte. Sie würde nicht seine Affäre sein.

Claire stürmte in die Küche und packte das ganze Essen, das sie mitgebracht hatte, in Plastiktüten. Zeit, von hier zu verschwinden. Zeit, nach Hause zu fahren.

Durch das Fenster ließ sie den Blick über die Einfahrt schweifen – kein Zeichen von Ed. Dann stürzte sie aus dem Haus, warf alle Taschen in den Kofferraum, schloss die Tür des Cottages ab und legte den Schlüssel zurück unter den Blumentopf neben der Tür. Wirklich sicher war das nicht, aber wer würde schon in so eine Bruchbude einbrechen wollen.

»Claire«, hörte sie plötzlich hinter sich. Eds Stimme klang angespannt. Mist, er war draußen und kam hinter ihr her. »Was zur Hölle geht hier vor sich?«

Als ob er es nicht wüsste. Sie versuchte, schnell ins Auto zu kommen, aber er verstellte ihr den Weg.

»Sag du es mir, Ed, sag du es mir.« Ihre Stimme triefte vor Sarkasmus.

»Was zum –?«

Wie konnte er es wagen, den Unschuldigen zu spielen?

»Ach, komm schon, ich hab's satt, angelogen zu werden, Ed. Die Frau, das Foto neben deinem Bett.«

Ihm fiel die Kinnlade herunter, und er wurde blass. Wenigstens versuchte er nicht, es zu leugnen. Er sagte kein Wort. Sie hatte ihn also ertappt. Keine Verteidigung. Kein »Du verstehst das alles falsch«.

Claire drängte sich an ihm vorbei, öffnete die Tür ihres Wagens, stieg hastig ein und schlug die Tür zu. Legte den Rückwärtsgang ein und wendete, wobei der Kies unter den Rädern knirschte. Das Geräusch war irgendwie befriedigend. Ein paar Zentimeter weiter, und sie hätte Ed erwischt. Der Mistkerl hätte es verdient, dachte sie, bog auf die Hauptstraße ein und warf dabei einen Blick in den Rückspiegel. Er stand einfach nur da und starrte ihr hinterher.

19. Kapitel

Als ich meine Tochter zum ersten Mal lachen hörte

Zurück bei der Arbeit. Zurück in der Realität.

An einem Dienstagmorgen saß Claire an ihrem Schreibtisch und starrte aus dem Fenster, vorbei an dem gegenüberliegenden Bürogebäude aus Backstein, das direkt an der Tyne Bridge lag, zu einem Stück blauen Himmels und großen weißen Wolken.

»Erde an Claire, Erde an Claire … Hören Sie mich?«

»Oh, ach … Hallo, Andrea. Tut mir leid, ich war wohl einen Moment weg.« Dass sie zu irgendwelchen entlegenen Orten in ihrem Kopf abdriftete, war nicht gut. Eigentlich sollte sie an ihrem neuesten Artikel arbeiten. *Konzentrier dich, Mädchen.*

»Das sehe ich. Ich hab gefragt, ob du eine Tasse Kaffee möchtest. Ich würde mir jetzt welchen machen.«

»Hmm ja, okay.« Vielleicht würde das Koffein seinen Zweck erfüllen und ihre Lebensgeister wieder wecken.

Es war Claire schwergefallen, sich wieder einzugewöhnen, seitdem sie aus Bamburgh und von ihrem Cottage am Meer zurückgekommen war. Dabei hätte sie diesen Vollidioten von Mann gar nicht erst in ihre Gedanken lassen sollen. Und es war einfach eine Schande, dass er ihr nun auch ihren Rückzugsort am Meer vermiest hatte. Jetzt würde sie es nicht mehr fertigbringen, dort hinzufahren, nicht mit diesem Mistkerl als Nachbarn.

Aber genug davon – er war es nicht wert, dass sie auch nur einen einzigen Gedanken an ihn verschwendete. Andrea hatte sich abgewandt und machte sich gerade auf den Weg in die Küche. »Danke!«, rief Claire ihr nach. Sie öffnete ihr E-Mail-Postfach – neununddreißig neue Nachrichten. Etwa zwölf davon schienen Junkmails zu sein, und – ah, super – sie hatte weitere mit der Betreffzeile »Meine magischen Momente« bekommen.

Neugierig öffnete sie die erste E-Mail: *»Hallo, Claire. Dein letzter Blog-Beitrag war großartig! Mein persönlicher magischer Moment sind meine fünf Minuten der Ruhe, wenn ich morgens mit meiner ersten Tasse Tee allein in der Küche sitze, bevor mein Mann und die Kinder aufstehen. Es ist dann so still und friedlich. Manchmal höre ich draußen einen Vogel zwitschern, sonst nichts. Ich sitze einfach da und genieße meinen Tetley-Tee, bevor das herrliche, aber auch verrückte Chaos wieder losgeht.«*

Claire öffnete die zweite: *»Claire. Mein magischer Moment: Ein Schaumbad und ein Buch!«*

Und da waren noch mehr, als sie die Facebook-Seite des *Herald* checkte: *»Newcastle United schlägt Sunderland fünf zu null! Wenn das mal kein magischer Moment wäre!«*

»Ein traumhafter Winterabend in Island mit einem guten Freund an einer gemütlichen Bar, mit Gitarrenklängen und Glühwein, während es draußen schneit.«

»Hallo, Claire. Als ich meine Tochter zum ersten Mal lachen gehört habe. Danke für eine großartige Wohlfühl-Kolumne, Sean x.«

Dann fiel ihr ein per Hand an sie adressierter Umschlag ins

Auge, den ihr vermutlich eine der Sekretärinnen vorhin auf den Tisch gelegt hatte. Er war aus rauem Pergamentpapier, die Handschrift sauber und verschnörkelt, allerdings leicht verwackelt, was auf einen etwas älteren Absender schließen ließ. Sie lehnte sich in ihrem Stuhl zurück und las:

Liebe Claire,
ich hoffe, dass es Ihnen nun viel besser geht, meine Liebe. Mein magischer Augenblick ist der Kuss, den mir mein Mann am Abend gibt, bevor wir schlafen gehen. Es ist das Letzte, das er jeden Tag zu tun pflegt, und das seit dem Tag unserer Hochzeit. Im Juli werden wir fünfundfünfzig Jahre verheiratet sein. Auch können wir uns sehr glücklich schätzen, so eine wunderbare Familie zu haben, mit sechs Enkelkindern und vier Urenkeln.
Mit den allerbesten Wünschen
Jean und Duncan Brown

Ach, wie süß. Claire spürte einen leichten Stich im Herzen. Es gab also doch noch Romantik in der Welt. Sie stützte ihren Ellbogen auf den Schreibtisch, ließ das Kinn auf ihre Hand sinken und seufzte leise.

»Zeit für Kaffee.« Andrea brachte ihr eine große, dampfende Tasse Kaffee mit einem Schuss Milch und ohne Zucker – so wie sie ihn mochte.

»Danke, du bist ein Schatz.«

»Alles okay, Süße? Du wirkst so still, seit du von deinem Wochenende zurück bist.« Andrea sah sie fragend an. »Ist alles in Ordnung? Dir geht es doch gut, oder?«

In Erwartung einer Antwort blieb ihre beste Freundin an ihrem Schreibtisch stehen. Seit Claires Krebs-Diagnose war da immer diese unterschwellige Besorgtheit von Seiten ihrer Freunde, Kollegen und der Familie. Es war nur natürlich, aber in so vielen Gesprächen schien diese Sorge mitzuschwingen. *Was, wenn »er« zurückkam?* Der Krebs schien immer vor der Tür zu stehen. Als würde er nur darauf warten, als ungebetener Gast in ihr Leben zu platzen und alles komplett zu zerstören.

Aber Claire konnte es sich nicht erlauben, darüber nachzudenken. Durfte nicht zulassen, dass er sie weiter einschüchterte, wenn ihr doch versichert worden war, dass er nicht mehr da war.

»Mir geht's gut, ehrlich. Lieb von dir, dass du fragst. Alles gut an der Gesundheitsfront. Ich habe in den nächsten zwei Monaten keine Untersuchungen mehr.« Claire setzte ein strahlendes Lächeln auf. Es gab wirklich so viel, wofür sie dankbar sein konnte.

»Na, dann ist es ja gut. Also, hättest du Lust, bald mal wieder auszugehen? Wie wär's mit ein paar Drinks und ein bisschen Tanzen unten am Kai? Ich könnte auch Gary aus der Sportabteilung und noch ein paar aus dem Büro fragen, ob sie mitkommen. Was hältst du davon?«

Nicht schon wieder Gary. Anscheinend hatte Andrea immer noch vor, sie zu verkuppeln. Es stimmte schon, er machte einen ziemlich durchtrainierten Eindruck – offenbar schrieb er nicht nur über Sport, sondern machte auch selber welchen in seiner Freizeit –, aber er war einfach nicht Claires Typ. Für ihren Geschmack wirkte er etwas zu eingebildet, und sie hatte gehört, dass er seinerzeit ein ziemlicher Frauenheld gewesen war.

»Immer noch die alte Leier mit Gary. Lass es gut sein, Andrea.«

»Er hat sich kürzlich erst von seiner Freundin getrennt«, wandte diese ein.

Zweifellos ein weiteres Opfer, dessen Herz gebrochen worden war. Ein Grund mehr, einen Bogen um ihn zu machen. Claire schüttelte den Kopf. »Hab's gerade nicht so mit Männern.«

»Ach so? Gibt es etwas, das ich wissen sollte?«

»Nein.« Sie würde die Büchse der Pandora auf gar keinen Fall öffnen. »Es ist bloß diese ganze Ex-Mann-Geschichte. Damit wäre jeder erst einmal bedient. Der Hausverkauf geht voran, und ich packe meine Sachen, damit ich vorbereitet bin, wenn ich umziehen muss. Also was Gary betrifft, danke, aber nein. Wenn ihr unter Mädels was trinken und tanzen geht, wär ich allerdings dabei.«

»Schön. Ich seh mal, was ich machen kann. Mal schauen, wann die anderen Zeit haben. Du solltest dir keine grauen Haare wachsen lassen und endlich mal wieder feiern gehen.« Andrea blickte auf Claires kurze braune Locken, die erst gerade wieder nachwuchsen. »Ach Mist, das war schon wieder ein Fettnäpfchen, oder?«

»Schon gut. Mach dir keine Gedanken!« Claire lachte. Ihr Haar war das Letzte, um das sie sich Sorgen machte. Wenigstens hatte sie jetzt wieder welches.

Gerade kam David, der Chefredakteur der Zeitung, aus seinem Büro und schlenderte den Gang zu den beiden herunter. Demonstrativ hielt er inne und sagte: »Was macht der Artikel, Andrea? Die Deadline ist um vierzehn Uhr. Ich brauche ihn so schnell wie möglich.« Offensichtlich wurde für seinen Geschmack zu viel gequatscht.

Als er sich wieder umwandte, zogen die beiden Frauen eine Ich-wurde-gerade-vom-Lehrer-zurechtgewiesen-Grimasse, und Andrea ging zu ihrem Schreibtisch zurück. Claire warf einen liebevollen Blick auf den Computer ihrer Freundin, der mit einer rosafarbenen Federboa dekoriert war. Fotos von ihr und Danny waren an die Trennwand geheftet, die zwischen ihr und dem nächsten Schreibtisch aufgestellt war, und eine Menge leerer und voller Packungen Schokolinsen und Schokoladenriegel stapelte sich neben der Tastatur. Andreas Hauptaufgabe war es, die News-Listen zu erstellen; außerdem schrieb sie viele Rezensionen. Sie nahm Claire häufig zu Premieren im Theatre Royal oder im Comedy Club oder auch zu Erstaufführungen in verschiedenen Kinos mit. Es hatte seine Vorteile, mit ihr befreundet zu sein.

Auch Claire musste sich auf ihren nächsten Artikel konzentrieren. Neben ihren »magischen Momenten«, die inzwischen fester Bestandteil der Zeitung waren und wöchentlich erschienen, arbeitete sie an einigen Geschichten aus dem Leben für die Webseite der Zeitung. Sie hoffte, dass es einer der Beiträge auch in die Druckausgabe schaffen würde – ein Artikel über einen einheimischen Jungen, der wegen eines Hodgkin-Lymphoms in Behandlung war und vor Ort viele Spendenaktionen organisiert hatte. David war der Meinung, dass Claire perfekt dafür geeignet war, das Interview mit dem Jungen zu führen. Es würde ein ziemlich emotionaler Besuch werden – sie hatten vereinbart, dass sie ihn und seine Familie in zwei Tagen im Krankenhaus treffen würde. Claire hatte bereits im Radio von dem Jungen gehört und wollte einen möglichst guten Artikel schreiben, um seine karitativen Tätigkeiten hervorzuheben. In solchen Momenten liebte sie ihren Job. Sie hatte den Eindruck, dass sie etwas bewegen, etwas wirklich Gutes tun konnte und hoffentlich etwas Licht in jemandes Alltag bringen würde.

»Es ist etwas passiert, oder?« Sally musterte sie am Abend des gleichen Tages über die Arbeitsplatte ihrer Küche hinweg. »Na komm, erzähl schon. Hat es vielleicht was mit diesem gut aussehenden Typen von nebenan zu tun?«

Es war das erste Mal seit dem letzten Wochenende, dass Claire ihre Schwester traf. Sie spürte, wie sie rot wurde und die verräterische Hitze ihren Hals emporschoss. Das sah Sally mal wieder ähnlich, dass sie den Nagel auf den Kopf traf.

»Ha – also ja, nicht wahr? Ich wusste es. Du Glückliche. War er so lecker, wie er aussah?« Claire antwortete nicht. »Okay, also warum das lange Gesicht? Und warum bist du einen Tag früher zurückgekommen? Das hast du mir noch gar nicht erzählt. Und nebenbei bemerkt, du siehst fürchterlich aus.«

»Na ja, vielen Dank auch.« Auf ihre Schwester war stets Verlass, wenn es um eine ehrliche Meinung ging. Zu ehrlich manchmal. Claire stieß einen langen Seufzer aus und nahm die Tasse mit Kaffee, die Sally ihr reichte. »Oh Sal, warum muss alles immer so ein verdammtes Durcheinander sein?«

Sally kam zu ihr und setzte sich gegenüber an den Küchentisch. »Was ist denn passiert?« Ihre Stimme war jetzt etwas weicher.

Die Jungs spielten draußen mit Mark, also würde sie niemand stören. Claire beschloss, die Wahrheit zu sagen.

»Okay. Wir hatten was miteinander.«

Sie bemerkte, dass es sich Sally nicht verkneifen konnte, neidisch die Augenbrauen hochzuziehen.

»Ich habe die Nacht bei ihm verbracht. Es war großartig … zumindest schien es so. Und dann ist alles schiefgelaufen, so wie immer. Ich hätte es wissen müssen … Warum sollte ein Mann wie er allein sein?«

Ihre Schwester hörte ruhig zu, Liebe und Sorge zeichneten sich auf ihrem hübschen Gesicht ab.

»Na ja, am nächsten Tag musste ich noch einmal zurück. Die Dusche in meinem Cottage hatte den Geist aufgegeben.«

»Hm, das ist keine Überraschung.«

»Nein, na ja, wie auch immer, ich bin zu ihm, um seine zu benutzen, und als ich aus dem Badezimmer herausgekommen bin – ich hätte nicht so verdammt neugierig sein dürfen –, da habe ich mich ein wenig in seinem Schlafzimmer umgesehen. Nun gut, irgendwie bin ich froh, dass ich es getan habe, sonst hätte ich es nie herausgefunden.«

»Was genau?«

»Er ist verheiratet oder hat zumindest eine Freundin. Und ein Kind, so wie es aussieht.«

»Hat er dir das erzählt?«

»Nein, ich habe ein Foto neben seinem Bett gefunden. Es muss so sein.«

»Aber hat er es selbst *gesagt*? Dass er verheiratet ist oder in einer Beziehung?«

»Nein, nicht direkt. Aber es war verdammt offensichtlich. Allein sein Gesichtsausdruck. Er hat es nicht geleugnet oder so.«

»Oh Claire, das tut mir leid. So ein Mist. Betrachte es einfach als eine weitere Erfahrung.«

»Vielleicht … aber ich fühle mich einfach schrecklich. Weißt du, es geht nicht nur um mich. Ich wäre niemals zu ihm gegangen, wenn ich gewusst hätte, dass da noch jemand im Spiel ist. Oh Sal, ich habe Angst, dass ich das Leben von jemand anderem kaputt gemacht habe.«

»Claire, du kannst dir nicht die Schuld für etwas geben, von dem du nichts wusstest.«

»Ich weiß, ich weiß. Aber mit jemandem was anzufangen, der schon in einer Beziehung ist ... Aagh.« Sie wusste aus eigener Erfahrung, wie weh es tat, wenn der Partner fremdging. Wie sehr man durch den Betrug und die Lügen verletzt wurde. Sie würde das nie jemandem antun wollen.

»Es ist nicht deine Schuld, Claire. Du kannst nicht hellsehen – sei nicht so hart mit dir.«

»Wahrscheinlich ... ich glaube, ich fühle mich zurzeit nur etwas verletzlich.«

»Ja, das sehe ich. Ausgerechnet, als du gerade wieder auf die Beine gekommen warst, musste das passieren. Aber bist du dir auch absolut sicher? Wenn er es doch nicht zugegeben hat.«

»Na ja, mir fällt keine andere Erklärung ein, dir vielleicht?«

»Eine Schwester, eine Freundin mit Kind?«

»Direkt neben dem Bett? Und es ist doch interessant, dass es dort nicht stand, als ich in seinem Bett lag. Wie dem auch sei, wenn es seine Schwester war, hätte er dann das Bild nicht auf eine Kommode im Wohnzimmer oder so gestellt? Ich würde mich von einem Bild von dir nicht jede Nacht anstarren lassen wollen. Sosehr ich dein hübsches Gesicht auch liebe.« Claire brachte ein schiefes Grinsen zustande.

»Ganz meinerseits. Aber ja, vielleicht hast du recht. Also hast du ihm keine Gelegenheit gegeben, es zu erklären?«

»Er hatte keine verdient. Ihm stand die Schuld in sein verdammtes Gesicht geschrieben.«

»Okay. Dann solltest du es wohl am besten dabei belassen, schätze ich. Aber ich kann mir vorstellen, dass er einen durchtrainierten Körper hatte – es kann also keine ausschließlich negative Erfahrung gewesen sein.« Sally lächelte schelmisch bei ihrem Versuch, die Stimmung zu heben.

»Sal ...«

»Okay, ich höre schon auf. Ich habe nur versucht, dich aufzuheitern. Bleibst du noch zum Abendessen? Es gibt allerdings nur kaltes Hähnchen und etwas Salat für später, wenn die Jungs wieder da sind. Wenn du Lust darauf hättest.«

»Klingt toll, wenn es dir wirklich nichts ausmacht. Ich habe das Gefühl, dass ich mich in letzter Zeit oft aufdränge.«

»Wie kannst du dich denn aufdrängen, du Dummerchen – du bist meine Schwester. Du bist mehr als willkommen hier.«

»Dann ist das ein Ja. Danke.«

Daheim in ihrem halb leeren Haus fühlte sich auf einmal alles ziemlich real, ziemlich endgültig an. Der Anwalt hatte Claire versichert, dass der Verkauf des Hauses voranging und vor Ende der Woche abgeschlossen sein würde – Sofortzahler ohne weitere Raten. Die Zeit war gekommen, das Haus zu verlassen, das sechs Jahre lang ihr Zuhause gewesen war.

Claire hatte in der Gegend nach einer neuen Bleibe Ausschau gehalten und eine hübsche, schrullige Wohnung am anderen Ende von Gosforth gefunden, direkt an der Grenze zu Jesmond. Sie lag näher am Stadtzentrum und in der Nähe einer Buslinie – perfekt. Die Wohnung hatte einen kleinen Garten im Innenhof, zwei Zimmer, ein niedriges, dafür frisch gestrichenes Wohnzimmer – drei Wände cremefarben, die vierte blaugrün, was Claire aber nichts ausmachte – und eine ausreichend große Küche mit einem guten Ofen, ideal fürs Backen, das sie als Hobby immer noch betrieb. Sie hatte sich weiter an die »Hollywood«-Bibel gehalten – es hatte keinen Sinn, ein gutes Kochbuch achtlos in die Ecke zu werfen, auch wenn der Käufer ein Vollidiot war.

Diese Woche hatte sie jeden Abend mit Packen verbracht, damit sie im Ernstfall für den Umzug vorbereitet war, wenn der Tag kam. Die meisten von Pauls Sachen waren jetzt weg; er hatte es so eingerichtet, dass er mit seinen Schlüsseln vorbeigekommen war, als sie bei der Arbeit war. Es wäre unangenehm gewesen, ihm beim Abtransport zuzusehen. Aber dann hatte er über die wichtigsten Möbelstücke reden wollen und war später noch einmal aufgetaucht, um zu diskutieren, wie sie es regeln wollten. Die Couch blieb bei Claire (sie war wirklich bequem), das Doppelbett nahm Paul mit (konnte er gerne haben, dieser betrügerische Mistkerl). Claire hatte sich für den Küchentisch und die Stühle entschieden, während Paul die Möbel im Speisezimmer bekommen würde. Darauf war es hinausgelaufen – die Aufteilung von Gegenständen, Möbeln, CDs, DVDs, Leben. Es ließ sie mit einer Menge gemischter Gefühle zurück.

Hier stand sie nun also in der Küche, um ihre Kochbücher zusammenzupacken, und hatte die Paul-Hollywood-Brotbackbibel, die Ed ihr geschenkt hatte, in der Hand. Sie hielt kurz inne und blätterte dann die Seiten durch, mit einem quälenden Ziehen im Magen.

Was ihre Schwester gesagt hatte, machte ihr zu schaffen. Es hatte sich so schön angefühlt mit Ed, so aufrichtig. Hatte sie vielleicht alles ganz falsch verstanden? Sally hatte recht; Claire hatte ihm ja wirklich keine Chance gegeben, es ihr zu erklären. Hatte er womöglich eine verdient? Hatte sie solche Angst, wieder verletzt zu werden, dass sie voreilige Schlüsse gezogen hatte? Oder klammerte sie sich auch jetzt nur wieder an einen Strohhalm?

Ach, zum Teufel damit. Wahrscheinlich lag sie mit ihren Gefühlen richtig. Sie würde nie wieder zu ihrem Cottage am Meer zurückkehren. Und sie würde Ed garantiert keine Gelegenheit mehr geben, sie oder seine eigene Familie zu verletzen. Lass es einfach gut sein, raunte ihr Gewissen ihr zu. Sie brauchte nun wirklich nicht noch mehr Drama in ihrem Leben.

Es klingelte an der Tür. Claire legte das Buch zu den anderen in den Karton und eilte zum Eingang, um zu öffnen.

»Brauchst du vielleicht Hilfe beim Packen?« Es war ihre Mutter. »Ich dachte mir, dass du bestimmt viel zu tun hast und es wahrscheinlich etwas trostlos ist, alles allein zu machen.«

»So schlimm ist es nicht – ich bin fast fertig. Aber zu ein wenig Hilfe sage ich nicht Nein.«

Woher wussten Mütter nur, wann man sie brauchte, sogar wenn es einem selbst nicht bewusst war?

Am nächsten Tag rief ihre Schwester sie am späten Vormittag an. »Hi, Claire, ich bin gerade in der Stadt. Ich konnte mich für ein paar Stunden losreißen, Mum hat die Jungs. Es ist fast Mittagessenszeit, da wollte ich fragen, ob du vielleicht Lust hast und wir zusammen essen?«

»Also eigentlich bin ich noch gar nicht wieder im Büro.« Am Morgen hatte Claire das Interview mit Reece, dem Jungen, der Krebs hatte, und seiner Familie geführt. Es war ziemlich aufwühlend gewesen. »Wo bist du?« Ihre Mittagspause war in zwanzig Minuten. Da konnte sie sie genauso gut vorziehen und erst danach ins Büro zurückgehen – niemand erwartete sie so früh. Und mit ihrer Schwester zu reden, war vermutlich genau das, was sie jetzt brauchte.

»In der Innenstadt, in der Nähe von Grey's Monument. Ich war gerade in der Waterstones-Buchhandlung.«

»Okay, ich mach mich auf den Weg. Treffen wir uns im Carlo's, sagen wir, in zehn Minuten?«, schlug Claire vor.

»Perfekt.«

»Schön, dass es geklappt hat.« Sally kam ihr schon im Foyer des Bistros entgegen.

»Ja, bei mir hat es auch sehr gut gepasst. Zehn Minuten später wäre ich zurück im Büro gewesen und Dave in die Arme gelaufen, der mir irgendeine superwichtige Aufgabe aufgehalst hätte.«

Die beiden Frauen wurden zu einem gemütlichen Tisch am Fenster geführt und setzten sich. Sally bestellte ein Glas Pinot Grigio, Claire eine Tasse Tee.

Sie war still, nachdenklich.

»Alles okay, Claire?«

Diese starrte auf ein knallbuntes Bild der Tyne Bridge auf der Wand gegenüber. »Es ist verdammt noch mal nicht fair. Ich war heute im Krankenhaus und habe mich mit Reece und seiner Familie unterhalten. Dieser Junge mit dem Lymphom. Sal, er ist so tapfer. Angeschlossen an diese ganzen Schläuche mit der Chemo-Infusion und redet dabei munter über seine Wohltätigkeitsaktionen. Die Jungs aus seinem Fußballteam tun alles Mögliche, um ihn zu unterstützen – sie waschen Autos, mähen Rasen, backen Kuchen. Und seine Schule organisiert ein großes Sommerfest.«

»Na ja, das klingt doch toll. Dass so viele Leute hinter ihm stehen.«

»Aber er sollte gar nicht dort sein. Er war so blass, ohne Haare, dazu die ganzen Schläuche und ein so tapferes Gesicht. Er sollte draußen sein und mit den anderen Jungs Fußball spielen und herumlaufen wie deine beiden.«

»Sicher … Weiß Gott, wie es mir gehen würde, wenn einer meiner Jungs an seiner Stelle wäre. Es kommt einem so grausam vor, nicht wahr? Aber Claire, so ist das Leben manchmal. Shit happens, und leider oft den besten Menschen, denen, die es nicht verdienen. Das weißt du selbst am besten.«

»Aber ein kleines Kind.« Claire trommelte mit den Fingern auf den Tisch. »Er hat nie geraucht oder was getrunken oder irgendetwas Böses getan. Er bekommt vielleicht nie die Chance dazu, Gott behüte ihn. Er wird vielleicht nie Auto fahren, nie eine Freundin haben oder Kinder oder gar nicht erst erwachsen werden .. « Claires Augen wurden feucht.

»Ich weiß, es ist einfach nur Scheiße. Krebs ist so verdammt willkürlich.«

Claire blickte auf. Ihre Schwester fluchte so gut wie nie.

»Er macht keinen Unterschied – nach jung oder alt, Gesellschaftsschicht, Hautfarbe, Religion«, fuhr Sally fort. »Aber er ist, was er ist. Eine Krankheit. Eine entsetzliche, fürchterliche Krankheit.«

»Er ist ein verdammter Mistkerl.«

»Das ist er. Ich habe ihn so oft verflucht, als du diese ganzen Behandlungen durchstehen musstest.«

»Aber wenigstens gab es Behandlungen, und ich habe es geschafft.« Claire versuchte, die Dinge positiv zu sehen. »Gott, ich hoffe, dieser kleine Junge wird wieder gesund.«

»Ja ... Daumen gedrückt für ihn und seine Familie. Aber er kämpft, Claire, und er macht noch so viel mehr. Dieses ganze Wohltätigkeitszeug. Er bekommt Unterstützung von seiner Familie, von Freunden, sogar von Fremden und von dir. Du kannst einen Unterschied machen, indem du allen davon erzählst, in der Zeitung davon berichtest. Dein Artikel kann so viele Menschen auf seine Spendenaktionen aufmerksam machen. Und das ist alles, was du tun kannst, Schwesterherz. Mach was Gutes daraus.«

»Ja, wenigstens das kann ich für ihn tun. Du hast recht – das Leben ist nicht immer so schlecht, oder? Es waren nur ein paar harte Tage.« Und sie ließ ihre Gedanken an einen besseren Ort wandern, nach Bamburgh und ans Meer, zu der Aussicht und der Ruhe, den besonderen Momenten, die sie dort erlebt hatte, zumindest bis zum jüngsten Vorfall. Das Leben konnte so brutal sein, aber es bot auch schöne und beeindruckende Momente, malerische, friedliche und lockere. Die guten Dinge überwogen die schlechten. Es musste einfach so sein.

Die Kellnerin erschien mit ihren Getränken. »Der Tee?«

»Danke.« Claire lächelte.

»Und der Wein.« Das Mädchen stellte das Glas vor Sally ab. »Ich komme in einer Minute wieder, um Ihre Bestellung aufzunehmen, außer Sie wissen schon, was Sie möchten?«

»Nun, ich wäre so weit. Ich hätte gern das Panino mit Brie und Speck, bitte«, sagte Sally.

»Und für mich bitte das Baguette mit Räucherlachs und Frischkäse«, fügte Claire hinzu und stellte auf einmal fest, wie hungrig sie war.

Als die Kellnerin gegangen war, nahm Sally tröstend Claires Hand. »Geh heute Nachmittag zurück zur Arbeit und schreib den besten Artikel, den du nur schreiben kannst. Erzähl der ganzen Welt von diesem kleinen tapferen Jungen.«

»Das werde ich.«

»Und warum kommst du am Abend nicht bei uns vorbei, und wir gönnen uns ein großes Glas Wein draußen im Garten?«

»Das wäre wunderbar.«

20. Kapitel

Sich nach einem langen Arbeitstag im Garten
mit Mum auf die Terrasse setzen,
sich ein Gläschen Wein gönnen
und dem Zwitschern der Vögel lauschen

Nur noch drei Tage bis zum großen Umzug. Claire hatte sich den Freitag, an dem der Umzugswagen kommen würde, freigenommen – ihr Schwager Mark hatte sich zum Fahrer ernannt und wollte gegen acht Uhr dreißig vorbeikommen. Die Hälfte der Möbel hatte Paul, der gestern Abend mit seinem Kumpel angerückt war und in seinem Leihtransporter einen ziemlich kleinlauten Eindruck gemacht hatte, bereits mitgenommen. Wenigstens hatte er den Anstand, nicht mit seiner neuen Freundin aufzukreuzen. Aber eigentlich hatte es gar nicht so wehgetan, wie Claire befürchtet hatte.

Sie hatte einen kleineren Transporter gemietet als Paul, und Mark würde ihr beim Tragen der Couch und der größeren Möbelstücke helfen; dann kamen die Umzugskartons. Es war etwas beängstigend, aber sie fühlte sich bereit, ein neues Kapitel aufzuschlagen. Einen Neuanfang zu wagen.

Ihre Mum, die auch zu ihrem Umzugshelfer-Team gehörte, ließ sich an diesem Abend selbst in die Wohnung ein und rief ihr vom Eingang aus zu: »Ich bin da, Liebes, wo kann ich helfen?«

»Ich bin in der Küche. Hier drin bräuchte ich noch etwas Hilfe, das wäre super. Da ist das meiste Zeug, das noch verpackt werden muss.«

»Dann übernehme ich dein Porzellan und die Gläser. Ich bin ein Ass darin, Sachen in Zeitungspapier einzuwickeln. Ich nehme an, du hast noch welches übrig?«

»Oh ja, ich habe noch meine ganzen alten Artikel. Ich dachte mir, sie würden sich eines Tages nützlich erweisen, um meine Tassen darin zu transportieren«, scherzte Claire. Ihre Mutter hob eine ihrer grauen, nachgezeichneten Augenbrauen. »Okay, also du kannst den Sportteil nehmen. Garys Sonderbeiträge zum Fußball langweilen eh alle zu Tode.« Claire lächelte.

Ihre Mutter schüttelte den Kopf. Sie war den ironischen Humor ihrer Tochter, wenn es um ihre Arbeit ging, gewohnt. Claire war hinsichtlich ihrer schriftstellerischen Tätigkeit schon immer sehr bescheiden gewesen.

»Übrigens, mir gefallen deine Magische-Momente-Artikel. Was für eine wunderbare Idee. Man beginnt dabei auch selbst, an all diese besonderen Momente zu denken und in sich zu gehen. Es bringt einen auf den Boden der Wirklichkeit zurück.«

»Danke.« Claire machte sich daran, ihre Backbleche und Auflaufformen in einen Karton zu stapeln.

»Oh, und Mrs. Evans von nebenan lässt ausrichten, dass ihr magischer Moment die eine Stunde ist, die sie mit dem Kreuzworträtsel der Times und einer Tasse Kaffee verbringt, wenn ihr Mann beim Golfen ist.«

»Super. Ich notier mir das, sobald ich einen Augenblick Zeit finde.«

»Möchtest du wissen, was meiner ist?«

»Ah okay, ja, natürlich.« Sie hatte ganz vergessen, ihre Mum zu fragen. Das hätte sie wirklich längst tun müssen.

»Es war, nachdem dein Vater gestorben war ...« Jane hielt eine halb eingepackte Tasse in der Hand, während sie an die Vergangenheit zurückdachte. »Ich bin wie gehetzt herumgelaufen und habe versucht, es auszublenden. Habe mich ständig mit irgendwas beschäftigt. Für eine Weile dachte ich, das sei das Beste, und dann wurde mir klar, dass ich in Wirklichkeit die Dinge langsamer angehen musste. Der Garten hat mich darauf gebracht. Er hat mir diese magischen Momente geschenkt. Zuerst tat es schrecklich weh, sogar wenn ich dort war. Ich habe den Rasen gemäht, und es fühlte sich so furchtbar falsch an. Dein Vater hatte das normalerweise gemacht, nicht ich. Ich habe mich um die Rasenkanten und das Unkraut gekümmert. Eines Tages habe ich einfach aufgehört zu mähen und habe den Duft des frisch geschnittenen Grases wahrgenommen und die Sonne auf meinem Gesicht gespürt. Und obwohl es schrecklich wehgetan hat, hatte ich das Gefühl, dass es eines nicht allzu fernen Tages wieder okay sein würde.«

Claire hörte still zu, während ihre Mutter in Erinnerungen schwelgte, und ließ sie weitersprechen.

»Ja, der Duft von frisch gemähtem Gras. Die Wärme der Sonne auf meinem Gesicht. Einem Schmetterling dabei zusehen, wie er sich auf einem Sommerflieder niederlässt. Meine magischen Momente ... Oh, und als du krank warst, Claire. Es war der Garten, der mir half, nicht den Verstand zu verlieren. Das Unkraut zu jäten, die Blumen zu gießen, beschäftigt zu bleiben. Gott sei Dank geht es dir wieder gut.« Die Augen ihrer Mutter hatten sich mit Tränen gefüllt. »Tut mir leid, ich habe mich etwas gehen lassen.«

»Ist schon in Ordnung. Es ist schön, das zu hören. Und es geht mir wirklich wieder gut. Also sind wir alle okay, oder?«

»Na ja, bis auf deinen verfluchten Ehemann.«

»Ex-Ehemann.«

»Dieser Mistkerl. Ich kann immer noch nicht glauben, dass er es so weit gebracht hat, dass du ausziehen musst.«

Claire war verblüfft, ihre Mutter so schimpfen zu hören, aber sie lächelte. »Mum, es macht mir nichts aus. Ich sehe jetzt den Sinn darin. Das mit uns war hoffnungslos.«

»Aber dass er gewartet hat, bis es dir besser ging, also wirklich. Er hätte dich von vornherein nicht betrügen dürfen.«

»Der Zug war bereits abgefahren, Mum, schon lange, bevor ich Krebs bekommen habe. Ich schätze, das hat es ihm nur schwerer gemacht, mich zu verlassen.«

»Nun ja, also ich würde ihm nicht so einfach verzeihen.«

»Hey, mit Verbitterung und Wut habe ich es schon versucht – es war einfach nur anstrengend. Also habe ich beschlossen, es gut sein zu lassen und die Dinge so zu nehmen, wie sie sind.«

»Hmm …« Offensichtlich war ihre Mutter nicht überzeugt. »Soll ich den Wasserkocher noch draußen lassen?«

»Ja, den packe ich ganz zum Schluss ein. Eigentlich könnten wir jetzt ein Tässchen trinken, oder? Ich bin am Verdursten.«

Sie gönnten sich zehn Minuten Pause, in denen sie krümeliges Mürbeteiggebäck knabberten und starken Yorkshire-Tee schlürften.

»Danke für deine Hilfe, Mum. Für alles.«

»Es ist mir eine Freude, Liebes. Ich würde sonst nur vor dem Fernseher hocken und mir Kochsendungen oder Wiederholungen von Tanzwettbewerben ansehen. Apropos, was sagst du zu dem neuen Tänzer aus Rumänien? Ziemlich gut aussehend, findest du nicht? Macht das Zuschauen dieses Jahr wirklich viel aufregender, muss ich sagen.«

Claire lächelte. Der osteuropäische Charme des Tänzers hatte auch sie nicht gleichgültig gelassen. Es ging doch nichts über einen trainierten Oberkörper, auch wenn er von einem glitzernden Lycra-Kostüm und einer Schicht Selbstbräuner mit Gelbstich verdeckt wurde.

Die beiden Frauen packten noch ein paar Kartons, dann verkündete Claires Mutter, dass sie sich langsam auf den Weg machen würde. Sie versprach Claire, auf dem Rückweg die Straße runter bei Mrs. Clark vorbeizuschauen und ihr ein halbes Dutzend Eier sowie einen Sandkuchen aus dem Supermarkt vorbeizubringen, bevor es zu spät wurde.

»Ist für Freitag schon alles organisiert, Liebes? Brauchst du noch Hilfe? Vielleicht kann ich am Wochenende zu deiner neuen Wohnung kommen und dir beim Auspacken helfen.«

»Freitag wird wahrscheinlich ziemlich verrückt. Sal und Mark helfen mir. Mark fährt den Leihtransporter und hilft mit den ganzen schweren Sachen. Ich glaube, wir sind schon genug Leute. Aber danke. Am Samstag könnte ich allerdings noch etwas Unterstützung gebrauchen. Dann könnten wir ein paar der kleineren Sachen zusammen auspacken.«

»Ich würde gern an beiden Tagen helfen, wenn ich kann. Ich halte sie mir auf jeden Fall frei, und dann besprechen wir, was ich tun kann. Oh, soll ich dir am Sonntagabend etwas zum Abendessen vorbeibringen? Ich glaube, dann wirst du etwas gutes Essen und Ruhe sehr gut brauchen können.«

»Oh ja, das klingt toll.«

»Sehr schön. Aber ruf an, wenn du bis dahin irgendetwas brauchst, in Ordnung? Es bringt nichts, sich alleine herumzuschlagen.«

»Danke für alles, Mum.« Claire umarmte ihre Mutter gerührt. Familie war etwas unheimlich Kostbares.

21. Kapitel

Familie

Am nächsten Tag saß Claire wieder im Büro des *Herald* und arbeitete an ihrem Magische-Momente-Blogeintrag für die Montagsausgabe.

Die ganze Nacht waren ihre Gedanken um diese E-Mail von »E« gekreist. Eigentlich hatte sie gedacht, dass sie mit der ganzen Sache schon abgeschlossen hatte, aber was, wenn es wirklich er war? Aber nein, ein betrügerischer Mistkerl würde schließlich nicht versuchen, eine Frau zu kontaktieren, mit der er ein Liebesabenteuer gehabt hatte, nachdem sie seine Lügen durchschaut hatte? Verdammt, aber was, wenn sie doch mit allem falschlag?

Sie tippte Mr. Jones' Nachricht über ewig währende Liebe ab. Konzentrierte sich auf diese Aufgabe. Bald würde sie sich einen Kaffee holen – sie war verdammt müde. Letzte Nacht hatte sie gar nicht gut geschlafen. Warum zum Teufel ließ sie zu, dass Gedanken an Ed und Bamburgh ihr zu schaffen machten? Auch das Training für den Wettlauf zehrte an ihren Kräften.

Vage nahm sie wahr, wie sich die Schwingtüren am anderen Ende des Büros öffneten – es passierte ständig, sie achtete kaum noch darauf. Sie hörte eine männliche Stimme, wahrscheinlich die von Gary vom Sportteil: »Sie sitzt ganz hinten rechts, Kumpel.« Dann wurde es merkwürdig still im Büro.

Die üblichen Tippgeräusche und das Gerede im Hintergrund waren verstummt.

Claire blickte auf und sah, wie Emmas Kopf samt Pferdeschwanz herumfuhr. Allgemeines Stühlerücken war zu hören. Dann tauchte Andreas Gesicht über der Trennwand ihr direkt gegenüber auf. Warum zum Teufel sah jeder im Büro in ihre Richtung?

Auf einmal vernahm sie eine tiefe, warme Stimme mit einem leichten schottischen Akzent: »Ich bin auf der Suche nach Claire.«

Als sie sich umdrehte, blieb er stehen.

»Hi, Claire.« Ein wenig verlegen stand er vor ihr. Groß und gut aussehend wie eh und je. Dunkelblondes, zerzaustes Haar. Er lächelte nervös.

Oh mein Gott!

»Hi.« Claire piepste eher, als dass sie sprach. »Ed.« Sie schien unfähig, normal zu reden.

»Hi«, antwortete er. Auch er schien nicht zu wissen, was er als Nächstes sagen sollte. Es machte die Sache nicht gerade leichter, dass alle im Büro sie beobachteten.

Zwischen ihnen blieb ein Höflichkeitsabstand von etwa einem Meter, Claire saß immer noch auf ihrem Bürostuhl. Ed stand vor ihr. Ed, den sie geküsst hatte, mit dem sie Sex gehabt hatte, dessen Körper sie gesehen hatte, jeden Millimeter davon. Ihre Arbeitskollegen starrten sie an. Andrea lugte immer noch wie gebannt über die Trennwand, als würde sie denken: »Wer zur Hölle ist das?«

»Tut mir leid, dass ich einfach so hereinplatze. Wie geht es dir?« Beim Klang seiner Stimme schmolz sie nur so dahin.

»Gut«, gelang es ihr zu antworten. Ihre Stimme war immer noch viel zu schrill. »Ist schon in Ordnung.«

»Ich habe Ewigkeiten gebraucht, um dich zu finden.«

»Tatsächlich?« Also hatte er nach ihr gesucht.

»Na ja, nachdem du an dem Tag einfach davongestürmt bist … Du hast mir keine Chance gegeben, dir alles zu erklären.« Er runzelte die Stirn.

Andrea duckte sich wieder hinter die Trennwand, um ihnen einen Anschein von Privatsphäre zu gewähren. Bestimmt versuchte sie jedoch, von der anderen Seite jedes Wort mitzuhören.

Alles zu erklären. Hatte Claire also tatsächlich einen Fehler gemacht? Auf einmal fühlte sie sich sehr verunsichert.

Ed ließ seinen Blick unbehaglich durch das Büro gleiten. Die meisten hatten ihre Augen wieder auf ihre PCs und Handys gerichtet. Die meisten spitzten jedoch vermutlich weiter ihre Ohren – so etwas kam immerhin nicht alle Tage vor. »Hör zu, hast du vielleicht bald Pause? Könnten wir uns auf einen Kaffee treffen?«

»Ach ja – ja, natürlich. Und … wie geht es dir, Ed?«, fragte Claire ihrerseits.

»Gut.« Er nickte dabei langsam, als wollte er sich selbst davon überzeugen.

»Okay, ich muss das hier noch fertig machen. Aber ich könnte meine Mittagspause vorziehen, sagen wir, in zehn Minuten. Gleich gegenüber vom Haupteingang ist ein kleines Café. Brooklyn's. Wir könnten uns dort treffen.«

»Klingt gut. Dann gehe ich schon mal vor und halte mit einem Cappuccino die Stellung. Bis gleich.«

Er drehte sich um und ging den Gang zurück, wobei sich sämtliche Augen im Büro wieder auf ihn richteten. Die Luft war wie elektrisch aufgeladen. In Claires Arbeitsumfeld wirkte Ed auf herrliche Weise fehl am Platz.

Genau in dem Moment, als die Tür hinter ihm zufiel, schoss Andreas Kopf hinter der Trennwand hoch. »Wer zum Teufel noch mal war das denn?« Sie machte eine übertriebene Bewegung mit der Hand, als würde sie sich die Stirn abwischen. »Der ist ja so was von heiß!«

Claire unterdrückte ein Lachen, als Dave an der Tür seines Büros auftauchte. »Okay, liebe Leute, die Show ist vorbei. Zurück an die Arbeit. Claire, in mein Büro.«

Oh Mist, bekam sie etwa Ärger? Es war ja nicht so, als hätte sie Ed gebeten, an ihrem Arbeitsplatz aufzukreuzen.

Sie speicherte den Artikel, an dem sie gerade gearbeitet hatte, holte tief Luft und stapfte zu Davids Büro. Andrea streckte als Zeichen der Ermutigung die Daumen hoch.

Bevor Claire eintrat, wappnete sie sich für alle Eventualitäten.

»Ist der Artikel über das Altersheim, dem mit der Schließung gedroht wird, schon fertig?«

»Ja, ich bin heute Morgen fertig geworden. Ich wollte noch einmal schnell drüberlesen und ihn dann zu Ihnen schicken.«

»Gut, in Ordnung. Korrigieren Sie ihn, und schicken Sie ihn mir bis halb vier. In der Zwischenzeit verziehen Sie sich. Sie können gehen. Ob Sie's glauben oder nicht, im Grunde genommen bin ich ein Romantiker. Gehen Sie zu Ihrem Geliebten.«

Claire grinste. »Danke.«

Obwohl sie sich ganz und gar nicht sicher war, dass Ed das war.

Als Claire ihren PC in den Standby-Modus versetzte und hastig ihre Unterlagen ordnete, war ihr ganz flau im Magen. Eilig griff sie nach ihrer Jacke und verließ das Büro.

Warum war er gekommen? Was wollte er wirklich? Sie war hin- und hergerissen zwischen Euphorie und der Angst, wieder verletzt zu werden. Der Angst, etwas zu erfahren, von dem sie lieber nichts wissen wollte.

Sie ging die Treppen hinunter und trat durch die doppelte Glastür des Redaktionsgebäudes.

Da war er, hinter dem Fenster des Cafés auf der anderen Straßenseite. Er hatte sie noch nicht bemerkt. Instinktiv sah er auf, als sie die Straße überquerte.

Okay, Claire, dann mal los. Sie versuchte, ein Lächeln aufzusetzen, und drückte die Tür zum Café auf. Auf einem Stuhl an einem hohen Tisch in der Ecke saß er. Er sah umwerfend aus, wenn auch etwas nachdenklich. *Und Luft holen.*

»Hey«, war alles, was er sagte, ein sanftes Lächeln auf den Lippen.

»Hi …« Ein ganzer Schwarm Schmetterlinge flatterte in ihrem Bauch auf.

»Setz dich doch.«

»Also …« Claire wollte das Gespräch wieder aufnehmen, das sie im Büro angefangen hatten. »Du hast mich gefunden.«

»Ja, das hab ich. Möchtest du einen Kaffee?«

»Ein Latte macchiato wäre toll.«

Vor ihm stand eine halb volle Tasse. »Einen Augenblick.« Er ging zum Tresen, wechselte ein paar Worte mit der Kellnerin und war gleich darauf zurück. »Gut, also …« Er setzte sich auf den Stuhl ihr gegenüber. Sie waren einander nahe genug, um sich zu berühren, und doch fühlte es sich an, als lägen Welten zwischen ihnen. Ed nahm einen tiefen Atemzug, während Claire die Luft anhielt. »Claire, ich wollte die Dinge nicht dabei belassen. Ich wollte nicht, dass du denkst …«, er stockte, sah für einen Augenblick aus dem Fenster und fing dann an, die Zuckerpäckchen in der kleinen weißen Schüssel zu ordnen. »Ah, es ist so schwer, das in Worte zu fassen. Tut mir leid.«

»Sollen wir den Kaffee vielleicht lieber mitnehmen? Gleich die Straße runter ist ein netter Park. Wir könnten uns etwas die Füße vertreten.« Gehen und reden hoffentlich. Sie könnte selbst etwas frische Luft vertragen.

»Ja, das klingt gut.«

Die Kellnerin war noch dabei, ihren Latte zuzubereiten, also bat Claire sie um einen Becher zum Mitnehmen und bestellte nach kurzer Rücksprache mit Ed noch einen Caffè Americano.

Dann kam sie zum Tisch zurück und reichte ihm seinen Becher. »Warst du in letzter Zeit wieder in Bamburgh?«

Zwei Wochen waren vergangen, seitdem sie beide dort gewesen waren. Seitdem Claire wütend davongestürmt war und ihm alle möglichen Dinge an den Kopf geworfen hatte. Sie spürte, wie sie rot wurde, als sie daran dachte.

»Ja, letztes Wochenende.«

Natürlich. Der Feiertag. »Es ist wirklich schön dort«, fügte sie hinzu.

»Das stimmt.« Ed lächelte leicht.

Wunderschön, dachte sie, und voller Erinnerungen – die momentan komplett durcheinanderflirrten wie in einem Kaleidoskop: das Abendessen in seinem Garten, das Leuchten der Teelichter, der Geschmack von Himbeeren und Sahne, der Geruch der Seeluft, das Tanzen barfuß am Strand … die schmerzhafte Wendung durch seinen Betrug. Jedenfalls hatte sie das geglaubt … Obwohl es auf eine so schreckliche Weise geendet hatte, worüber sie nun anscheinend die Wahrheit erfahren sollte, hatte sie das alles so sehr vermisst. Und auch ihn.

»Also gut, dann lass uns zum Park gehen. Manchmal flüchte ich mich während meiner Mittagspause dorthin.« Ja, sie sah den Kindern gerne beim Spielen zu und spürte die Sonne auf ihrem Gesicht oder den Wind in ihrem Haar. Als sie nach der Chemotherapie wieder angefangen hatte, zur Arbeit zu gehen, war es ein ziemlich wichtiger Ort für sie gewesen. Der Park gab ihr irgendwie Halt. Erinnerte sie daran, dass das Leben weiterging, und das war gut so.

Claire und Ed gingen ziemlich nah nebeneinander, aber ohne sich zu berühren. Das Unausgesprochene ließ sie einen höflichen Abstand zueinander wahren. Soweit Claire wusste, war Ed vermutlich ein mieser kleiner Ehebrecher. Würde man sich aber auf die Suche nach jemandem begeben, um demjenigen so etwas mitzuteilen? Jemanden ausfindig machen, nur um sich noch einmal zu verabschieden? Zu viele Fragen gingen ihr im Kopf herum. Sie nahm einen Schluck von ihrem Kaffee, während sie durch das Steintor den Park betraten und an einer Reihe Laubbäume entlangspazierten. Das Sonnenlicht fiel in goldenen Sprenkeln auf den Weg vor ihnen.

»Ich habe deine Kolumne weitergelesen. Die magischen Momente.«

Ihre Neugier flammte auf. »Warst du das?«

Er hob eine Augenbraue.

»Das ›E‹ letzte Woche. Warst du das? All diese Dinge über den Strand. Unser Abend.« Sie verstummte, als ihr bewusst wurde, dass sie sich gerade zur Idiotin gemacht hatte, wenn er es nicht gewesen war. Wenn sie sich nur an Ähnlichkeiten geklammert hatte.

Aber er lächelte breit und entblößte seine weißen, geraden Zähne. Und seine Lippen. Oh Mann, sie erinnerte sich nur zu gut an diese Lippen. »Möglicherweise.«

Zögernd lächelte Claire zurück. Der vernünftige Teil ihres Gehirns mahnte sie noch immer zur Vorsicht.

»Also gut, ich will ehrlich zu dir sein. Ja, die Nachricht war von mir.«

Ihr Herz machte einen kleinen Sprung.

»Hör zu, ich wollte nicht, dass du denkst – ich will nicht, dass du denkst –, dass du mir nichts bedeutest, Claire. Oder dass ich dich auf irgendeine Weise benutzt habe. So war es nämlich nicht.«

Hier war sie also, die Wahrheit.

Sie blieben stehen. Es war niemand in Hörweite. In der Ferne saßen einige Kinder auf den Schaukeln, ein Kleinkind stand neben seinem Vater und fütterte die Enten. Sie konnte deren lebhaftes Gequake hören.

»Dann sag mir, wie es war.«

Er holte tief Luft und sah sie an. »Dieses Foto. Das sind meine Frau und mein Sohn.«

Verdammt. Dieser verlogene Drecksack. Also hatte sie von Anfang an recht gehabt. Und gerade wäre sie fast wieder sentimental geworden. Sie hätte es wissen müssen. Ihr Gesicht verhärtete sich.

»Sarah und James.«

Sie beobachtete, wie sein Adamsapfel in seiner Kehle zuckte. Offenbar fühlte er sich unbehaglich. Sie hatte jedoch nicht die geringste Lust, sich irgendwas von »Beziehungspause«, »Meine Frau versteht mich nicht« oder ähnlichen Blödsinn anhören zu müssen.

Ed biss sich auf die Lippe. Sie sah, wie seine Hand zitterte, als er sich durch das Haar fuhr.

»Sie sind tot.«

Claire erstarrte und bemerkte, wie fahl sein Gesicht war.

»Oh mein Gott. Das tut mir so leid, Ed. Beide?« Oh nein, nein, nein. Wie konnten sie beide tot sein? Dieser süße kleine Junge auf dem Foto und seine Mum. Ihre Augen füllten sich mit Tränen. *Meine Güte, der arme Ed.*

Er nickte ausdruckslos. Doch dann wurde ihr klar, dass es ganz und gar nicht ausdruckslos war. Es war, als würde der Schmerz seinen Körper ganz und gar ausfüllen und versteinern.

Claire wusste nicht, ob sie ihn berühren, ihn in die Arme nehmen sollte. Aber sein Körper schien so steif, so kalt vor Schmerz, dass sie den Eindruck hatte, dass er den Abstand zwischen ihnen brauchte.

»Oh, Ed. Das ist so furchtbar.« Sie fragte sich, wie seine Welt nur auf so schreckliche Weise hatte zerbrechen können, spürte jedoch, dass es noch nicht der richtige Zeitpunkt war, ihn zu fragen.

Langsam ging er wieder weiter. In stiller Anteilnahme hielt sie mit ihm Schritt.

Was zur Hölle sollte sie jetzt nur sagen?

Als sie zu einer Bank kamen, setzte er sich hin. Claire nahm neben ihm Platz und berührte mit ihrem Bein leicht das seine. Er sah hinunter auf ihren Oberschenkel und blickte dann auf, als hätte er gerade erst bemerkt, dass sie immer noch bei ihm war.

»Wie?«, fragte sie leise.

Ein, zwei Augenblicke verstrichen. Er antwortete mit brüchiger Stimme: »Ein Autounfall letzten November.« Dann sah er ihr direkt in die Augen. Sein Schmerz war so intensiv, dass sie ihn kaum ansehen konnte. »Es war meine Schuld. Ich bin gefahren.«

Oh Scheiße.

»Ich bin gefahren. Es war ein eisiger Morgen. Ich sollte die beiden bei meinen Schwiegereltern absetzen …« Er hielt inne und starrte hinüber zu dem kleinen Jungen und seinem Vater am Teich. »Ich bin von der Straße abgekommen. Gegen einen Baum geprallt. Sie haben es nicht aus dem Auto geschafft. Ich schon.« Seine Stimme wurde hart. »Warum zur Hölle bin ich lebend da rausgekommen? Es hätte mich treffen sollen, nicht sie. Es hätte mich treffen sollen, verdammt noch mal.« Er ballte die Fäuste, doch da war nichts, das er hätte schlagen können. »Ich hätte an ihrer Stelle sein sollen«, wiederholte er, diesmal leiser. Durch die Wut und das Bedauern verkrampfte sich sein ganzer Körper; die Muskeln in seinem Kiefer waren angespannt.

»Ed, es tut mir so schrecklich leid.« Claire legte einen Arm um seine angespannten Schultern, aber es fühlte sich an, als wäre er Welten von ihr entfernt. Sie hatte keine Ahnung, was sie als Nächstes sagen sollte. Welche Worte konnten diesem Schmerz irgendetwas entgegensetzen? Ihn zu fragen: »Bist du okay?«, wäre offensichtlich falsch. Wie konnte man nach so etwas jemals wieder okay sein? Sie kannte Schmerz, Angst und Leiden, aber nicht *so etwas*. Dieser Schmerz war so grausam. Claire ließ ihren Arm einfach auf Eds Schultern, lehnte sich leicht gegen seinen verkrampften Körper und sagte nichts.

Es schien, als würde er ihre Gegenwart kaum wahrnehmen, verloren in seiner eigenen, albtraumhaften Welt.

Vögel zwitscherten in den Bäumen um sie herum. Kinder lachten und spielten. Und ein schöner Mann mit einem Herzen voller Kummer saß neben ihr. Sie spürte, wie sich ihre Augen verschleierten, aber es würde ihm auch nicht helfen, wenn sie jetzt in Tränen ausbrach. Wenn sie irgendetwas für ihn tun könnte, würde sie für ihn da sein, aber sie wusste wirklich nicht, wie

Sie legte ihre Hand auf seine, die auf seinem Oberschenkel ruhte, und drückte sie leicht als Zeichen der Unterstützung. Er zog sie nicht zurück und ließ die Geste zu. Doch seine Hand verharrte regungslos unter ihrer. Die Zeit schien stillzustehen. Schließlich hob er den Kopf, ließ den Blick über den Park schweifen und stieß einen tiefen Seufzer aus.

»Da hast du es. Jetzt weißt du Bescheid.«

Sie gingen schweigend zurück zum Redaktionsgebäude. Ihre Hand war von seiner heruntergerutscht, als sie von der Bank aufgestanden waren. Wenigstens begann sie langsam zu verstehen, wurde sich der schrecklichen Situation bewusst. Aber sie wusste wirklich nicht, wie es von hier aus weitergehen konnte. Er schien so unendlich weit weg, gefangen in seiner Vergangenheit. Da war zu viel Schmerz in ihm. Und sie selbst war immer noch dabei, zu heilen. Ja, sie hatte den Krebs überwunden. Die Narben auf ihrer Brust waren eine Erinnerung an die weitaus tieferen Narben in ihrem Inneren. Aber um Gottes willen, sie hatte Glück gehabt, sie hatte ein Leben, eine Zukunft vor sich. Oh gütiger Himmel. Eds arme Frau, sein Kind – es würde nie erwachsen werden können, nie diese Möglichkeiten haben. Sie taten ihr so leid, er tat ihr so leid.

»Danke … dass du gekommen bist, um alles zu erklären.« Sie standen am Eingang zum Büro, eine seltsame Stille zwischen ihnen. »Ich weiß es wirklich zu schätzen. Es muss schwer für dich gewesen sein.«

»Es war etwas, was ich tun musste. Ich wollte nicht, dass noch jemand verletzt wird, nicht durch ein Missverständnis.«

Er lächelte schwach. Dann nahm er sie in die Arme und umarmte sie auf eine steife Art, wie ein Bruder. »Nichts für ungut.«

»Natürlich nicht.« Sie erwiderte die Umarmung und drückte ihn noch einen Augenblick länger an sich. Wenn die Dinge für sie beide doch nur anders gewesen wären. Dann machte sie einen Schritt zurück, um ihm den Raum zu geben, den er brauchte. »Tschüss, Ed. Mach's gut.« Claire drehte sich um und ging die Treppe hinauf.

Das Leben konnte sich im Bruchteil einer Sekunde ändern, mit einem Klumpen bösartiger Zellen, einer scharfen Kurve, einem Stück gefrorener Straße. Es stand immer auf Messers Schneide.

Claire war klar, dass er sie nicht fragen würde, ob sie sich wiedersehen würden. Sie waren so weit gegangen, wie es ihnen möglich war. Sie würde nur verletzt werden. Sie hatte sich mehr erhofft, als er ihr jemals würde geben können, das hatte sie nun verstanden. So war es am besten. Sie blieb stehen und winkte ihm vom Treppenabsatz zu, dann beobachtete sie, wie er wegging. Sie spürte einen seltsamen Schmerz in der Brust. Und ihr war klar, dass er nur hergekommen war, um zu erklären, aber nicht, um zu lieben.

22. Kapitel

Pyjama, Popcorn, Sofa, Film

Ein Neubeginn in einer neuen Wohnung. Claire hatte noch zwei Tage, um zu packen, und es war so viel zu tun. Noch eine Kiste, die mit den Überbleibseln ihres alten Lebens gefüllt werden musste. Sie hatte die Musik laut aufgedreht und stapelte DVDs und ihre Lieblings-CDs in einen weiteren Pappkarton – Adele, Coldplay, Keane. Der Soundtrack ihrer Ehe, ihrer Krankheit, ihrer Therapie, ihrer Trennung. Als Hintergrundmusik zum Packen hatte sie *The Best of The Stereophonics* aufgelegt, und der Song »Dakota« lief auf voller Lautstärke. Der Songtext über Sommer und Juni rief Erinnerungen in ihr wach – allerdings nicht an ihren Ex-Mann. Sie musste an Ed denken und an ihren turbulenten Sommer voller magischer Momente. Es war geradezu eine Schande, dass er kein sorgenfreier Single war! Nun ja, technisch gesehen war er Single, aber seine Vergangenheit ließ ihn einfach nicht los. Niemand hatte das Recht, ihm zu sagen, er solle loslassen, oder ihm vorzuschreiben, wie er zu trauern hatte. Immerhin hatte er den Mumm besessen, sich zu erklären. Wenn Ed nicht Teil ihres Lebens sein konnte, sei es drum. Auch wenn sie das sehr traurig machte.

Claire verschloss drei weitere Kartons mit braunem Klebeband. Es war erst acht Uhr abends. Sie hatte das Gefühl, es würde ein langer Abend werden, und sie brauchte Gesellschaft. Spontan beschloss sie, ihre Schwester anzurufen.

»Hi, Claire. Wie läuft das Packen?«

»Es wird. Langsam, aber sicher.«

»Also schaffst du es.«

»Jepp.« Sie versuchte, fröhlich und unbeschwert zu klingen, war aber eigentlich unglaublich müde.

»Glaubst du, du kannst eine Pause machen? Wir schauen uns gleich einen Film an. Die Jungs dürfen heute etwas länger aufbleiben. Wenn du Lust auf die *Transformers* hast, bist du herzlich willkommen. Darf ich anmerken, dass Mark Wahlberg mitspielt, als kleiner Bonus? Ich wollte auch gerade eine Flasche Rotwein aufmachen.«

Das klang wirklich gut. Ein gemütlicher Abend auf dem Sofa mit der Familie. Die Fahrt zu Sallys Stadthaus in Jesmond dauerte nur fünfzehn Minuten. Claire konnte noch ein paar Kisten packen, wenn sie zurück war.

»Okay, ich bringe Popcorn mit.«

»Super. Die Jungs werden sich freuen.«

Der Abspann lief.

»Also, ihr beiden. Zeit, den Pyjama anzuziehen. Dann dürft ihr noch einmal herunterkommen und zehn Minuten mit Tante Claire verbringen, bevor ihr ins Bett geht. Abgemacht?«

»Okay«, sagten die beiden einstimmig, aber widerwillig.

»Eine Tasse Tee? Oder noch ein Glas Wein, Claire?«

»Wein wäre toll, aber lieber nicht. Mein Auto steht draußen.«

»Du kannst auch ein Taxi nehmen. Oder Mark könnte dich fahren – er hat nicht viel getrunken. Er ist oben und macht noch ein bisschen Papierkram fertig, damit er das Wochenende frei hat.«

»Nein, Tee ist in Ordnung, danke. Ich sollte einen klaren Kopf haben, wenn ich den Rest packe.«

Sally setzte Wasser auf und holte eine Tasse. »Ist alles in Ordnung?« Sie musste Claires Stimmung bemerkt haben. Umständlich hantierte sie mit den Teebeuteln. »Earl Grey?«, fragte sie und verband so das Alltägliche mit der eigentlichen Frage.

»Gestern war ein sehr merkwürdiger Tag«, begann Claire.

»Aha? Ich nehme an, der Umzug dieses Wochenende ist nicht ganz leicht für dich.«

»Das ist es nicht. Irgendwie ist es auch erleichternd.«

Sie machte eine Pause. Sally gab ihr eine Tasse dampfenden Tee mit einem Schuss Milch, so wie sie es gern mochte.

»Ich habe gestern Ed getroffen.«

»Den Kerl vom Cottage in Bamburgh? Den heißen Typen?«

»Ja.«

»Wow. Also, das ist eine Wendung. Nach dem letzten Stand war er ein fremdgehender Mistkerl, dachte ich. Und?«

Claire antwortete nicht.

Sally starrte sie an. »Also ist er geschieden oder so? Hat er dich um ein Date gebeten?«

Claire wünschte, es wäre so einfach gewesen.

»Jetzt sag schon. Worum ging es bei dem ganzen Theater – seine Ex? Oder ist er immer noch verheiratet?«

»Ja, er ist zurückgekommen, um mir zu sagen, dass er verheiratet ist. Und ein Kind hat.« Sie konnte fühlen, wie sich ein Kloß in ihrem Hals bildete, wenn sie daran dachte, was nun kommen würde. »Oh Sal, die schreckliche Wahrheit ist, dass beide bei einem Autounfall umgekommen sind.« Claire unterschlug die Tatsache, dass Ed am Steuer gesessen hatte. Sie wollte ihn irgendwie schützen.

»Oh Gott … wie grausam. Kein Wunder, dass er damals so mies gelaunt war.«

»Er wollte es mir erklären. Gestern ist er einfach so im Büro aufgetaucht, was ziemlich viel Aufmerksamkeit erregt hat.«

»Ja, das kann ich mir vorstellen.«

»Du hättest Andreas Gesicht sehen sollen, als er zu mir an den Schreibtisch gekommen ist. Und im gesamten Büro war plötzlich Stille.«

»Nun ja, er sieht nun mal ziemlich gut aus.«

»Und dann haben sie mich ausgefragt ohne Ende, nachdem ich nach der Mittagspause von unserem Spaziergang im Park zurück war. Es war aber schwer, überhaupt darüber zu sprechen.«

»Klingt romantisch.«

»Hätte es sein können. Aber es macht ihn so fertig, Sal. Ich glaube eher, er wollte sich verabschieden.«

»Wie schade. Der Arme, es muss wirklich schwer für ihn sein. Aber du musst schon einen gewissen Eindruck hinterlassen haben, wenn er den ganzen Weg bis hierher kommt, um sich zu verabschieden. Sagtest du nicht, er wohnt in Schottland?«

»Ja. Aber ich fühle mich seitdem ganz komisch. Wenn du hörst, wie grausam das Leben manchmal sein kann. Das nimmt einen mit, verstehst du? Und ihn erst. Wie kommt man über so etwas hinweg?«

»Ich glaube, gar nicht. Nicht wirklich.«

»Nein, wahrscheinlich nicht.«

23. Kapitel

Ein Neubeginn in einer neuen Wohnung

Freitag. Der Tag des Umzugs. Bereits morgens hieß es: Alle Mann an Deck.

Claires Mutter, die darauf bestanden hatte, vorbeizukommen und mitzuhelfen, kommandierte alle herum, während Claire in der Küche die letzten Dinge zusammenpackte. Sally und Mark waren auch da und halfen, die leichten Sachen zum Transporter zu tragen, den Mark für diesen Tag gemietet hatte.

Claire fiel auf, dass sie gar nicht so viel besaß. Durch zwei geteilt waren nicht allzu viele Möbel übrig, aber immer noch genug für ihre Bedürfnisse und für die Größe der neuen Wohnung. Paul hatte das King-Size-Ehebett mitgenommen – es war ihr nur recht, dass sie das Doppelbett aus dem Gästezimmer behalten würde; weniger Erinnerungen und weniger Bedeutung –, außerdem die Möbel seines Arbeitszimmers, die Esszimmergarnitur, einen Sessel und einige kleinere Dinge. Und so wurden das Haus und sein Inhalt aufgeteilt; eine Ehe reduziert auf die Aufteilung des Eigentums und ein paar verblasste Erinnerungen. Aber es war nicht alles schlecht gewesen, rief sie sich selbst in Erinnerung, es hatte auch gute Zeiten gegeben. Die Ehe war erst in den letzten Jahren kaputtgegangen. Es war Zeit, das alles hinter sich zu lassen. Sie hatte ihn, Paul, erst vor ein paar Tagen gesehen, als er seine letzten Sachen abgeholt hatte. Es war ein relativ angenehmes Treffen gewesen. Wenn überhaupt, hatte sie sich ein bisschen leer gefühlt. Sie hatte in den vergangenen achtzehn Monaten zu viel durchgemacht, als dass sie sich um diese verlorene Beziehung sorgen konnte. Der Schmerz und das Weinen waren schon seit vielen Monaten vorbei. Ihre Ehe war vorbei. Es gab kein Zurück mehr. Das Vertrauen war weg, alle Träume der Anfangsjahre waren zerstört und nicht mehr zu reparieren. Immerhin gab es keine Kinder, die zwischen ihnen hin- und hergerissen worden wären. Nicht, dass sie keine Kinder gewollt hatte, sie hatte sich immer vorgestellt, dass Kinder einmal Teil ihrer Welt sein würden.

»Claire, kannst du mir mit dieser Kiste mit Büchern helfen? Sie ist ein bisschen schwer für mich.« Die Stimme ihrer Mutter riss sie aus ihren Gedanken.

Drei Fahrten im vollgepackten weißen Leihtransporter, und ihr Haus war leer. Claire ging als Letzte und schaute noch einmal in jedem Raum nach, um sicherzugehen, dass nicht versehentlich irgendetwas zurückgelassen wurde. Sie ließ ihre Hand über das Holzgeländer der Treppe gleiten, schlenderte in die Küche, versicherte sich, dass alle Schränke leer waren, ging durch das Wohnzimmer. Es sah kleiner aus ohne all die Möbel. Ihr fielen die dunkleren Stellen an der Wand auf, wo ihre Bilder gehangen hatten.

Claire dachte zurück an den Tag, an dem sie eingezogen waren, voller Vorfreude auf ihr neues gemeinsames Zuhause – so viel geräumiger als die Wohnung, die sie zusammen in Gosforth gemietet hatten –, einen Ort voller Hoffnung und Träume. Sie dachte daran, wie die Jahre vergangen waren. Wie das Haus ein Ort der Krankheit und der Genesung wurde. Wie sie vom Cocktail der Chemo-Medikamente ganz benommen war, ohne jede Kraft, die Lippen wie Pergament. Die Medikamente töteten nicht nur die bösen Zellen ab, sie töteten auch alles Gute. Aber da musste man durch, man musste es einfach überstehen. Paul, ihr Ehemann, hatte sich damals um sie gekümmert, so gut er konnte. Er hatte sie auf dem Sofa mit einer Decke zugedeckt, sie nach oben ins Bett getragen, wenn ihre Beine ihr den Dienst verweigerten. Er hatte versucht, ihr während ihrer Krankheit beizustehen, trotz all seiner anderen Schwächen. Beziehungen waren wie Sand, und sie hatten ihre durch die Finger rinnen lassen. Aber es gab kein Zurück mehr.

Okay, hör auf, in der Vergangenheit zu kreisen, Claire. Verabschiede dich von diesem Haus, schließ die Tür. Es ist Zeit, das alles hinter sich zu lassen.

Sie trat über die Schwelle nach draußen und machte leise die Tür zu diesem Lebensabschnitt hinter sich zu.

Ein anderer Satz Schlüssel. Eine neue Tür.

Mark hatte einen Kumpel mitgebracht, der beim Hereintragen der schwereren Kisten und der Möbel half. Dieses Mal keine Treppen – die Wohnung lag im Erdgeschoss. Claire war dankbar dafür, dass ihre wundervolle Familie da war, um wie eine kleine Kolonie Arbeiterameisen all die Schachteln, Taschen und Kisten hereinzutragen. Sogar ihre Neffen lächelten fröhlich, als sie mit einem »Tante Claire, wo willst du das hinhaben?« an ihr vorbeigingen. Glücklicherweise hatte Mum ihren schwarzen Marker fleißig eingesetzt, ehe die meisten Kisten mitgenommen worden waren. Das machte alles viel einfacher. Claire entdeckte ein großes »K« in Mums verschnörkelter Handschrift. »Das kommt in die Küche. Danke, Jack. Du machst das großartig.«

Eine Stunde später hatte Ollie angefangen, zu bummeln und draußen im Hof kurz auf seinen Nintendo DS zu linsen, und Jack merkte an, dass sich seine Arme furchtbar schwer anfühlten. Claire hatte auch bemerkt, dass ihre Mutter langsamer wurde. Sie waren fast fertig – es war schon nach fünf –, und wenn alles in der Wohnung verstaut und der Transporter leer war, um ihn um sechs zurückzugeben, konnten sie aufhören. Claire konnte später allein auspacken.

»Jetzt ist eine Tasse Tee angebracht. Ich habe den Wasserkocher gefunden!«, rief ihre Mutter.

»Ich habe Shortbread dabei«, echote es aus einem anderen Raum. Sally, perfekt organisiert, wie immer.

Claire hatte das halbe Erdgeschoss eines Doppelhauses im viktorianischen Stil gemietet, in dem Teil von Jesmond, der Gosforth am nächsten lag. Das Gebäude aus rotem Backstein stand am Town Moor und in der Nähe einer Reihe kleiner Geschäfte mit einem Gemischtwarenladen und einer kleinen Teestube. Nicht weit entfernt gab es auch eine Haltestelle der Buslinie, die Claire jeden Morgen zur Arbeit nahm – perfekt. Die Wohnung selbst war gemütlich. Sie gefiel ihr sehr gut, und sie freute sich darauf, endlich anzukommen.

Das Tageslicht schwand bereits, als Mark kurz vor sechs Uhr die letzte Kiste hereintrug. Sally würde ihm zur Autovermietung in Gosforth hinterherfahren, wenn er den Transporter zurückgab, und sie würden gemeinsam zurückkommen. Claire war erschöpft. Ein Tag voller Packen, Heraus- und Hereintragen forderte seinen Tribut. Sie hatte noch nicht wieder so viel Energie wie in der guten alten Zeit. Aber alle Kisten waren in den acht Räumen verteilt und die wichtigsten Küchenutensilien ausgepackt. Ihr Bett war fertig – Mark und sein Kumpel hatten mit einem Satz Schraubenzieher und einem Inbusschlüssel ihr Bestes getan, und Sally und Mum hatten alle Kissen und die Decke mit frischer Bettwäsche bezogen.

»Alles klar, Leute«, rief Claire durch die Räume. »Die Straße runter um die Ecke gibt es einen Fish-and-Chips-Laden. Das Mindeste, was ich tun kann, ist, euch allen ein Abendessen auszugeben. Wer ist dabei?«

»Jaaa!«, kam es einstimmig von den Jungs, während alle anderen zustimmten: »Klingt gut« und »Denke ich auch«.

»Also, Jungs – wir geben eurer Mum und eurem Dad fünf Minuten, um fertig zu werden. Dann fahr ich mit meinem Auto los. Wollt ihr mitkommen und helfen?«

»Jepp!« »Jaaa!«

»Mum, kann ich dir die Aufgabe überlassen, ein paar Teller und Besteck zu finden?«

»Natürlich.«

Auf dem Rückweg vom Fish-and-Chips-Imbiss hielt Claire kurz am Supermarkt der kleinen Ladenstraße und kaufte eine Flasche Sekt. Er war nicht gekühlt, aber sie würde ihn kurz in den Gefrierschrank legen, den sie gleich angeschlossen hatte, sobald er an seinem Platz gestanden hatte. Es war definitiv Zeit zu feiern.

Wenig später saßen sie alle in ihrem neuen Wohnzimmer – Mum, Sally und die Jungs auf dem Sofa zusammengequetscht, sie und Mark auf dem Boden – und aßen köstliche, mit Salz und Essig gewürzte frittierte Fish and Chips direkt aus dem Papier, mit kleinen hölzernen Pommes-Gabeln, weil das Besteck beim besten Willen nicht zu finden war. Glücklicherweise waren die Sektgläser schon aufgetaucht.

Sally hob ihr Glas. »Auf dein neues Zuhause, Claire.«

»Prost zusammen! Und vielen Dank für eure Hilfe heute. Ich hätte es ohne euch nicht geschafft.«

»Gern geschehen.« Mark lächelte.

»Für Fish and Chips haben sich die schweren Arme gelohnt«, sagte Jack frech und grinste.

»Prost«, riefen alle, und überall erklang das Klirren der Gläser. Sogar die Jungs hatten einen kleinen Schluck Sekt zum Anstoßen bekommen, auch wenn Ollie das Gesicht verzog und gleich danach seine Dose Cola in einem Zug austrank.

»Auf dein neues Zuhause, Liebling – mögest du hier glücklich und gesund sein«, fügte Claires Mutter hinzu.

Ihnen allen war der Schatten, den die Krankheit warf, nur allzu bewusst. Claire wusste, dass sie noch immer in ihren Köpfen herumspukte.

»Prost! Und vielen Dank euch. Für alles.« Claire lächelte. Sie war bereit für ihren Neustart.

24. Kapitel

Kostbare Prosecco-Momente mit Freunden

»Überraschung!« Andrea und Lou standen auf der Türschwelle und strahlten. Sie trugen Turnschuhe, Shorts und T-Shirts, und beide hatten je eine Flasche Prosecco in der Hand.

»Zuerst gehen wir wie geplant joggen. Dann feiern wir. Alles Gute im neuen Zuhause!«, verkündete Andrea.

Es war der Freitag nach Claires Umzug. Die erste Woche in ihrer neuen Wohnung war vorbei. Das Letzte, wozu sie gerade Lust hatte, war, joggen zu gehen – sie war erst vor Kurzem von der Arbeit nach Hause gekommen und total kaputt –, aber wenn sie erst einmal losgelaufen war, tat es ihr normalerweise gut. Sie schafften mittlerweile, zwei Wochen vor dem großen Lauf, ziemlich bequem zweieinhalb Meilen.

Andrea sah stirnrunzelnd auf Claires Arbeits-Outfit. »Hast du etwa unsere Freitagsverabredung zum Training vergessen, Süße?«

»Kann sein, sorry. Die Woche war etwas chaotisch, mit dem Umzug.« Tatsächlich hatte ihr vielmehr vorgeschwebt, heute Abend die Füße hochzulegen – mit einer DVD-Box und vielleicht einer Packung Eiscreme aus dem Supermarkt. Diese Woche war einfach anstrengend gewesen, mit dem normalen Arbeitsalltag und dem Auspacken von Kisten jeden Abend. Aber sie riss sich zusammen. »In Ordnung, ich bin in null Komma nichts umgezogen. Und danke. Kommt rein. Willkommen in meinem bescheidenen Heim.«

»Ah, es sieht toll aus«, sagte Andrea und trat in den Flur, der pastellgrün gestrichen war – nicht gerade Claires Lieblingsfarbe, aber sie konnte erst einmal damit leben. Sie hatte einen Spiegel aus Ebenholz im Shabby Chic aufgehängt, um den Flur etwas geräumiger aussehen zu lassen.

»Das Wohnzimmer ist süß.« Lou steckte ihren Kopf durch die offene Tür. Claire hatte diesen Raum schon mehr oder weniger fertig eingerichtet. Ihr bequemes beigefarbenes Sofa mit ein paar neuen Kissen nahm den meisten Platz ein. Und sie hatte den kleinen Couchtisch aus Holz und das passende TV-Regal aus der alten Wohnung mitgenommen.

Andrea war schon weiter in die Küche gegangen. »Hmm, sehr schön.«

Die Küche war vor Kurzem neu ausgestattet worden und hatte helle Schränke mit Eichenfurnier und eine dunkelgraue Arbeitsplatte in Marmoroptik. Sie sah tatsächlich gut aus und war Claires liebster Raum. Weil Küchentisch und Stühle ebenfalls darin standen, war sie sehr kompakt, aber es hatte sich herausgestellt, dass man hier gut arbeiten konnte. Claire würde demnächst den Ofen ausprobieren, etwas backen und schauen, wie er sich bei dem einen oder anderen Braten gebrauchen ließ. Bisher hatte sie darin nur Pizza aufgewärmt.

»Okay, ich verschwinde einen Moment und ziehe mich um. Bringen wir diesen Lauf hinter uns, dann können wir es uns mit dem Schampus bequem machen. Stellt ihn schon einmal in den Kühlschrank, wenn ihr wollt. Vielen Dank euch beiden.«

Ich sollte noch kurz zum Supermarkt um die Ecke, um etwas zu knabbern zu kaufen, dachte sie auf dem Weg ins

Schlafzimmer. Sie würde ein paar Frühlingsrollen und Vorspeisen zum Aufwärmen nehmen, etwas Käse und ein paar Kekse. Das sollte für alle als Abendessen reichen. Abgesehen vom Eis hatte sie sowieso noch nicht geplant, was sie zum Tee essen würde.

Fünf Minuten später tauchte auch Sally in Lauf-Outfit und mit einer weiteren Flasche Prosecco sowie fantastisch aussehenden Belgischen Trüffeln vor dem Haus auf. Ganz offensichtlich war sie eingeweiht.

Fünf Minuten später waren Bellas Babes vor Claires neuer Wohnung versammelt.

»Okay, Ladys – Quads, Squats und Pods!« Andrea hatte sich ihr eigenes Workout-Vokabular ausgedacht. Alle grinsten. Lou begann mit den Aufwärmübungen. Sie wollte sichergehen, dass sich niemand kurz vor dem großen Tag einen Muskel zerrte.

Die Dehnübung, die sie als Erstes machten, bestand darin, auf einem Bein zu balancieren, während das andere nach hinten angewinkelt war und man den Knöchel festhielt. Während sie wie eine Schar wackeliger Flamingos hin und her schwankten, hielten zwei Jungs auf Bonanza-Fahrrädern neben ihnen an und grinsten. Sie waren ungefähr zwölf. »Alles klar, Ladys?« Einer der beiden grinste frech. Der andere zwinkerte und brach dann in lautes Lachen aus, bevor beide davonradelten.

»Super, danke«, rief Andrea ihnen nach. »Freche kleine Monster.« Sie wandte sich wieder der Gruppe zu.

»Alles für einen guten Zweck«, erinnerte Claire sie. »Legen wir los.«

Und sie liefen los.

Siebenundzwanzig Minuten und dreiundvierzig Sekunden später – laut der Anzeige von Lous Sportuhr – stolperten sie zurück zu Claires Haustür.

»Ha, wir haben es geschafft. Und in weniger als achtundzwanzig Minuten. Gut gemacht, Ladys!«, gratulierte Lou.

»Mannomann, das letzte Stück hätte mich fast umgebracht. Ich könnte schwören, dass wir da schneller gelaufen sind.« Andrea war immer noch außer Atem.

»Vielleicht ein winziges bisschen. Ich habe vorher gesehen, dass wir unsere Bestzeit knacken könnten. Und das haben wir!«

»Juhu!«, freute sich Claire. »Zeit für eine Dusche, dann Prosecco. Habt ihr eigentlich daran gedacht, Sachen zum Wechseln mitzubringen?«

»Haha, natürlich, wir sind ja nicht blöd. Ist alles organisiert. Die Tasche steht im Flur«, sagte Andrea.

»Perfekt. Ich will euch lieber nicht total verschwitzt in meinem Wohnzimmer sitzen haben«, stichelte Claire.

»Tja, so weiß man, was für Freunde man hat«, scherzte Andrea. »Wir tun das alles hier für dich, und was bekommen wir zurück?«

»Eine Dusche, Prosecco und Pralinen. Und wenn ich gleich vom Supermarkt zurück bin, bekommt ihr sogar Abendessen. Ich kaufe schnell was zu knabbern, während ihr euch fertig macht.«

»Und du? Der arme Kassierer. Gehst du etwa so? Du müffelst«, wandte ihre Schwester ein.

»Na ja, wir können nicht alle auf einmal duschen.«

»Wäre doch witzig.« Andrea war in Höchstform.

Sally schaute entsetzt.

»Vergiss es, sie macht nur Spaß.« Claire war an Andreas seltsamen Humor gewöhnt.

»Vielleicht auch nicht«, witzelte Andrea mit einem frechen Grinsen weiter.

»Benimm dich, du verrücktes Huhn. Auf keinen Fall stelle ich mich mit dir unter eine Dusche.«

Das Knallen der Korken versetzte die jungen Frauen in Hochstimmung. Kostbare Prosecco-Momente mit Freunden. Sie verbrachten einen wunderschönen Abend damit, zu quatschen, über die Schmerzen nach dem Training zu murren und den anstehenden Lauf sowie die eventuellen Folgen der Wohltätigkeitsveranstaltung zu diskutieren.

»Wer weiß, was du uns da eingebrockt hast, Andrea«, lachte Claire.

»Ach, das wird lustig. Wir hängen uns rein, egal, was kommt. Und unser Chef Dave aus dem Büro steht voll hinter uns. Er hat für den Tag sogar einen Fotografen von der Zeitung bestellt, der ein paar Bilder von uns in Aktion schießen soll.«

»Oje«, stöhnte Lou. »Ich kann es kaum erwarten, die in der Zeitung zu finden. Wenn wir aussehen, als ob wir uns in Schlamm gewälzt haben!«

»Es wird jede Menge Spenden geben.« Sally sah die positive Seite.

»Und jede Menge Gelächter«, fügte Claire hinzu.

»Na ja. Wer A sagt, muss auch B sagen«, meinte Andrea und versuchte so auszusehen, als würde sie sich darauf freuen.

»Dann lasst uns hoffen, dass wir sehr viel Geld für die Krebsforschung einnehmen«, sagte Lou.

»Auf jeden Fall!«

»Eben, wenn all diese Leute ihre Operationen überstehen, die Narben und die Chemo, dann werden wir doch sicher mit ein bisschen Matsch fertigwerden«, bestärkte sie Claire.

»Ganz genau«, stimmte Sally zu.

»Die Frau hat recht.«

»Prost, Mädels.«

»Auf Bellas Babes«, sagten alle und hoben ihre Gläser.

»Auf Bellas Babes und das Schlammbad!«, fügte Andrea hinzu.

25. Kapitel

Eine Umarmung

Boom! Gerade als sie dachte, ihre Welt wäre wieder im Lot.

Claire war vor dem Schlafengehen noch unter die Dusche gegangen. Nun stand sie entspannt unter dem Wasserstrahl, fuhr sich mit den Händen über den Bauch und ließ ihr Lieblingsduschgel mit Minze- und Ingwergeruch aufschäumen. Ein kleiner Knoten in ihrer Leistengegend. Claire fühlte noch einmal, drückte den Finger etwas tiefer in die Haut. Sie spürte etwas Hartes in der Größe einer Erbse. Ihr wurde kalt. Sie war immer da, diese Angst, wenn man einmal Krebs gehabt hatte. Jeder Knoten, jede Beule erfüllte einen mit eisiger Furcht. Man versuchte, den Gedanken wegzuschieben, ihn zu verdrängen, aber er war da, direkt unter der Oberfläche; das Gefühl, dass man mit geliehener Zeit lebte.

Wahrscheinlich ist es nichts, versuchte sie sich einzureden. Aber sie sollte es überprüfen lassen, um auf Nummer sicher zu gehen. Sie würde gleich morgen früh beim Arzt anrufen und einen Termin ausmachen. Ihre Ärztin war toll gewesen, beim letzten Mal und während der gesamten Zeit. Beim letzten Mal … Claire betete zu Gott, dass es kein nächstes Mal geben würde.

Als sie im Bett lag, wünschte sie, es wäre noch nicht zu spät, um die Praxis anzurufen. Am liebsten wollte sie sofort etwas unternehmen. Sie wollte handeln, jetzt. Sie konnte niemandem von ihrem Schrecken erzählen, noch nicht. Nicht bevor sie wusste, womit sie es zu tun hatte. Es war nur ein Knötchen, ein winziges Knötchen. Es hatte keinen Zweck, ihre Mutter oder Sally in Sorge zu versetzen, es war unnötig, dass sie alle drei sich Gedanken machten. Das wäre den beiden gegenüber nicht fair.

Tja, wie verdammt typisch. Ein neuer Anfang, ein neues Zuhause. Mit ihrem Leben war es wirklich aufwärtsgegangen. Bis jetzt.

Okay, genug davon! ermahnte Claire sich selbst. *Verbanne diese negativen Gedanken. Mach morgen weiter wie sonst auch. Tu im Büro deine Arbeit. Dann geh zum Arzt und lass es überprüfen. Mach dir keine Sorgen, bevor du nicht weißt, dass es Grund zur Sorge gibt.*

Claire wickelte sich fester in die Decke. Schade, dass sie sich noch kein Kätzchen besorgt hatte. Eine Kuscheleinheit könnte sie jetzt wirklich gut vertragen. Sie hatte beim Tierheim angerufen und gefragt, ob Katzen zum Mitnehmen da waren, hatte dann aber beschlossen, sich erst richtig in ihrer neuen Wohnung einzurichten. Sie wollte die Idee erst in einigen Wochen weiterverfolgen, denn ihr war klar, dass sie sich schon beim ersten Besuch in ein süßes kleines Fellbündel verlieben würde und es mit heimnehmen wollte. Aber, überlegte sie sich, der Fund von heute Abend könnte alles verändern. Sie sollte erst sicherstellen, dass sie nicht gezwungen sein würde, zwischen Krankenhaus und ihrem Zuhause hin und her zu pendeln, bevor sie sich auf ein Haustier einließ.

Oh nein, es könnte so viele Folgen haben. Claire versuchte, ihrer Ängste Herr zu werden. Sie hoffte, dass sie trotzdem mit Bellas Babes beim Wohltätigkeitslauf mitmachen konnte. Sie durfte sie nicht hängen lassen, geschweige denn die Menschen, die sie unterstützt hatten. Sie hatte trainiert und war bereit. Es sollte wirklich kein Problem sein, zu laufen, was auch immer mit ihr verkehrt sein mochte. Sie musste es nur bis Samstag durchhalten und sich nichts anmerken lassen.

Wie sie so allein im Bett lag, schwirrten ihr lauter angstvolle Gedanken durch den Kopf. Oh Mann, gerade könnte sie wirklich eine große Umarmung vertragen. Sie ertappte sich bei der Vorstellung, wie Ed am Strand seine starken Arme um sie legte. Der Erinnerung an die Nacht, in der sie im Sand getanzt hatten. Claire schloss die Augen und ließ den Film in ihrem Kopf weiterlaufen. Sie könnte so tun, als hätten sie sich gerade erst getroffen, als gäbe es da keine Geschichte zwischen ihnen. Die Erinnerung war noch so lebendig – der Versuch, alles noch einmal zu spüren, war nicht so gut wie das eigentliche Erlebnis, aber es half. Nur sie und Ed und die Musik. So nah. Geborgen in seinen Armen an einem wunderschönen Strand in Northumberland, mit dem Sand unter ihren Füßen und den Sternen über ihnen. Sie würde diese Erinnerung festhalten, diesen magischen Moment in ihrem Herzen bewahren, damit er sie aufheiterte; sie würde Ed in ihren Gedanken behalten, bis sie wusste, womit sie es zu tun hatte.

Am nächsten Morgen rief Claire bei ihrer Arztpraxis an und vereinbarte einen Termin direkt nach der Arbeit. Die Sekretärin kannte ihre Vorgeschichte und sagte, dass sie sie noch am selben Tag einschieben würde. Irgendwie schaffte Claire es durch den Arbeitstag, aber es fiel ihr schwer, ruhig zu bleiben, obwohl sie versuchte, die angstvollen Gedanken so gut wie möglich zu unterdrücken und sich auf die vor ihr liegende

Aufgabe zu konzentrieren. Die ganze Zeit wünschte sie sich, es wäre schon fünf Uhr.

Dann war es so weit. Claire verließ eilig das Büro und nahm den Bus zurück nach Jesmond, holte schnell ihre Autoschlüssel aus der Wohnung und fuhr zur fünf Minuten entfernt liegenden Praxis in Gosforth.

»Also, Claire. Sie sagen, dass Sie einen neuen Knoten entdeckt haben?«

Claire saß Dr. Reynolds gegenüber, ihrer Ärztin. Sie war etwas über fünfzig, und die schwarzen Haare und die olivfarbene Haut deuteten auf eine südländische Herkunft hin. Heute war sie elegant angezogen, mit einem schwarzen Anzug und einer grünen Bluse. In den achtzehn Monaten, nachdem Claire den Knoten in ihrer Brust entdeckt hatte, hatte sich Dr. Reynolds großartig um sie gekümmert. Sie hatte dafür gesorgt, dass Claire stets schnell einen Termin bekommen hatte, und ihr immer wieder versichert, dass sie zur Verfügung stand, um mit ihr über alle Sorgen zu sprechen, sogar in der Zeit, als Claire im Krankenhaus in Behandlung gewesen war.

»Ja, er ist mir gestern Abend aufgefallen. In meiner Leistengegend. Hier.« Claire drückte ihre Fingerspitzen dagegen.

»Okay, lassen Sie mich ein paar Fragen durchgehen. Sie haben ihn gestern also das erste Mal bemerkt?«

»Ja.«

»Wie groß ist er, und ist er über Nacht größer geworden?«

»Erbsengroß, würde ich sagen. Nicht groß, aber ziemlich hart. Und er hat immer noch die gleiche Größe wie gestern.«

»Okay. Und wie haben Sie sich in letzter Zeit gefühlt?«

»Oh ... «

»Waren Sie oft müde?«

»Na ja, ich war in den letzten Wochen tatsächlich müder als sonst. Aber ich habe gerade einen Umzug hinter mir und war sehr beschäftigt.« Claire erwähnte nichts von ihrem Lauftraining, das sie außerdem absolvierte. »Das hat vermutlich damit zu tun.«

»Okay, das passt ins Bild. Möglicherweise liegt eine Infektion vor. Also, ich muss Sie untersuchen und mir das Knötchen genauer anschauen. Ich würde auch gerne die übrigen Lymphdrüsen abtasten. Es könnte etwas Lymphatisches sein, gerade in diesem Bereich.«

Claire musste blass geworden sein. Lymphdrüsen – Lymphknoten. Die gab es auch in der Nähe der Brüste. Sie hatte sich gleichzeitig mit ihrer Brustamputation vorsichtshalber einige Lymphknoten aus der Achselhöhle entfernen lassen.

Dr. Reynolds fuhr fort: »Hören Sie, wir beide kennen Ihre Krankengeschichte, aber versuchen Sie, sich zum jetzigen Zeitpunkt nicht allzu viele Sorgen zu machen – es gibt viele Gründe, warum da ein Knoten sein könnte.«

»Okay.«

»Dann ziehen Sie sich bitte bis auf die Unterwäsche aus, und legen Sie sich auf die Liege hinter dem Vorhang.«

»Gut.« Claire trat hinter den Vorhang. Hose runter, Bluse aus. Ein kleines Gebet zum Himmel, damit das Ergebnis gut ausfiel. »Okay, ich bin so weit.«

Die Ärztin kam hinter den Vorhang und begann, Claire vorsichtig abzutasten. Stelle für Stelle befühlte sie die rechte Seite ihrer Leiste. »Okay, ich hab es. Tut mir leid, wenn das ein wenig unangenehm ist.«

Die Finger, die sich in die zarte Haut ihres Unterleibs gruben, ließen sie leicht aufschrecken. Claire versuchte, sich so gut wie möglich zu entspannen. Die Ärztin fuhr fort, ihre linke Leiste zu prüfen, den Bauch, die Achselhöhlen und die Lymphknoten auf beiden Seiten des Halses. »Und Sie haben regelmäßig Ihre Brüste untersucht? Ist Ihnen irgendetwas aufgefallen?«

»Sehr regelmäßig, morgens und abends. Ich habe nichts gefunden, und ich habe heute Morgen in der Dusche noch einmal alles abgetastet.«

»Okay, gut.«

Dr. Reynolds beendete ihre Untersuchung, und Claire zog sich an, während die Ärztin zurück an ihren Schreibtisch ging. Claire kam hinter dem Vorhang hervor und setzte sich beklommen auf den Stuhl gegenüber der Ärztin.

»Also, ich würde Sie gerne zur Computertomographie schicken. Einfach nur, um sicherzugehen, besonders angesichts Ihrer Vorgeschichte. Möglicherweise wird auch eine Gewebeprobe entnommen. Ich werde auch Ihren Onkologen informieren.«

»Ich verstehe.« So fing es also an. Oh Gott. Psst, es wird alles gut, beruhigte sie eine andere Stimme in ihrem Kopf.

»Ich habe den starken Verdacht, dass es sich nur um eine Entzündung handelt. Irgendetwas hat Ihre Lymphdrüsen aktiviert. Aber wir wollen lieber ganz sichergehen. Auch wenn es möglicherweise von selbst wieder verschwindet. Ich würde Ihnen gerne etwas Blut abnehmen, das wir auf Entzündungen testen können, und werde außerdem ein großes Blutbild in Auftrag geben.«

»Okay.«

Claire machte sich auf den Stich in der Armbeuge gefasst. Sie war daran gewöhnt – Nadeln wurden nach einiger Zeit im Krankenhaus zu etwas Normalem. Den Zugang für die Chemotherapie legen. Die ganzen Bluttests.

»Ich werde Ihnen ein Antibiotikum verschreiben, damit wir eine eventuelle bakterielle Infektion gleich eindämmen können. Und in der Zwischenzeit überweise ich Sie zum CT und schreibe einen Vermerk, dass es eilt. Sie sollten sehr bald vom Freeman Hospital hören, vermutlich morgen. Darf ich schnell prüfen, ob Ihre Kontaktdaten noch aktuell sind?«

Claire bestätigte ihre Handynummer und ihre E-Mail-Adresse.

»Ich danke Ihnen.« Claire stand auf, um zu gehen.

»Gern geschehen. Und falls sich in den nächsten Tagen etwas verändert oder Sie Bedenken haben, kommen Sie wieder vorbei.«

Die Unruhe des Wartens, Stunden, die nicht zu vergehen schienen, Momente, die sich wie eine Ewigkeit dehnten. Und dann wurde Claire wie in einen Strudel hineingezogen. Zwei Tage später war sie im Krankenhaus zum CT. Trank den Becher Kontrastmittel. Wurde auf eine flache Liege gelegt und dann langsam in den Computertomographen gefahren, während sie versuchte, so gut wie möglich stillzuhalten. Es fühlte sich an wie in einem Science-Fiction-Film. Dann noch einmal das Warten auf die Ergebnisse und die Unterhaltung mit dem Radiologen – der sich unschlüssig über die Art des Knotens war. Claires Gefühle fuhren Achterbahn. Und bei der Arbeit musste sie Zahnschmerzen und Zahnarztbesuche vortäuschen, um ihre Abwesenheit zu erklären.

Für den folgenden Montag, den Tag nach dem Rennen, stand die Entnahme der Gewebeprobe auf dem Programm. Noch einmal warten. Noch ein paar Tage, in denen Claire ihre Angst vor ihren Freunden und ihrer Familie verstecken musste. Sie wäre am Donnerstag beinahe eingeknickt und hätte Andrea alles erzählt, aber sie wollte sie wirklich nicht unnötig beunruhigen. Außerdem rückte der Tag des Wohltätigkeitslaufs immer näher. Wenigstens würde sie am Wochenende dadurch abgelenkt werden.

Das Training war mittlerweile vorbei. Sie hatten Mitte der Woche noch einen leichten Lauf zur Auflockerung absolviert, und nun waren Bellas Babes so bereit, wie sie es für die Wohltätigkeitsveranstaltung nur sein konnten. Claire fühlte sich ein bisschen müde, aber sie würde sich das Ereignis auf keinen Fall entgehen lassen, und falls die Biopsie schlechte Nachrichten bringen würde, dann würde es umso mehr bedeuten, dies hier getan zu haben. Sie wollte diesem grässlichen Krebs einen ordentlichen Tritt verpassen.

26. Kapitel

Etwas tun, das jemand anderem hilft

Samstag – der Lauf fürs Leben stand an. Bahn frei für Bellas Babes!

»Meine Güte, sieh dir das an!«

Claire fuhr zusammen mit den anderen Mädels auf das Feld, das dem Event als Parkplatz diente. Schlammverschmierte Frauen wankten zurück zu ihren Autos – mit Dreck in den Haaren, im Gesicht, dicken Schlammbrocken an den Kleidern, die kaum noch als solche erkennbar waren; mit Schlamm, der an ihren nackten Beinen getrocknet war. Die Szene sah aus wie aus einem Endzeit-Horrorfilm. *Die Letzten der lebenden Toten* oder etwas in dieser Art.

»Oha! Okaaay . .«

»Sieht so aus, als stünde uns viel Spaß bevor …«

Und zwar eine innige Bekanntschaft mit dem braunen Zeug.

»Also gut«, verkündete Andrea, »wir sind um halb elf dran, und jetzt ist es Viertel vor zehn.«

»Zeit für ein paar Lockerungsübungen vor dem Lauf«, zwitscherte Lou vergnügt.

»Wie zum Teufel soll man sich für so etwas locker machen?«, fragte Sally missmutig.

Sie stiegen aus dem Auto. Alle hatten Startnummern erhalten, die sie mit Sicherheitsnadeln an den noch knallpinken

T-Shirts befestigen mussten. Claire hatte die T-Shirts zu einer Druckerei gebracht und »Bellas Babes« auf die Rückseiten drucken lassen. Wenn man sich die anderen Läuferinnen jedoch ansah, würde wohl schon nach wenigen Minuten des Rennens niemand mehr in der Lage sein, die Aufschrift zu lesen.

Zusammen machten sie einige Dehnübungen, darunter auch den »Wackeligen Flamingo«, wobei sie sich an der Seite des Autos abstützten.

»Seid ihr bereit?«

»Nicht wirklich«, antwortete Andrea.

Sie erblickten zwei Frauen, die zu dem Auto zurückkehrten, das gegenüber von ihnen parkte. Sie lächelten ihnen zu, und die Frauen grinsten zurück – wenigstens schienen sie noch lächeln zu können unter all dem Schlamm.

»So bereit, wie wir nur sein können«, fügte Lou hinzu.

»Bellas Babes, auf in die Schlammschlacht!« Andrea klang wie eine Wikinger-Kriegerin.

Alle lachten.

Sie bahnten sich ihren Weg zum Startbereich. Pinke Flaggen und pinke Informationszelte waren aufgestellt, und in der Nähe waren Kaffee- und Imbissstände aufgebaut. Ein Moderator kommentierte das Geschehen und schickte die Teilnehmerinnen ins Rennen. Die Läufergruppen liefen in Abständen von fünfzehn Minuten los, gerade startete der Block um acht Uhr fünfzehn. Es ging eine Rennbahn runter, dann eine hügelige Böschung hinauf. Claire und die anderen Frauen fielen in den allgemeinen Jubel ein, um die gestarteten Läuferinnen zu unterstützen. Sie alle waren ein bisschen nervös. Bellas Babes wollten endlich loslegen, das Rennen hinter sich bringen und sich selbst und alle ihre Unterstützer stolz machen.

»Oh, seht mal, da ist Danny.« Andrea hatte ihren Freund in der Menge erblickt.

»Hi!« Sie alle winkten zu ihm hinüber.

»Viel Glück«, rief er zurück. »Los, Andrea! Los, Mädels! Ihr habt es drauf!«

Von der Absperrung am Anfang der Strecke tönte es aus sechs kleinen Mündern in ihre Richtung: »Los, Miss Jones!« Einige Schüler aus Lous erster Klasse waren gekommen und hatten sich mit ihren Eltern am Start postiert. »Viel Glück!« Wie süß.

»Super, Ladys!« Fremde jubelten ihnen zu, als sie sich zum Startbereich begaben, von wo sie gleich ins Rennen geschickt werden würden.

Aufgeregtes Gemurmel erhob sich unter ihnen und im Publikum.

Jetzt tauchten auch Mark und die Jungs auf. »Tut mir leid, ich habe erst noch einen Parkplatz suchen müssen«, erklärte er Sally.

»Viel Glück, Mami! Viel Glück, Tante Claire!«

»Danke, Jungs.«

»Du wirst *sehr* schmutzig werden, Tante Claire«, fügte Ollie hinzu.

»Ja, das glaube ich auch, Ol. Aber macht nichts, es wird lustig … glaube ich.«

»Jepp. Du wirst ein schmutziges Mädchen sein, Sal«, flachste Mark grinsend.

Sal zuckte zusammen, während die anderen Frauen lachten.

Einige Minuten später ertönte »The Final Countdown« aus den Lautsprechern, danach einige Danksagungen und Begrüßungen. Viele der Läuferinnen heute nahmen zum Gedenken an eine besondere Person teil. Das wurde noch einmal deutlich gemacht. Und es erinnerte alle daran, was der Anlass des Rennens war. Claire spürte einen grässlichen Kloß im Hals, als sie an die Gewebeentnahme dachte, die ihr am Montag bevorstand. Sie drückte die Hand ihrer Schwester. Sally, die nichts von den Ängsten ihrer Schwester ahnte, lächelte und drückte ihrerseits Claires Hand.

»Okay, Ladys, sind wir so weit? In fünf, vier, drei, zwei, eins!«

Das Startsignal ertönte, und alle liefen los. Sie hatten sich am hinteren Ende positioniert, aber bald trennten sich die Läuferinnen; manche liefen in kleinen Grüppchen wie die Bellas Babes, andere solo. Einige hatten schon am Anfang ihre Mühe und lächelten sie erschöpft an, als sie sie auf dem Hügel überholten. Das hier war kein normales Rennen – einige der Frauen waren vermutlich immer noch in Behandlung, aber fest entschlossen, diesen Lauf zu wagen.

Die ersten Hindernisse waren recht einfach zu bewältigen – sie mussten über große Gummibälle und durch Reifen springen, die etwa knöcheltief mit Schlamm gefüllt waren. Offensichtlich wollte man sie sanft auf die Herausforderungen des Rennens vorbereiten. Das Tempo war gut durchzuhalten, ihr Training machte sich bezahlt. Sie hatten sich vorher darauf geeinigt, als Team zu laufen, und dabei würden sie bleiben.

Auf einmal waren sie mit schweren Netzen konfrontiert, die wie auf einem Trainingsplatz zur Truppenausbildung über den Boden gespannt waren.

»Auf die Knie, Mädels!«, ordnete ein Helfer an.

Und sie krochen auf Knien und Bäuchen unter den Netzen hindurch. Beine und Oberkörper waren nun mit Schlamm bedeckt. Auf dem nächsten Abschnitt überholten sie einige Frauen, denen das Laufen offensichtlich zu schaffen machte.

»Gut gemacht, nicht aufgeben!«, ermutigte Claire sie. Es mussten noch etwa drei Kilometer bis zum Ziel sein.

Ein kurzer Sprint, und schon waren sie beim nächsten Hindernis. Es gab ein Klettergerüst, eine Balancierstange mit Schlamm-Tunnel und einen Bereich mit Seilen, die parallel zum Boden um verschiedene Pfosten geschlungen ein Netz ergaben, durch das man sich hindurcharbeiten musste.

»Kommt, Mädels, wir schlagen uns super.« Aus Lou sprach mal wieder die Lehrerin. Andrea hinkte ein wenig hinterher, und Claire bekam mittlerweile fast keine Luft mehr. Das hier war so viel schwieriger als ein normaler Fünf-Kilometer-Lauf. Kriechen, klettern, kraxeln. Aber nein, dachte sie im Stillen, das hier war *gar nichts* verglichen mit einer Chemotherapie, einer OP, einer Brustamputation.

»Weiter so, wir machen das super!«, feuerte Claire ihr Team an.

Nach dem nächsten Laufabschnitt sahen sie sich mit einer massiven, drei Meter hohen Wand mit Netzen auf beiden Seiten konfrontiert, die es offensichtlich hinauf- und wieder herunterzuklettern galt. Ganz oben stand ein männlicher Helfer auf der Wand und half denen, die Schwierigkeiten hatten.

»Auf geht's, Bellas Babes«, rief Claire. Ein Kampfschrei. Sie stürmten die Mauer hinauf und kamen gefährlich ins Wackeln, als sie oben angekommen waren. Gott sei Dank waren Gummimatten um die Wand herum ausgelegt, aber bei einem Sturz konnte man sich immer noch leicht das Fußgelenk brechen, dachte Claire, während sie oben auf der Wand versuchte, das Gleichgewicht zu halten. Sally war wie der Blitz hinauf- und wieder hinuntergestürmt – Claire war nicht bewusst gewesen, was für ein kleines Kraftpaket ihre Schwester war. Wahrscheinlich das Ergebnis all der Jahre in einem Haushalt mit drei Männern. Lou hingegen klammerte sich krampfhaft am Netz fest, war aber schon fast oben.

»Ich hab's nicht so mit Höhen«, rief sie nervös.

»Hier, nimm meine Hand. Ich helfe dir.« Claire streckte ihr die Hand hin und ermahnte sich selbst, nicht nach unten zu sehen. Auch sie hatte etwas weiche Knie. »Schau nicht nach unten, Lou. Konzentriere dich nur auf dieses Stück – halt dich fest, und schwing dein Bein über die Wand.«

»Okay, die Damen.« Der freundliche Helfer nahm Lous andere Hand, als sie oben war, und führte sie zur anderen Seite. »Jetzt am besten umdrehen und dann mit dem Gesicht zur Wand nach unten klettern«, riet er ihr. »Das kriegst du hin.«

Genau wie im Leben – ein Schritt nach dem anderen, mit einer helfenden Hand auf dem Weg und ein, zwei Freunden im Schlepptau.

Andrea hatte es bereits über die höchste Stelle geschafft und hing unterhalb von Lou, die sich immer noch am Netz auf der anderen Seite festhielt. »Los, wir zeigen es diesem Arschloch«, schrie Andrea zu Claire und Lou hinauf.

Drei andere Frauen und der Schiedsrichter blickten leicht schockiert von der Wand zu ihr herunter.

»Entschuldigung, ich meine den Krebs, nicht Sie.«

»Ah, okay.« Sein befremdeter Gesichtsausdruck wich einer verstehenden Miene.

»Yeah!«, ertönte Sallys Stimme vom Boden. »Und wie!«, fiel Claire von ganz oben mit ein, und Jubel brandete um sie alle herum auf.

»Ja! Wir haben es geschafft!« Einige Minuten später hatten sie alle wieder festen Boden unter den Füßen.

Es klickte und blitzte, als sie sich am Fuß der Wand versammelten. Steve, der Fotograf des *Herald*, hatte sie eingeholt. »Go, Claire, go, Andrea«, jubelte er. »Ein toller Schnappschuss. Das nächste Mal bitte mit einem Lächeln«, fügte er verschmitzt hinzu.

Andrea schnitt eine Grimasse.

Das Team setzte sich wieder in Bewegung, auch wenn ihnen allen jetzt die Glieder schmerzten. Sie hatten bestimmt schon über drei der fünf Kilometer hinter sich gebracht. Stöhnend überholten sie eine andere Gruppe, die aus vier Frauen bestand und sich aufs Gehen verlegt hatte.

Das Rennen wurde allmählich ziemlich anstrengend, und nun hatten sie einen weiteren Hügel zu erklimmen. Claire war sich sicher, dass es öfters bergauf als bergab gegangen war. Wie war das möglich?

»Meine Beine bringen mich um«, stöhnte Andrea.

»Mach jetzt nicht schlapp! Ist dir klar, dass wir die Ersten in unserer Startgruppe sind? Kommt schon, wir können dieses Rennen gewinnen!« Lou hatte der Ehrgeiz gepackt.

»Ja, kommt schon! Wir können das schaffen«, drängte Sally.

Sie arbeiteten sich unter Ächzen und Stöhnen weiter vor.

»Nicht anhalten, da kommt eine andere Gruppe hinter uns«, schrie Lou, darum bemüht, das Tempo aufrechtzuerhalten.

Nicht, dass es bei einem Rennen wie diesem wirklich Gewinner und Verlierer gab. Es wurden überhaupt keine Platzierungen vorgenommen. Vielmehr forderte man sich selbst heraus, mit dem Ziel, anderen zu helfen. Somit war es mehr eine Frage des Stolzes für Bellas Babes, und vor allen anderen ans Ziel zu kommen, wäre lediglich das Sahnehäubchen.

Als sie die Kuppe des Hügels erreicht hatten, konnten sie die Gebäude am Ende der Rennstrecke sehen. Sie waren also nicht mehr weit von der Ziellinie entfernt. Claire sah ihr Team an, das von Kopf bis Fuß mit Schlamm verkrustet war, und empfand Stolz auf sie alle. Nun bogen sie um eine Ecke in einen Hof ein und sahen das große Hindernis am Ende: die Schlammgrube.

Oha – ein riesiges Becken, gefüllt mit Schlamm, wahrscheinlich knietief, und man musste sich hinlegen und hindurchrobben, und – oh Gott – da waren Ollie, Mark und Jack mit Plastikschaufeln sowie einige Helfer. Ganz genau, Leute, die bereit waren, sie über und über mit Schlamm zu bewerfen. So hatten es die anderen Teilnehmerinnen also geschafft, ihn in die Haare, die Augen und in den Mund zu bekommen. Das hier war die Schlamm-Apokalypse. Und die Kameras blitzten in einem fort.

»Für einen guten Zweck!«, schrie Claire den anderen zu, als sie sich in die Grube hineinwarfen. Oh Gott, der Schlamm erreichte jeden Winkel ihres Körpers. Herr im Himmel, es würde Wochen dauern, bevor sie ihn komplett loswerden würde. Ihre Dusche hatte eine harte Zeit vor sich, und Claire hoffte, dass die Abflussrohre ihrer neuen Wohnung der Aufgabe gewachsen sein würden.

»Los, Mami! Los, Tante Claire!« Platsch. Claire hatte eine Ladung voll ins Gesicht bekommen.

»Das merke ich mir, Ollie!«, brachte sie lachend heraus, obwohl der Schlamm nun auch in ihrem Mund war, auf ihren Zähnen, mit kleinen Steinchen und erdigem Geschmack. Es war so verrückt.

»Danke, Andrea«, rief sie ironisch über die Grube hinweg, in der sie nun versuchten, aufzustehen. Matsch tropfte von ihnen herunter, während sie sich bemühten, am anderen Ende wieder herauszukriechen.

»Ja, *danke*, Andrea«, stimmten die anderen ein.

Danny und einige seiner Fußball-Kumpels standen lachend an der Seitenlinie. Eine Gruppe von Schulkindern feuerte die Frauen an. »Vorwärts, Miss Jones!!«

»Sind das wirklich Sie, Miss Jones?«, meldete sich ein kleines Mädchen zu Wort.

»Ja, ich bin es«, stöhnte Lou.

»Wow, Sie sehen aus wie der Grüffelo«, rief das Mädchen wieder.

»Oder wie ein Kacke-Monster«, fiel der Junge neben ihr ein, was einen Sturm von Gelächter und Kichern unter den Kindern und den übrigen Zuschauern auslöste.

»Los, die anderen holen auf!«, schrie Sally mit einem Blick über ihre Schulter.

Sie umrundeten die Rennbahn, näherten sich der Ziellinie und legten einen letzten Sprint hin.

»Gut gemacht, Claire. Los, Bellas Babes.« Ein Schrei ertönte aus der Menge. Claire ließ den Blick über die Leute schweifen, und – wie toll! – da waren Jo und Emma und feuerten sie an. Sie streckten die Daumen empor, während Claire mit ihren Team-Kolleginnen Hand in Hand durch die pinken Zielpfosten schoss. Was für ein großartiges Gefühl! Sie vergaß den Matsch und die Schmerzen. Sie vergaß die bevorstehende Gewebeentnahme. Alle vier Mitglieder der Bellas Babes sprangen in die Luft wie schlammbedeckte Krieger. Sie hatten es geschafft! Zeit zum Jubeln.

Claire beugte sich ein paar Sekunden vornüber, um wieder

zu Atem zu kommen. Ihre Sicht war ein wenig verschwommen, und sie zitterte leicht. Sally stützte sie. »Alles okay?«

»Ja, ich glaube schon. Muss nur … atmen.« Sie lehnte sich für ein paar Sekunden an ihre Schwester. »Hab es am Ende wohl ein bisschen übertrieben. Mir geht es gut.«

Nachdem sie wieder zu Atem gekommen waren und aufrecht stehen konnten, wurden einige letzte Fotos des Teams für die Zeitung geschossen. Steve setzte sie professionell in Szene. »Das habt ihr alle gut gemacht. Es wird ein toller Artikel draus werden. Eine kleine Abwechslung zu den Modelshootings, Andrea.« Er zwinkerte ihr zu.

Dann kamen Ollie und Jack herbeigelaufen, um ihrer Mutter mit einer stürmischen Umarmung zu gratulieren, nicht im Mindesten darum besorgt, dass sie ihre Kleidung schmutzig machen würden, während Mark ihnen amüsiert zusah. Dies war vermutlich das erste Mal überhaupt, dass Sally nicht mit ihnen schimpfte, wenn sie sich mit Schlamm beschmierten.

Claire verließ die Tribüne und lief zu Emma und Jo auf den Zuschauerrängen.

»Danke, dass ihr gekommen seid, Leute.«

»Klar, wir mussten euch doch anfeuern«, erwiderte Emma.

»Und uns anschauen, wie ihr euch mit Schlamm einsaut«, fügte Jo hinzu. »Tolle Leistung!«

Claire trat näher an sie heran und wollte sie auf die Wange küssen. Sie sprangen erschrocken zurück. Claire sah an sich herunter und wurde sich bewusst, wie sie aussah. »Ach ja, natürlich – entschuldigt, das hab ich total vergessen.«

Die anderen aus dem Team stießen zu ihnen.

»Hi, danke fürs Kommen«, sagte Andrea und lächelte unter ihren Schlammschichten.

»Es hat sich definitiv gelohnt, herzukommen und zuzuschauen, allein schon wegen des Unterhaltungswertes«, erwiderte Jo. »Aber ja, gut gemacht. Ihr wart großartig.« Sie und Emma kicherten.

»Na toll.« Andrea versuchte verärgert zu wirken, musste aber grinsen.

»Ich glaube, es ist an der Zeit, zum Auto zurückzugehen und uns aus diesen schlammigen Klamotten zu schälen, damit wir heimfahren und uns unter einer heißen Dusche aufwärmen können. Und zwar so schnell wie möglich.« Claire begann allmählich zu frieren, trotz der silbernen Wärmefolie, die jede Läuferin am Ende des Rennens erhalten hatte.

Alle stimmten ihr zu.

»Tolle Leistung von euch allen. Und danke!« Claire war sehr stolz auf ihr Team. »Wir haben es geschafft. Und wir haben eine Menge Geld für den guten Zweck gesammelt. Unsere Just-Giving-Spendenseite stand gestern bei siebenhundertzwanzig Pfund und scheint immer weiter zu steigen. Wirklich große Klasse! Danke!«

»Das ist echt super, Claire. Wir haben Tolles geleistet, Ladys«, fügte Andrea hinzu.

»In gewisser Weise hat es mir sogar Spaß gemacht«, meinte Lou.

»Ist wohl so ein Lehrer-Ding«, scherzte Andrea.

Nach einer Runde schlammiger Umarmungen machte sich Sally mit ihrer Familie auf den Heimweg. Dann war es an der Zeit, sich auf dem Feld beziehungsweise dem Parkplatz bis auf die Unterwäsche auszuziehen. Eine Menge anderer Frauen taten rundherum das Gleiche, sodass sich niemand gestört fühlte, und Claire wusste, dass sie andernfalls bis in alle Ewigkeit Schlammreste aus ihrem Auto herauskratzen müsste. Vorausschauend hatte sie daran gedacht, pro Person zwei große Müllbeutel mitzunehmen; einen für die schmutzigen Kleider und einen, um sich im Auto daraufzusetzen. Sobald sie alle ihre vor Dreck starrenden Klamotten in die Säcke gepackt und diese in das Auto verfrachtet hatten, stiegen sie ein, nun in Jogginganzügen, bequemen Hosen und T-Shirts. Claire betrachtete im Rückspiegel ihre mit Wimperntusche verschmierten Augen und die Schlammspritzer im Gesicht und drehte sich dann zu ihren Freundinnen um. Alle sahen ähnlich fürchterlich aus.

»Ich kann es nicht erwarten, die Fotos zu sehen«, bemerkte Andrea trocken.

27. Kapitel

Der Zauber, am Leben zu sein

Montag. Biopsietag. Ein weiterer Termin beim »Zahnarzt«. Claire hatte sich den Nachmittag von der Arbeit freigenommen. Mit dem Bus fuhr sie zum Freeman Hospital, und schon nach zehn Minuten Wartezeit wurde sie von einer freundlichen Krankenschwester begrüßt. Sie beantwortete ein paar Fragen, zog sich ein OP-Hemd an, wurde von Mr. Bartholomew, ihrem Onkologen, kurz untersucht. Nach einer lokalen Betäubung entnahm er mit einer Nadel eine kleine Gewebeprobe aus dem Knoten. Zum Glück war es eine ziemlich unkomplizierte Angelegenheit. Eine Schwester wies Claire an, noch einige Minuten stillzusitzen; dann durfte sie sich wieder anziehen. Ihre Leistengegend fühlte sich etwas empfindlich an, dort, wo sie einen kleinen Verband bekommen hatte. Die Krankenschwester bat sie, weitere fünfzehn Minuten zu bleiben, nur um sicherzustellen, dass ihr nicht schwindelig oder übel wurde, und dann würde sie gehen dürfen. Jetzt wünschte sich Claire, dass sie eine Freundin oder Sally mitgenommen hätte – sich in diesem Moment mit jemandem unterhalten zu können, wäre schön –, aber sie wollte immer noch niemanden in Sorge versetzen. Sie lächelte einer anderen Patientin zu, die ihr gegenübersaß und ebenfalls wartete, und las dann in einer Broschüre über Organspenden. Claire hatte bereits einen Organspendeausweis, aber so verging die Zeit schneller.

Als sie die Erlaubnis bekam, zu gehen, nahm sie den Bus zurück nach Hause. Nach einem anstrengenden Tag rollte sie sich endlich auf dem Sofa zusammen. Sie war sehr müde, hatte immer noch Schmerzen von dem Lauf fürs Leben, fühlte sich seltsam emotional und weinte ein bisschen. Dann schnäuzte sie sich und riss sich zusammen. Immerhin konnte es sein, dass alles in Ordnung war. Sie würde ein schönes Brot mit Honig und Sonnenblumenkernen backen und endlich den neuen Ofen ausprobieren. Und wenn das Brot fertig und noch schön warm und knusprig war, würde sie eine dicke Schicht Butter daraufschmieren. Sie würde gleich zum Supermarkt gehen und alle Zutaten holen, die sie dafür brauchte.

Mittwoch. Claires Handy klingelte während der Arbeit. Sie erkannte die Nummer des Krankenhauses und verließ das Großraumbüro, in dem jeder alles mitbekam, um im Vorraum zum Treppenhaus etwas mehr Privatsphäre zu haben.

»Hallo.«

»Miss Maxwell?«

»Ja?« Sie merkte, wie sich ihr ganzer Körper anspannte. *Das war es also.*

»Hier spricht die Sekretärin von Mr. Bartholomew. Ich stelle Sie durch.«

»Hallo?« Sie wartete eine Sekunde. Ein paar Reporter des *Herald* kamen plaudernd an ihr vorbei. Um sie herum ging das Leben weiter, aber sie fühlte sich wie erstarrt.

»Miss Maxwell.« Die vertraute Stimme ihres Onkologen kam aus der Leitung. »Ich freue mich, Ihnen mitteilen zu können, dass die Biopsie negativ ausgefallen ist. Es gibt keine Spuren von Krebszellen in dem Knoten. Und Ihr CT und die Blutwerte waren ebenfalls unauffällig.«

»Oh, wow … danke!« Sie fühlte sich etwas benommen. »Das sind wirklich gute Neuigkeiten.«

»Am wahrscheinlichsten ist, dass Sie eine Entzündung hatten und die Lymphknoten in Ihrer Leiste als Reaktion darauf geschwollen sind. Das sollte innerhalb der nächsten Wochen von selbst weggehen. Achten Sie aber trotzdem darauf, wie Sie sich insgesamt fühlen, und falls Sie irgendwelche Beschwerden haben, wenden Sie sich an Ihren Hausarzt oder direkt an mich.«

Sie würde also nicht wieder ins Krankenhaus gehen und eine Chemotherapie über sich ergehen lassen müssen, nach dem zermürbenden Zeitplan leben, der von Krankheit und Behandlung bestimmt wurde und ihr nur zu gut bekannt war. Sie konnte endlich die Angst loslassen, die sie die letzten Wochen über begleitet hatte, die Angst, die sie nicht auszusprechen gewagt hatte, weil es diesmal wirklich das Ende für sie hätte bedeuten können. »Ja, das werde ich. Und danke! Ich danke Ihnen!«

»Es ist schön, gute Nachrichten überbringen zu können.« Claire konnte das Lächeln in der Stimme des Arztes hören.

Sie drückte auf »Anruf beenden« und jubelte innerlich. »Ja!« Dann wurde sie von der Erleichterung überwältigt, und ehe sie sich versah, brach sie in Tränen aus.

Just in diesem Moment öffnete sich die Glastür des Büros. Drachen-Julia tauchte vor ihr auf, zweifellos um herauszufinden, womit sie hier draußen kostbare Arbeitszeit verschwendete.

»Alles in Ordnung, Claire?« Ihre üblicherweise finstere Miene wich einem besorgten Blick. »Kann ich dir irgendwie helfen?« Sie legte ihr eine Hand auf den Arm.

»Alles in bester Ordnung.« Claire lächelte durch die Tränen hindurch. »Ich habe Entwarnung bekommen.«

»Äh ... toll.« Julia war sichtlich verwirrt.

»Ich hatte nur etwas Angst. Ich habe ein CT und eine Biopsie bekommen ... Der Krebs ist nicht zurückgekehrt.«

Zu Claires Überraschung schloss ihre Kollegin sie in eine kurze, warme Umarmung. Die Eiskönigin war aufgetaut.

»Das ist wirklich eine gute Nachricht.« Julia trat steif zurück. »Dann lass uns jetzt wieder an die Arbeit gehen.« Zwischenmenschliches war nicht wirklich ihre Stärke.

Claire machte sich jedoch nichts daraus. Wieder an die Arbeit zu gehen, klang für sie absolut fantastisch!

Als sie am Abend wieder in ihrer Wohnung war, konnte sie die Erleichterung immer noch am ganzen Körper spüren. Aus irgendeinem Grund musste sie immer wieder an Bamburgh denken und stellte sich vor, wie sie diesen herrlichen Strand entlanglief. Wie sie den sich ständig verändernden Anblick des Meeres genoss, die Schreie der Möwen und das leise Rauschen der Wellen. Wie sie die salzige Meeresluft schmeckte. Da war dieses starke Verlangen, zurück ans Meer zu fahren. Zu ihrem persönlichen Wohlfühlort. Sie konnte sich noch immer kein Luxushotel und kein Ferienhaus in Bamburgh leisten, besonders nach all den Kosten, die der Umzug verursacht hatte. Ihre Hälfte des Geldes, das nach der Tilgung der Hypothek vom Hausverkauf übrig geblieben war, lag sicher auf ihrem Konto, bis sie sich eines Tages etwas Neues kaufen würde. Aber es gab nur eine Möglichkeit. Sie hatte noch zwei Tage ihres Jahresurlaubs übrig. Das Leben war zu kurz, um zu warten.

28. Kapitel

Eine alte Freundin wiedersehen

Eine Welle der Freude durchströmte Claire, als sie die Burg sah, die sich über dem dunklen Gestein ihres felsigen Fundaments gen Himmel erhob. Sie kurbelte das Autofenster herunter und atmete die erfrischende, salzige Meeresluft ein.

Es war ein schöner, klarer Tag Anfang Oktober, ein Freitag, und Claire hatte sich den ganzen Tag freigenommen. Julia hatte sich nach ihrer Begegnung neulich im Treppenhaus des Bürogebäudes sehr verständnisvoll gezeigt. Claire hatte für das Wochenende bei dem alten Mr. Hedley gebucht, der zwar etwas verärgert darüber gewirkt hatte, dass er das Cottage wieder aufsperren und den Wasserboiler anheizen musste, letztendlich aber nachgegeben hatte, als sie ihm zwanzig zusätzliche Pfund für den Strom angeboten hatte. Sie hatte ein paar extra Pullover und eine Decke eingepackt, da sie sich nicht darauf verließ, dass der alte Gasofen seiner Aufgabe voll gewachsen war.

Nachdem sie die A1 verlassen hatte, fuhr sie das letzte Stück Landstraße an Farmen und Landhäuschen vorbei gemächlich hinter einem Traktor her, der ihre Reise verlangsamte, was sie aber nicht weiter störte. Und da war es auch schon, Bamburgh Castle in all seiner Pracht und das kleine Dorf zu seinen Füßen. Claire kam an der Metzgerei, Lyndas Feinkostgeschäft (sie freute sich schon darauf, später vorbeizuschauen), den

Teestuben, dem Hotel, den Burgmauern und dem darunter liegenden Kricket-Feld vorbei und jubelte innerlich.

Die Anspannung und die Angst aufgrund ihres Krebsverdachts kurz zuvor lagen nun hinter ihr. Gut, sie würde wohl niemals völlig frei von der Angst sein, dass der Krebs wiederkehren könnte, aber sie würde sich auch nicht von ihr bestimmen lassen. Sie würde das Leben beim Schopf packen und es genießen.

Als sie sich der Einfahrt zu den Cottages näherte, war sie ein wenig besorgt, dass Ed dort sein könnte, und fragte sich, wie er sich fühlen würde, wenn sie auftauchte. Natürlich hatte sie ihm nicht gesagt, dass sie kommen würde; seit dem Spaziergang im Park hatten sie sich nicht gesehen. Allerdings hatte sie eine großzügige Spende von über fünfzig Pfund auf der Just-Giving-Spendenseite der Bellas Babes von jemandem namens Ed entdeckt, und sie meinte zu wissen, wer dieser Jemand war. Claire hatte gespürt, dass er Abgeschiedenheit brauchte, um zurück in sein eigenes Leben zu finden, auf welchem Weg auch immer. Sie hatte nicht vor, ihn zu verwirren oder gar wütend zu machen, indem sie nebenan einzog, aber der Wunsch hierherzukommen war so stark gewesen. Die rollenden Wellen zu beobachten, dem Brausen oder Murmeln des Meeres zu lauschen, den Sand unter ihren Füßen zu spüren. Einer perlmuttroten Sonne dabei zuzusehen, wie sie über der Nordsee aufging. Der Ort hatte sie wieder hierher zurückgezogen wie ein Magnet.

Na ja, falls Ed da wäre, würde sie ihn jedenfalls in Ruhe lassen. Wenn sie ihm draußen begegnen würde, würde sie »Hallo« sagen, mehr nicht. Auf keinen Fall würde sie seine Privatsphäre stören, sie musste sie respektieren. Sein furchtbarer Verlust hatte ihr viel im Kopf herumgespukt, und Ed tat ihr schrecklich leid, aber ihr war klar, dass sie ihm nicht wirklich helfen konnte. Alles, was er wollte, war, dass das Ganze nie passiert wäre und seine Familie noch da war. Wie könnte irgendjemand so etwas wiedergutmachen?

Claire zitterte vor Aufregung ein wenig, als sie blinkte und von der Straße abbog. Kein schwarzer Geländewagen vor seinem Cottage. Sie fühlte Erleichterung, aber gleichzeitig auch einen seltsamen Stich. Wie sehr wünschte sie sich, dass die Situation nicht so verdammt kompliziert wäre. Aber es war nun einmal so, wie es war, und somit vermutlich besser, wenn sie beide sich nicht über den Weg liefen. Sie hoffte, dass er auch später nicht auftauchen würde.

Vor ihr stand ihr Cottage am Meer – baufällig, windschief und doch liebenswert. Sie lächelte, als sie aus dem Auto stieg, ging gemächlich zur Tür und fand den rostigen Haustürschlüssel unter dem Blumentopf. Sie konnte es kaum erwarten, sich mit einer Tasse Tee auf den Balkon zu setzen, von dem man den goldenen Sand und die heranrollenden Wellen überblickte. Dieses Mal würde sie ihren Mantel jedoch anbehalten. Die Luft war kühl und der Himmel hellgrau. Ein Feuer im Kamin zu machen, würde auf jeden Fall ihre erste Aufgabe sein. Sie wusste nun, wie man eines entzündete, Ed sei Dank. Claire schloss auf, warf ihre Taschen in den Flur und ging geradewegs nach draußen zu dem Vordach an der Seite des Hauses, nahm einige Holzscheite auf und trug sie zum Kamin im Wohnzimmer. Sie hatte einige alte Ausgaben des *Herald* mitgebracht, die im Büro herumgelegen hatten, sowie eine Packung Feuerzeuge und lange Streichhölzer – alles, was sie zum Feuermachen brauchte. Dieses Mal war sie voll ausgerüstet und bereit, es mit dem Haus und seinen Macken aufzunehmen.

Als das Feuer brannte und das Haus durchwärmte, setzte sich Claire auf dem Balkon in den alten Liegestuhl und blickte mit einer Tasse Tee in der Hand über den Garten mit dem stoppeligen Gras, in dem Ed damals Sturmlaternen und Teelichter entzündet und ihr Langusten und köstliche Meringues serviert hatte. Keiner von ihnen hatte geahnt, auf was für einen Sturm sie zusteuerten. Auch wenn Claire nun um seine tatsächliche Situation wusste, bereute sie ihre gemeinsame romantische Nacht nicht – selbst wenn es die einzige bleiben sollte, die sie je zusammen verbracht hatten. Sie konnte ihm nur alles Gute wünschen und sich fragen, ob er irgendwann wieder Glück finden würde oder wenigstens ein wenig Ruhe in seinem Meer der Trauer. Sie hoffte es inständig.

Claire beobachtete einige Spaziergänger mit Hunden und die Seeschwalben am Strand. In dem kleinen Bächlein spielten heute keine Kinder, dafür war es zu kühl, und natürlich waren sie ohnehin alle in der Schule. Die Sommerferien waren schon lange vorbei.

Sie würde schnell die mitgebrachten Nahrungsmittel verstauen und dann einen Spaziergang machen. Die Sonne ging um diese Jahreszeit schon bald unter. Die Tage waren nun so viel kürzer, und es würde ein dunkler Abend werden. Claire hatte vor, es sich dann mit einem Buch und einer Tasse heißer Schokolade gemütlich zu machen. Sie musste bei dem Gedanken innerlich lächeln – sie klang wie eine Neunzigjährige. Es war gemütlich in dem Stuhl auf dem Balkon, und auch wenn die Luft kalt war, schien ihr die Sonne direkt ins Gesicht. Sie schloss für einige Sekunden die Augen.

Claire schreckte hoch. Zunächst noch etwas verwirrt, musste sie sich kurz vergewissern, wo sie war – der Meerblick, die kühle Luft. Du liebe Güte, sie musste eingeschlafen sein –

mehr als eine halbe Stunde war vergangen. Ihr Umzug, der Spendenlauf, die Angst vor der Rückkehr des Krebses hatten sie wohl eingeholt.

Das Tageslicht würde bald verschwinden, es war bereits vier Uhr. Wenn sie jetzt losging, würde sie es bis ins Dorf und zurück schaffen, bevor es dunkel wurde. Ein Spaziergang wäre nett. Sie würde in Lyndas Feinkostladen vorbeischauen und kurz Hallo sagen, frisches Brot kaufen, falls es noch welches gab, und dazu ein schönes Stück Käse aus der Region. Wieder motiviert, stand Claire auf und kehrte ins Haus zurück. Es vergingen keine fünf Minuten, da schlüpfte sie in ihre Turnschuhe und machte sich auf den Weg.

Sie gab sich ganz dem Rhythmus ihrer Schritte hin und spazierte entspannt am Strand entlang. Der Sand verlangsamte ihren Gang, hatte aber etwas Beruhigendes. Ein Pärchen mit einem schwarzen Labrador, der sie an Bess erinnerte, kam ihr entgegen. Ed. Sie hoffte, dass es ihm gut ging, dass er einen Weg durch sein verwüstetes Leben fand. Wie konnte das Schicksal nur so grausam sein? Sicher, das Leben war schön, aber manchmal konnte es auch brutal sein. Wie sehr wünschte sich Claire, sie könnte die Arme um ihn schlingen und ihm sagen, dass alles wieder gut werden würde. Aber das würde es nicht, oder?

»Hallo, meine Liebe, schön dich zu sehen! Wie geht es dir?«

»Hi Lynda, es geht mir richtig gut, danke. Es fühlt sich toll an, zurück zu sein. Ich habe mein schäbiges Cottage am Meer vermisst.«

»Ha, da bist du wahrscheinlich die Einzige. Du siehst übrigens toll aus. Deine Haare …« Sie betrachtete die Besucherin mit einem Lächeln.

»Sie sind ein bisschen länger geworden.« Claires Haar war mittlerweile zu einem welligen kastanienbraunen Bob gewachsen. Sie fühlte sich damit ein bisschen mehr wie sie selbst, auch wenn es vor der Chemotherapie viel glatter gewesen war.

»Ja, das sind sie. Steht dir gut. Wie lange bleibst du?«

»Leider nur über das Wochenende. Ich habe meinen Jahresurlaub aufgebraucht.«

»Trotzdem schön. Ein bisschen die Batterien aufladen, oder? Was kann ich für dich tun, meine Liebe? Oder wolltest du nur für einen kleinen Plausch reinschauen?«

»Beides, für einen Plausch und ein paar von deinen fantastischen Leckereien. Ich hätte gerne etwas von diesem köstlichen Käse aus der Region. Hast du noch etwas von dem blauen, dem Doddington Dairy? Der war super.«

»Tatsächlich hätte ich noch welchen auf Lager.«

»Und etwas Brot?« Claire blickte hoffnungsvoll die Regalreihen entlang.

»Tut mir leid, meine Liebe, dafür ist es zu spät. Bis Mittag war schon alles weg bis auf diese zwei Vollkornbrötchen hier. Ich werde dir morgen eins zurücklegen, wenn du möchtest. Hast du eine Vorliebe? Ein einfaches, Vollkorn, Rosmarin und Meersalz? Im Moment habe ich auch eines mit Red-Leicester-Käse und karamellisierten Zwiebeln im Repertoire.«

»Das mit den karamellisierten Zwiebeln bitte – klingt echt toll.«

»Und für heute könnte ich dir Crostini mit schwarzen Oliven anbieten. Die würden gut zum Käse passen.«

»Okay, dann nehme ich eine Packung davon, zusammen mit dem Käse.«

»Und wie war es so, wieder zurück in Newcastle?«

»Ganz gut. Bei der Arbeit fasse ich allmählich wieder Fuß. Oh, außerdem bin ich umgezogen. Es hat sich also einiges getan.«

»Du warst ja viel beschäftigt.«

»Ich hatte auch etwas Sorge um meine Gesundheit, aber es ist alles in Ordnung, Gott sei Dank.« Claire stellte fest, dass es ihr nichts mehr ausmachte, darüber zu reden, nachdem sie Entwarnung bekommen hatte.

»Na, da bin ich aber froh.«

»Und was gibt's Neues in Bamburgh?«

»Alles beim Alten. Der Laden hat mich die letzten paar Wochen ziemlich auf Trab gehalten. Der September war ein guter Monat. Das Wetter hat gehalten, was eine Menge Rentner angelockt hat, Wanderfreunde und so weiter. Es gefällt mir, wie viele unterschiedliche Leute hier reinkommen, und über die Jahre habe ich mit den Stammgästen Bekanntschaft geschlossen. Es ist schön, ein wenig zu plaudern und zu erfahren, was sich bei den Leuten so tut. Manche kommen seit fünfzehn Jahren jedes Jahr her, seitdem ich den Laden hier eröffnet habe. So vergehen die Tage auf jeden Fall schneller.«

»Ja, das muss schön sein.«

»Ich habe deinen Nachbarn eine ganze Weile nicht mehr gesehen.«

Claire spitzte die Ohren, und ihr Herz setzte einen Schlag aus. »Oh.«

»Du weißt schon, der Kerl aus dem Cottage neben deinem, der, der so gut aussieht.«

Claire wusste sehr genau, wen sie meinte. Trotz allem, was gewesen war, dachte sie sehr oft an Ed. Sie nickte.

»Ja, dieser Schotte. Er kam früher beinahe jedes Wochenende. War jetzt aber seit Ewigkeiten nicht mehr hier.«

Claire spürte, wie ihr Hals eng wurde. Ratlos suchte sie nach Worten, um zu erklären, was zwischen ihnen vorgefallen war. Sie konnte es ja selbst kaum begreifen. Außerdem wollte sie seine Privatsphäre wahren und verhindern, dass seine grausame, traurige Geschichte Thema des Dorftratsches wurde. Er hatte herkommen müssen, um seinem Leben zu entfliehen. Das hier war sein Zufluchtsort, da war sie sich sicher.

»Na ja, er wird schon irgendwann wieder aufkreuzen.« Claire versuchte die Unterhaltung leicht zu halten, unverbindlich. So als ob sie ihn nicht wirklich kannte. Als wäre sie nicht in seinem Bett gewesen, hätte ihn nicht im Arm gehalten, als es ihm schlecht ging.

»Ach, ich dachte, er hätte eine Schwäche für dich. Kam rein und fragte nach dir, nachdem du das letzte Mal hier gewesen warst. Was ein wenig ungewöhnlich war, da er sonst nie länger geblieben ist, um zu plaudern. Er fragte mich, ob ich wüsste, wo du wohnst, oder ob ich deine Telefonnummer hätte.«

»Oh, okay.« Das musste gewesen sein, als er versuchte, sie zu finden. Claire wollte jetzt nicht mit der Geschichte ankommen, wie er sie im Büro besucht hatte und warum. Ihre Einkäufe waren bereits verpackt, und eine ältere Dame kam herein, also ergriff sie die Gelegenheit und verabschiedete sich munter. »Dann sehen wir uns morgen, wenn ich mein Brot holen komme. Mach's gut, Lynda.«

»Es war schön, dich wiederzusehen, meine Liebe. Bis morgen!«

Zurück im Cottage setzte Claire den Kessel auf, brühte sich eine Tasse starken Tee auf und setzte sich wieder auf den Balkon vor dem Schlafzimmer, um zuzusehen, wie die Sonne vom Himmel verschwand. Der Frieden, der vom Strand, vom Meer und vom Himmel ausging, durchströmte sie. Sie war so froh, dass sie hergekommen war. Dieser Ort zog sie an, er war wie ein Zuhause für sie. Ihre Wohnung in Jesmond konnte sie noch nicht als solches bezeichnen. Sie legte sich den mitgebrachten Fleecepullover um die Schultern, um die Kühle des frühen Abends abzuhalten, und wärmte ihre Hände an der Teetasse.

Unten am Strand sprang ein Labrador einem Ball hinterher, während seine Besitzer am Meer entlangspazierten. Schon wieder musste sie an Bess denken, an Ed. Sie konnte ihn einfach nicht aus ihren Gedanken verbannen. Was für ein hartes Los er gezogen hatte. Wie konnte man so etwas hinter sich lassen? War das überhaupt möglich? Oder wurde das Leben einfach nur zu einem stumpfen Weiterexistieren, das man ertragen musste und in dem man sich von einem leeren Tag zum nächsten hangelte? Sie wünschte sich so sehr, ihre Arme um ihn schlingen zu können, ihn an sich zu drücken, ihm zu sagen, dass sie ihm helfen würde, dass sie ihn liebte … Oha, Mist, wo kam dieser Gedanke auf einmal her? *Liebte* sie ihn? Eine leise Stimme in ihrem Inneren hatte für ihr Herz gesprochen. Verdammt, das war wirklich schlechtes Timing. Viel zu viele Komplikationen …

Energisch ging Claire ins Haus zurück und nahm ihr Buch vom Nachttisch. Sie würde ihre Gedanken woandershin lenken und in die Welt von jemand anderem eintauchen, in eine nette kleine Romanze. Sie machte es sich auf dem Samt-Sofa im Wohnzimmer bequem und begann zu lesen. Ja, das war besser. Genieße den Zauber der ineinanderfließenden Farben des Sonnenuntergangs, sagte sie sich, als sie nach draußen blickte, auf den nun wolkenfreien Himmel, dessen Farbe von Blau zu Gold, Orange und schließlich zu Lila wechselte. *Genieße den Zauber der Märchenbuchwelt, in der Träume wahr werden und Liebe einfach ist.*

Ihr Abendessen bestand aus Käse, Pastete und Crostini mit ein wenig Salat, den sie mitgebracht hatte, und einem kleinen Glas Rotwein. Es war ein wenig kühl geworden, also legte sie im Kamin im Wohnzimmer ein paar Holzscheite nach. Claire war froh, dass sie sich einen tragbaren Elektroheizkörper angeschafft hatte und damit das Schlafzimmer heizen konnte, bevor sie ins Bett ging. Mittlerweile kam sie perfekt in dem Cottage zurecht. Der alte Mr. Hedley würde bei der nächsten Stromrechnung wahrscheinlich einen Herzinfarkt bekommen, aber alle Nebenkosten waren im Preis inbegriffen, und sie hatte dieses Mal eine wirklich stattliche Summe bezahlt. Nachdem sie sich in den Sommermonaten den Hintern abgefroren hatte, hatte sie beschlossen, alle ihr zur Verfügung stehenden Möglichkeiten zu nutzen. Der Besitzer hatte mit ihr wahrlich schon einen Haufen Geld verdient.

Nach dem Abendessen genehmigte Claire sich einige Brownies mit dunkler Schokolade von ihrer Stammbäckerei an der Gosforth Street. Sie genoss die schmelzende Schokolade zu einer Tasse Tee, während sie sich in ihrem gemütlichen Jumpsuit auf dem klumpigen Sofa zusammenrollte, über das sie eine Daunendecke gelegt hatte. Aus ihrem iPod kam ruhige Chillout-Musik, das Feuer gab gelegentlich ein leises Knistern und Prasseln von sich und zog sie mit seinen tanzenden Flammen in den Bann.

Insgesamt war das Leben ziemlich gut, befand Claire. Sie war so erleichtert, dass sich dieses verdammte Knötchen als harmlos herausgestellt hatte. Zumindest für den Augenblick war sie in Sicherheit, auch wenn ihr die armen Menschen leidtaten, die in diesem Moment mit der Krankheit kämpfen mussten. Aber alles, was man hatte, war das Jetzt. Den Moment, ob er nun magisch oder schrecklich war. Ob man vermeintlich gesund war oder auch nicht, man wusste nie, was der nächste Tag bringen würde. Jeder einzelne Moment war kostbar.

Claire konnte das sanfte Wogen des Meeres von draußen hören und sah den sichelförmigen Mond über der Bucht. Und hier war sie, gemütlich eingeigelt in ihrem Cottage am Strand. Es war die richtige Entscheidung gewesen, herzukommen. Einige Orte taten einfach der Seele gut.

29. Kapitel

Die schwanzwedelnde Begrüßung eines Hundes

Als Claire am nächsten Morgen um Viertel nach sieben ihre Tasse Tee in den Händen hielt, durchfuhr es sie, als sie am Strand einen Stapel Kleidung und ein Paar Sportschuhe erblickte. Sie war früh ins Bett gegangen und hatte im Halbschlaf ein Auto gehört, aber gedacht, dass das Geräusch von der Hauptstraße gekommen war. Konnte es sein? Sie rannte ins zweite Schlafzimmer, das auf die Einfahrt hinausging, und ja, da stand ein schwarzer Geländewagen. Ihr Herz machte einen kleinen Sprung, doch dann fragte sie sich, wie Ed sich gefühlt hatte, als er ihr Auto in der Einfahrt gesehen hatte. Würde ihre Anwesenheit sein Wochenende ruinieren?

Zurück auf dem Balkon sah sie genauer hin, und ja, da draußen im Meer war etwas Dunkles zu sehen, das sich durchs Wasser bewegte; es hätte ein Stück Treibholz sein können, doch Claire wusste es besser. Sollte sie hier draußen bleiben? Ihn aus der Entfernung beobachten? Wärme erfüllte sie, als sie sich an das allererste Mal erinnerte, dieses erste Mal, als sie seinen schönen Körper gesehen hatte. Aber seitdem hatte sich alles verändert. Sie kannte diesen Körper nun. Und wie sie ihn kannte. Doch sie kannte auch Eds Vergangenheit, seine Wunden …

Claire beschloss, sich nicht sehen zu lassen, schaffte es jedoch nicht, sich vom Balkon loszureißen. Sie wollte nur einen flüchtigen Blick auf ihn erhaschen, auf seinen bezaubernden Körper, dann würde sie hineingehen und sich fortan rarmachen, ihm aus dem Weg gehen. Ed gehörte nicht zu den Gründen, die sie bewegt hatten, herzukommen, ermahnte sie sich. Um ehrlich zu sein, wäre es viel einfacher gewesen, wenn er nicht gekommen wäre. Sie wollte nicht, dass er glaubte, sie verfolge ihn oder dränge sich wieder in sein Leben. Wie auch immer ihre Gefühle für ihn aussahen, tief in ihrem Herzen – sie verstand seine Distanz, seine Trauer, und respektierte sie.

Das dunkle Etwas schwamm nun in Richtung Ufer. Claire hielt den Atem an. Und dann stieg er aus den flachen Wellen, großgewachsen, mit breiten Schultern, schmaler Hüfte und Taille … oje. Sie erhaschte einen Blick auf seinen sexy pfirsichfarbenen Po, als er sich umdrehte und seine Shorts anzog. Oberteil und Turnschuhe folgten, dann lief er den Strand hoch und blickte direkt zu ihrem Cottage. Zeit für einen eiligen Rückzug. Sehnsüchtig ging sie zurück in ihr Schlafzimmer.

Nun, das war ja mal ein Start in den Morgen. Also war Ed doch da.

Claire hatte die zwei mit Käse belegten Brötchen aus dem Feinkostladen, einen Müsliriegel und ein paar Äpfel in ihren kleinen Rucksack gepackt.

Sie hatte beschlossen, die Küste bis Budle Bay entlangzulaufen, das ungefähr fünf Kilometer entfernt lag. Der Wetterbericht für morgen sah nicht so gut aus, deswegen war der heutige Tag mit ein paar Quellwolken, herbstblauem Himmel und einer milden Brise besser für einen langen Spaziergang geeignet. Gott sei Dank hatte sie in den letzten Wochen wieder mehr Energie gehabt. Es musste an der Infektion gelegen haben, die ihre Lymphknoten zum Anschwellen gebracht hatte, dass sie sich in letzter Zeit so kraftlos gefühlt hatte. Der Knubbel in ihrer Leiste war mittlerweile glücklicherweise verschwunden. Sie würde losziehen, Eds Dunstkreis verlassen und ihr eigenes Ding machen. Perfekt.

Es gab keine Eile, keinen Zeitplan, keine Deadline, sie musste es niemandem recht machen außer sich selbst. Es war ein wunderbares Freiheitsgefühl. An Tagen wie diesem war es eine Freude, die frische salzige Luft einzuatmen, dem Geschrei der Möwen und dem Gelächter von Kindern zu lauschen und Liebenden dabei zuzusehen, wie sie Hand in Hand am Strand spazierten. Claire ging zügig direkt am Wasser entlang. Nach einigen Biegungen des Uferwegs kam sie an Bamburgh Castle vorbei, das stattlich und beeindruckend wie immer über ihr aufragte. Ockerfarbener Sand breitete sich vor ihr aus, daneben das metallisch schimmernde Meer und hoch oben die Burg aus rotem Sandstein, die sich majestätisch vor einem azurblauen Himmel erhob.

Heute lief Claire an der Burg vorbei bis zum anderen Ende des Strandes, wo die Felsen begannen. Wie sie herausgefunden hatte, konnte man sie erklimmen und dann einem Pfad über die Landzunge am Fuße des Golfplatzes folgen, wo ein altes, weiß getünchtes Gebäude der Küstenwache stand. Claire ging unterhalb der grasbewachsenen Dünen entlang und fand sich in einer weiten Bucht wieder, mit einem umwerfenden Blick über den Meeresarm und Lindisfarne. Sie setzte sich kurz hin und aß einen Apfel und eines der Brötchen, während ihr immer noch Gedanken an Ed durch den Kopf schwirrten. Ihm so nahe zu sein, war schwieriger, als sie es sich vorgestellt hatte. Wie sehr sie sich wünschte, dass die Dinge für sie beide anders lägen.

Auf dem Rückweg machte Claire einen Abstecher ins Dorf, um ihr Brot zu holen und kurz mit Lynda zu plaudern. Da es Samstag war, war das Dorf voll von Autos und Menschen. Durch das fröhliche Treiben kehrte sie nach ihrem ruhigen Spaziergang an der Küste, wo sie die meiste Zeit allein unterwegs gewesen war, wieder in die reale Welt zurück.

Nun lief sie am Strand zurück zu den Cottages. Sie ließ sich Zeit – es gab nichts, wofür sie sich hätte beeilen müssen. Wieder legte sie eine Pause ein, um sich auf einen Stein zu setzen und einen weiteren Apfel zu essen, machte sich dann wieder auf den Weg und bog in ihre Bucht ein. Einige hundert Meter von ihrem Cottage entfernt kam ihr ein schwarzer Labrador entgegen. Sie erkannte ihn.

»Bess. Hey, Mädchen. Wie geht es dir?«

Schwanzwedelnd sprang die Hündin um Claire herum. Anscheinend erinnerte sie sich noch an sie. Als Claire aufstand und weiterging, sah sie auch den Besitzer des Hundes, der deutlich weniger glücklich wirkte, sie zu sehen. Er stand mit verschränkten Armen vor seinem Garten. Das könnte unangenehm werden, dachte Claire bei sich.

»Hi«, sagte sie, um das Eis zu brechen.

»Hi.« Eds Stimme klang angespannt. Er hatte einen strengen Gesichtsausdruck.

Also gut, vielleicht war er nicht allzu erfreut, sie hier zu sehen. Aber das war ein freies Land. Sie durfte das Cottage neben seinem mieten, wenn sie Lust dazu hatte. Und sie würde ihn in Ruhe lassen. Trotzdem spürte sie das Bedürfnis, sich zu rechtfertigen. »Ich habe mich hiernach gesehnt, nach dem Meer …« Beinahe hätte sie »nach allem« gesagt, aber das hätte ihn mit eingeschlossen, also ließ sie es unausgesprochen.

»Ja.« Seine Arme lösten sich aus der Verschränkung. Bess lief ihm um die Beine. »Das hat dieser Ort so an sich.« Seine Stimme klang etwas weicher.

»Es tut mir leid. Ich hätte was anderes gebucht, wenn ich es mir leisten könnte.« Sie wusste nicht, warum sie das Gefühl hatte, ihren Aufenthalt hier begründen zu müssen.

»Schon okay. Alles in Ordnung. Und Bess freut sich, dich zu sehen.« Er fügte nicht hinzu, dass auch er sich freute.

Oje, das war so unangenehm. Sie hatte sich in seine Privatsphäre gedrängt, in seinen Rückzugsort. Jetzt wünschte sie, dass sie nicht gekommen wäre. Ihre Anwesenheit machte ihm offensichtlich mehr aus, als sie angenommen hatte. Es war schwer, hier zu stehen, Höflichkeiten auszutauschen und Abstand zu halten. Das nächste Mal würde sie Geld sparen und sich einen Wohnwagen mieten oder in einer kleinen Pension absteigen. Aber das erschien ihr so traurig – nicht hier zu sein, in ihrem Cottage am Meer.

Ed sah sie an. Er versuchte zu lächeln, aber sie konnte sich nicht vorstellen, was er wohl gerade dachte. Er stand einfach da und sah so beklemmt aus in dem Garten, den er einmal mit Kerzen für sie beleuchtet hatte, in dem er für sie gegrillt hatte, in dem er sich mit ihr unterhalten und gelacht hatte. Sie fragte sich, was damals in ihm vorgegangen war. Hatte er den ganzen Abend an seine Frau gedacht, voller Schuldgefühle? War es das erste Mal seit ihrem Tod gewesen, dass er mit einer anderen Frau zusammen gewesen war? Hatte es sich wie Verrat angefühlt? Oder etwas, das er durchstehen musste, hinter sich bringen? Sex mit einer anderen Frau – erledigt, Haken dahinter.

»Also dann«, sagte sie und versuchte ihre Stimme unbeschwert klingen zu lassen, obwohl sie sich gar nicht so fühlte.

»Ich gehe mal lieber rein. Ich bin fast zehn Kilometer gelaufen und bin etwas müde.« In der Tat war es Zeit für ein heißes Bad.

»Okay.« Die Erleichterung stand ihm ins Gesicht geschrieben. »Wir sehen uns.«

»Tschüss, Bess.« Die Hündin war wieder zu ihr hergelaufen, als wollte sie ihre Loyalität zum Ausdruck bringen. Claire kraulte ihr das weiche, seidig-schwarze Fell am Kopf. Sie sah Ed an. »Bis dann.« Nicht: bis morgen, bis später. Sie lächelte sanft. Aber sie fühlte sich innerlich schwer. Am liebsten würde sie all ihre Verletzungen wie ein großes Bündel Luftballons zum Himmel hinaufsteigen lassen, ihnen zusehen, wie sie davonflogen, damit sie beide neu beginnen konnten. Völlig unkompliziert. Nur Ed und Claire, zwei Personen ohne Vergangenheit, ohne Wunden. Einfach zwei Menschen.

Claire drehte sich um, um davonzugehen, blieb dann noch einmal stehen und blickte über die Schulter zurück. »Danke ...«

Ed runzelte die Stirn. »Wofür?«

»Dafür, dass du mir an dem Tag alles erklärt hast. Dafür, dass du mich gefunden hast.« Sie wusste in ihrem Herzen, dass es das Mindeste war, was sie sagen musste. Zu verstehen, was in dieser Nacht passiert war, hatte ihr viel bedeutet.

»Kein Problem.« Er nickte ihr zu und lächelte ansatzweise. »Genieß deinen Urlaub.«

»Danke.«

Sie war entschlossen, genau das zu tun.

Nach ihrem Bad hatte Claire beschlossen, nach Seahouses zu fahren, um sich zum Abendessen eine Portion Fish and Chips zu gönnen. Sie war kurz durch die Stadt geschlendert und saß nun in einem kleinen Café vor einem Teller der mit Salz und Essig verfeinerten Köstlichkeit. In knusprigem Teig gebackener weißer Fisch und frisch frittierte Pommes. Sie hatte ihr Buch mitgenommen, für den Fall, dass sie sich alleine komisch vorkam, war dann aber ganz zufrieden damit, eine Familie am anderen Tisch zu beobachten und ihren Neckereien zuzuhören. Dann kam ein altes Paar und setzte sich an den Tisch neben ihr. Auch sie schienen sich gut zu amüsieren und plauderten angeregt miteinander. Als sie aufstanden, um zu gehen, holte der ältere Herr seiner Frau den Mantel vom Kleiderständer, hielt ihr die Tür auf und nahm ihre Hand, während sie auf dem Bürgersteig davongingen. Die beiden waren wohl ein Ehepaar, überlegte Claire – seit vielen Jahren verheiratet. Sie mussten schon so oft Händchen gehalten haben. Der Gedanke brachte sie zum Lächeln.

Später, wieder in ihrem Cottage, ließ sie sich in ein zweites duftendes Schaumbad sinken. Der Heißwasserboiler hatte wie durch ein Wunder diesmal nicht gestreikt, und sie kam in den Genuss dieser zweiten Wanne voll heißen Wassers. Entspannt lag sie da und schaute auf ihre Narbe, deren Anblick ihr keine Angst mehr einjagte, wie ihr klar wurde. Durch das Implantat hatte ihre Brust eine schöne Form erhalten, die ziemlich genau der auf der anderen Seite glich. Klar, das Fehlen der Brustwarze wirkte irgendwie seltsam, ebenso wie die lange Narbe, aber Claire hatte sich daran gewöhnt. Sie wollte nicht mehr, dass an ihr herumgedoktert wurde, wollte keine unnötigen OPs, obwohl sie von neuen Brustwarzen gehört hatte, die aus Haut von einem anderen Körperteil modelliert oder auch auftätowiert werden konnten – Wunder der Technik. Aber sie war sich nicht sicher, ob das etwas für sie war.

Nach dem Bad kuschelte sie sich wieder auf das Sofa, las in

ihrem Buch weiter und hörte dazu leise Musik. Zwischendurch ging sie mit dem Handy vor dem Haus die Einfahrt auf und ab auf der Suche nach Empfang, um ihrer Mutter und Sally zu schreiben, dass es ihr gut ging und dass sie ihren Kurzurlaub genoss. Danach kehrte sie fröstelnd wieder ins Haus zurück. Das Wetter hatte heute mitgespielt. Morgen würde es wohl nass werden – sie hatte vorhin zufällig den Wetterbericht im Radio gehört. Aber das würde ihr Gelegenheit geben, ihren nächsten Artikel für den *Herald* zu schreiben und einen kurzen Beitrag für den Magische-Momente-Blog für nächste Woche. Die auf der Zeitungs-Webseite fortgeführte Kolumne war immer noch beliebt, auch wenn sie in der Printausgabe nicht mehr erschien, und Claire bekam nach wie vor regelmäßige Rückmeldungen. Sie erinnerte sich an die Liste, die sie im Juni schnell zusammengestellt hatte. Seitdem hatte sie das Blatt Papier als Lesezeichen benutzt – sie zog es zwischen den Seiten des Romans hervor, den sie in der Hand hielt. All diese Momente, nach denen sie sich gesehnt hatte und von denen sie mittlerweile viele erlebt hatte:

Blick auf das Meer und Sonnenschein im Gesicht.

Zeit mit der Familie verbringen – mit ihrer Schwester und den Jungs, mit Mum. Sie fühlte sich ihnen allen jetzt sogar noch näher.

Sich mit Freunden zu Tee und Kuchen verabreden – ja, mit Andrea im Café 9 und seitdem noch einige andere Male.

Das Geräusch von Kinderlachen – sie hörte es oft, und jedes Mal brachte es sie zum Lächeln.

Ein heißes Schaumbad – oh ja, viele davon.

Was hatte sie noch geschrieben? Ach ja, sich in einem guten Buch verlieren. (Diesen Nachmittag und auch davor!) Das war einfach.

Eine Umarmung – mehrere, einschließlich einer überraschenden von Drachen-Julia bei der Arbeit. Und die von Ed waren etwas Besonderes gewesen. Claire hoffte so sehr, dass es ihm gut ging. Sie spürte einen kleinen Stich im Herzen.

Ein kühles Glas Wein an einem Sommertag. Ja, sie erinnerte sich daran, wie sie mit Lynda plaudernd hinter dem Haus gesessen und über den Strand geblickt hatte. Weißwein und Freundschaft, eine perfekte Kombination.

Der Duft von frisch gebackenem Brot und gleich darauf der Geschmack, wenn es frisch aus dem Ofen kam – ja, daraus war ein neues Hobby entstanden, bei dem sie diese Köstlichkeiten selbst erschuf.

Etwas tun, das jemand anderem hilft – sie hatten bei dem verrückten, schlammigen Lauf fürs Leben mitgemacht, der hoffentlich vielen Menschen helfen würde, und sie hatte diesem Teenager, Reece, mit der PR für seine Spendenaktion geholfen. Claire war sehr froh gewesen, als sie kürzlich erfahren hatte, dass sich sein Tumor zurückbildete. Und sie würde weiter auf andere achten und Wege finden, ihnen zu helfen, wenn sie konnte.

Und sie würde nicht vergessen, weiter die einfachen Dinge des Lebens zu genießen, dankbar zu sein für jeden Tag und für jeden Moment, der ihr gehörte, und ihr Leben von einem magischen Moment zum nächsten weiterleben.

Ihre Kolumne war gewachsen, und all die anderen wunderschönen magischen Momente, von denen ihre Leser ihr berichtet hatten, waren ihr in Erinnerung geblieben – besondere Orte, ein Lieblingsspaziergang, ein neugeborenes Enkelkind zum ersten Mal zu sehen. Claire war stolz auf ihre Arbeit. Und sie würde jeden Tag nutzen. Der Winter stand bevor, und der Herbst war bereits da, aber sie konnte immer noch die

Sonne in ihrem Gesicht spüren, sie konnte sich warm anziehen und spazieren gehen, sich am Kaminfeuer wärmen, eine Tasse Suppe oder eine mit Sahne und Marshmallows garnierte heiße Schokolade trinken. Eigentlich könnte sie morgen zum Mittagessen eine schnelle Suppe zaubern, bevor sie wieder zurückfuhr – Lauch und Kartoffeln wären eine gute Grundlage. Und sie dann mit dem Rest von Lyndas köstlichem Brot essen – lecker. Dann, wenn sie wieder in Newcastle wäre, wo ihre Wohnung sich allmählich mehr wie ein Zuhause anfühlte, würde bald die Weihnachtszeit beginnen – Wollpullis, Geschenkpapier und Schleifen, Zimtgeruch, bunte Lichter in der Innenstadt, gefüllte Regale in den Läden. Das Leben ging weiter.

Claire fühlte sich an diesem Abend müde; der Spaziergang hatte sie wirklich angestrengt. Aber es war eine angenehme Müdigkeit, wie sie körperlicher Anstrengung folgte. Sie ging hoch ins Schlafzimmer und schlüpfte ins Bett, eine Tasse Kamillentee neben sich auf dem Nachttisch. Sie konnte nicht anders, als an den Mann nebenan zu denken. Und ja, auch wenn die Begegnung mit Ed vorhin etwas seltsam verlaufen war, war es schön zu wissen, dass er da war. Claire schickte ihm in Gedanken eine Umarmung, flüsterte: »Gute Nacht, Ed«, und glitt in einen erholsamen Schlaf.

Zuerst dachte Claire, dass es ein Traum war. Das Geräusch von Hundegebell, mit einem jammernden Unterton, bei dem sich ihr die Haare im Nacken aufstellten. Sie schreckte hoch. Es schien nicht weit entfernt zu sein. Sie bemerkte das graue Licht des frühen Morgens im Fenster, stand auf, zog sich ihren Morgenmantel über und rannte, noch nicht ganz wach, mit wackeligen Beinen auf den Balkon.

Das Gebell kam von nebenan. Bess, es musste Bess sein. Aber wo war Ed? Die Hündin bellte normalerweise nicht, sie hatte höchstens mal ein erfreutes »Wuff« zur Begrüßung von sich gegeben. Claire hastete zurück ins Schlafzimmer, schlüpfte in ihre Hausschuhe, eilte die Treppen hinunter und rannte über die Einfahrt. Das Bellen wurde panischer und lauter, als sie sich Eds Haus näherte. Auf halbem Weg fiel ihr das Wetter auf – der Wind war viel stärker geworden und hatte einen von Eds Pflanztöpfen umgeworfen; der kleine Strauch darin lag auf der Seite. Nun begann es auch, wie aus Eimern zu gießen.

Halb durchnässt erreichte Claire die Tür des Cottages nebenan. Hörte von innen das Kratzen von Krallen. Die Tür war nicht abgesperrt. Claire steckte den Kopf ins Haus und rief: »Ed? Ed?«, wobei sie fast von einem schwarzen Fellknäuel umgerannt wurde, das in höchster Eile Richtung Strand schoss. Der Strand. Claire drehte sich um – die Wellen peitschten an die Küste. Sie erstarrte. *Kleidung.* Verdammt, sie hatte nicht daran gedacht, von ihrem Balkon über den Strand zu blicken. Lagen Kleider am Wasser? Bess rannte geradewegs auf einen kleinen Haufen von irgendwas zu, der etwas weiter entfernt im Sand lag. Oh Mist.

Wie viel Uhr ist es? fragte sich Claire. Wie lange hatte sie geschlafen? Sie sah auf ihre Uhr. Viertel nach acht. Normalerweise ging Ed direkt nach Sonnenaufgang raus, das war gestern gegen sieben gewesen. Oh Gott, falls er so lange im Wasser gewesen war …

Und das Wasser – das waren keine Wellen wie sonst, keine sanfte Brandung. Heute sah das Meer tückisch aus, dunkel und bedrohlich. Claire wurde übel.

Sie rannte von seinem Cottage aus die Dünen hinauf. Vielleicht konnte sie von dort aus besser sehen. Nichts, nichts, verdammt noch mal nichts, nur die schäumende Brandung – sogar die Seevögel waren verschwunden. Die waren klug genug, an so einem Tag nicht dort draußen zu sein. Warum zum Teufel war er schwimmen gegangen? War er denn wirklich da draußen? Oder war der kleine Haufen einfach etwas, das die Wellen angeschwemmt hatten, ein alter Mantel, ein Handtuch? Aber so wie Bess reagiert hatte …

Claire hatte wertvolle Sekunden verschwendet. Sie musste Hilfe holen, und zwar sofort. Die Küstenwache alarmieren oder wen auch immer. Verdammt, warum hatte sie nicht daran gedacht, ihr Handy mitzunehmen? Bess kam vom Strand zurück und rannte auf sie zu, um sie herum. »Schon okay, Bess. Ich hole Hilfe.« Claire hastete zurück zu ihrem Cottage. Bess schoss wieder in die entgegengesetzte Richtung, zu dem kleinen Hügel am Strand. Es mussten Eds Kleider sein. Die Hündin schaute panisch immer wieder aufs Meer, dann wieder zu Claire, die zu ihrem Cottage zurückkehrte. Das Bellen hörte nicht auf. Niemand sonst war in der Nähe. Niemand sonst war verrückt genug, an einem Morgen wie diesem draußen zu sein. Niemand, den man um Hilfe bitten konnte.

Claire rannte nach drinnen, schnappte sich ihr Handy von der Küchenbank, wo es zum Laden lag, und lief wieder hinaus. Kein Empfang, wie immer in der Nähe der Häuser, sie musste wieder die Dünen hochlaufen. Mit den Füßen sank sie in den weichen Sand ein, blieb an den Wurzeln des stacheligen Strandhafers hängen. *Halt durch, Ed.*

Nur ein Empfangsbalken, Mist. Claire blieb stehen und hielt das Handy in Richtung des Landesinneren, um besseren Empfang zu bekommen. Wählte die Notrufnummer. Es klingelte. *Geh jemand ran, geh ran, bitte!*

»Hallo. Womit können wir Ihnen behilflich sein?«

»Äh … ich brauche die Küstenwache, glaube ich. Und den Rettungsdienst.«

»Worum geht es?«

»Ein Freund, er ist in Gefahr. Er ist schwimmen gegangen … im Meer.«

»Wo befinden Sie sich?«

»In Bamburgh … ähm … unten am Strand … auf halbem Weg nach Seahouses.« *Viel zu ungenau. Ein Orientierungspunkt … irgendetwas.* »Die Cottages. Hier sind zwei Cottages. Eines davon heißt Farne View.«

»Okay, danke, das ist gut. Und wie ist Ihr Name?«

»Claire. Claire Maxwell.«

»Okay, Claire, bitte bleiben Sie in der Leitung. Legen Sie nicht auf.«

Claire betete, dass der Empfang nicht abreißen würde.

»Ich stelle Sie zur Küstenwache durch.«

»Sie sagen also, jemand ist auf dem Meer in Gefahr? Ein Schwimmer?« Eine männliche Stimme übernahm das Gespräch. »Lassen Sie mich Ihren Standort feststellen und die letzte Position der gefährdeten Person. Sie sind in Bamburgh, richtig?«

»Ja.«

»Wann und wo haben Sie die Person zuletzt gesehen, von der Sie glauben, dass sie in Gefahr ist?«

»Gestern … aber er ist heute Morgen schwimmen gegangen. Da liegt ein Stapel Klamotten am Strand. Und sein Hund dreht durch.«

Claire bekam selbst das Gefühl, ein wenig verrückt zu klingen. Dachte das der Typ am anderen Ende der Leitung auch? War das alles, was sie an Beweisen dafür hatte, dass

Ed in Gefahr war? Was, wenn er nur kurz hinter die Dünen verschwunden war, um seine Notdurft zu verrichten? Und just in dem Moment herausspaziert kam, in dem sie die gesamte Küstenwache Ihrer Majestät mobilisiert hatte. Aber sie wusste einfach in ihrem Innersten, dass etwas nicht stimmte, genauso wie Bess es wusste.

Und schlimmer noch, ein grausiger, unheimlicher Gedanke entstand in ihrem Kopf. Was, wenn er als vermisst gemeldet werden wollte? Einfach im Meer verschwinden wollte? Allem ein Ende setzen?

Claire riss sich zusammen. »Ich glaube, er ist um kurz nach sieben schwimmen gegangen. Von dem Strand aus, an dem ich mich jetzt befinde.«

»Okay, halten Sie diese Leitung offen. Wir brauchen sie möglicherweise, um Ihre Position am Strand zu lokalisieren. Ich kontaktiere sofort ein Rettungsboot und einen Helikopter.«

Der Anruf wurde nicht beendet, aber niemand sprach mehr. Claire stand wie angewurzelt da und wagte nicht, sich zu bewegen, um den Empfang nicht zu verlieren. Sie suchte mit den Augen das Meer ab, das ein tobendes Chaos war. Noch immer kein Zeichen von Ed. Kein schwingender Arm, kein dunkler Punkt, der ein Kopf sein könnte. Bei dem unruhigen Wasser war es ohnehin schwierig, irgendetwas zu erkennen. Ed war fit und gesund, rief sie sich in Erinnerung. Er kannte das Meer, schwamm jeden Tag, den er hier war. Er hatte ihr erzählt, dass er bei den Regionalmeisterschaften angetreten war. In einem Schwimmbecken, du dumme Nuss, vergegenwärtigte sie sich. *Bleib stark, Ed!*

Bess tauchte neben ihr auf, schleckte ihre Hand. Claire tätschelte der Hündin geistesabwesend den Kopf. »Ruhig,

Mädchen.« Sie war jetzt bis auf die Haut durchnässt, ihr Morgenmantel, mit Wasser vollgesogen, hing schwer an ihr hinab. Da stand sie tropfend auf der Düne, das Handy ans Ohr gepresst, nur für den Fall. Und alles, was sie tun konnte, war warten.

30. Kapitel

Mach das Beste aus jedem Tag,
aus jedem Moment

Sekunden erschienen wie Stunden. Bitte, Gott, mach, dass es ihm gut geht, flüsterte Claire vor sich hin. Egal, was für ein beschissenes Leben er bisher gehabt haben mochte, er verdiente eine zweite Chance, eine Zukunft. Er verdiente ein bisschen Glück. Ihr Gesicht war nass von Regen und Tränen. Bess rannte in einem fort zwischen ihr und dem Kleiderhaufen am Strand hin und her.

Plötzlich sah sie etwas auf dem Wasser schaukeln. Etwas Dunkles, das einem Körper ähnelte. Es sah nicht gut aus, wie es da ziellos hin und her geworfen wurde. Oh Scheiße, Scheiße, nein. Es fühlte sich an, als würde ihre Welt zerbrechen. Nein. Sollte sie hinlaufen und nicht mehr auf den Empfang achten? Aber Bess schien von dem Gegenstand unbeeindruckt. Nun sah Claire genauer hin, und ihr wurde klar, dass es sich um ein Stück Treibholz handeln musste, das die raue See an Land brachte.

Der Himmel war bedrückend finster. Schwere Regentropfen prasselten immer weiter auf Claire herab. Ed musste in Gefahr geraten und immer noch da draußen sein. Vielleicht war es heute Morgen noch schön gewesen, und dann hatte das Wetter plötzlich umgeschlagen. Sie hatte selbst gesehen, wie sich in kürzester Zeit Regenwolken am Horizont sammeln und dann als dichte Masse heranziehen konnten. Man konnte sie über dem Meer näher kommen sehen, als blaugraue Wand. Was, wenn er nicht stark genug war, sich über Wasser zu halten? Was, wenn er in diesem Moment vom Meer hinabgezogen wurde – unterkühlt und zu müde, um dagegen anzukämpfen?

»Ed!« Sein Name entfuhr ihrem Mund, sie schrie ihn über die Dünen, über das Meer.

Und immer noch der Regen und der Wind, der die Wellen aufpeitschte.

Das Dröhnen eines Motors, das mechanische Hackgeräusch von Rotorblättern ließ sie hochschrecken. Direkt über ihr flog ein gelber Helikopter, wirbelte Sand auf, wehte ihn ihr in die Augen, ließ ihr Haar nach oben flattern. Gott sei Dank. Wenigstens waren sie jetzt da und suchten nach ihm.

Claire winkte verzweifelt. Sie musste ihnen ein Zeichen geben, dass sie an der richtigen Stelle waren.

Und dann hörte sie eine Stimme, die blechern aus ihrem Handy kam, kaum hörbar wegen des Helikopters. Es klang wie der Mann, mit dem sie zuletzt gesprochen hatte. »Der Helikopter hat Sie lokalisiert, Claire. Es wurde auch ein Rettungsboot losgeschickt. Man wird alles gründlich absuchen. Bitte bleiben Sie in der Leitung, okay?«

»Ja. Ja, das werde ich.« *Findet ihn. Na los, findet ihn.*

»Und, Claire, Sie machen das sehr gut. Versuchen Sie einfach, ruhig zu bleiben. Wir tun, was wir können.«

»Danke.« Dieser Satz hatte sie kurz beruhigt. Ein bisschen Menschlichkeit, ein bisschen Mitgefühl. Dann wurde es wieder still im Handy.

Claire beobachtete, wie der Helikopter aufs Meer hinausflog, dann wendete, um parallel zur Küste zu fliegen, erst nach

Norden, dann nach Süden und schließlich wieder in ihre Richtung. Sie glaubte, ein Boot ausmachen zu können, das von der rechten Seite der Bucht in ihr Blickfeld kam. Bess war wieder in ihrer Nähe; verstört vom Lärm des Helikopters lief die Hündin nach links und rechts.

Selbst wenn sie ihn fanden – was würden sie finden?

Claire hielt sich davon ab, diesen Gedanken weiterzuverfolgen, stand einfach da und sah zu, jeder Nerv in ihrem Körper zum Zerreißen gespannt.

Weiter unten am Strand erblickte sie zwei Gestalten, Spaziergänger, zweifellos von der dramatischen Suchaktion angezogen. Hier passierte etwas, was man anderen erzählen konnte.

Die Zeit schien stillzustehen, während der Helikopter über dem Meer kreiste und dann wieder auf und ab flog, parallel zur Küste. Nun schien er zu schweben, beinahe in der Luft zu stehen. Etwas wurde heruntergeworfen, vielleicht eine Rettungsleine? Hatten sie etwas gefunden? Hatten sie ihn gefunden?

»Miss Maxwell . . Claire?« Der Mann schrie ins Telefon, als ob er es schon einmal versucht hätte.

Irgendwas tat sich auf dem Meer. Jemand stieg aus dem Helikopter, befestigt an einer Winde oder etwas Ähnlichem.

»Ja ... ja?«

»Sie haben jemanden gefunden.«

»Geht es ihm gut?«

»Es tut mir leid, darüber habe ich noch keine Informationen. Aber sie haben auf jeden Fall einen Mann im Meer gefunden.«

»Danke.« Claire bemerkte, dass sie am ganzen Körper zitterte.

Er hatte »Mann« gesagt, nicht »Leiche«. Das war sicherlich gut. Oder nicht?

»Sie können jetzt den Anruf beenden.«

»Ähm … warten Sie … wissen Sie, wo er hingebracht wird?«

»Der Rettungshubschrauber fliegt in der Regel nach Newcastle. Das Krankenhaus heißt Royal Victoria Infirmary.«

»Oh …«

»Sie können jetzt auflegen, Claire.«

»Oh, okay, danke.« Sie fühlte sich immer noch benommen, Angst lähmte sie.

»Gern geschehen.« Der Mann beendete die Verbindung selbst.

Sie konnte die Düne also verlassen. Langsam ging Claire zu dem Haufen nasser Kleidung, seiner Kleidung. Sammelte sie auf.

»Alles in Ordnung, junge Frau? Können wir helfen?« Das Paar, das die Rettungsaktion beobachtet hatte, kam auf sie zu.

»Ah … alles in Ordnung. Sie haben ihn gefunden … Da war ein Mann im Meer … sie haben ihn gefunden.«

»Sie sind ja völlig durchnässt, Sie müssen doch frieren. Unser Auto steht hinter den Dünen an der Straße. Können wir Sie irgendwo hinbringen?«

»Danke, aber ich wohne gleich in einem der Cottages da drüben. Ich werde dorthin zurückgehen. Danke.«

Bess folgte Claire zurück zu ihrem Haus und drängte sich hinter ihr durch die Tür. Eds Kleidung triefte vor Nässe, also legte Claire sie in die Küchenspüle. Dann fiel ihr auf, wie nass sie selbst war. Hastig zog sie ihren Morgenmantel und den Pyjama aus und ging zitternd die Treppe nach oben. Sie musste unbedingt zum Krankenhaus fahren und herausfinden, wie es ihm ging. Würden sie sie reinlassen, ihre Fragen beantworten? Sie war kein Familienmitglied. Sie war nicht einmal seine Freundin. Aber ihr müsste sich schon der Teufel persönlich in den Weg stellen, damit sie auf eine Auskunft verzichtete.

In höchster Eile duschte sie, rubbelte sich mit dem Handtuch ab, zog Unterwäsche, Jeans und einen Pullover an, rannte nach unten und schnappte sich Mantel, Handy und Schlüssel. Bess hatte sich auf dem Boden zusammengerollt und schaute sie trübselig an.

»Na, dann komm, Mädchen – wir stecken da schließlich gemeinsam drin, nicht wahr?« Claire war bereits bei ihrem Wagen angekommen und öffnete die Beifahrertür, damit Bess hineinspringen und sich im Fußraum zusammenkauern konnte.

Ungeduldig wartete Claire in der Schlange vor dem Parkhaus, suchte dann einen Stellplatz und bezahlte ein Vermögen für die engste Parklücke aller Zeiten. Wann war es so teuer geworden, krank zu sein oder jemanden zu besuchen, der krank war? Sie dachte daran, das Autofenster für Bess einen Spaltbreit offen zu lassen, und machte sich im Geist eine Notiz, später eine Flasche Wasser für sie zu kaufen. Aber jetzt rasch hinaus aus dem Parkhaus und hinüber zum Krankenhaus. Claire fand die Rezeption, aber sie hatte ja keine Ahnung, auf welche Station Ed gekommen war.

»Hi.« Claire versuchte es mit ihrem freundlichsten Lächeln bei der streng aussehenden Dame im gestärkten Kittel. »Wurde vor etwa einer Stunde ein Mann von einem Hubschrauber der Küstenwache hergebracht? Sein Name ist Ed.«

»Da muss ich nachschauen. Wir haben viele Patienten.« Die Dame an der Rezeption hob ihre ordentlich gezupften

Augenbrauen. »Sind Sie eine Verwandte?« Claire war noch nie eine gute Lügnerin gewesen, die Frau durchschaute sie wahrscheinlich auf der Stelle. Aber sie war nicht den ganzen Weg für nichts hergefahren, mit einem nassen, verzweifelten Hund im Auto.

»Ja«, log sie. »Ja, ich bin seine Schwester.«

»Okay, setzen Sie sich einen Moment. Ich sehe mal, was ich für Sie herausfinden kann.«

»Danke.«

Die Rezeptionistin schenkte ihr ein höfliches, aber skeptisches Lächeln.

Zehn Minuten später winkte die Dame Claire wieder herbei und beschrieb ihr den Weg zur allgemeinen Station für Männer. Gott sei Dank! dachte Claire. Man würde sie doch sicher nicht auf die Station schicken, wenn er es nicht geschafft hätte. Er musste okay sein – zumindest am Leben –, und alles andere würde sich ergeben. Fast hätte sie die Empfangsdame umarmt.

Eine freundlich aussehende Krankenschwester wartete schon am Eingang. »Sie sind wegen Edward Baxter hier?«

»Ja … genau.« Claire zögerte eine Sekunde, als ihr klar wurde, dass sie nicht einmal seinen Nachnamen kannte. Sie hoffte, dass es nicht noch einen anderen Ed auf dieser Station gab, dessen angebliche Schwester sie war. Das würde sonst sehr interessant werden.

Etwas beklommen folgte sie der Krankenschwester zu einer Kabine. Die Schwester zog einen Vorhang zur Seite und verkündete: »Edward, Ihre Schwester ist hier.«

Er setzte sich auf und sah sie fragend an, bis Claire mit einem hoffnungsvollen Lächeln neben der Krankenschwester erschien.

»Ach, ja … ja natürlich. Hi, Claire.« Er wahrte den Schein. Claire fiel auf, dass er langsam sprach, als würde es ihm schwerfallen, Worte zu finden. Er sah abgeschlagen aus, sein Gesicht war fahl.

»Wie geht es dir?« Sie wollte sich zu ihm hinunterbeugen, ihn in die Arme schließen, ihn nie mehr loslassen. Sehen, ob es ihm auch wirklich gut ging. All die Angst, die sich in ihr aufgestaut hatte, beim Warten am Strand, bei der Suche, bahnte sich nun in Form von Tränen ihren Weg nach draußen. Claire versuchte, sie mit dem Handrücken wegzuwischen.

Zitternd nahm sie auf einem grauen Plastikstuhl neben dem Bett Platz. »Oh, ich hab mir solche Sorgen gemacht. Gott sei Dank geht es dir gut. Was ist passiert, Ed?«

Er sah so blass aus in dem Krankenhausbett – wie ein Schatten seiner selbst.

Claire hatte Angst, dass er es absichtlich getan hatte. Dass er gezielt ins stürmische Meer gegangen war. Sie nahm seine Hand, die schlaff auf dem weißen, steifen Laken lag.

Er atmete langsam ein. »Woher wusstest du es? Der Hubschrauber … hast du Hilfe gerufen?«

Sie nickte. Ihr kamen mit einem Mal Bedenken, dass sie das Falsche getan hatte. Etwas, was er gar nicht wollte. Nein, das könnte niemals das Falsche gewesen sein, versicherte sie sich selbst.

»Ja, das war ich. Aber um ehrlich zu sein, verdiene ich nicht die ganzen Lorbeeren. Im Parkhaus wartet ein sehr nasser, sehr gestresster Hund in meinem Auto.«

»Bess …«

»Ja, sie ist fast durchgedreht, als sie in deinem Haus eingesperrt war und du nicht zurückgekehrt bist. Hat gebellt wie eine Verrückte und mich aufgeweckt … Ich bin so froh, dass sie mich aufgeweckt hat.« Und wieder kamen Claire die Tränen, diesmal konnte sie sie nicht zurückhalten. Sie war so erleichtert, ihn hier zu sehen, ihm so nahe zu sein. Ihr Blick verschwamm, und sie war sich sicher, dass ihre Nase lief. Sie wühlte nach einem Taschentuch. »Dem Himmel sei Dank für Bess.«

»Und ich hätte sie dieses Mal beinahe nicht ins Cottage mitgenommen.« Er schloss für einige Sekunden die Augen und murmelte: »Oh, Bess.«

Er hatte Claire immer noch nicht erklärt, warum in aller Welt er an einem Oktobertag mit unruhiger See schwimmen gegangen war.

»Entschuldigung.« Ed wurde von einem Hustenanfall geschüttelt und hatte Mühe, danach seine Augen wieder zu öffnen. »Die meinten, ich hätte eine Menge Wasser geschluckt.«

Ihre Hand lag immer noch auf seiner. »Also, was ist passiert?« Ihre Stimme war sanft.

»Das Meer war am Anfang noch gar nicht besonders unruhig. Ich bin nach Sonnenaufgang ins Wasser gegangen, wie immer. Ich wollte nur etwa fünfzehn Minuten schwimmen. Das Meer ist ja um diese Jahreszeit etwas kälter …« Er machte eine Pause. »Es hat ganz plötzlich umgeschlagen. Der Wind ist stärker geworden. Schwarze Wolken sind aufgezogen. Es wurde echt unruhig da draußen. Ich war eigentlich gar nicht so weit rausgeschwommen, aber da war diese verdammte Strömung, die mich in die falsche Richtung gezogen hat. Es wurde immer schwerer, dagegen anzuschwimmen … Ich wurde müde. Ich bin die ganze Zeit geschwommen, ohne dem Ufer ein Stück näher zu kommen.«

»Oh, Ed.« Claire drückte seine Hand.

»Dann war es so kalt, dass ich meine Beine fast nicht mehr

bewegen konnte. Sie haben einfach nicht mehr richtig funktioniert. Alles, was ich tun konnte, war, Wasser zu treten, und selbst das fiel mir schwer.«

Er legte den Kopf wieder auf das Kissen, als fiele es ihm schwer, sich daran zu erinnern, die Situation noch einmal zu durchleben.

»Schon okay. Rede nicht so viel … du brauchst Ruhe, mein Schatz.« Der Kosename war ihr einfach so herausgerutscht, ohne dass sie es hätte verhindern können, aber es fühlte sich völlig natürlich an. Ihre Blicke trafen sich für einen Moment. Claire lächelte leicht. Dann aber war es ihr peinlich, und sie fragte sich, was sie hier eigentlich tat.

»Also, ich wollte nur sehen, ob es dir gut geht. Dann geh ich jetzt besser mal. Vielleicht kommt gleich deine richtige Familie zu Besuch.« Siedend heiß fiel ihr ein, dass seine Frau und sein Sohn – seine richtige Familie – tot waren. »Deine Eltern und so«, schob sie schnell nach. Hatte er nicht einen Bruder erwähnt? »Ich sollte nach Bess sehen«, fügte sie hinzu. »Ihr etwas Wasser und Futter geben. Sichergehen, dass sie es warm genug hat.«

»Geh noch nicht … Bleib noch ein bisschen. *Bitte.*« Er wirkte erschöpft, zerbrechlich, einsam. Claire sah, dass er anfing, in den Schlaf abzugleiten.

Also blieb sie und saß still neben seinem Bett, während er schlief. Sie hörte den Geräuschen des Krankenhauses um sie herum zu – dem Quietschen von Krankenpflegerschuhen, gedämpften Stimmen, dem Klingeln eines Telefons. Eds schweren Atemzügen. Claire musterte sein Gesicht, seine langen, dichten Wimpern. Sein Haar war lockig und stumpf vom Salzwasser. Sie konnte das Salz an ihm riechen; eine feine weiße Kruste hatte sich um seinen Kiefer herum gebildet.

Wenn sie nur daran dachte, dass er da draußen hätte ertrinken können. Sie war sich nicht sicher, wie ihre Welt dann ausgesehen hätte.

Claire wurde ebenfalls müde. Die Ereignisse des Tages holten sie allmählich ein. Sie saß da, den Kopf auf die Hände gestützt, und dachte nach, zu unruhig, um einzuschlafen. Plötzlich wurde der Vorhang zurückgezogen. Die Krankenschwester von vorher streckte den Kopf herein.

»Geht es ihm gut?« Claire sprach leise, da sie Ed nicht aufwecken wollte. »Wird er wieder in Ordnung kommen?«

»Ja. Wir behalten ihn zur Beobachtung hier. Er war unterkühlt, als er herkam, und hatte eine Menge Meerwasser geschluckt. Aber ja, es sollte ihm bald wieder gut gehen.«

Vielleicht körperlich, wenn er sich erst einmal ordentlich ausgeruht hatte, aber was den Rest betraf … Claire wusste, dass er immer noch ein gebrochener Mann war. Sie seufzte innerlich, während sie freundlich die Schwester anlächelte, die keine Ahnung von seiner Vergangenheit hatte, davon, womit er fertigwerden musste. Zögerlich ließ sie Eds Hand los und rutschte mit ihrem Stuhl vom Bett weg, damit die Krankenschwester ihre Arbeit erledigen konnte. Ed wurde wach, als sie seinen Arm hob, um seinen Puls zu messen. »Sie machen das gut, Ed«, meinte die Schwester aufmunternd. »Wir werden Sie ruckzuck wieder auf die Beine bringen.« Als sie sich umdrehte, um zu gehen, fügte sie für Claire hinzu: »Er wird wieder.«

»Soll ich dir vielleicht ein bisschen Wasser einschenken?«, fragte Claire den Patienten.

»Ja, das wäre gut. Dafür, dass ich den halben Ozean ausgetrunken habe, bin ich überraschend ausgetrocknet.« Er grinste schief.

Sie füllte ihm einen dünnen Plastikbecher mit Wasser aus einem Krug vom Nachttisch. Er trank in kleinen Schlucken; seine Lippen sahen trocken aus und begannen, aufzuspringen.

»Danke.«

»Gern geschehen.«

»Dafür, dass du hergekommen bist … für alles. Und danke, dass du geblieben bist. Habe ich geschlafen?«

»Ja, und geschnarcht.«

»Echt?«

Sie schüttelte lachend den Kopf. »Nein.«

Er sah auf einmal ernst aus. »Danke … dass du Hilfe geholt hast.«

»Gott sei Dank, dass ich das getan habe. Und Gott sei Dank war Bess da.«

»Am Anfang bin ich ganz normal geschwommen.« Er startete noch einen Versuch, ihr alles zu erklären. »Dann, als ich in Schwierigkeiten geriet und aufs Meer hinausgezogen wurde, dachte ich zuerst, dass es vielleicht das Beste sei. Du weißt schon … Vielleicht wäre es am einfachsten, einfach loszulassen. Ich könnte ins Nichts gleiten. Zu ihnen.«

In Claires Augen standen Tränen. Auch Eds Augen sahen feucht aus. »Ich konnte nicht, Claire. Ich wollte leben … Ich wollte so sehr leben … ich habe gegen jede einzelne Welle angekämpft. Es gab Nächte, so viele Nächte, in denen ich mich dafür entschieden hätte. Für das Nichts. Aber als ich ihm gegenüberstand, war ich nicht bereit. Was für eine scheußliche Art zu sterben. Was für eine Ironie des Schicksals. Kaum willst du es wirklich nicht mehr, passiert so was.« Wieder schien er erschöpft. Seine Stimme wurde weicher. »Ich musste überleben.«

Claire rückte näher zu ihm und legte die Arme um seine Schultern; sie hielt ihn, wie sie ihn seit Wochen hatte halten wollen, und ihr Kopf ruhte leicht auf seiner Brust. Erleichterung und Liebe erfüllten ihren ganzen Körper.

Ed stieß einen langen, langsamen Seufzer aus, den sie auf seiner Brust spürte, und küsste sie ganz leicht auf den Kopf.

»Überleben. Das ist der Überlebenstrieb, Ed«, sagte sie. Das wusste sie nur allzu gut.

»Ich möchte nicht mehr nur überleben.« Er richtete sich im Bett auf, so dass sie aufblicken musste, um ihn zu sehen. »Ich will leben, Claire. Wirklich leben.«

So hatte sie sich gefühlt, als sie mit dem Krebs gekämpft hatte, vor Augen hatte, dass sie alles verlieren würde. Man wollte das Beste aus jedem Tag machen, aus jedem Moment.

»Wirklich leben, ja.« Sie verstand.

Sie hielten einander fest umschlungen, bis Eds Atem ruhiger wurde und er wieder wegdämmerte. Er wirkte friedlich. Claire löste sich sanft von ihm und gab ihm einen zarten Kuss auf die Stirn.

Er sah so aus, als würde er eine Weile schlafen, also ging sie hinaus zum Auto, um nach Bess zu sehen. Die Hündin wirkte ein wenig zittrig, aber sonst schien sie okay zu sein. Claire machte einen kurzen Abstecher in die Innenstadt, um eine Tierhandlung aufzusuchen und eine Leine, eine Hundedecke und zwei Näpfe zu besorgen – einen für Wasser, den anderen für das Futter, das sie gekauft hatte. Nach einem kurzen Spaziergang mit der Hündin gab sie ihr etwas von dem Futter, füllte die andere Schale mit Wasser, stellte sie ins Auto und wickelte Bess in die Hundedecke. »Es geht ihm gut, Bess. Du wirst ihn bald wiedersehen, versprochen.« Als Antwort erhielt sie ein Schwanzwedeln, bei dem die Decke von der Hündin herabglitt. Claire wickelte sie erneut darin ein. »Ich muss jetzt gehen. Es wird hoffentlich nicht allzu lange dauern.«

Zurück auf der Station, konnte sich Claire nicht dazu überwinden, Ed allein zu lassen und wegzufahren, solange sie nicht wusste, dass es ihm wirklich gut ging. Außerdem würde er dann eine Mitfahrgelegenheit brauchen, oder? Niemand schien es eilig damit zu haben, sie loszuwerden, obwohl die Besuchszeit offiziell bereits zu Ende war. Also versuchte sie, nicht aufzufallen, unterhielt sich leise mit ihm, wenn er aufwachte, und ließ ihn zwischendrin schlafen. Er musste wieder zu Kräften kommen.

Später ging sie noch einmal ins Parkhaus, um nach Bess zu sehen. Als sie zu Ed zurückkehrte, erfuhr sie, dass die Ärzte da gewesen waren und ihn entlassen hatten. Ed war gerade dabei, sich Baumwollhosen anzuziehen, die zu kurz waren, sowie ein riesiges T-Shirt und einen abgetragenen grauen Fleecepullover. Er sah aus wie ein Landstreicher.

»Ed, was ist los?«

»Gute Neuigkeiten. Ich darf gehen.«

»Das ist toll, aber … die Klamotten. Im Ernst?«

»Die sind aus der Fundkiste. Ich kann ja nicht so rausgehen, wie ich reingekommen bin.«

Claire verzog das Gesicht und versuchte nachzuvollziehen, was er meinte.

»So nackt wie am Tag meiner Geburt«, erklärte er.

Oh Gott, richtig – das Nacktschwimmen. »Ich wusste, dass das ganze Nacktbaden auf Dauer nicht gut für dich sein würde.«

»Du hast mich gesehen?«

»Mmh hmm.« Ein freches Grinsen umspielte ihre Lippen.

»Wie oft?« Er runzelte die Stirn.

»Ziemlich oft, ich habe mich immer sehr darauf gefreut.«

»Oh Mann, du Spannerin!«

»Guter Ausblick vom Balkon«, witzelte sie. Nach all der Anspannung tat es gut, etwas miteinander zu scherzen.

»Na na. Aber es wird nicht wieder vorkommen, das sag ich dir.«

»Spielverderber.«

»Oh Gott, ich hoffe, dass die Presse nichts davon mitbekommen hat. Kannst du dir die Schlagzeilen vorstellen? ›Nackter Mann aus Meer gerettet‹.«

»Hmm, vielleicht sollte ich in der Redaktion des *Herald* anrufen.«

»Wage es ja nicht!«

Es war wunderbar, ihn wieder lächeln zu sehen.

»Na komm. Wenn du mit diesen Klamotten wirklich nach draußen willst, sollten wir dich so schnell wie möglich ins Auto verfrachten. Und außerdem kenne ich da jemanden, der sehr erfreut sein wird, dich zu sehen.«

Sie bedankten sich noch bei den Krankenschwestern der Station und verließen dann gemeinsam das Krankenhaus. Ed ging langsam, als müsste er sich erst wieder daran gewöhnen, Boden unter den Füßen zu haben.

Bess drehte fast durch, als er sich dem Auto näherte, und sprang bellend auf den Sitzen auf und ab, so sehr freute sie sich, gleich mit ihrem Freund und Herrchen wieder vereint zu sein. Sobald Claire die Autotür geöffnet hatte, sprang sie mit einem Satz heraus und schleckte Ed überschwänglich ab.

»Okay, jetzt krieg dich mal wieder ein, Mädchen.« Ed tätschelte Bess, um sie zu beruhigen. »Lass uns fahren, Claire. Ich bin bereit für zu Hause.«

Und mit zu Hause, das wusste sie, meinte er ihre zwei kleinen Cottages am Meer.

31. Kapitel

Die Haut meines Partners zu spüren und zu wissen, dass ich mit ihm alles überstehen kann

Es war stockfinster und beinahe acht Uhr abends, als sie in die Kieseinfahrt einbogen. Claire bot Ed ihren Arm als Stütze an, da er noch ein bisschen schwach war, und führte ihn zum Haus. Dann fütterte sie Bess und ließ sie in den Garten hinaus, während Ed im Wohnzimmer saß.

»Soll ich dir etwas zu essen machen? Eine Tasse Tee? Oder möchtest du ein kaltes Bier, falls du welches dahast?«

»Mir ist immer noch etwas kalt. Vielleicht was Warmes. Ich könnte eine Tasse mit heißer Brühe vertragen. Ja, das würde mir guttun. In der Küche steht noch ein Glas Brühpulver. Danke.«

Claire machte sich eifrig ans Werk. Sie fühlte sich wohl in seinem Haus. Es war gut, dass er ihr erlaubte, sich um ihn zu kümmern, wenigstens für den Augenblick. In ihrem Hinterkopf konnte sie nicht aufhören, sich zu fragen, was als Nächstes geschehen würde. Wann wäre es angebracht, dass sie in ihr Cottage zurückging? Sie *wollte aber nicht* zurückgehen.

Später, am wärmenden Feuer, bat er sie, zu bleiben. Sie spürte, dass es keine Nacht der Leidenschaft werden würde. Er wirkte entkräftet und zerbrechlich. Aber sie brauchten einander.

Claire folgte ihm nach oben, in das Zimmer, wo sie bereits eine gemeinsame Nacht verbracht hatten. Die Laken fühlten sich kalt an, als sie nackt zu ihm ins Bett schlüpfte. Es gab keinen Grund, sich zu verstecken. Sie hatte keine Angst mehr vor ihrer Narbe. Mit einem Seufzer kuschelte sie sich an ihn. Er war da, er war einfach hinreißend, und, was das Wichtigste war, er war am Leben. Sie schob einen Arm unter ihn, während er auf der Seite lag, mit dem Rücken zu ihr. Von den Ereignissen des Tages musste er wie erschlagen sein.

Bald verlangsamte sich seine Atmung, und er schlief ein, Claire ganz nah bei sich. Während sie dalag, konnte sie das Heranrollen und Zurücklaufen der Wellen draußen hören, die viel ruhiger geworden waren. Ein Meer, das Respekt und Furcht einflößte und dennoch wunderschön war, dessen Wechselspiel man mit Ehrfurcht betrachten musste. Die elementare Kraft des Wassers. Eine Eisfläche auf einer Straße. Wie angsteinflößend und willkürlich die Welt sein konnte. Die dramatischen Ereignisse des Tages und der letzten Wochen schwirrten Claire immer noch durch den Kopf. Aber sie kuschelte sich an den Mann neben ihr und fühlte sich so glücklich, hier zu sein, in Sicherheit, bei ihm.

Sie erwachte am nächsten Morgen entspannt und ließ den Anblick des Schlafzimmers und des wundervollen Mannes neben ihr auf sich wirken. Das Foto von seiner Frau und seinem Kind stand neben ihm auf dem Nachttisch. Und das war okay. Das war gut. Sie würden immer ein Teil seines Lebens sein, ein Teil von ihm. Und das verdienten sie auch.

Dann fiel ihr schlagartig ein, dass es Montagmorgen war. Sie blickte auf ihre Uhr. In weniger als einer Stunde musste sie in Newcastle im Büro sein. Oh Mist. Sie schwang sich aus dem Bett.

»Ed, ich muss gehen. Ich muss zur Arbeit«, flüsterte sie ihm zu. Aber während sie das sagte und gleichzeitig ihre Jeans anzog, drängte jede Faser ihres Körpers sie dazu, bei ihm zu bleiben.

»Musst du wirklich?«, fragte er verschlafen. »Bitte bleib bei mir. Wenigstens heute. Wir haben einiges nachzuholen.« Der Ausdruck in seinen Augen ließ sie erst schmelzen und dann Feuer fangen.

Alles, was sie wollte, war, ihre Jeans wieder auszuziehen und zurück zu ihm ins Bett zu springen. Sie fühlte sich zerrissen beim Gedanken daran, ihn zu verlassen.

Ed stand aus dem Bett auf und trat nackt in seiner vollen Pracht vor sie. Claires Oberkörper war noch frei. Er lächelte sie an und nahm sie in die Arme – seine Haut warm vom Bett. Erst sanft, dann intensiv küsste er ihre Lippen. Sie spürte seine Zunge an ihrer. Seine Erektion, so sexy, an ihrer Hüfte. Oh Gott. Seine Hände waren in ihren Haaren, auf ihrem Rücken, glitten über ihre Brüste.

Geh nicht zur Arbeit. Geh heute nicht zur Arbeit. Er ist einfach zu hinreißend. Er will leben. Er will dich, Claire Maxwell. Dich mit deinen Narben und deiner kaputten Brust.

Und sie wollte ihn auch. Seinen Körper, seine Seele, seine Vergangenheit, seine Zukunft.

Entschlossen streifte sie die Jeans ab, und sie ließen sich zusammen zurück aufs Bett fallen, aufgekratzt und lachend, ineinander verschlungen, sich küssend. Mit der Verheißung, dass noch so viel auf sie zukam.

»Okay, ich bleibe«, sagte Claire und küsste sein Ohrläppchen. »Ich melde mich krank – aber nur heute.« Oh ja, ein Tag, um zusammen zu sein, nach den gestrigen Schrecken. Eine weitere Nacht, die sie miteinander teilen würden. Es fühlte sich so richtig an.

»Dann komm am Wochenende zurück. Du kannst hier bei mir übernachten. Versprich mir, dass du zurückkommst.«

»Ich verspreche es.« Nichts würde sie davon abhalten können.

Sie hatten so viel zu tun. So viel zu sagen. So viel Leben zu leben. Einen Tag nach dem anderen. Einen magischen Moment nach dem anderen.

Epilog

Achtzehn Monate später

Die Sonne schien ihr ins Gesicht. Claire drehte sich um und wollte sich anders hinlegen, um sich an Ed zu kuscheln. Das Bett fühlte sich seltsam leer an. Sie streckte die Arme aus und tastete den Platz neben sich ab.

Hmm. Sie spähte aus halb geöffneten Augen auf das Bett … er war definitiv nicht da. Da war nur eine verräterische Kuhle in der Matratze, und die Decke auf seiner Seite war zurückgeschlagen. Ach, wahrscheinlich war es Zeit für sein morgendliches Nacktschwimmen. Obwohl er fast in einem wilden herbstlichen Meer ertrunken wäre, hatte er sich das nicht abgewöhnt. Sie hatte ihm jedoch das Versprechen abgenommen, dass er nie wieder während der unberechenbaren Wintermonate hinausschwimmen würde. Aber jetzt war es April und, wie es aussah, ein herrlicher Frühlingstag.

Trotzdem, sie würde besser nachsehen, ob alles in Ordnung war. Und natürlich wäre es schön, einen Blick auf seinen vom Meerwasser tropfenden Körper zu erhaschen. Dieser Körper hatte nicht aufgehört, sie zu faszinieren. Jetzt gehörte er ihr, und sie konnte ihn nach Herzenslust erkunden; das ließ ihr Herz immer wieder höherschlagen.

Claire stand auf, schlüpfte in einen seidigen Morgenmantel und ging zum Fenster. Das Haus wirkte unangenehm still. Sogar Bess schien verschwunden zu sein. Die Hündin kam sonst öfter von ihrem Korb in der Küche nach oben, um sich ein paar Streicheleinheiten abzuholen, wenn sie bemerkte, dass Claire dort war. Die stand nun am Fenster von Eds Schlafzimmer und blickte über den Strand zum Meer. Nun brauchte sie nicht mehr das Cottage nebenan zu mieten. Sie hatte noch ihre Wohnung in Newcastle und Ed seine in Edinburgh, ein schönes altes Reihenhaus im Leigh District. Aber das hier war der Ort, der sich für Claire mittlerweile wie ein Zuhause anfühlte.

Sie ließ ihren Blick über den Strand wandern und erblickte einen dunklen Haufen im Sand, nicht allzu weit vom Haus entfernt, möglicherweise seine Kleidung. Oder doch nicht, etwas bewegte sich dort. Ah, Bess war da draußen und wedelte mit dem Schwanz, während sie dasaß und geduldig nach etwas Ausschau hielt. Oh Gott, nein. Eine Welle der Panik erfasste Claire. Augenblicklich war ihr mulmig zumute.

Aber dann lenkte etwas anderes ihren Blick auf sich. Ed war am Strand und lief hin und her. Also war er gar nicht im Wasser. Er hielt etwas in der Hand. Claire schaute genauer hin. Eine Spielzeugschaufel aus Plastik. Wieso um alles in der Welt baute er da draußen Sandburgen? Es war ja nicht so, dass ihre Neffen zu Besuch waren. Nun war sie neugierig geworden und schlüpfte in die Flip-Flops neben dem Bett. Das musste sie sich genauer ansehen.

Es war ein herrlicher Morgen. Das strahlend blaue Meer glänzte unter der blassgoldenen Sonne. Der Himmel klarte zu einem Azurblau auf, doch es waren auch noch Spuren von frühmorgendlichem Rosa zu sehen. Claire erinnerte sich an den wundervollen Abend vor so vielen Monaten, als Ed den Garten mit diesen magischen Teelichtern geschmückt und für sie gekocht hatte. Nach all der Verwirrung und dem

Herzschmerz hatte es seitdem so viele wunderbare Tage und Nächte zusammen gegeben. Sie fühlte sich, als müsste sie sich kneifen. Und sie war so glücklich darüber, dass Ed sich entspannt zu haben schien, mit sich im Reinen war und einen Ort gefunden hatte, an dem er lächeln und wieder er selbst sein konnte. Es würde niemals einfach für ihn sein, das verstand sie. Aber sie würde da sein, um ihn zu unterstützen.

Sie blickte zu der Stelle, wo sie das erste Mal miteinander getanzt hatten, barfuß im Sand, und wo er nun herumzuwerkeln schien. Seit sie sich auf den Weg nach draußen gemacht hatte, hatte er die Schaufel durch etwas ersetzt, das ein Stock zu sein schien. Ja, er hielt ein Stück Treibholz in der Hand. Claire konnte allmählich die Form der Sandburg besser erkennen – ein Herz, wie es schien, mit einer Menge Kieselsteinen oder etwas Ähnlichem darum herum. Ed war gerade damit fertig, mit dem Stock etwas in das Herz zu schreiben, als er sie erblickte, wie sie zum Strand herunterkam. Mit einem strahlenden Lächeln trat er einen Schritt von seinem Werk zurück.

Was hatte er vor?

Bess kam Claire entgegengesprungen, während sie hinunter zum Wasser lief.

»Hey, Bess. Was gibt's, Mädchen? Und warum baut er am frühen Morgen Sandburgen, hmm?«

Und dann blieb Claire stehen und betrachtete, was er gebaut hatte … und was er in den Sand geschrieben hatte.

Ed stand daneben und strahlte sie an.

Es war ein riesiges Herz – es musste einen Durchmesser von mehr als zwei Metern haben – mit einem Rand aus aufgeschichtetem Sand, auf dem alle paar Zentimeter ein Kieselstein lag. Und unter den Kieselsteinen lagen blutrote Rosenblätter, insgesamt mindestens vierzig Stück.

In das Herz hatte er geschrieben: »Willst du mich heiraten?«

Und da stand er, immer noch mit dem strahlenden, fast albernen Lächeln auf dem Gesicht. Wie schön, dieses Lächeln zu sehen.

Sie rannte zu ihm und rief: »Ja, ja und ja!« Jauchzte, als er sie hochhob und sanft einmal um sich drehte. Er setzte sie wieder ab, und sie küssten sich zärtlich, bedeutungsvoll, versprachen einander schweigend eine gemeinsame Zukunft. Eine gemeinsame Zukunft voller Liebe.

Schließlich löste er die Umarmung und deutete mit einer ausladenden Geste in Richtung der Dünen, wo eine Picknick-Decke für sie ausgebreitet war, darauf zwei Sektgläser und ein Eimer mit Eis, in dem eine Flasche steckte – bereit, geöffnet zu werden.

Ed schlang beschützend einen Arm um Claire, während sie gemeinsam zu ihrem Sekt-Frühstück schlenderten.

»Aber nur ein Gläschen für dich, okay? Danach gibts für dich nur noch Limonade.«

»Natürlich.«

Und als Claire sich wieder zu ihm drehte und sich streckte, um eine Umarmung und noch mehr köstliche Küsse zu erhalten, beschien die Sonne sie von der Seite, und die Wölbung ihres Bauches war deutlich zu sehen, groß, rund und das neue Leben beschützend.

Der magischste Moment von allen.

– ENDE –